GOLDMANN

1

Jill wußte sofort, daß die Frau tot war. Die Erkenntnis traf sie wie eine Offenbarung, absolut unanfechtbar. Ihre Sicherheit hatte etwas mit der grotesk verrenkten Lage der Frau zu tun und mit dem Geruch in dem kleinen Raum, der sie nicht unangenehm an Kompost und Weihrauch erinnerte.

Reverend Alec Sutton zog langsam pfeifend die Luft durch die Zähne. Er drehte sich im Eingang der Sakristei halb um und spreizte die Ellbogen ab wie ein Paar Flügel, um Jill die Sicht auf das zu versperren, was drinnen lag. Sein rundliches Gesicht war blaß, seine Augen riesig hinter den goldgefaßten Brillengläsern.

»Hier ist ein Unfall passiert, Miss Francis. Würden Sie hinüber ins Pfarrhaus laufen und meine Frau bitten, den Arzt zu rufen?«

Jill schielte über Suttons Arm. Die Frau lag auf dem Rücken in der hinteren rechten Ecke der Sakristei. Eines ihrer Knie war angewinkelt, und der Rock ihres geblümten Kleides war hochgerutscht. Der Mantel über ihrem Kleid war offen und hatte die Farbe von Milchschokolade. Man konnte den oberen gerippten Teil eines Strumpfes erkennen und darüber ein dreieckiges Stück ihres weißen Oberschenkels mit einer Handvoll dunkler, krauser Haare. Jill erspähte einen rosafarbenen, spitzenbesetzten Strumpfhalter – ein seltsam dekoratives Detail in der sonst so offensichtlich nach praktischen Erwägungen ausgewählten Kleidung.

»Ein Arzt bitte, Miss Francis«, drängte der Pfarrer.

Die Frau war so gestürzt, daß ihr Kopf an der Wand lehnte, was groteskerweise so aussah, als ob sie jeden Moment aufwachen könnte. Sie trug Handschuhe. Ihr blasses Gesicht stand in krassem Gegensatz zu ihrem stumpfen und unnatürlich schwarzen Haar, das unter einem Kopftuch hervorquoll. Ihre graublauen Augen standen offen, die Pupillen waren geweitet. Auch ihr Mund stand tet, offenbar weil sie sonst niemanden fand, der sie heiratete. Im stillen vermutete Jill, daß Miss Gwyn-Thomas wohl lieber mit Philip verheiratet wäre, aber das behielt sie für sich.

»Ich werde sehen, was ich tun kann«, sagte Miss Gwyn-Thomas. »Aber auf Ihre Verantwortung, Miss Francis.«

Während sie wartete, schaute Jill aus dem Fenster, das auf die Straße hinausging. Von der Polizei war weit und breit nichts zu sehen. Irgendwo im Haus tickte eine Uhr wie ein schlagendes Herz. Sie sah sich im Zimmer um. Die Möbel im Arbeitszimmer waren schäbig und alt, jedoch nicht alt genug, um wertvoll zu sein. Wie konnte man ein Haus dieser Größe mit dem Einkommen eines Geistlichen unterhalten, geschweige denn mit den Möbeln ausstatten, die es verdiente? Auf der einen Seite des Schreibtisches lag ein Stapel ungelesener Ausgaben der *Church Times.* Ein überquellender Aschenbecher ruhte auf den Protokollen des Kirchenvorstandes. Direkt hinter der Schreibtischunterlage standen zwei Photographien in schwarzen Lackrahmen: das eine ein Portrait der jungen Mrs. Sutton im Abendkleid. Herausfordernd sah sie in die Kamera und verzog dabei ihre feinen Züge; das andere ein Schnappschuß von zwei Jungen, die in ihrer Schuluniform auf einem Bahnsteig standen.

Endlich hörte sie, wie Philips schwere Schritte sich dem Telefon näherten und wie seine Stimme Miss Gwyn-Thomas um eine Tasse Kaffee bat.

»Jill. Was kann ich für dich tun? Hast du die Abmessungen?«

»Welche Abmessungen?«

»Von diesem Kelch natürlich.«

Wie etwas längst Vergessenes fiel Jill der Grund ihres Besuchs in St. John wieder ein: Höhe und Durchmesser des Kelchs von Lydmouth. Philips Frau benötigte diese Angaben für ihren armseligen kleinen Artikel. Es war entweder unter Charlottes Würde, oder sie war schlicht zu bequem, um sich die Informationen selbst zu beschaffen, deshalb hatte sie Philip gebeten, Jill damit zu beauftragen. Es war nicht einfach nur eine Frage der Bequemlichkeit, vermutete Jill. Charlotte wollte auch ihre Stellung hervorheben, um sowohl ihrem Mann als auch Jill zu zeigen, daß sie die Besitzerin der *Gazette* war.

»Es ist etwas passiert«, sagte Jill schnell. »Hast du was zum Schreiben?«

So genau wie möglich beschrieb sie, was der Pfarrer und sie in der Kirche entdeckt hatten. Sie ließ ein paar Details weg, wie etwa das hochgeschobene Kleid und das gefärbte schwarze Haar; die Würde der Toten mußte respektiert werden.

»Ich rufe vom Pfarrhaus aus an«, sagte sie abschließend. »Ich glaube, ich gehe jetzt wieder hinüber in die Kirche.«

»Geht es dir gut?« fragte Philip. »Ich könnte dich mit dem Auto abholen.«

»Ich möchte lieber noch hierbleiben.«

»Bist du sicher, daß du dem gewachsen bist?« Hinter seiner Besorgnis klang bereits die Hektik des Nachrichtenfiebers, denn dies war der Stoff, von dem Journalisten träumen. Hier deutete sich eine Geschichte an, die es bis in die überregionalen Zeitungen schaffen könnte. »Soll ich vorbeikommen, und wir schreiben dann die Geschichte gemeinsam?«

»Ich glaube nicht, daß das im Moment nötig ist. Und es wäre auch nicht besonders klug. Ich bin als Zeugin am Tatort. Aber wenn du hier auftauchst und das Ganze in einen Pressetermin verwandelst, macht das bestimmt keinen guten Eindruck.«

»Bei der Polizei, meinst du?«

»Das auch. Aber eigentlich habe ich dabei an die Suttons gedacht.«

»Du mußt es wissen – aber ruf mich an, sobald du kannst.«

Jill legte auf und rieb sich die Stirn. Sie spürte Philips Erregung, und etwas davon lebte auch in ihr. Andererseits quälte es sie, daß sie ihren Lebensunterhalt mit dem Leid anderer Menschen verdiente.

Sie nahm ihre Handtasche und ging hinaus in den Sonnenschein. Bis auf zwei Autos, die am unteren Ende nahe der High Street parkten, war die Straße immer noch leer. Die Church Street selbst war, obwohl sie so nah am Stadtzentrum lag, eher eine Seitenstraße. Sie war versucht, auf dem sonnendurchfluteten, sicheren Friedhof zu bleiben, doch sie zwang sich, geradewegs in die Kirche zu gehen.

Die Sakristei nahm das Erdgeschoß des Westturms ein und

wurde durch eine schwere hölzerne Trennwand vom Kirchenschiff abgeteilt. Die Suttons saßen nebeneinander in der Bankreihe, die der Sakristei am nächsten stand. Gleichzeitig wandten sie sich ihr zu. Mary Suttons Hand lag auf dem Platz zwischen ihnen, und die Linke des Pfarrers bedeckte sie schützend. Abgesehen von der Umgebung wirkte ihre Haltung gespenstisch normal. So sahen Leute aus, die auf den Bus warteten.

»Die Polizei müßte bald hier sein«, sagte Jill freundlich.

Mrs. Sutton nickte. Niemand sprach. Jill wurde sich bewußt, daß ihr Herz noch immer so schnell schlug wie die Uhr im Pfarrhaus. Verschiedene Überlegungen gingen ihr durch den Kopf. Ein Gemäuer, das so alt war wie dieses, mußte angefüllt mit Toten sein, Reihe um Reihe, Jahrhundert nach Jahrhundert; manche mit Namen, die meisten aber namenlos; Fleisch, Knochen, Staub und Asche. Nur drei oder vier Meter entfernt, schätzte Jill, lag eine Frau, die noch nicht sehr lange tot war. Das Wissen erfüllte sie mit Vorahnungen. Etwas war für immer gegangen, jemand, der niemals wiederkehren würde, und eines Tages würde auch Jill gehen und niemals wiederkehren. Sie rieb ihre Arme. *Warum ich? Warum konnte nicht jemand anders diese dumme Frau finden?* In der kühlen Luft hatte sie eine Gänsehaut bekommen. Ihre Augen wanderten zu der geschlossenen Tür der Sakristei. Sie bemerkte, daß das Holz um das Schloß und am Türpfosten frisch abgesplittert war.

»Ist jemand eingebrochen?« fragte Jill, eher um die Stille zu unterbrechen, als um eine Antwort zu erhalten.

Sutton griff ein wenig fester nach der Hand seiner Frau. »So sieht es aus.«

»Der Kelch?«

»Er ist verschwunden.«

Das Quietschen der Südtür traf sie alle überraschend. Zwei Männer eilten in die Kirche. Jill erkannte den älteren der beiden sofort: Detective Inspector Thornhill vom CID in Lydmouth. Er war ein schlanker Mann mit dunklem Haar und einem schmalen, angespannten Gesicht. Schnell blickte er sich in der Kirche um, sah die drei in der Nähe der Sakristeitür sitzen und kam zu ihnen herüber. Der jüngere Mann mußte fast hinter ihm herrennen. Ihre Absätze hallten wie Hammerschläge auf dem Steinboden.

Eine Sekunde lang sah Thornhill Jill direkt an. Sie spürte den Zorn hinter seinen hübschen, regelmäßigen Zügen und wußte, daß er ihr galt. Sie lebten beide erst seit kurzem in Lydmouth, aber sie hatten bereits ihr Talent dafür entdeckte, miteinander zu streiten. Nicht zum ersten Mal wurde ihr bewußt, daß er ziemlich gut aussah, wenn er nicht gerade wieder einmal so mißmutig dreinblickte. Sein dunkler Nadelstreifenanzug war einigermaßen ordentlich geschnitten, und er wirkte eher wie ein Rechtsanwalt als ein Polizist. Er trug graue Handschuhe und einen schwarzen Homburg.

Der Pfarrer und seine Frau erhoben sich.

»Sind Sie von der Polizei?« fragte Sutton.

»Natürlich ist er das«, sagte Mrs. Sutton. »Er ist der Mann von Mrs. Thornhill, erinnerst du dich? Er war gestern beim Patronatsgottesdienst.«

»Ich habe einen Constable erwartet. Sie wissen schon – jemanden in Uniform.« Sutton blinzelte. »Ich fürchte, es ist etwas Schreckliches passiert.«

»Ja, Sir.« Thornhills Blicke flogen hin und her. »Dies ist Detective Constable Wilson.«

Der jüngere Polizist versuchte sich an einem Lächeln. Er war tatsächlich noch sehr jung, mit dünnen, zusammengepreßten Lippen und kleinen Augen, die er permanent zukniff, als ob er alles, was er sah, sofort taxieren müsse.

»Ich glaube, Sie kennen meine Frau«, sagte Alec Sutton und klammerte sich an die gesellschaftlichen Umgangsformen wie an einen Rettungsring im rauhen Meer. »Und dies ist –«

»Miss Francis und ich kennen uns bereits. Uns wurde gemeldet, es sei jemand verletzt.«

»Ich fürchte, Sie werden sehen, daß *verletzt* eine Untertreibung ist, Inspector«, sagte Sutton mit plötzlich klarer Stimme. »Und unser Abendmahlskelch ist auch verschwunden.«

»Der aus dem Mittelalter?«

Sutton nickte. »Ist der Arzt –«

»Er ist auf dem Weg, Sir.« Thornhill wandte sich an Mrs.

Sutton. »Würden Sie bitte mit Miss Francis zurück ins Pfarrhaus gehen? Ich werde später mit Ihnen sprechen, aber ich denke nicht, daß ich Sie jetzt belästigen muß.«

»Ich setze mal Wasser auf«, sagte Mrs. Sutton ganz allgemein.

Die beiden Frauen verließen die Kirche. Jill fiel das Schweigen hinter ihnen auf. Die Männer warteten offenbar, bis die Frauen gegangen waren, bevor sie zur Sache kamen; das erboste sie.

Thornhill mußte Wilson einen leisen Befehl gegeben haben: Jill hörte eilige Schritte hinter sich, der junge Constable schoß durch die Kirche wie ein aufgeschrecktes Kaninchen und erreichte die Südtür gerade noch rechtzeitig, um sie für sie aufzuhalten.

Keine der beide Frauen sagte etwas, bevor sie draußen in der Sonne waren.

»Das ist also die Lydmouther Ausgabe von Sherlock Holmes?« Mary Suttons Stimme war so trocken, daß selbst die Ironie darin kaum zu erkennen war. »Als Journalistin haben Sie bestimmt ziemlich oft mit ihm zu tun.«

»Ich wohne noch nicht sehr lange in Lydmouth«, sagte Jill und wich der Frage aus. »Und er auch nicht, nebenbei gesagt.«

»Ein ziemlich attraktiver Mann. Na, wie auch immer, kennen Sie seine Frau?«

Jill schüttelte den Kopf.

»Sie ist ganz nett. Wir sehen sie und die Kinder recht oft, sie haben zwei süße kleine Kinder, einen Jungen und ein Mädchen. Er kommt gewöhnlich nicht in die Kirche, ich vermute, er hat keine Zeit dazu, nur gestern hat er es geschafft. Aber eigentlich habe ich ihn gar nicht bemerkt, die Kirche war so voll, und ich mußte mich um das Mittagessen kümmern und hatte schon Mühe, mir die Namen von den Ehefrauen zu merken.« Sie hielt inne und sah Jill an. »Entschuldigung, ich rede zu viel. Ich glaube, das ist der Schock. Ich habe meinen Mann dazu gebracht, die Tür zur Sakristei aufzumachen.«

»Weil Sie glauben, daß es besser ist, die Realität zur Kenntnis zu nehmen, als dauernd nur Gespenster zu sehen?«

»Genau. Die arme Frau.« Mary Sutton preßte die Lippen zusammen, als ob sie etwas zurückhalten wollte. »Eigentlich ist es eine ziemliche Ironie.«

Schlagartig kam die Unterhaltung zum Stillstand, zwar nur ein paar Sekunden, aber immerhin doch lang genug, daß Jill sich fragen konnte, warum Mrs. Sutton das Wort ›Ironie‹ verwendet hatte.

»Glücklicherweise konnte er meinen Wunsch, es selbst sehen zu wollen, verstehen.« Mrs. Sutton hielt das Tor zur Straße auf. Einen Moment lang verlor sie ihre Selbstbeherrschung. »Oh Gott, vielleicht klingt das jetzt egoistisch, aber ich wünschte, das alles wäre nicht passiert. Gestern lief alles so wunderbar.«

»Ich weiß. Solche Dinge geschehen aus heiterem Himmel. Ohne Vorwarnung.«

»Und die arme Miss Kymin. Das ist die wahre Tragödie. Ich vergesse immer wieder, daß sie – ich kann es immer noch nicht fassen.«

»Kannten Sie sie gut?«

Wieder war da ein kurzes Zögern, ein blitzartiges Abwägen. »Eigentlich nicht. Sie kam zwar regelmäßig in die Kirche, aber ansonsten haben wir sie nicht oft gesehen.«

Sie überquerten die Straße. Auf der rechten Seite des Pfarrhauses war ein schwarzes Tor, und rechts davon sah man den Giebel eines Nebengebäudes, dem sich ein einfaches Cottage anschloß, dessen Eingangstür direkt auf den Bürgersteig führte. Ein Vorhang bewegte sich an einem der oberen Fenster. Die ungewöhnliche Aktivität rund um die Kirche war auch den Nachbarn nicht entgangen.

»Tee«, murmelte Mrs. Sutton vor sich hin. »Die rituelle Antwort auf eine Krise. Ich frage mich, was man gemacht hat, bevor es Tee gab.«

Jill blieb zögernd im Eingang stehen. »Mrs. Sutton? Ich glaube, ich muß allmählich zurück in die Redaktion.«

»Natürlich, Sie haben schließlich einen Beruf.« Es war eine Feststellung, weder zustimmend noch abfällig. »Aber was ist mit Mr. Thornhill? Ich dachte, er wollte, daß wir beide hier warten.«

»Ich kann ihm nicht mehr sagen als Sie und Mr. Sutton. Ich werde später mit ihm reden. Vielleicht bin ich ja auch schon wieder zurück, wenn er mit uns sprechen will«, log Jill. »Ich bin sicher, er wird es verstehen.«

Sie fragte sich, ob sie sich den amüsierten Ausdruck in Mrs. Suttons Augen nur einbildete. Die beiden Frauen verabschiedeten sich voneinander. Die Tür zum Pfarrhaus wurde geschlossen. Jill lief schnell die Church Street hinunter.

»Entschuldigung, Miss.«

Jill blieb abrupt stehen. Die Stimme war kaum lauter als ein Flüstern. Sie schien nur wenige Zentimeter von ihrem Ellbogen entfernt zu sein.

Die Tür des Cottages neben dem Tor stand jetzt offen. Eine alte Frau huschte über die Schwelle, ihr Gesicht lag im Schatten. Sie war klein, dick und bucklig, und ihre Knollennase zeigte auf Jill. Über einem langen, dunklen Kleid trug sie eine Schürze.

»Was ist?«

»Gibt wohl Ärger in der Kirche, wie?«

»Es gab einen Unfall.«

Die alte Frau trat auf den Bürgersteig. »Was macht dann die Polizei hier, wenn es nur ein Unfall war? Ich kenne den Mann, sein Bild war in der Zeitung. Er ist ein Inspector.«

»Es tut mir leid, aber ich kann Ihnen nicht mehr sagen.«

»Sie waren leichenblaß, als Sie das erste Mal aus der Kirche gekommen sind.«

Die Frau streckte eine Hand mit langen, ungepflegten Fingernägeln aus. In plötzlicher Panik trat Jill zur Seite, um zu vermeiden, daß die Finger ihren Arm berührten. Ohne ein weiteres Wort lief sie so schnell sie konnte in Richtung High Street.

»Hab' ja nur gefragt«, rief die Frau ihr hinterher. »Das darf man ja wohl noch, oder?«

2

»Ich glaube, Sie müssen einen von diesen Leichenfledderern aus Cardiff kommen lassen«, sagte Dr. Bayswater und wandte sich von dem Wust aus Fleisch und Kleidern ab. »Der wird sie auf Kosten des Steuerzahlers zerschneiden, nur um Ihnen anschließend mitzuteilen, daß sie an einem Schlag auf den Kopf gestorben ist. Der berühmte stumpfe Gegenstand. Das nennt man moderne Wissenschaft. Erstaunlich, nicht wahr?«

Bayswater hatte zerzaustes graues Haar und war schlecht rasiert; er trug abgetragene Hosen, sein Kragen war schmuddelig, und an seinem Hemd fehlten mindestens zwei Knöpfe. Aber seine Stimme hatte einen wunderschönen Klang. Vor dem Krieg hätte sie sicherlich gut auf eine Bühne im Londoner West End gepaßt. Seine Sprache und seine äußere Erscheinung standen jedoch in einem krassen Gegensatz dazu.

An der Tür zur Sakristei blieb er stehen. »Ich kann Kirchen nicht leiden. Wenn es wirklich einen Gott gibt, warum läßt er dann zu, daß so etwas passiert?« Sein Daumen schnellte in die Richtung von Miss Kymins Leiche. »Und in seinem eigenen Haus, ts, ts.«

Nachdem Bayswater gegangen war, blieb Thornhill noch ein wenig in der Sakristei. Der Pfarrer und Detective Constable Wilson warteten in der Kirche auf ihn, aber er hatte keine Eile. Bald würde das Gebäude von Polizisten wimmeln, die redeten, alles ausmaßen, fotografierten, Fingerabdrücke nahmen und Spuren sicherten. Wenig später würden sich vor der Kirche die Journalisten versammeln wie hungrige Parasiten, die danach gierten, die Leiche auszuschlachten. Doch für einen Augenblick herrschte so etwas wie Frieden, und er hatte Zeit, erste Eindrücke zu sammeln.

Er starrte auf die Leiche. Er erkannte Miss Kymins Gesicht nicht wieder, obwohl sie beide gestern vormittag unter demselben Dach gesessen hatten. Hätte er sich während des Gottesdienstes umgedreht, hätte er sie quicklebendig hinter sich sehen können. Bei den Feierlichkeiten zu Ehren des Schutzheiligen war die Kirche brechend voll gewesen. Doch vielleicht wäre sie ihm gar nicht aufgefallen, selbst wenn er sich umgedreht hätte. Im Tod war sie häßlich, und er bezweifelte, daß er sie im Leben auf irgendeine Art attraktiv gefunden hätte. Warum mußte sie sich ausgerechnet in Lydmouth umbringen lassen? Einen Augenblick lang spürte er die dunklen Abgründe seiner eigenen Arroganz und verachtete sich dafür. Der Abscheu vor sich selbst stachelte seinen Zorn über den Mord an dieser harmlosen älteren Frau an und bestärkte ihn in seiner Entschlossenheit, den Mörder zu finden.

Handtasche, dachte er, und seine Gedanken machten einen Sprung, sie mußte eine Handtasche gehabt haben.

Er trat zurück und warf einen Blick auf die staubige Marmortafel an der Wand über der Leiche. Sie erinnerte an die Tugenden des seligen Sir Thomas Ruispidge, der hier vor beinahe zweihundert Jahren gestorben war.

Unter diesem Stein begraben liegt
ein Spiegel wahrer Nächstenliebe
Vor Gott, den Freunden, im ganzen Land
Als Helfer der Armen war er bekannt . . .

Thornhill zuckte mit den Schultern, seine unwillkürliche Reaktion auf das Haus Ruispidge damals und heute. Sein Blick wanderte zu dem freistehenden Tresor, dessen Tür angelehnt war. Er war ungefähr einen Meter fünfzig hoch und etwa siebzig Zentimeter breit und tief. Der Stahl war grasgrün lackiert, und die Beschläge waren aus Messing. Doch ihr Glanz war über die Jahre stumpf geworden. Wie eine Droge ergriff nun die Erregung von Thornhill Besitz, seine Gedanken rasten; er fühlte sich beinahe schwerelos; das unbedingte Bedürfnis, etwas zu unternehmen, beherrschte ihn mittlerweile wie ein unstillbarer Juckreiz. Er verließ die Sakristei.

Wilson und der Geistliche saßen jeder für sich an entgegengesetzten Enden der ersten Bankreihe vor der Sakristei. Wilson sprang auf, als er Thornhill sah. Sutton blieb, wo er war; er bewegte die Lippen, vielleicht in einem Gebet.

»Können Sie mir sagen, wo Miss Kymin gewohnt hat?« fragte Thornhill.

Der Pfarrer sah auf. »In einer Sackgasse, die von der Chepstow Road abgeht. Ich kann Ihnen die Adresse raussuchen, wenn Sie wollen.«

»Kannten Sie sie gut?«

»Eigentlich nicht. Wir sind erst seit Januar hier. Ich glaube, sie und ihre Mutter sind vor ungefähr eineinhalb Jahren aus London hergezogen.«

Thornhill wäre lieber auf und ab gegangen, doch er zwang sich, neben Sutton Platz zu nehmen. »Also ist die Mutter die nächste Angehörige?«

»Sie war die nächste Angehörige, Inspector. Leider ist sie kurz vor Ostern gestorben. Es kam sehr plötzlich.«

Thornhill warf dem Pfarrer einen schnellen Blick zu und fragte sich, ob sich hinter der letzten Bemerkung eine Anspielung verbarg. Wahrscheinlich nicht, entschied er, obwohl er immer Schwierigkeiten hatte, sich vorzustellen, was in dem Kopf eines Geistlichen vorging; er verstand einfach nicht ganz, wie so ein Priester funktionierte.

»Haben Sie etwas dagegen, wenn sich Wilson Notizen macht?«

»Warum sollte ich?«

Wilson setzte sich in die Reihe vor die beiden Älteren, schlug sein Notizbuch auf und leckte an der Mine seines Bleistiftes.

»Gab es irgendeinen Anlaß für Miss Kymin, die Kirche zu besuchen, obwohl kein Gottesdienst war?« Thornhill sprach langsam, denn Wilsons Fertigkeiten in Kurzschrift waren für ihn noch eine unbekannte Größe. »Hat sie sich vielleicht um die Blumen gekümmert oder so etwas Ähnliches?«

Sutton schüttelte den Kopf. »Aber natürlich kommen die Leute auch einfach so her. Um zu beten.«

»Natürlich.« Eine Pause trat ein. »Und wann haben Sie sie zum letzten Mal gesehen? Gestern beim Gottesdienst?«

»Ja, ich glaube. Ich bin nicht sicher, ob sie anschließend beim Essen war. Meine Frau wird das wissen.«

Einen Moment lang blieb es ruhig. In der Kirche hing der Geruch von jahrhundertealter Feuchtigkeit, frischer Politur und dem Weihrauch des vergangenen Tages. Dies ist die Ruhe vor dem Sturm, dachte Thornhill.

»Sie waren mit Miss Francis zusammen, als Sie die Leiche gefunden haben. Ist sie, äh, ein aktives Mitglied der Gemeinde?«

»Nein. Sie arbeitet für die *Gazette.* Aber Sie kennen sie ja.«

»Was wollte sie hier?«

»Sie brauchte ein paar Informationen für einen Artikel über den Abendmahlskelch. Sie rief mich an, und wir haben einen Termin gemacht. Ich mußte den Kelch heute morgen sowieso aus dem Tresor holen. Ich wollte ihn zurück zur Bank bringen.«

»Wie groß ist er?«

»Das wollte Miss Francis unter anderem auch wissen. Er ist ungewöhnlich groß für einen Kelch aus dem Mittelalter. Ungefähr fünfundzwanzig bis dreißig Zentimeter hoch, und oben hat er einen Durchmesser von zehn oder zwölf Zentimetern.«

»Wissen Sie, wieviel er wert ist?«

»Eigentlich nicht.«

»Sie müssen doch eine Vorstellung haben. Hundert Pfund? Fünfhundert?«

Sutton sprach langsam und ließ sich nicht hetzen. »Für die Versicherung wurde er auf zwölfhundertfünfzig Pfund geschätzt. Wenn man ihn bei Sotheby's oder Christie's versteigern würde, brächte er sicherlich einiges mehr. Er stammt wahrscheinlich aus dem späten dreizehnten Jahrhundert, und er ist einmalig. Wie kann man da den Wert festlegen?«

»Wann haben Sie ihn zuletzt gesehen?«

»Bei der Abendandacht. Wie Sie wissen, haben wir ihn bei der Messe am Vormittag benutzt. Hinterher habe ich ihn zusammen mit dem Geld aus der Kollekte in den Tresor gebracht. Bei der Abendandacht gab es noch einmal eine Kollekte, und ich habe den Tresor geöffnet, um dort das Geld zu deponieren. Dabei habe ich auch den Abendmahlskelch wieder in den Kasten gelegt. Vor dem Essen hatte ich dazu keine Zeit.«

»Und Sie wissen genau, daß Sie den Tresor abgeschlossen haben?«

»Nein. Das heißt, ich denke doch. Das ist Routine. Ich lasse den Schlüssel stecken. Jedesmal, wenn ich die Tresortür zumache, drehe ich den Schlüssel um, bevor ich ihn herausziehe.«

»Ist die Kollekte auch weg?«

Sutton nickte.

»Und nach der Abendandacht, wann haben Sie da die Kirche verlassen?«

»Ungefähr um zehn vor sechs. Ich war der letzte.«

»Haben Sie abgeschlossen?«

»Natürlich. Als ich ging, habe ich die Tür der Sakristei hinter mir zugezogen, es ist ein Sicherheitsschloß, das von selbst einrastet. Und dann habe ich die Kirche durchs Südportal verlassen.«

»Was ist mit den Schlüsseln?«

»Es gibt drei fürs Südportal. Einer ist immer im Pfarrhaus, einen hat der Gemeindevorstand. Der dritte liegt immer auf einem Sims unter dem Portal.« Sutton sah den Ausdruck in Thornhills Gesicht und fuhr schnell fort: »Es ist so ein riesiges gußeisernes Ding, ungefähr fünfzehn Zentimeter lang. Das kann man nicht ständig in der Tasche mit sich herumtragen. Und außerdem ist es sehr praktisch für Leute, die in die Kirche müssen, wenn sie abgeschlossen ist. Befugte, meine ich natürlich, unser Organist zum Beispiel oder die Putzfrauen.«

»Gibt es noch mehr Türen?«

»Nur noch eine. An der Nordseite, gleich neben der Marienkapelle. Doch die ist eigentlich immer abgeschlossen.«

Thornhill warf Wilson einen Blick zu, der angestrengt seine Notizen hinkritzelte; die Spitze seines Bleistiftes grub tiefe Spuren in das Papier. Es sah ungefähr so aus, als versuchte jemand, mit der Nagelklaue eines Hammers Klavier zu spielen.

»Was ist mit den Schlüsseln zur Sakristei und zum Tresor?«

»Jeweils drei. Ich habe einen Satz.« Sutton befühlte seine Hosentasche. »Beide Kirchenvorsteher haben Schlüssel zur Sakristei, und einer von ihnen hat auch einen Schlüssel für den Tresor. Den dritten Tresorschlüssel bewahren wir auf der Bank auf.«

»Welche Bank?«

»Barclays in der High Street. Und die Kirchenvorsteher sind Victor Youlgreave und Giles Newton.«

»Mr. Newton ist doch der Verwalter des Ruispidge-Anwesens, oder? Ich kenne ihn. Und Mr. Youlgreave?«

»Ihm gehört das Haus mit dem grünen schmiedeeisernen Gitter weiter unten an der Church Street.«

»Und wer von beiden hat den Tresorschlüssel?«

»Mr. Newton.«

Thornhill sah auf die Uhr und stand auf. Er ging durch die Kirche zu der Tür neben der Kapelle. Sie war abgeschlossen und verriegelt. Er beugte sich hinunter. Am Schloß hingen Spinnweben. Er drehte sich um und sah Sutton an.

»Und Sie haben die Kirche nicht wieder betreten, bevor Sie mit Miss Francis hierherkamen?«

Wieder nickte Sutton.

»War sonst noch jemand hier?« Er hob die Stimme, damit man ihn verstehen konnte, und in der hohen Kirche hallte sie fremd und ungewohnt wider. »Haben Sie sonst noch jemanden erwartete? Eine Putzfrau vielleicht?«

»Niemanden.« Sutton rieb sich die speckig glänzenden Knie seiner Hose. »Ich hätte nicht zulassen dürfen, daß der Schlüssel draußen aufbewahrt wird. Wahrscheinlich wußte halb Lydmouth, wo er war.« Langsam schüttelte er den Kopf, er sah verwirrt und niedergeschlagen aus. »Wahrscheinlich ist jemand eingebrochen und hat mitgenommen, was er kriegen konnte. Und Miss Kymin hat ihn dabei überrascht, und er hat sie niedergeschlagen.« Sutton starrte Thornhill über die Bankreihen hinweg an. »Aber was mich wundert, ist: Warum war Miss Kymin überhaupt hier?«

Wieder quietschte die Tür. Die Ruhe war vorbei, der Sturm begann.

Superintendent Raymond Williamson stieß die Tür mit der Schulter auf. Mit den Händen in den Hosentaschen sah er sich in der Kirche um, bis er Thornhill entdeckte hatte.

»Nun«, sagte er. »Wo ist die Leiche?«

3

Gemächlich schlug die Uhr von St. John die volle Stunde, als Jill die Stufen des frühviktorianischen Gebäudes hinaufrannte, das die *Gazette* beherbergte. Beim elften und letzten Schlag erreichte sie, nach Luft schnappend, das Vorzimmer des Herausgebers.

Miss Gwyn-Thomas sah von ihrer großen, schwarzen Schreibmaschine auf und blinzelte Jill durch Schwaden von Zigarettenrauch an. Herausragendes Merkmal der Sekretärin war eine lange, dünne Nase, die ihrem Gesicht ganz normal und im richtigen Winkel entsprang, doch dann, gewissermaßen auf halbem Weg nach unten, plötzlich einen Linksschwenk machte. Die Nase verdickte sich am Ende zu einem kleinen, fleischigen Knubbel.

Und das war auch der Grund, warum die jüngeren Mitarbeiter der *Gazette* sie hinter ihrem Rücken nur ›Knubbel‹ nannten.

»Sie können sofort reingehen.«

Sie senkte den Kopf wieder über ihre Schreibmaschine. Von dort, wo sie stand, sah Jill noch das lange, auf dem Kopf zu einem fettigen Knoten zusammengesteckte Haar der Sekretärin. Dann klopfte sie an die Tür des Büros und drückte die Klinke nieder. Umständlich stand Philip auf und kam um den Schreibtisch herum auf sie zu. Er streckte die Arme aus, als wolle er sie hochheben.

»Du siehst aus, als hättest du ein Gespenst gesehen. Miss Gwyn-Thomas, würden Sie so nett sein und Wasser aufsetzen? Lieber Tee oder Kaffee, Jill? Mit viel Zucker. Oder möchtest du lieber einen Kognak?«

Doch Jill lehnte ab, und Philipp führte sie zu einem Sessel. Jill war sich bewußt, daß Miss Gwyn-Thomas das ganze Geschehen intensiv und feindselig beobachtete. Normalerweise behandelte Philip Jill im Büro mit einer für ihn untypischen Schroffheit. Sie waren sich beide des Risikos bewußt, daß man Philip der Begünstigung bezichtigen konnte. Sogar nach einem halben Jahr hatten sich beide noch nicht völlig an die Tatsache gewöhnt, daß die Wemyss-Browns jetzt sowohl Jills Arbeitgeber waren, als auch ihre Freunde; ebenso erging es den anderen Angestellten.

Nachdem sie die Tür hinter sich geschlossen hatte, brachte Jill Philip schnell auf den neuesten Stand.

»Also ist es tatsächlich Mord?« fragte er, als sie fertig war. Er saß wieder hinter seinem Schreibtisch und machte sich Notizen.

»Was soll es sonst sein?«

»Und der Tresor?«

»Ich konnte ihn nicht besonders gut sehen. Aber Sutton hat Thornhill gesagt, daß der Abendmahlskelch gestohlen wurde.«

»Was für ein Glück.« Philip sah lächelnd auf. »Dank Charlotte haben wir alle Hintergrundinformationen, die wir brauchen. Sogar ein Photo. Der Abendmahlskelch macht die Story noch interessanter. Offenbar handelt es sich um ein Stück aus dem walisischen Nationalschatz.«

»Davon war bisher aber noch gar nicht die Rede.«

»Es ist reine Theorie. Charlotte sagt, daß es einen Eintrag im Verzeichnis der Schätze von Edward I. gibt. Nach der Eroberung von Wales ließ er aus dem Gold und Silber des letzten rechtmäßigen Prinzen und dessen Familie einen Kelch anfertigen. Ein Historiker ist sogar der Meinung, es könne der Kelch von Lydmouth sein. Natürlich gibt es keinen Beweis, aber es ist eine verdammt gute Geschichte.« Er zögerte einen Augenblick und wechselte dann abrupt das Thema. »Was für einen Eindruck hast du von Sutton?«

»Schwer zu sagen. Ich habe nicht sehr viel von ihm gesehen. Ein überzeugter Anhänger der Hochkirche, durch und durch Pfarrer. Eher der gewissenhafte Typ und ein bißchen übergewichtig. Seine Frau scheint ganz nett zu sein.«

»Sie sind erst seit ein paar Monaten hier. Ein paar seiner Neuerungen regen die Leute auf. Der viele Weihrauch und das dauernde Gebimmel und so. Hast du Carter, seinen Vorgänger, noch kennengelernt? Er war das absolute Gegenteil.« Philip schweifte ab, wie so oft, wenn er angestrengt nachdachte und seine Worte und seine Gedanken verschiedene Wege gingen. »Charlottes Meinung nach ist die Gemeinde in zwei Lager gespalten. Es gibt eine Menge böses Blut.« Er sah Jill an, sein Blick war fest, und seine Augen leuchteten. »Tatsächlich habe ich erste, vergangene Woche einen von diesen anonymen Briefen über Sutton bekommen. Scheußliche Sache.«

»Was hast du damit gemacht?«

»Das Übliche.« Philip deutete mit dem Kopf auf den grauen Aktenschrank in der Ecke des Zimmers. »Ich schließe sie weg. Meistens bleibt es bei einem, weißt du, und nach ein paar Monaten schmeiße ich sie weg. Aber wenn wir mehr aus derselben Feder bekommen, übergebe ich sie der Polizei. Am schwierigsten ist es zu vergessen, was drin steht.«

Philip stieß seinen Stuhl zurück und stand auf. Er klopfte die Taschen seines Jacketts ab. Der Tag war warm geworden, und seine Wangen glänzten rosig. Jill fiel mit einem winzigen Anflug von Wehmut auf, daß sein Körper langsam zu massig für seinen Anzug wurde: Sein Nacken quoll ihm hinten über den Kragen, und sein Bauch wölbte sich über den Gürtel seiner grauen Flanellhose. Philip kam langsam in die Jahre, und das bedeutete unweigerlich, daß auch sie älter wurde. Plötzlich fröstelte sie und schlang die Arme um sich. Sie wünschte, sie hätte den Kognak genommen. Wir enden alle gleich, dachte sie, und ungewollt tauchte vor ihr das Bild aus der Sakristei auf.

»Es wird Zeit, daß wir einen Experten zu Rate ziehen.« Philip öffnete die Tür. »Miss Gwyn-Thomas, hätten Sie einen Augenblick Zeit für uns?«

Das Tippen hatte schon vor geraumer Zeit aufgehört. Miss Gwyn-Thomas räumte den Schrank mit Büromaterial auf, der neben der Tür zu Philips Büro an der Wand stand. Jill fragte sich, ob sie gelauscht hatte. Die Sekretärin griff nach ihrem Stenoblock und eilte ins Büro.

Philip setzte sich auf den Schreibtisch und nahm sich eine Zigarette aus seinem Zigarettenetui. »Ich habe das Gefühl, daß Sie uns ein bißchen Hintergrundinformation über St. John und Miss Kymin liefern können.« Er wandte sich an Jill. »Miss Gwyn-Thomas sitzt praktisch an der Quelle.«

Seine Sekretärin starrte auf den Teppich. »Ich tratsche eigentlich nicht, Sir.«

»Ich auch nicht. Dies ist kein Tratsch – es ist Arbeit.« Er zündete sein Feuerzeug, und eine blasse Flamme tanzte um den benzingetränkten Docht. »Kannten Sie Miss Kymin?«

»Nicht sehr gut. Sie kam mir immer ein bißchen einfältig vor.«

Philip hustete nach seinem ersten tiefen Lungenzug. »Wie äußerte sich das?«

Miss Gwyn-Thomas rieb sich die Nasenspitze, als wollte sie den Schlenker geradebiegen. »Nun, als Mr. Sutton hier anfing, war sie ganz begeistert, kniete ständig nieder und so was. Besonders, nachdem ihre Mutter gestorben war. Ich glaube, da ist sie sogar zur Beichte gegangen. Aber in letzter Zeit war sie nicht mehr so dick mit ihm.« Sie hielt inne und fügte bedeutungsvoll hinzu: »Sie gluckte dauernd mit Mrs. Abberley zusammen.«

»Die Haushälterin unseres früheren Pfarrers«, fügte Philip für Jill hinzu. »Sie wohnt im Church Cottage in der Nähe des Pfarrhauses.«

»Ich glaube, ich habe sie heute morgen gesehen.«

»Du hast wahrscheinlich ein oder zwei ihrer Briefe gelesen.«

»Briefe?« Jill war in Gedanken immer noch bei den anonymen Briefen.

»Mrs. Abberley schreibt mindestens einmal pro Woche einen Leserbrief an die *Gazette*. Gelegentlich drucken wir sogar einen. Neulich schrieb sie doch tatsächlich, Suttons Hochamt für unseren Kirchenheiligen sei eine papistische Blasphemie und daß eigentlich der Bischof dagegen einschreiten müsse. Das war einer von denen, die wir nicht veröffentlicht haben.«

»Mrs. Abberley war eine glühende Verehrerin von Mr. Carter und seinen Ansichten«, sagte Miss Gwyn-Thomas geziert. »Und damit stand sie nicht allein, möchte ich sagen.«

»Zweifellos«, murmelte Philip und blies den Rauch durch die Nase. »Hatte denn Miss Kymin irgendwelche Freunde? Außer Mrs. Abberley?«

»Nicht, daß ich wüßte. Sie lernte ein paar Leute in der Kirche kennen, aber das waren eigentlich keine Freunde, wenn Sie verstehen, was ich meine. Auch Mrs. Abberley nicht. Miss Kymin wohnte noch nicht sehr lange hier, und am Anfang war sie auch ziemlich mit ihrer Mutter beschäftigt.«

»Die vor kurzem gestorben ist«, warf Jill ein.

Miss Gwyn-Thomas warf einen schnellen Blick in ihre Richtung. »Es kam sehr plötzlich, aber es war nichts Seltsames daran.« Sie machte ein Pause, nur widerwillig wollte sie Jills Neugierde befriedigen, aber dann wurde die Versuchung, ihr Wissen preiszugeben, übermächtig. »Ich glaube, es war ein Schlaganfall.«

Philip schnippte die Asche in den Papierkorb. »Wo hat Miss Kymin gewohnt?«

»Im Broadwell Drive.« Sie sah sein fragendes Gesicht und fuhr fort. »Das ist die neue Straße hinter dem Krankenhaus. In einem Bungalow, glaube ich. Ich fürchte, die Hausnummer weiß ich nicht.«

»Das macht nichts. Vielen Dank für Ihre Hilfe.« Er rutschte vom Schreibtisch und hielt die Tür für sie auf. »Wie immer waren Sie von unschätzbarem Wert.«

Erhobenen Hauptes verließ Miss Gwyn-Thomas das Zimmer, und unter dem Saum ihres Alltagskleides schaute ihr Unterrock hervor. Jill bemerkte den Ausdruck in ihrem Gesicht und fragte sich, ob Philip überhaupt auch nur annähernd wußte, welche Wirkung er auf seine Sekretärin hatte. Er schloß die Tür hinter ihr und schlenderte durch das Zimmer zum Fenster.

»Wieviel Wert legst du auf das Exklusivrecht an dieser Geschichte?« fragte er mit sanfter, verschwörerischer Stimme.

»Mach damit, was du willst.« Jill wußte, daß die *Gazette* es offiziell ablehnte, die besten Stories an überregionale Zeitungen weiterzuverkaufen. Aber sie wußte auch, was für ein Vergnügen Philip an solchen Geschichten hatte; er war nicht dazu geboren, der Herausgeber eines spießigen Provinzblattes zu sein, und manchmal, vermutete Jill, war ihm das durchaus bewußt.

»Danke«, sagte er und errötete leicht. Seit seiner Jugend war dies seine ganz persönliche Art, Dankbarkeit auszudrücken. Er beugte sich vor. »Hör zu, Jill. Warum kommen wir ihnen nicht allen zuvor?«

4

Als Thornhill und Williamson aus der Sakristei kamen, zuckte hinter ihnen ein Blitzlicht auf.

»Sehen Sie sich jetzt in ihrem Haus um«, sagte der Superintendent. »In ihrer Handtasche ist ein Schlüsselbund.«

Die Handtasche – aus braunem Leder und ziemlich abgenutzt – hatte unter der Leiche gelegen. Auf Williamsons Anweisung hin setzte sich Wilson auf den Sockel des Taufbeckens und durchsuchte sie eingehend. Bis jetzt hatte er die Schlüssel gefunden, eine kleine Geldbörse, zwei Busfahrscheine, eine Puderdose und einen abgegriffenen Block mit Lebensmittelmarken. Thornhill hielt die Entscheidung, ausgerechnet ihn mit dieser Aufgabe zu betrauen, für falsch, und das ärgerte ihn.

»Ich würde gerne Sergeant Kirby anrufen. Vielleicht kann ich ihn auf dem Weg abholen.«

»Kirby hat frei, oder?«

»Ja, Sir, aber er –«

»Alles zu seiner Zeit.« Williamson blickte ihn finster an. »Sie können Wilson statt dessen mitnehmen.«

Thornhill senkte die Stimme: »Bei allem Respekt, Sir, aber hat er genug Erfahrung für einen solchen Fall?«

»Das haben nicht Sie zu entscheiden, Inspector.« Williamson ließ nie eine Gelegenheit aus, Untergebene an die harten Fakten des Lebens zu erinnern. »Wie soll er Erfahrung sammeln, wenn wir ihm nicht die Gelegenheit dazu geben?«

Die Logik dieser Theorie war unbestreitbar, aber Wilsons Beförderung zum Detective Sergeant hatte nichts mit Logik zu tun. Sein Vater war mit Williamson befreundet, und beide waren Freimaurer. Thornhill wurde klar, daß er einen groben Fehler gemacht hatte. Es ging gar nicht um Kirbys oder Wilsons Fähigkeiten als Kriminalbeamte, sondern darum, daß Williamson seine Autorität in Frage gestellt sah.

»Außerdem können wir uns eine Verzögerung nicht leisten.« Der Superintendent stolzierte zum Südportal, und seine Beamten bildeten eine Gasse, um ihn und Thornhill durchzulassen. »Als erstes möchte ich wissen, was diese Kymin hier wollte. Gestern war ein warmer Tag, doch sie trug einen ziemlich dicken Mantel. Also war es vermutlich Abend oder sogar Nacht, als sie kam.«

»Sie könnte etwas beim Gottesdienst vergessen haben. Ihre Geldbörse vielleicht.«

»Möglich. Behalten Sie das im Kopf.« Williamson sah auf seine Uhr. »Ich bin auf dem Revier.«

Hinter ihnen waren schnelle Schritte zu hören. »Sir!«

Beide Männer drehten sich um. Wilson rannte auf sie zu, die Augen zu kleinen, schmalen Schlitzen verengt. In einer seiner behandschuhten Hände hielt er ein blaues Blatt Papier.

»Sir, ich glaube, das sollten Sie sich ansehen.«

Er zitterte vor Aufregung, und das Blatt flatterte, als er es Williamson reichte. Thornhills Puls wurde sofort schneller, als er die unregelmäßigen Zeilen mit ausgeschnittenen Zeitungslettern auf dem Papier entdeckte.

»Es ist ein Brief, Sir«, legte Wilson mit wichtiger Miene los. »Möglicherweise auch die Erklärung dafür, warum sie hier war. Sieht ganz so aus wie ein –«

»Halten Sie den Mund«, knurrte Williamson, wieder ganz der alte. »Und lassen Sie diesen verdammten Brief ja nicht fallen, sonst nagle ich Sie dafür ans Kreuz!«

Er förderte ein großes, weißes Taschentuch aus seiner Hosentasche zutage, schüttelte es auseinander und benutzte es als behelfsmäßigen Handschuh. Er nahm das Blatt Papier an einer Ecke und hielt es so, daß Thornhill es auch lesen konnte.

Es gab weder eine Adresse noch eine Anrede. Die Buchstaben waren in unterschiedlicher Schrifttype und Größe angeordnet. Trotz allem vermittelte das Ganze einen Eindruck von Ordnung und Sorgfalt. Hier hatte sich jemand Mühe gegeben, hatte die einzelnen Teile fein säuberlich ausgeschnitten und die Schere immer parallel zu den Buchstaben ausgerichtet, sowohl horizontal als auch vertikal. Die Fragmente stammten aus einer Zeitung. Es handelte sich, wie Thornhill automatisch registrierte, in der Regel entweder um ganze Worte oder wenigstens um komplette Silben.

Du Hure. Ich weiß, was du mit Sutton in der Kirche treibst. Dreckige Nutte. Gott wird dich mit dem Tod strafen, Hure. Geh zurück nach London, wo du hingehörst.

Zweiter Teil

I

Der Rover der Wemyss-Browns schlingerte die Chepstow Road entlang und bog im letzten Moment in den Broadway Drive ein.

»Hoppla!« sagte Philip und fügte überflüssigerweise hinzu: »Kam etwas überraschend.«

Jill ließ den Haltegriff los, an den sie sich geklammert hatte. Philip ließ den Wagen ausrollen und kam an der Bordsteinkante zum Stehen. Broadway Drive war eine leicht geschwungene Sackgasse mit vielleicht dreißig Häusern. Auf der rechten Seite grenzten die Grundstücke an das Gelände des Royal-Airforce-Krankenhauses. Auf der linken Seite lag freies Feld. Die Straße gehörte noch zu einem Vorort von Lydmouth, doch die Gegend wirkte irreführenderweise ländlich, denn zu zwei Seiten erhob sich das Land sanft zu den Hügeln; an den tiefergelegenen Hängen weideten Schafe wie Miniaturwolken an einem saftig grünen Himmel, und entlang der Hügelkämme zog sich das dunklere Grün der Wälder.

Sie stiegen aus dem Auto. Es war beinahe Mittagszeit, und die Sonne stand hoch am Himmel. Die meisten Häuser waren zweistöckig und freistehend. Die Fensterscheiben glänzten, und in den Gärten blühte es farbenprächtig. An einigen Schornsteinen prangten Fernsehantennen. Philip besah sich die Gegend.

»Scheußlich hier, oder? Aber die Leute geben ein Vermögen dafür aus, daß sie hier wohnen können. ›Mit allem Komfort‹, weißt du.« Er deutete mit dem Kopf ans Ende der Sackgasse, wo vier Bungalows in einem Halbkreis standen. »Was glaubst du? Einer von denen?«

Philip und Jill gingen die Straße hinunter. Aus einem offenen Fenster in einem der Häuser beobachtete sie eine Frau. Sie trug eine Schürze und hatte einen Staubsauger in der Hand. Eine Sklavin des Haushalts, dachte Jill und wendete den Blick ab; sie erschauerte vor Mitgefühl und Schrecken, denn das Schicksal der Frau hätte leicht auch ihres sein können. Aber vielleicht – das alte Gegenargument schoß ihr durch den Kopf – war es gar kein Schicksal, das man meiden mußte, sondern ein durchaus wünschenswertes. War denn ihr eigenes Leben so viel besser, daß sie damit prahlen konnte? Die Frau mit dem Staubsauger hatte wenigstens ihr eigenes Heim.

»Zehn zu eins, es ist das letzte Haus in der Reihe«, sagte Philip.

Seine Bemerkung war das Ergebnis einer Art Ausschlußmethode. Vor einem der Häuser flatterte ein Herrenhemd auf der Wäscheleine, vor der Haustür eines anderen parkte das rote Tretauto eines Kindes, und vom Fenster des dritten Hauses aus beobachtete sie die Frau mit der Schürze. Das vierte stand ein wenig abseits von den anderen, in einem gepflegten Garten, der – um die Arbeit möglichst gering zu halten – zwar eine Vielfalt von Grünpflanzen, aber so gut wie keine Blumen enthielt.

Jill stieß das eiserne Gartentor auf, und sie gingen zur Eingangstür des Hauses. Neben dem Bungalow war eine Garage mit einem schwarzen Tor. Ein Hund bellte im Nachbargarten, und die Frau mit der Schürze rief: »Oh, sei still, Ollie!« Der Hund bellte weiter, aber nicht mehr so laut. Philip klingelte.

»Sie ist nicht zu Hause«, sagte die Nachbarin, die plötzlich auf der anderes Seite des Zaunes auftauchte. »Hat wohl gestern nacht auf den Putz gehauen, wenn Sie mich fragen – sehen Sie mal.«

Sie wedelte mit einem Staubtuch in Richtung des Bungalows der Kymins. Dort, in der Ecke zwischen Haus und Garage, stand, geschützt von der Sonne, eine einzelne Milchflasche. Sie war voll.

»Sie hat auch die Wäsche nicht rausgelegt.« Der Stimme nach war sie eine Einheimische, das heißt nicht richtig West Country und nicht richtig Wales: eben typisch Lydmouth. »Der Mann von der Wäscherei hat heute morgen geklingelt, aber sie hat nicht aufgemacht.«

Während sie sprach und auf die Straße zuging, tauchte ihr Kopf immer wieder über dem Zaun auf. Sie trat aus ihrer Einfahrt heraus, schloß vorsichtig das Tor hinter sich und kam die Einfahrt zu Miss Kymin herauf. Sie war Mitte vierzig, stupsnasig, hatte dunkles Haar und war stämmig. Ihr rosiges, faltenloses Gesicht hätte genausogut einem Jungen gehören können.

Philip nahm den Hut ab. »Ich bin Philip Wemyss-Brown von der *Gazette*. Dies ist meine Kollegin, Miss Francis. Gehen wir richtig in der Annahme, daß hier die Kymins wohnen?«

»Nur noch eine von ihnen.« Die braunen Augen schauten wachsam, aber nicht unfreundlich. »Die alte Dame ist gestorben. Worum geht es überhaupt?«

»Wir glauben, daß Miss Kymin einen Unfall hatte.« Philip schaute sie besorgt an. »Es ist ziemlich kompliziert.«

Jill hatte ein eher zweifelhaftes Vergnügen an Philips Taktik. Mit dem Hut in der Hand und seinem besorgten Blick beabsichtigte er nicht nur, die Frau zu beruhigen, sondern sie auch zu aktiver Kooperation zu bewegen.

Sie jedoch hatte keine Eile. »Warum?« Sie plazierte ihre linke Hand auf der Hüfte und schaute von Jill zu Philip.

Philip wand sich unter diesem Blick und tat – halbwegs überzeugend – so, als sei ihm das Ganze furchtbar unangenehm. »Es war ein ziemlich schlimmer Unfall. Ich hoffe, es ist kein allzu großer Schock für Sie ...«

»Sie ist tot, meinen Sie. Wie ist es passiert?«

»Sie war in der Kirche, St. John. Der Pfarrer hat sie heute morgen gefunden.«

»Aber was ist passiert? Wie ist sie gestorben?«

Jill kam Philip zu Hilfe. »Das weiß keiner genau. Die Polizei ist jetzt dort. Ich hoffe, sie war keine enge Freundin von Ihnen.«

»Die wollte keine engen Freunde. Hören Sie, warum sind Sie hier?«

»Wie es aussieht, wird die *Gazette* die Geschichte bringen. Wir wollten nur ein paar Hintergrundinformationen über Miss Kymin. Wir werden auch Ihren Namen nicht nennen, wenn Ihnen das lieber ist.« Die Frau richtete sich auf und schob den Oberkörper vor. »Mein Name ist Ethel Milkwall, und ich stehe dazu.«

Philip hatte seinen Notizblock hervorgezaubert. »Mrs. Milkwall, wenn ich Sie richtig verstehe?«

»Natürlich. Ich habe überhaupt nichts dagegen, wenn Sie drucken, was ich sage. Machen Sie nur keine Fehler.«

»Haben die Kymins schon lange hier gewohnt?« fragte Jill.

»Sie sind vorletzten Winter hierhin gezogen. Im Februar, glaube ich. Haben früher in London gelebt, aber die alte Dame hat einen Narren an der Gegend hier gefressen. Sie hat die Flitterwochen hier verbracht oder so was.«

»Sie müssen sie ziemlich gut gekannt haben«, hakte Philip nach. »So als Nachbarn.«

Mrs. Milkwall schüttelte heftig den Kopf. Sie wurde immer lebhafter, während sie redete; der übliche Nebeneffekt, wenn die Leute sich zu fremden Katastrophen äußern durften. »Sie blieben für sich. Typisch Londoner, verstehen Sie? Unsere Art ist das nicht.« Der Blick der Frau wanderte prüfend zwischen Jill und Philip hin und her. Zweifellos kalkulierte sie die Möglichkeit mit ein, daß sie ebenfalls aus London kamen oder aus einer ähnlich exotischen Gegend. »Ich hab ein paarmal bei ihnen hereingeschaut, kurz nachdem sie eingezogen waren – einfach so als Nachbarin, verstehen Sie, aber sie legten offenbar keinen Wert darauf, Leute kennenzulernen. Nachdem die alte Dame gestorben war, bin ich rübergegangen, um zu sehen, ob ich irgendwie helfen kann, aber die Tochter hat mich mehr oder weniger rausgeschmissen.«

»Pfui«, sagte Philip ungläubig.

Mrs. Milkwall ließ die Mundwinkel hängen. »Hat gesagt, sie hätte zu tun. Lächerlich! Als ob eine von denen viel getan hätte.« Abfällig deutete sie auf die ordentlich gestutzten Büsche und den kurzen Rasen. »Schauen Sie sich das doch an, das ist doch kein Garten, oder? Sie hatte es mit der Kirche, diese Miss Kymin, vor allem, als dann der neue Pfarrer kam. Wer weiß, vielleicht hatte es etwas damit zu tun, daß ihre Mutter im Sterben lag.« Mrs. Milkwall zeigte plötzlich auf den Pfad, der zwischen Miss Kymins Garage und dem Gartenzaun verlief: »Das war ihre.«

Philip und Jill drehten sich um. Im Schutz der Garage stand eine kleine Katze – braun getigert, mit kurzem Fell, zierlich gebaut und schrecklich mager.

»Ihre Mutter haßte Katzen.«

»Also hat sie der Tochter gehört?« fragte Jill.

»Sie hat sie jedenfalls aufgenommen. Jemand hat sie ausgesetzt. Die Mutter hat gesagt, sie kriegt einen Anfall, und wollte nicht, daß sie sie ins Haus ließ. Hab gehört, wie sie deswegen rumgeschrien hat.«

»Klingt so, als ob die Mutter die Hosen anhatte«, sagte Philip.

»Das kann man laut sagen. Hätte als Mann zur Welt kommen sollen. Hatte nicht umsonst diesen Schnurrbart.«

»Die Katze sieht halb verhungert aus«, sagte Jill. »Hat Miss Kymin sie nie gefüttert?«

»Manchmal. Ich hab gesehen, wie sie eine Schüssel zum Schuppen gebracht hat. Wissen Sie, das ist keine von den Katzen, die sich selbst versorgen können. Mit der stimmt was nicht. Man hätte ja meinen können, daß sie sie ins Haus holt, nachdem ihre Mutter tot war, aber nein.« Mrs. Milkwalls Gesicht erhellte sich vor Schadenfreude. »Wahrscheinlich hat sie gedacht, die alte Dame hat immer noch ein Auge auf sie.«

Jill hockte sich hin und streckte die Hand aus. Die Katze starrte sie an. »Wie heißt sie?«

»Keine Ahnung. Die Alte hat sie immer nur Katze genannt, wenn überhaupt. Aber die Junge hatte einen Namen für sie. Alice? Irgend so etwas.«

Die Katze streckte sich und kam vorsichtig zwei Schritte auf Jill zu. Sie bewegte sich ungeschickt. Irgend etwas war mit einem ihrer Hinterbeine nicht in Ordnung.

»Ich würde sie schon füttern«, sagte Mrs. Milkwall abwehrend. »Nicht dauernd, nur, bis sie ein neues Zuhause findet. Mehr geht einfach nicht, bei den Kosten und so. Außerdem mag Ollie keine Katzen.«

Als ob er ihre Worte noch unterstreichen wollte, warf sich ein schwerer Körper gegen die andere Seite des Zaunes. Der Hund bellte wütend. Die Katze drehte sich um und sprang unbeholfen den Weg hinunter. Jill richtete sich auf und folgte ihr.

Der Pfad führte sie zu einem gepflasterten Teil des Grundstücks auf der Rückseite des Bungalows und der Garage. Sie spähte in die beiden Fenster, die auf den rückwärtigen Garten hinausgingen, in eine kleine, moderne Küche mit sauberen, glänzenden Arbeitsflächen und einem Tisch, an dem ein einzelner Stuhl stand, und in ein Schlafzimmer, wahrscheinlich das der Mutter, das mit dunklen, schweren Möbeln vollgestellt war.

Im Gegensatz zu dem langweiligen, aber fast schon zwanghaft angelegten Vorgarten, war der rückwärtige Teil hauptsächlich sich selbst überlassen worden. Der Rasen war nicht gemäht und übersät mit Gänseblümchen. Das Rosenbeet zur Linken war im Begriff, zu einem undurchdringlichen Dickicht zu werden. Ein mit Bruchsteinen gepflasterter Pfad – ein Relikt der Erfindungsgabe, wenn auch nicht der Geschicklichkeit eines früheren Hausbesitzers, wie Jill vermutete – schlängelte sich durch den Garten zu einem Schuppen an der Gartenmauer. Sowohl der Schuppen als auch die Mauer waren älter als der Bungalow. Von der Katze war nichts zu sehen.

Jill folgte dem Pfad bis zum Schuppen. Auf der einen Seite lag etwas, das früher einmal ein Gemüsegarten gewesen, jetzt aber von Brennesseln überwuchert war. Der Schuppen besaß ein schräg abfallendes Wellblechdach und war aus gebeiztem Holz gebaut. Die Tür war mit dem abgebrochenen Stiel eines Spatens oder einer Harke festgeklemmt. Jill steckte den Kopf hinein.

Gleich hinter der Tür stand eine Emailleschüssel, sauber ausgeleckt. Es gab keine Fenster, und das einzige Licht fiel durch die offene Tür und die Ritzen zwischen den Brettern. Jill sah einen Rasenmäher, einen Stapel Zeitungen und eine alte Kommode. Es war ein warmer Tag, aber im Schuppen war es kalt; Jill fröstelte. Die Katze tat ihr leid.

Auf dem Pfad näherten sich feste Schritte. Jill drehte sich um. Mit finsterem Blick und flatterndem Jackett marschierte Richard Thornhill auf sie zu. Eine verwirrende Fülle von Gefühlen durchfuhr sie wie ein milder Elektroschock: Ärger über die Störung während der Ausübung ihres Berufes, Ärger über die Störung ihrer Privatsphäre, Überraschung darüber, daß er so schnell hier war, der Wunsch nach einer Gelegenheit, ihr Aussehen zu überprüfen, und ein Gefühl, das sie nicht einordnen konnte – zum einen, weil ihr keine Zeit blieb, und zum anderen, weil sie es nicht wollte.

»Darf ich Sie fragen, was Sie hier tun?« fragt er sie herrisch. Es war eine dieser wichtigtuerischen Fragen, die empörte Amtspersonen in zweitklassigen Filmen zu stellen pflegen, dachte Jill. Sie bemerkte sein abgespanntes, müdes Gesicht und fragte sich, wieviel er letzte Nacht wohl geschlafen hatte. Er war Familienvater, hatte mehrere kleine Kinder, vielleicht hatten sie ihn nicht schlafen lassen. *Kinder* – sie schob den Gedanken von sich.

»Ich suche Miss Kymins Katze«, fuhr sie ihn an. »Haben Sie sie gesehen?«

»Ich muß Sie bitten zu gehen.«

»Wie Sie wünschen.«

Jetzt erschienen auch Philip und Mrs. Milkwall an der Rückseite des Bungalows und hinter ihnen der junge Detective Constable, den sie schon in der Kirche gesehen hatte. Alle drei sahen verärgert aus, doch wahrscheinlich aus unterschiedlichen Gründen.

Thornhill blockierte immer noch den Weg. »Miss Francis?«

»Was ist?« Mit Befriedigung sah sie kleine rote Flecken auf seinen normalerweise blassen Wangen.

Er zögerte, und sie vermutete, daß er im letzten Moment zurückhielt, was er sagen wollte.

»Nun?« hakte sie nach.

»Ich weiß, daß Sie Miss Kymin heute morgen gefunden haben.« Er gab sich Mühe, versöhnlich zu wirken, doch seine Verärgerung war offensichtlich, lauerte wie ein sprungbereites Tier unter der Maske amtlicher Verbindlichkeit. »Ich weiß, daß Sie Ihre Arbeit tun, doch wir können nicht zulassen, daß uns die Journalisten im Weg sind.«

»Und umgekehrt«, sagte sie.

»Wie bitte?«

»Sie stehen im Weg. Würden Sie mich bitte vorbeilassen?«

In dem Augenblick sah sie die Katze. Sie hatte ihre angeborene Gelassenheit wiedergefunden und saß in sicherer Entfernung auf der Mauer, die den Garten auf der rechten Seite begrenzte.

Jill verließ den Weg. »Alice?«

»Wer?« sagte Thornhill mit unverhohlenem Ärger.

Die Katze erhob sich, starrte die Menschen an und sprang auf der anderen Seite der Mauer davon.

2

Das Telefon klingelte gerade in dem Moment, als Philip Wemyss-Brown in die Bar des *Bull Hotel* gehen wollte.

»Würden Sie das bitte erledigen«, bat er Miss Gwyn-Thomas, als er das Vorzimmer durchquerte. »Ich gehe zum Essen.«

Aber als er die Stufen hinuntereilte, hörte er, wie sie über den Flur hinter ihm herrannte.

»Es ist Mrs. Wemyss-Brown«, rief sie über das Geländer. »Ich habe ihr gesagt, vielleicht erwische ich Sie noch.«

»O Gott.« Philip machte kehrt und kam langsam die Treppe herauf.

Miss Gwyn-Thomas keuchte. »Sie sagte, es wäre dringend, Sir. Ich hoffe, ich habe das Richtige getan?«

»Ja, natürlich. Stellen Sie es in mein Büro.«

Er schloß die Tür, ließ sich auf der Ecke des Schreibtischs nieder und hob den Hörer ab. »Charlotte, was gibt's?«

»Ich hoffe, ich habe dich nicht gestört«, entschuldigte sich Charlotte heuchlerisch. »Ich habe mich nur gefragt, ob du vielleicht weißt, wo Jill steckt?«

»Nicht genau, nein. Sie –«

»Sie hat versprochen, mich anzurufen. Ich saß den ganzen Vormittag zu Hause fest. *Entre nous*, das hat mir gar nicht gepaßt. Ziemlich gedankenlos, findest du nicht?«

Philip gab ein unbestimmtes Geräusch von sich, das halb wie ein Grunzen, halb wie ein Summen klang. »Die Sache ist –«

»Sie wollte mir die Abmessungen des Kelchs besorgen, damit ich meinen Artikel fertigschreiben kann, wie du dich vielleicht erinnerst. Ich habe sie beim Frühstück darum gebeten.« Charlotte machte eine kurze, aber bedeutungsvolle Pause. »Du warst dabei.«

Das war der springende Punkt, wie Philip wußte. Als Jill Anfang des Jahres nach Lydmouth gezogen war, hatte Charlotte ein Zimmer für sie in der Castle Street gefunden. Aber wegen einer Erkrankung kehrten der Hausbesitzer und seine Familie vorzeitig aus Rhodesien zurück, so daß Jill auf der Straße saß. Philip hatte ihr angeboten, im Troy House zu wohnen, solange sie nach etwas Neuem suchte. Sie war jetzt seit vierzehn Tagen bei ihnen. Solch selbstverständliche Gastfreundschaft gegenüber einer alten Freundin war in der Theorie wunderbar, aber in der Praxis hatte sie eine Situation geschaffen, die Charlotte mehr und mehr mißfiel.

»Nun?« Charlottes Stimme klang schroff durch das Telefon. »Hat sie schon ein wenig Zeit erübrigen können, ihn auszumessen?«

»Ich fürchte, es gibt da gewisse Schwierigkeiten«, sagte Philip besänftigend. »Leider ist der Kelch gestohlen worden.«

Charlotte schwieg nur eine Sekunde lang. Dann ergoß sich ein Strom von Fragen durch das Telefon. Philip ergriff die Gelegenheit zu einem Ablenkungsmanöver. Er erzählte ihr alles, was er über den Diebstahl, Miss Kymins Tod und die polizeilichen Ermittlungen wußte; er erwähnte auch mit bescheidenem Stolz, daß er soeben fünfhundert Worte über diese Geschichte diktiert und an die *Daily Mail* geschickt hatte.

»Ich hoffe, du warst diskret.«

»Absolut, meine Liebe.«

»Wir wollen doch nicht, daß sich herumspricht, daß du Geschichten an die Überregionalen weitergibst.«

»Nein, wirklich nicht.«

»Es würde deine Autorität völlig untergraben. Und im übrigen wird es dann jeder so machen wollen.«

»So sehe ich das auch.«

»Und wo ist Jill jetzt?« fuhr Charlotte fort.

»In der Kirche. Oder, genau gesagt, davor. Ich habe sie gebeten, bis auf weiteres dort zu bleiben. Die *Post* hat bereits Ivor Fuggle hingeschickt, und dann sind noch zwei von den anderen Jungs da, einer vom *Citizen* und einer von der *Western Mail.* Inzwischen sind es wahrscheinlich noch mehr.

»Gut gemacht.« Charlotte klang besänftigt. »Wir wollen doch nicht, daß sie uns zuvorkommen. Aber wäre Jill nicht besser im Pfarrhaus als nur davor? Wenn das möglich ist.«

»Ja, natürlich, meine Liebe, aber –«

»Und was ist mit Mrs. Abberley? Sie wohnt gleich neben dem

Pfarrhaus. Carter hat immer gesagt, sie weiß mehr über die Gemeinde als er.«

»Was in seinen letzten Jahren nicht besonders schwierig war.«

»Es würde mich überraschen, wenn die Polizei noch nicht mit ihr gesprochen hat. Mir ist aufgefallen, daß sie gestern mit Miss Kymin geschwatzt hat. Und sie verbringt eine Menge Zeit am Fenster. Wenn ich du wäre, würde ich mal mit Amy Gwyn-Thomas reden. Sie weiß vielleicht am besten, wie man mit ihr umgehen muß.«

»Das ist eine großartige Idee.« Er kicherte. »Unser Trojanisches Pferd, was?«

Aber Charlotte war nicht in der Stimmung für Scherze. »In gewisser Weise kommt der Diebstahl Alec Sutton entgegen.«

»Was um alles in der Welt meinst du damit?«

»Chrissie Newton kam heute morgen auf eine Tasse Kaffee vorbei. Sie hat mir im Vertrauen erzählt, daß es letzten Freitag im Gemeinderat wegen des Kelches eine ziemlich heftige Auseinandersetzung gab. Giles ist Gemeindevorsteher, weißt du, deshalb ist er automatisch Mitglied des Gemeinderats. Er hat ihr erzählt, sie hätten sich fast die Köpfe eingeschlagen.«

»Weil Sutton den Kelch beim Gottesdienst benutzen wollte? Fanden sie das etwas zu papistisch?«

»Nichts dergleichen, Schatz.« Charlotte stöhnte über seine Begriffsstutzigkeit. »An und für sich ist an einem Kelch ja noch nichts Papistisches. Nein, es ging um etwas viel Ernsteres. Wie es scheint, will eine beachtliche Minderheit den Kelch verkaufen und den Erlös in die Restaurierung der Kirche stecken.«

»Auf welcher Seite steht Sutton?«

»Er möchte ihn behalten. Laut Chrissie – ich weiß natürlich nicht, ob sie Giles Worte richtig wiedergegeben hat –, laut Chrissie jedenfalls hat Alec Sutton Victor Youlgreave wissen lassen, wenn sie den Kelch verkaufen wollen, dann nur über seine Leiche.«

3

»Zwei Sandwiches mit Käse und Gurke«, trug Superintendent Williamson dem uniformierten Constable auf. »Zwei Tassen Kaffee mit Milch und Zucker. Zwei Schweinefleischpasteten. Haben Sie das, Porter?«

»Ja, Sir.« Porters Wangen zuckten, als ob er durch Muskelarbeit den Auftrag an sein Gehirn weiterleiten wollte. Er war Anfang zwanzig, und beim Anblick seines pickeligen, ernsten Gesichts fühlte sich Richard Thornhill wie vorzeitig gealtert.

»Für mich bitte keinen Zucker«, sagte er schnell. »Und auch keine Schweinefleischpastete.«

Der Raum bebte, als Porter zur Tür stapfte. Er war groß, doch seine Stiefel schienen einem noch größeren Mann zu gehören. Schwer atmend versuchte er, die Tür halbwegs leise zu schließen. Ein Scharnier quietschte. Porter sandte einen schmerzverzerrten Blick zu den beiden Vorgesetzten, sein Gesicht glühte, eine Schweißschicht überzog es wie Patina. Williamson seufzte.

»Seit dem Krieg ist das Niveau gesunken«, sagte er laut. »Darüber gibt es keinen Zweifel.« Porters Schritte donnerten den Flur hinunter. »Nun, was haben Sie für mich?«

»Nicht viel. Die *Gazette* schnüffelte in Miss Kymins Garten herum, als ich ankam. Haben die Nachbarn ausgehorcht.«

»Diese Miss Francis?«

»Und Philipp Wemyss-Brown persönlich. Verdammt lästig.«

»Schade.« Der Superintendent schlug die Akte auf, die auf seinem Schreibtisch lag. »Ziemlich hübsch, die Frau. Und sie und die Wemyss-Browns verfügen über gute Beziehungen.« Seine dicken Finger blätterten durch die Seiten, aber seine harten blauen Augen starrten über den Schreibtisch. »Kein Grund, sie unnötig aufzuregen.«

»Das bedeutet, daß die Wagenladung Journalisten früher als sonst eintreffen wird.«

»Das kann ich nicht ändern.« Williamson schien nicht übermäßig beunruhigt bei dem Gedanken. »Nun, was ist? Machen Sie weiter?«

Thornhill schlug sein Notizbuch auf und trug die kargen Informationen vor, die er von Mrs. Milkwall bekommen hatte. »Es sieht so aus, als ob Miss Kymin nach dem Tod ihrer Mutter Trost in der Religion gefunden hätte.«

Williamson schnaubte. »Und vielleicht nicht nur in der Religion. Typisch für alte Jungfern, verliebt sich in den Pfaffen. Ist diese Mrs. Milkwall glaubwürdig?«

»Wahrscheinlich. Sie arbeitet halbtags als Putzfrau im Krankenhaus. Ihr Mann ist Mechaniker – solide Leute.«

»Wie ging es den Kymins finanziell?«

»Soweit ich bis jetzt weiß, ging es ihnen nicht schlecht. Der Bungalow gehörte ihnen. Sie haben sehr einfach gelebt. Kein Hinweis auf finanzielle Probleme.«

»Auch nach dem Tod der Mutter nicht?«

»Miss Kymin hatte ein Sparkonto mit über viertausend Pfund. Und einiges hat sie in Aktien angelegt.«

Williamson pfiff durch die Zähne. »In meinen Augen ist das mehr als nicht schlecht. Wer kriegt die Beute?«

Thornhill zuckte die Achseln. »Keine Spur von einem Testament. Im Zimmer der alten Dame hing ein Bild von einem Mann in Uniform, aber den scheint es in Arnheim erwischt zu haben. Ich werde mit ihrem Anwalt Verbindung aufnehmen. Es ist eine Londoner Kanzlei.«

»In Ordnung. Was hat sie gestern getan?«

»Sutton sagt, daß sie beim Patronatsgottesdienst in St. John war, aber er glaubt nicht, daß sie anschließend beim Mittagessen war. Was an sich schon merkwürdig ist.«

»Finden Sie? Waren *Sie* dort?«

»Nein, Sir«, sagte Thornhill steif und ließ sich nicht beirren. »Nachmittags hat die Nachbarin sie im Garten gesehen – als sie die Katze fütterte. Später, gegen neun Uhr abends, hat Mrs. Milkwall sie weggehen sehen. Sie –«

»Ging sie oft um diese Zeit aus?«

»Keineswegs.«

»Möglicherweise ist der Brief eine Erklärung dafür.« Williamson hatte häufig seine Mißbilligung über nicht beweisbare Theorien ausgedrückt, aber für ihn schien das nicht zu gelten. »Nehmen wir an, sie hat ihn am Samstag erhalten. Vielleicht hatten sie und der Pfarrer *wirklich* etwas miteinander. Vielleicht auch nicht, aber mal angenommen, sie hätte es gewollt. Spielt eigentlich keine Rolle. Was macht sie also, als sie diesen Brief kriegt? Sie will sich mit ihm treffen, denn sie weiß nicht, was sie tun soll. Aber er ist mit diesem Pfarrfest oder was auch immer voll beschäftigt und kann sich frühestens am Sonntag abend damit auseinandersetzen. Sie treffen sich in der Kirche, weil es den Nachbarn auffallen würde, wenn er zu ihr käme. Sie kann nicht ins Pfarrhaus kommen, weil da Mrs. Sutton ist. Und selbst, wenn die Behauptung nicht wahr ist, ist die ganze Angelegenheit noch delikat genug. Natürlich bringt sie den Brief mit.«

»Es gibt keinen Beweis, daß –«

»Daß Sutton dort war? Die Kirche war abgeschlossen, vergessen Sie das nicht.«

»Aber der Schlüssel zur Südtür war unter dem Portal versteckt, und das war so ziemlich allgemein bekannt. Und warum sollte Sutton in die Sakristei einbrechen?«

»Damit es wie ein Einbruch aussieht, natürlich.« Williamson schlug triumphierend mit der Faust auf die Schreibtischunterlage. »Der Punkt ist, daß der Tresor mit dem Schlüssel geöffnet wurde. Es gibt keinerlei Fingerabdrücke.«

»Das Schloß von diesem Tresor muß ungefähr fünfzig oder sechzig Jahre alt sein oder vielleicht sogar noch älter. Für jemanden, der sich auskennt, ist es ein leichtes, ihn ohne Schlüssel aufzumachen.«

»Das Schloß der Sakristeitür ist nur ein einfaches Sicherheitsschloß.« Williamson rieb sein Kinn und fügte wie zu sich selbst hinzu: »Um den Tresor aufzubekommen, bräuchte man einen Schlosser.«

»Oder einen erfahrenen Tresorknacker.«

Die beiden Männer starrten sich an.

»Sutton hat seinen eigenen Tresorschlüssel«, fuhr Thornhill fort. »Ich werde Barclays Bank überprüfen – sie haben ebenfalls einen. Einer der Gemeindevorsteher hat den dritten – Giles Newton. Und ich werde auch mit dem anderen vom Pfarrgemeinderat reden. Ein Mann namens Victor Youlgreave.«

Williamson grunzte: »Das alte Waschweib.«

Es klopfte an der Tür, und Porter kam mit dem Lunchtablett herein. Auf Zehenspitzen ging er durchs Zimmer und stellte es ehrfürchtig auf Williamsons Schreibtisch ab. Er stieß mit dem Tablett gegen einen Aktenordner, das Tablett wackelte, und der Kaffee schwappte in die Untertassen.

»Gehen Sie einfach und lassen Sie uns in Frieden«, murmelte Williamson abwesend.

»Entschuldigen Sie, Sir –«

Williamson hob die Stimme: »Raus.«

»Sir«, sagte Porter verzweifelt. »Sergeant Fowles hat mich gebeten, Ihnen auszurichten, daß er Sergeant Kirby nicht erreicht hat. Seine Wirtin sagt, daß er heute morgen mit dem Motorrad weggefahren ist.«

»In Ordnung. Raus mit Ihnen.«

»Sagen Sie Fowles, er soll es weiter versuchen«, sagte Thornhill schnell.

Wieder quietschte die Tür, und Porter marschierte davon.

»Wie gut, daß wir Wilson haben, was?« Der Superintendent biß von seiner Schweinefleischpastete ab, warf einen Blick auf die Uhr an der Wand und wandte sich wieder Thornhill zu. »Auch wenn wir noch am Anfang stehen, sieht es so aus, als gäbe es im Prinzip zwei Möglichkeiten. Erstens, Miss Kymin ist zur Kirche gegangen, wahrscheinlich, um den Pfarrer zu treffen, und überrascht jemanden bei dem Versuch, den Kelch zu klauen. Das könnte der Pfarrer gewesen sein oder auch ein unbekannter Dritter. Zweite Möglichkeit: Miss Kymin vereinbart ein Treffen mit dem Pfarrer, und er bringt sie um, um sie daran zu hindern auszuposaunen, daß die beiden ein Verhältnis haben. Einverstanden?«

»Ich weiß nicht so recht. Die Sache mit den Schlüsseln bringt alles durcheinander.«

»Es führt kein Weg daran vorbei, so sieht es im Augenblick aus. Mal sehen, was der Chief Constable dazu sagt. In der Zwischenzeit reden Sie noch mal mit Sutton. Und mit seiner Frau. Darauf läuft doch alles hinaus. Sind sie *damit* einverstanden?«

Thornhill, der an einem trockenen Sandwich herumkaute, nickte.

»Vielleicht haben die Leute von der Spurensicherung in der Kirche etwas gefunden.« Immer noch kauend, stand Williamson auf und studierte die Karte von Lydmouth, die an der Wand hing. »Es ist eine ganz schöne Ecke vom Broadwell Drive bis zur Kirche. Befragen Sie die Constables, die letzte Nacht Streife gegangen sind. Und die Busgesellschaft. Irgend jemand muß sie gesehen haben. Dann ist da noch das Stemmeisen, oder was es war. Vermutlich ist das auch die Tatwaffe. Wir müssen herausfinden –«

Das Klingeln eines seiner Telefone schnitt ihm das Wort ab. Williamson griff nach dem Hörer des Telefons, das ihm am nächsten stand – seine Durchwahl.

»Williamson«, bellte er. Einen Augenblick später säuselte er: »Nein, Sir, überhaupt nicht.« Sein Gesichtsausdruck wurde starr, er richtete sich in seinem Stuhl auf und griff nach seinem Federhalter. »Was Sie nicht sagen. Und wann war das, Sir?«

Thornhill beobachtete, wie Williamsons Stift sich bewegte: Er machte keine Notizen, sondern zeichnete; automatisch griff er nach Papier und Federhalter, wenn er telefonierte, so, wie andere Männer nach einer Zigarette griffen. Er kritzelte fast immer das gleiche, eine Katze mit üppigen Schnurrhaaren, einem schlangenartigen Schwanz und einem breiten Grinsen in einem Gesicht voller bedrohlicher Zähne. Wenn er mit einer fertig war, begann er die nächste.

Eine Katze! Jill Francis hatte in Miss Kymins Garten etwas von einer Katze gesagt. Catherine Kymin. Kitty Kymin. Kymin, die Katze. Jill Francis ähnelt einer Katze viel mehr, als Miss Kymin es jemals getan hat, dachte Thornhill. Geschmeidig, unabhängig und zurückhaltend.

Plötzlich stach Williamsons Feder in das Papier, und schwarze Tinte spritzte über den Rücken der Katze. »Soviel wir wissen, nicht«, sagte der Superintendent. Einen Augenblick später fügte er, immer noch in demselben unterwürfigen Tonfall, hinzu: »Nein, Sir, natürlich nicht. Ich schicke einen Mann auf dem Motorrad rüber, und wir lassen ihn sofort ins Labor bringen.« Es folgte wieder eine Pause, nur der Verkehrslärm drang durch das offene Fenster herein, und vom anderen Ende des Telefons hörte man eine leise, hohe Stimme. Dann gab Williamson eine Zusammenfassung der Ermittlungen bis zum jetzigen Zeitpunkt. »Thornhill macht sich gerade auf den Weg ins Pfarrhaus«, sagte er schließlich. »Und innerhalb der nächsten halben Stunde erwarten wir einen vorläufigen Bericht von der Autopsie.« Wieder eine Pause. »Ja, Sir. Auf Wiederhören.«

Williamson knallte den Hörer auf die Gabel. Er schraubte seinen Federhalter zu und starrte Thornhill über den Schreibtisch hinweg mit finsterer Miene an. »Das war Mr. Hendry.«

Thornhill hob die Augenbrauen. »Ein Brief?«

»Blaues Briefpapier, Zeitungsschnipsel – hört sich identisch an, bis auf den Inhalt. Verdammte Frechheit, an den Chief Constable zu schreiben! Glücklicherweise hat er den Umschlag aufgehoben. Er paßt zum Papier. Abgestempelt in Lydmouth nach der Leerung am Samstagmittag. Mr. Hendrys Adresse war mit Bleistift geschrieben und in Großbuchstaben.«

Williamson nahm sich ein Sandwich, sah es an und ließ es wieder auf den Teller fallen. Er griff nach einer der Pfeifen im Aschenbecher.

»In dem Brief steht, daß Sutton hier Ehebruch mit einer Frau, die nicht namentlich genannt ist, begangen hat. Vielleicht Miss Kymin? Außerdem wird behauptet, daß er nach London fährt und sich dort in Soho mit Prostituierten abgibt.« Der Superintendent hielt inne, und Thornhill hatte das Gefühl, daß er sich das Beste bis zum Schluß aufgehoben hatte. »Die letzte Behauptung ist, daß es Sutton schwerfällt, mit Geld umzugehen. Kein Wunder, bei all den hübschen Frauen. Und unser Briefschreiber ist der Meinung, daß er plant, den Abendmahlskelch zu stehlen, um sich ein paar Mark dazuzuverdienen.«

4

»O mein Gott«, sagte Mary Sutton. Sie spähte durch den Schlitz zwischen Vorhang und Wand. »Es ist der Erzdiakon.«

Eine unangezündete Zigarette in der Hand, trat ihr Mann zu

ihr ans Fenster. Ein brauner Morris Saloon parkte an der Friedhofsmauer. Die Fahrertür ging auf. Zunächst erschien ein Fuß mit einer Gamasche, dann der andere und schließlich der Rest des Erzdiakons – ein dünnes Männchen, dessen grünlicher Teint durch seine dunkle Kleidung noch unterstrichen wurde. Sein graues Haar war kurzgeschnitten wie bei einem Sträfling. Er griff ins Auto und holte einen Aktenkoffer und einen ausladenden Hut heraus. Die Journalisten scharten sich um ihn.

Alec stand neben ihr am Fenster. »Schau dir das an. Wann wird das aufhören?«

Sie nahm seinen Arm und drückte ihn. »Liebling, irgendwann ist es auch wieder vorbei. Alles geht vorüber.«

Noch während sie sprach, fragte sie sich, wie groß der Schaden sein würde. Alec wußte zum Beispiel nicht, was sich in ihrer Handtasche befand. Er hatte keine Ahnung, wie schlimm die Lage wirklich war. Sie sah zu, wie sich die Journalisten um die kleine, aufrechte Figur des Erzdiakons sammelten. Er hielt den Aktenkoffer wie ein Schwert vor sich ausgestreckt und ging ohne Eile und mit ausdruckslosem Gesicht an ihnen vorbei.

Die Suttons gingen in die Diele, um ihren Besucher zu empfangen. Ein Detective Constable in Zivil – ein zwielichtiger junger Mann, dachte Mary, mit einem Gesicht wie eine hungrige Ratte – lungerte neben dem Kamin herum. Er war von Inspector Thornhill vor dem Lunch hierherbeordert worden und hatte den uniformierten Beamten abgelöst, der vor ihm dagewesen war. Es war klar, daß er sie bewachen sollte, aber unklar war, ob er sie beschützen oder in Gewahrsam halten sollte.

Der Constable starrte die Suttons an, schluckte und ging einen unsicheren Schritt auf sie zu. Der Pfarrer ignorierte ihn und öffnete die Haustür. Mit erhobener Hand, im Begriff zu klopfen, stand ihr Besucher davor. Die Reporter kamen zögernd hinter ihm her.

Der Erzdiakon sagte kein Wort, bis er sicher im Pfarrhaus war. Er reichte Mary seinen Hut und rückte seine Brille auf der Nase zurecht.

»Wirklich. All diese Reporter – so etwas sieht man sonst nur im Kino.« Seine Stimme war hoch und präzise, und auch nach dreißig Jahren in der Diözese hatte er immer noch einen deutlichen Liverpooler Akzent. »Sie müssen sich wie bei einer Belagerung fühlen, Mary.«

»Das ist schon in Ordnung«, sagte sie und beschloß, ihn absichtlich mißzuverstehen. »Wir haben sogar einen eigenen Polizisten zu unserem Schutz. Dies ist Detective Constable Wilson.« Sie lächelte den jungen Mann ermutigend an und verbarg gekonnt, wie unsympathisch er ihr war. »Dies ist Mr. Davis, der Erzdiakon von Lydmouth.«

»Guten Tag«, sagte der Erzdiakon kühl.

Wilson wurde unsicher. »Tag, Sir.«

»Hatten Sie eine gute Fahrt?« fragte Alec. Er stolperte ein wenig über die Worte und versuchte tapfer, es wie einen ganz normalen Besuch aussehen zu lassen.

»Ziemlich heiß.« Davis' Gemeinde lag zehn Meilen südlich von Lydmouth. »Aber sonst wie immer.«

»Möchten Sie eine Tasse Kaffee?« fragte Mary. »Haben Sie überhaupt schon gegessen? Ich bin sicher, wir –«

»Ich hätte sehr gerne eine Tasse Tee. Wenn Sie so freundlich wären.«

Mary wußte sehr wohl, daß seine Bitte eine freundliche Art war, sie wegzuschicken. »Wir können alle eine Tasse Tee gebrauchen, sogar Mr. Wilson.«

Ihr Mann warf ihr einen Blick zu, als sie den Erzdiakon ins Arbeitszimmer führte. Er hatte immer noch die unangezündete Zigarette in der Hand. Als sie seinen Gesichtsausdruck sah, verlor sie beinahe die Fassung. Sie lächelte ihm zu, gab sich einen Ruck und machte sich auf den langen Weg in die Küche.

5

»Ich brauche wohl kaum zu sagen, daß der Bischof zutiefst betroffen ist«, sagte Davis. »Er mußte heute nach Lambeth, aber er bat mich, Ihnen zu sagen, daß er hofft, Sie morgen besuchen zu können. Er oder sein Kaplan werden Sie heute abend anrufen.«

»Wie freundlich von ihm.« Sutton ging hinter seinen Schreibtisch. »Ja – wirklich sehr freundlich. Wollen Sie sich nicht setzen?«

»Ich stehe lieber, vielen Dank.« Davis ließ seinen Aktenkoffer auf einen Stuhl fallen und ging steifbeinig zum Fenster. »Hat sich irgend etwas Neues ergeben, seit wir miteinander telefoniert haben?«

»Man hat uns nichts gesagt. Wir sind immer noch ganz benommen, fürchte ich. Wir können das alles noch gar nicht richtig fassen.«

»Sehr verständlich.« Davis sah zur Kirche hinauf und wandte sich dann wieder Sutton zu. »Und es besteht keinerlei Zweifel? Es ist also ausgeschlossen, daß der Tod der Frau ein Unfall war?«

»Ich fürchte, ja.« Sutton setzte sich abrupt hinter seinen Schreibtisch. »Ich nehme an, der Bischof möchte die Kirche neu weihen oder segnen. Vielleicht können wir in der Zwischenzeit mit St. Thomas zusammenarbeiten. O Gott, es gibt so viel zu tun.«

Davis sah ihn nicht unfreundlich an. »Wir sollten zuerst Ihre Lage besprechen, Alec.«

»Da gibt es nicht viel zu besprechen, wie ich meine. Ich habe die Leiche der armen Frau gefunden. Sie war eines meiner Gemeindemitglieder, wissen Sie? Eine traurige kleine Frau. Ich möchte nur wissen, wann die Polizei die Leiche zur Beerdigung freigibt. Ich weiß, daß das sehr egoistisch von mir ist, aber ich wünschte wirklich, sie wäre woanders gestorben.«

»Haben Sie einmal darüber nachgedacht, wie die Polizei das sehen könnte?«

Sutton sah auf und runzelte die Stirn. Er senkte den Blick und bemerkte die Zigarette in seiner Hand. Automatisch tastete er auf dem Schreibtisch nach dem Feuerzeug. Beim zweiten Versuch brannte die Zigarette. »Wie soll ich das verstehen?« sagte er durch eine Rauchwolke.

»Ich weiß nicht, was sie bisher für Erkenntnisse haben. Aber es besteht zumindest die Möglichkeit, daß sie absolut sichergehen wollen, daß Sie in diese Sache nicht persönlich verwickelt sind.«

»Sie glauben doch nicht wirklich –«

»Was ich glaube, zählt nicht. Natürlich glaube ich nicht, daß Sie irgend etwas mit dem Tod dieser Frau zu tun haben. Das ist nicht der Punkt. Es kommt darauf an, was die Polizei denkt. Und dann ist da noch der verschwundene Kelch.«

»Einige Mitglieder des Gemeinderates sind der Meinung, wir sollten ihn verkaufen. Sie sind am Freitag damit herausgerückt. So ziemlich aus heiterem Himmel. Dieser Esel Youlgreave steckt dahinter. Ich – ich fürchte, ich habe ziemlich heftig reagiert. Das wollte ich gerne mit Ihnen besprechen.«

Davis nickte. »Der Turm braucht einen neuen Unterbau«, sagte er, als ob er den Bericht des Architekten gerade vor Augen hätte. »Das Fachwerk im Nordschiff ist durch und durch von Holzwürmern durchsetzt. Und die gesamte Kirche braucht ein neues Dach; je länger das aufgeschoben wird, desto teurer wird es werden. Und das sind nur die Arbeiten, die man vernünftigerweise als Sofortmaßnahmen bezeichnen könnte.«

»Der Abendmahlskelch befindet sich seit mindestens vierhundert Jahren in unserer Obhut, Simon. Und ich finde, es steht uns nicht zu, ihn zu verkaufen.«

»Im Augenblick hat keiner von uns in der Angelegenheit etwas zu entscheiden«, sagte der Erzdiakon. Er kam näher an den Schreibtisch heran, nahm einen Aschenbecher und stellte ihn gerade noch rechtzeitig unter Suttons Zigarette, bevor ein langer Streifen Asche herunterfiel. »Alec, es gibt noch etwas, was ich mit Ihnen besprechen muß. Und das ist nicht unbedingt etwas Gutes.«

»Ich sehe immer wieder das Gesicht dieser armen Frau vor mir.«

»Ich weiß. Aber Sie müssen mir einen Moment zuhören. Der Bischof hat heute morgen einen sehr üblen anonymen Brief bekommen. Dieser Brief betraf Sie.«

6

Der Wasserkessel wurde und wurde nicht heiß. Nachdem Mary Sutton das Wasser aufgesetzt hatte, blieb nichts weiter zu tun, als das Tablett vorzubereiten, den Teewagen zu suchen und die

Teekanne auszugießen. Das dauerte ungefähr fünfzig Sekunden. Der Kessel, groß, unförmig und schwarz, stand düster auf dem Herd und verweigerte jegliche Erhitzung.

Mary war unruhig, voller unwillkommener Energie, die sich nicht in vernünftige Bahnen lenken ließ. Das Gemüse müßte geputzt werden; schließlich wollten sie ja zu Abend essen. Sie hatte seit dem Frühstück nichts mehr gegessen. Ihr Magen war leer, aber bei dem Gedanken an Essen wurde ihr übel.

Anstatt etwas Sinnvolles zu tun, lief sie in der schlauchartigen Küche auf und ab. Sogar an einem sonnigen Tag und bei geöffnetem Fenster roch es muffig. Wie so viele Zimmer im Pfarrhaus war auch die Küche unpraktisch groß. Ein Haus dieser Größe mußte voller Leben sein. Selbst wenn die Jungen in den Ferien hier waren, blieb das Haus seltsam leer.

Man mußte den Jungen Bescheid sagen. Sie nahm sich vor, am Abend ihren Erzieher anzurufen. Gott sei Dank waren sie weit weg von allem – vor allem mußten sie nicht mit ansehen, was für eine Wirkung die Geschichte auf ihren Vater hatte.

Der Schock äußerte sich mehr in Alecs Handeln als in seinem Aussehen. Er hatte ununterbrochen geraucht, seit er aus der Kirche gekommen war. All seine Bewegungen hatten etwas Zögerndes, als zweifle er nicht nur an seiner Fähigkeit, sie auszuführen, sondern als stelle er sogar ihren Zweck in Frage. Und das alles wegen Catherine Kymin, die so offensichtlich unglücklich war, und der doch so schwer zu helfen war. Als sie noch lebte, war es schon unmöglich gewesen, sie zu mögen, nach ihrem Tod war es noch schwieriger.

Pflichtbewußt tadelte sich Mary für ihren Mangel an Mitgefühl. Ihre Gedanken kreisten immer wieder um die verschiedenen Aspekte des Falls. Da war der Abendmahlskelch, die Kirchenvorsteher und der Erzdiakon. In der Diözese ging das Gerücht um, daß Davis Krebs hatte. Sie hoffte, daß es nicht stimmte, denn je besser sie ihn kennenlernte, desto mehr mochte sie ihn. Am Anfang hatte er sie und Alec ein wenig aus der Fassung gebracht, weil er die Angewohnheit hatte, die Geistlichen und ihre Frauen mit Vornamen anzusprechen, und er erwartete, daß sie dasselbe bei ihm taten.

»Es ist schwer zu sagen, ob man ihn für progressiv oder exzentrisch halten soll«, hatte Alec nach ihrem ersten Treffen gesagt. »Oder möglicherweise beides.«

Als Mary wieder am Herd vorbeikam, berührte sie den Kessel noch einmal: Er war jetzt lauwarm. Sie hatte nichts weiter zu tun, als sich Sorgen zu machen. Auf der Anrichte lag ihre Handtasche. Sie starrte sie an, und ihre Selbstdisziplin zerbrach. Sie erlaubte sich zwei Zigaretten am Tag – eine nach dem Frühstück und eine nach dem Abendessen; und während der Fastenzeit hörte sie ganz auf, außer an den Sonntagen, welche laut Alec von der Fastenzeit ausgenommen waren; es hatte durchaus seine Vorteile, einen Theologen in der Familie zu haben.

Die Aussicht auf das unvermeidliche Schuldgefühl hatte einen verborgenen Reiz. Sie öffnete das Schloß ihrer Handtasche, und sofort strafte Gott sie dafür: Sie erblickte den blauen Umschlag, der heute morgen angekommen war, und schlagartig war die Erinnerung an den Brief wieder da. Ärgerlich schnappte sie sich eine Zigarette aus dem Päckchen und zündete sie mit den Küchenstreichhölzern an.

»In Ordnung«, sagte sie laut. »Ich werde heute abend keine rauchen. Zufrieden?«

Keine Antwort. Der Tabak schmeckte bitter, doch sie zwang sich weiterzurauchen. Sie ging ans offene Fenster und lehnte sich auf das Fensterbrett. Der Rahmen war von Glyzinien umwuchert, die dringend zurückgeschnitten werden mußten. Das Fenster blickte auf den engen Hof an der Seite des Hauses. Zur Rechten lag das schwarze Tor zur Church Street. Vor ihr befand sich das alte Kutschenhäuschen mit seinen verwitterten Dachziegeln, die gefährlich durchhingen, aber malerisch aussahen. Dahinter sah man das Dach von Mrs. Abberleys Cottage.

»So machen wir das hier nicht«, hatte Mrs. Abberley zu ihr gesagt, als Alec den Weihrauch eingeführt hatte. »Nicht in Lydmouth. Wir mögen es eher schlicht. Warten Sie es nur ab, Sie werden schon sehen.«

Mary sah auf das Cottage und schauderte. Vielleicht hatte die alte Frau einen Fluch über sie verhängt. Die Jungen behaupteten, daß sie eine Hexe sei, und halb glaubten sie es auch. Einen

Moment lang überkam sie Furcht, die Art von Furcht, die jenseits aller Vernunft liegt und nicht zu besänftigen ist, und deren ungebrochene Macht in den Alpträumen der Kindheit und den dunklen Winkeln der Märchengeschichten wurzelte.

Zu ihrer Überraschung hörte sie Schritte von links. Sie stellte sich neben das Fenster und spähte in den Hof hinunter. Zwei Frauen kamen langsam und zweifelsohne sehr argwöhnisch vom Küchengarten her näher. Mary fluchte leise und drückte die Zigarette aus.

Sie erkannte die beiden gleich. Die eine war Miss Gwyn-Thomas, die sie des öfteren beim Gottesdienst sah; die andere war die Journalistin, Miss Francis, deren Erscheinen im Pfarrhaus heute morgen zu dieser Kette von schrecklichen Ereignissen geführt hatte. Mary wußte, daß das unfair war, aber im Augenblick war sie geneigt, Jill Francis an allem die Schuld zu geben.

Sie holte tief Luft und beugte sich aus dem Fenster. »Ist das nicht ziemlich ungewöhnlich? Die meisten Menschen benutzen die Vordertür, wenn sie hereinwollen.«

Miss Gwyn-Thomas – sie sah aus, als hätte man sie auf frischer Tat ertappt – sprach als erste: »Es tut mir furchtbar leid, Mrs. Sutton. Ich weiß, es macht einen schrecklichen Eindruck, aber die Sache ist die, wir möchten Sie um einen Gefallen bitten.«

Mary zog den Schluß, den sie gleich hätte ziehen sollen: Der unerwartete Besuch arbeitete für die *Gazette*; und dies war nur ein weiterer Versuch, in die Privatsphäre ihrer Familie einzudringen; es war sogar noch unverschämter, als der Massenauftritt der Journalisten vor der Haustür.

»Ich fürchte, ich habe Ihnen nichts zu sagen«, sagte sie. »Mein Mann ist beschäftigt. Aber ich werde ihm ausrichten, daß Sie dawaren, einverstanden? Und wenn Sie nichts dagegen haben, wäre ich Ihnen sehr dankbar, wenn Sie jetzt gehen würden.«

Mary war sich bewußt, daß die andere Frau sie beobachtete. Die Journalistin war sehr zurückhaltend und sehr elegant. Jill Francis' Ruhe ließen Marys Worte peinlich und melodramatisch klingen, und das ärgerte Mary noch mehr.

»Und ich muß sagen«, fügte sie hinzu und beschloß, ihren Ärger an der Schwächeren auszulassen, »es überrascht mich ein wenig, Sie hier zu sehen, Miss Gwyn-Thomas.«

»Es ist einzig und allein meine Schuld«, sagte Jill. »Wir haben noch versucht, Sie anzurufen, aber es war dauernd besetzt.«

»Wir besitzen allerdings eine Klingel.«

»Auf dem Bürgersteig wartet auch ein Empfangskomitee. Haben Sie schon einmal über Ihre Sicherheit nachgedacht?«

»Wie bitte?«

»Die Journalisten da draußen sind alle Einheimische. Es sind nicht sehr viele, und sie benehmen sich einigermaßen anständig. Aber heute abend werden wahrscheinlich auch die Leute von den überregionalen Zeitungen hier sein – samt Photographen. Ich fürchte, die haben weniger Hemmungen. Wir sind durch das Tor im Küchengarten gekommen. Das könnte jeder andere auch tun.«

»Ich habe mich gefragt, ob ich irgendwie helfen kann?« fragte Miss Gwyn-Thomas in weinerlichem Ton. Offensichtlich hatte sie der Unterhaltung in Gedanken eine andere Richtung gegeben als die beiden anderen Frauen. »Wenn das so ist, Mrs. Sutton, müssen Sie es nur sagen.«

Jill ignorierte die Unterbrechung. »Ich weiß, daß hier eine Mauer ist, aber das wird sie nicht unbedingt zurückhalten. An ihrer Stelle würde ich Fenster und Türen tagsüber verriegeln und abends die Vorhänge zuziehen. Oh, und passen Sie auf, daß keine Leitern herumliegen.«

»Machen Sie nicht ein bißchen zuviel Wind um die Sache, Miss Francis?«

»Ich wünschte, es wäre so. Sie werden alles mögliche fragen, und sie können ziemlich indiskret werden. Das Beste, was Sie tun können, ist, alle Fragen mit ›kein Kommentar‹ zu beantworten. Man kann aus ›kein Kommentar‹ keine große Geschichte machen. Es läßt sich nicht verdrehen.«

»Aber das ist absurd. Sie unterstellen, daß wir etwas zu verbergen haben. Aber wir haben nichts Unrechtes getan.«

»Das ist nicht der Punkt, wenn es um die Journalisten geht.«

Mary runzelte die Stirn. »Und was ist mit Ihnen? Ich nehme nicht an, daß Sie aus reiner Nächstenliebe hier sind?«

»Nein. Wir haben gehofft, daß Sie uns erlauben, Mrs. Abberley zu besuchen, ohne daß es gleich jeder mitkriegt. Ich vermute, es gibt einen Hintereingang durch –«

Mary hörte ein Geräusch hinter sich. Sie wirbelte herum. Das Wasser im Kessel hatte gerade angefangen zu kochen, und in einer durchsichtigen, silbernen Wolke stieg Dampf aus der Tülle auf. Durch den Dampf schimmerte eine Art Erscheinung: die gebrochenen Umrisse eines dunkelhaarigen Mannes, der in der Küchentür stand, dahinter noch jemand.

Bei dem Gedanken, daß fremde Männer in ihr Haus eingedrungen waren, spürte sie sekundenlang wieder einen Stich dieser archaischen Furcht. Dann, beinahe sofort, erkannte sie die Männer. Mit Leichtigkeit schlüpfte Mary in die Rolle der Gastgeberin wie in eine schützende Muschel. Sie wedelte den Dampf weg und hob den Kessel von der heißen Herdplatte.

»Hallo, Inspector. Ich bin gerade dabei, Tee zu machen. Möchten Sie auch eine Tasse?«

7

Jill war froh, Richard Thornhills anklagendem Blick zu entkommen. Ohne ein Wort zu sagen, brachte er es fertig, daß sie sich schuldig fühlte. Es war absurd. Sie hatte dasselbe Recht wie er hierzusein. Die Polizei hatte kein Recht, Besitzansprüche auf das Pfarrhaus und das Cottage anzumelden. Er und Mrs. Sutton starrten aus dem Küchenfenster auf sie und Miss Gwyn-Thomas herab; und sein Schweigen war weitaus verwirrender als sein Versuch, sie vor Miss Kymins Bungalow zurechtzuweisen.

Mrs. Sutton erklärte ihnen den Weg. Jill folgte Miss Gwyn-Thomas in eines der Nebengebäude des Pfarrhauses und durch eine Tür in Mrs. Abberleys Reich. Sie befanden sich in dem von einer hohen Mauer umgebenen Garten des Church Cottage. Der Garten war klein, aber sorgfältig angelegt; es gab Gemüse, Blumen, Obstbäume und eine kleine Rasenfläche, die im Licht der Sonne so grün leuchtete, daß sie wie emailliert aussah.

Sie fanden Mrs. Abberley in der Küche. Sie war gerade dabei, Rindfleischstreifen mit einem gelben Fettrand in winzige Würfel zu schneiden. Die Luft in dem kleinen, niedrigen Raum roch ranzig und schal. Es war sehr warm, denn der Gasofen verbreitete eine starke Hitze, und sowohl das Fenster als auch die Tür waren geschlossen.

»Sie müssen schon mit der Küche vorliebnehmen, wenn Sie mit mir reden wollen«, murmelte Mrs. Abberley zu Miss Gwyn-Thomas, die gerade durch die Hintertür hereinhuschte, den Griff ihrer Handtasche fest umklammert. »Ich habe zu arbeiten. Hab keine Zeit für Klatsch und Tratsch wie gewisse andere Leute.«

Sie spießte ein Stück Fleisch von einem grauen Emailleteller auf und klatschte es vor sich auf den Tisch. Das Holzbrett war fettig und mit Kratzern übersät. Sie fing an, das Fett von der Scheibe zu lösen. Sie hielt den Kopf gesenkt und schielte durch buschige Augenbrauen nach Jill.

»Wer ist denn Ihre Freundin da?«

»Das ist Miss Francis«, murmelte Miss Gwyn-Thomas, ihr Kopf schwankte auf ihrem langen Hals hin und her wie eine schwere Blume im Wind. »Wir arbeiten zusammen bei der *Gazette*.«

Jill lächelte Mrs. Abberley an, die sie mit kleinen, hellen Augen, die tief in den Falten ihrer blassen Haut lagen, anstarrte.

»Hab Sie heute morgen gesehen.«

»Das ist richtig«, stimmte Jill ihr zu. »Ich fürchte, ich hatte es eilig. Da hatte ich gerade einen ziemlich unangenehmen Schock hinter mir.«

»Sie haben sie gefunden.« Ihre knollige Nase verzog sich. Vielleicht akzeptierte sie so die unausgesprochene Entschuldigung. »Nun, wie ich schon sagte, Sie müssen hier mit mir vorliebnehmen.« Sie schob ein Stück Fett auf einen angestoßenen Eßteller. »Ich habe zu tun.«

Miss Gwyn-Thomas blinzelte heftig. »Wir haben sehr schlechte Neuigkeiten, Mrs. Abberley. Ich fürchte, es wird ein schrecklicher Schock für Sie sein.«

»Das bezweifle ich. Jemand hat Catherine Kymin umgebracht. Darum geht doch das ganze Affentheater da draußen.«

Die Messerklinge schwang in Jills Richtung. »Sie und der Pfarrer haben sie in der Kirche gefunden.«

»Woher wissen Sie das?«

»Einer von den Reportern hat es mir erzählt. Manche Leute geben noch eine vernünftige Antwort, wenn man ihnen eine vernünftige Frage stellt.«

»Und haben *Sie* ihnen ebenfalls vernünftige Antworten gegeben?«

Mrs. Abberley schielte wieder zu Jill, und ihre Blicke trafen sich. »Ich hab ihnen doch gesagt, ich hab zu tun. Ich hab keine Zeit, wie eine alte Klatschbase vor meiner Tür zu stehen und zu schwatzen. Oder bei anderen Leuten vor der Hintertür herumzuschnüffeln.«

Die Botschaft war klar und deutlich: Mrs. Abberley zog es vor, Informationen zu sammeln, anstatt sie weiterzugeben; doch die Tatsache, daß sie mit ihnen redete, ließ auch die Vermutung zu, daß sie bereit war, zu verhandeln.

»Miss Kymin lag in der Sakristei«, sagte Jill. »Es sah so aus, als hätte sie einen Schlag auf den Kopf bekommen.«

»Ach ja? Und wie ist sie da reingekommen? Der Pfarrer schließt die Tür immer ab.«

»Jemand hat sie aufgebrochen.«

»Komisch.« Mrs. Abberley schniefte. »Miss Kymin hat eine Menge Zeit in der Kirche verbracht, auch wenn kein Gottesdienst war. Fragen Sie mich nicht, warum. Sie hat nichts Vernünftiges dort getan, wie etwa das Messing polieren oder die Blumen gießen. War jemand hinter dem Kelch her?«

Jill nickte. »Er ist verschwunden.«

»Der Pfarrer hätte ihn auf der Bank lassen sollen. Aber genaugenommen war es ja eigentlich nur ein einfacher Becher, oder? Nützt weder Mensch noch Tier was. Wissen Sie, was Catherine Kymin mir neulich erzählt hat? Sie fand es komisch, daß der Pfarrer ihn nicht schon längst verkauft hat.«

»Ich muß sagen, da könnte sie recht gehabt haben«, sagte Miss Gwyn-Thomas. »Im Restaurationsfonds fehlen mindestens noch –«

»Restaurationsfonds?« Mrs. Abberley schürzte die Lippen und kicherte plötzlich. »Das hat sie damit nicht gemeint. Als Pfarrer verdient man doch heutzutage kein Geld mehr. Aber man erwartet immer noch von ihnen, daß sie leben, als hätten sie genug, oder?

Für meinen Mr. Carter war das in Ordnung; er hatte privates Vermögen. Trank immer ein Glas Wein zum Essen und hatte eine Flasche Whiskey im Schrank. Er war noch ein Gentleman.«

Mit möglichst harmloser Stimme sagte Jill: »Also hat Miss Kymin gedacht, Mr. Sutton sollte den Kelch verkaufen und den Erlös für etwas anders benutzen?«

»Sozusagen. Sie hat sich wirklich gefragt, wie er wohl zurechtkommt. Ich meine, da sind ja nicht nur er und seine Frau. Sie haben die zwei Jungen, und die sind beide im Internat in Ashbridge. Das ist nicht billig, oder?«

»Vielleicht haben die Suttons noch andere Einkommensquellen.« Miss Gwyn-Thomas rümpfte die Nase. »Oder die Großmutter der Jungen . . .«

Ihre Stimme verebbte, eine Pause entstand, angefüllt mit stummen Fragen. Eine Atmosphäre wechselseitigen Verdachts hing in dem überheizten kleinen Raum.

Jill sah zu, wie das Messer langsam, aber mit sturer Regelmäßigkeit das Fleisch zerschnitt. Das Messer hatte einen langen Porzellangriff, und wo Griff und Schneide aufeinandertrafen, saß ein angelaufener Silberring; es stammte wahrscheinlich aus dem prächtigen viktorianischen Eßzimmer einer längst vergangenen Zeit.

Miss Gwyn-Thomas mischte sich hastig wieder in die Unterhaltung ein. »Es ist so tragisch. Gestern erst habe ich mit Miss Kymin gesprochen.« Sie seufzte unwillkürlich. »Es hätte jeden von uns treffen können.«

»Das bezweifle ich.« Die alte Stimme klang geringschätzig. »Wer Ärger sucht, der findet ihn auch.«

Eine Fliege ließ sich auf dem Fleisch nieder. Mrs. Abberley verscheuchte sie mit ihrer kleinen, braunen Hand, die wie eine Klaue aussah. Fleischfetzen hatten sich unter ihren langen, gelben Fingernägeln festgesetzt. Die Fliege erhob sich ohne Eile ein paar Zentimeter in die Luft, flog eine lässige Schleife über dem Teller und landete wieder auf dem Fleisch, wo sie ihre Mahlzeit fortsetzte.

Jill sah weg. »Auch sonst scheint niemand viel über Miss Kymin zu wissen.«

»Wieso glauben Sie dann, daß ich was weiß?«

»Sie sitzt in der Kirche neben Ihnen«, führte Miss Gwyn-Thomas an. »Saß, meine ich. Es sah auch so aus, als ob sie eine Menge mit Ihnen zu bereden hatte. Und war sie nicht vorletzten Sonntag hier?«

»Und wenn schon?«

»Es beweist jedenfalls, daß Sie sie kannten«, sagte Miss Gwyn-Thomas, und ihr Gesicht rötete sich vor lauter Triumph über ihren Scharfsinn, und in ihrer Aufregung rutschte ihr Akzent von einem annähernden BBC-Englisch in den typischen Tonfall von Lydmouth. »Deshalb. Und gestern nach der Kirche haben sie auch die Köpfe zusammengesteckt.«

Es klirrte, als Mrs. Abberley das Messer auf den Tisch warf. »Das reicht, Amy Thomas. Niemand spricht so mit mir in meinem eigenen Haus. Ich weiß noch, wie du ein kleines Mädchen warst. Und ein gräßlicher kleiner Miesling warst du, so sauer, daß die Milch umkippte. Und ich weiß noch, wie Mr. Carter gesagt hat: ›Diese Amy wird nie einen Mann finden, denk an meine Worte.‹«

Miss Gwyn-Thomas erstarrte mit halb offenem Mund.

»Hören Sie«, versuchte Jill den Schaden zu mildern. »Könnte ich nur –«

Mrs. Abberley hob das Messer auf und drohte zuerst Jill und dann Miss Gwyn-Thomas damit. »Sie – verlassen Sie beide mein Haus. Machen Sie schon. Raus.«

Dritter Teil

I

»Nehmen Sie Zucker, Mr. Wilson?« fragte Mary Sutton.

Wilson balancierte sein Notizbuch auf dem Knie und ergriff mit seinen schmuddeligen Fingern die Zuckerzange. Er ließ nacheinander drei Stück Zucker in seine Tasse fallen; ein paar winzige Tropfen Tee spritzten auf die polierte Oberfläche des Tisches. Er sagte kein Wort, aber als er die Zange zurück in die Zuckerdose legte, begegnete er Thornhills Blick. In dem Augenblick, als ihre Augen sich trafen, wußte Thornhill sofort, daß dies kein reines Versehen gewesen war.

»Nachdem Sie sich entschuldigt haben, wischen Sie das auf«, sagte er zu Wilson. »Es gibt Flecken auf dem Tisch, wenn man nicht vorsichtig ist.«

Wilson senkte den Kopf. »Entschuldigung.«

»Das macht nichts«, sagte Mrs. Sutton.

»O doch.« Thornhill wandte den Blick nicht von Wilson. »Nehmen Sie Ihr Taschentuch.«

»Ich kann einen Lappen holen.«

»Vielen Dank, Mrs. Sutton«, sagte Thornhill. »Aber das ist nicht nötig.«

Wilson rieb an den Teeflecken herum. Sein Gesicht war rosa und schweißgebadet.

»Wir wollen dich wirklich nicht länger aufhalten, meine Liebe«, sagte Sutton und hielt seiner Frau die Tür auf.

»Sag mir Bescheid, wenn ihr noch mehr heißes Wasser braucht.«

Die Sonne schien in die Diele und ließ das elektrische Licht im Arbeitszimmer blaß und unwirklich erscheinen. Die Reporter hatten sich auf dem Bürgersteig direkt unter dem Fenster versammelt, und Thornhill hatte geraten, die Vorhänge im Arbeitszimmer zuzuziehen.

Alec Sutton schloß die Tür hinter seiner Frau und ging hinüber zu seinem Schreibtisch. Gedämpfte Geräusche drangen durch die schweren Samtvorhänge und die Fensterscheibe, schwaches Gelächter, Rufe und das Signal einer Autohupe, da-da-da-dah, der alte Code für Victory, Sieg.

Thornhill funkelte Wilson an, um ihn daran zu erinnern, daß seine schlechten Manieren nicht vergessen waren. War das die neue Generation von Polizeibeamten, fragte er sich, arrogant, überheblich und von der eigenen Unverletzlichkeit überzeugt? War Wilson ein Ausblick auf die Zukunft?

Sutton schüttelte eine Zigarette aus einem Päckchen auf die Schreibtischunterlage. Etwas verspätet erinnerte er sich an seine Manieren und bot auch den anderen Zigaretten an. Alle lehnten ab, obwohl Wilson so aussah, als hätte er gern eine genommen.

»Sie haben uns von Miss Kymin erzählt«, hakte Thornhill nach.

»Dazu gibt es nicht viel mehr zu sagen.«

»Hat sie Sie jemals hier besucht, Sir?«

»Mich persönlich?« Sutton setzt sich hinter seinen Schreibtisch und kratzte die kahle Stelle an seinen Kopf. »Ein- oder zweimal. Als ihre Mutter starb zum Beispiel. Wir haben über die Beerdigung gesprochen. Und später kam sie einmal, um sich einen Steinmetz für den Grabstein empfehlen zu lassen.«

»Hat sie noch über irgend etwas anderes gesprochen? Bei diesem Besuch, oder einem anderen?«

»Sie sprach von Gott.«

Thornhill runzelte die Stirn, um seine Verlegenheit zu verbergen. Er bemerkte, wie ein Grinsen über Wilsons Gesicht huschte. Der Erzdiakon saß grau und geisterhaft in einem Sessel in der Ecke.

»Einmal«, fuhr Sutton fort, der sich der Wirkung seiner Antwort offensichtlich nicht bewußt war, »fragte sie sich, ob sie eine Art göttliche Berufung hätte, sprach davon, in ein Kloster einzutreten.«

»Glauben Sie, daß es so war?«

»Schwer zu sagen. Ich glaube, eher nicht. Ihre Mutter war gerade gestorben. So ein Schock wirft die Menschen oft für eine

Weile aus der Bahn. Ich habe ihr geraten, ein paar Wochen zu warten und zu beten. Sie hat das Thema mir gegenüber nicht mehr erwähnt. Aber sie hat mich wegen dem Geld um Rat gebeten.«

»Welchem Geld?«

»Sie hat etwas von ihrer Mutter geerbt. Es gab sonst keine Angehörigen. Sie hatte zwar einen Bruder, aber der ist im Krieg gefallen. Sie wollte einen Rat in Rechtsfragen, und wie sie das Geld am besten anlegen sollte. Sie hatte auch in Erwägung gezogen, unserem Restaurationsfonds eine größere Summe zukommen zu lassen. Ich habe ihr auch da geraten abzuwarten. Weiter habe ich gesagt, daß sie die Angelegenheit mit ihrem Anwalt besprechen soll, und daß ich eigentlich kein Finanzberater bin.«

»Hatten Sie denn persönlich mit ihr zu tun?«

»Ich weiß nicht, was Sie meinen, Inspector.«

»Hat sie Sie privat besucht? Als Freund und nicht als Gemeindemitglied?« Thornhill machte eine Pause und fügte dann hinzu: »Oder auch Mrs. Sutton?«

»Nein.«

»Oder haben Sie sie besucht? Oder sich woanders mit ihr getroffen?«

»Ich war nur einmal im Bungalow der Kymins.« Suttons Gesicht hatte sich gerötet, und seine Stimme war lauter geworden. »Das war, als ihre Mutter krank wurde. Und ich war dort, um die Mutter zu besuchen, nicht die Tochter. Es kann sein, daß ich Miss Kymin auf der Straße begegnet bin, aber ich bin bestimmt nicht mit der Absicht hingegangen, mich mit ihr zu treffen. Nicht in dem Sinn, den Sie andeuten.«

Im Sessel in der Ecke faltete der Erzdiakon die Hände im Schoß; er sagte nichts.

»Wir müssen Ihnen diese Fragen stellen, Sir.« Thornhill warf einen Blick zur Tür und versicherte sich zum zweitenmal, daß sie geschlossen war. »Es ist nicht persönlich gemeint, verstehen Sie?«

»Wenn Sie sie gekannt hätten, würden Sie wissen –«

Aus der Ecke kam ein Hüsteln. Der Erzdiakon rutschte auf dem Sessel hin und her. Sutton hörte auf zu sprechen und streifte heftiger als nötig die Asche seiner Zigarette ab. Ohne jemanden anzusehen, griff Davis nach seiner Teetasse und nippte an seinem Tee.

»Vielleicht können wir noch einmal auf die Schlüssel zurückkommen«, sagte Thornhill.

Sutton zuckte die Achseln. »Ich habe Ihnen heute morgen alles gesagt, was ich weiß.«

»Schlüssel?« Davis hohe Stimme ließ das Wort wie ein leises Quieken klingen. »Gibt es nicht für alle Schlüssel einen Beleg?«

Thornhill und Sutton erklärten es ihm. Der Erzdiakon hörte ohne Unterbrechung zu.

»Also«, sagte er, nachdem sie fertig waren. »Auch wenn wir annehmen, daß die Kirche abgeschlossen war, könnte beinahe jeder gewußt haben, daß der Schlüssel vor dem Portal deponiert war.«

»Es ist meine Schuld«, unterbrach Sutton. »Ich hätte das ändern müssen, sobald ich hier anfing. Ich war unverzeihlich nachlässig.«

»In vielerlei Hinsicht scheint es eine sehr vernünftige Regelung zu sein«, sagte der Erzdiakon. »St. John ist eine Kirche und kein Museum. Vielleicht könnte man irgendeinen Mittelweg finden. Einerseits muß die Sicherheit gewahrt bleiben, andererseits müssen die Menschen Zutritt zur Kirche haben.«

»Simon, ich werde mir immer Vorwürfe machen.«

Davis sagte: »Die Tür zur Sakristei ist aufgebrochen worden. Sie und die beiden Gemeindevorsteher haben je einen Schlüssel. Das hat natürlich gar nichts zu bedeuten.«

Sutton wischte sich einen Tabakkrümel von der Lippe. »Ich verstehe nicht.«

»Wenn dies hier ein Kriminalroman wäre, hätte normalerweise einer der Schlüsselinhaber die Tür aufgebrochen, um den Eindruck zu erwecken, daß jemand anderes dafür verantwortlich ist.«

»Die Tür zur Sakristei hat ein Sicherheitsschloß«, sagte Thornhill, der merkte, wie ihm die Initiative aus der Hand gerissen wurde. »Die Schlüssel kann man leicht nachmachen lassen.«

»Und die Tür des Tresors war offen. Aber um nochmal auf den entscheidenden Punkt zurückzukommen: Wir haben drei Schlüssel: Ihren, Alec; einer der Gemeindevorsteher hat den zweiten, und die Bank hat den dritten.«

»Das werden wir alles nachprüfen müssen«, sagte Thornhill. »Wir müssen mit dem Hersteller sprechen. Wissen Sie, ob es irgendwelche Korrespondenz mit ihm gibt?«

»Nicht daß ich wüßte.« Sutton griff nach den Zigaretten. »Mein Vorgänger hier war, äh, nicht besonders systematisch.«

»Das stimmt, Inspector«, sagte Davis. »Charles Carter war der Meinung, daß Verwaltungsaufgaben nicht zu den Pflichten eines Gemeindepfarrers gehören.« Seine Augen glänzten wie nasse Kieselsteine hinter den Brillengläsern. »Man könnte auch sagen, daß er moralische Bedenken gegen Büroarbeit hatte.«

Thornhill zeigte eine Spur von Mitgefühl. »Das muß die Dinge ein bißchen kompliziert gemacht haben.«

»In der Tat.« Davis neigte den Kopf, um zu zeigen, daß er die Anteilnahme zu schätzen wußte. »Die Auswirkungen sind nicht zu übersehen. Charles kam 1922 nach Lydmouth, aber der Tresor ist noch ein ganzes Stück älter, glaube ich.«

»Woher wissen Sie das?« fragte Thornhill scharf.

»Er ist von Radlett, nicht wahr?«

»Ich glaube, ja.« Thornhill blätterte sein Notizbuch durch, bis er die Eintragungen aus der Sakristei gefunden hatte.

»Ja, Samuel Radlett & Co., Seriennummer –«

»Einfach nur Radlett«, sagte der Erzdiakon. »Das ist der Punkt. Die Firma hat kurz vor dem ersten Weltkrieg ihren Namen geändert. Seitdem heißt sie Radlett & Duncan.«

Sutton hob den Kopf: »Was ist das für ein Lärm?«

Draußen schrien zwei Männer herum. Die Worte waren unverständlich, aber die Wut unüberhörbar. Thornhill warf Wilson einen Blick zu. Wilson saß mit verwirrtem und wütendem Gesicht da, als wäre ihm klar, daß er in einer Prüfung versagt hatte, aber nicht wußte, warum. Thornhill seufzte. Sergeant Kirby hätte gewußt, daß das Nicken für ihn ein Zeichen war, für Ruhe zu sorgen und den Grund für den Lärm herauszufinden.

Von der Haustür her war ein dreimaliges lautes Klopfen zu hören.

»Sehen Sie nach, wer da ist«, blaffte Thornhill.

Wilson schoß aus seinem Stuhl hoch. Beinahe stieß er in der Tür mit Sutton zusammen. Sutton wich zurück, und Wilson ging mit gespreizten Ellbogen, als bahne er sich einen Weg durch eine Menschenmenge, in die Diele. Wieder hörte man das Klopfen, scharf und abgehackt wie Pistolenschüsse. Thornhill und Davis folgten den beiden anderen in die Diele. Mary Sutton erschien in der Tür des Wohnzimmers, erschrocken hielt sie sich die Hand vor den Mund. Wilson schloß die Haustür auf und öffnete sie.

Ein kleiner Mann trat in die Diele. Er war dick, aber es war nichts Weiches an ihm. Das Jackett zwängte seine Schultern ein, und auf einem feisten, muskulösen Hals saß ein adretter kleiner Kopf. Er nahm den Hut ab, überreicht ihn zusammen mit seinem Stock Wilson und warf den Journalisten über die Schulter einen wütenden Blick zu.

Vom Bürgersteig winkte Fuggle von der *Post* mit beiden Armen in dem Versuch, Aufmerksamkeit zu erregen. »Mr. Thornhill«, rief er mit seiner vollen, süßlichen Portweinstimme. »Ist es wahr, daß –«

»Machen Sie die Tür zu«, bellte der Neuankömmling.

Wilson schlug Fuggle die Tür vor der Nase zu und schloß ab. Richard Thornhill spürte, wie eine Welle von Ärger, vermischt mit Furcht, in ihm aufstieg.

Alec Sutton stolperte auf den Neuankömmling zu. »Sir Anthony, bitte kommen Sie herein. Sie kennen natürlich meine Frau, und dies ist –«

»Hallo, Davis«, begrüßte Ruispidge den Erzdiakon. »Dachte ich mir schon, daß Sie hier sind.« Er nickte Thornhill zu. »Inspector. Eine schlimme Geschichte. Lassen Sie uns sobald wie möglich Klarheit in die Sache bringen.«

Er ging auf das Arbeitszimmer zu. Beim Gehen schwankte sein Oberkörper von links nach rechts. Seine Bewegungen strahlten die absolute Autorität eines Kapitäns aus, der gerade das Achterdeck überquert.

Thornhill wich nicht von der Tür. Ruispidge blieb stehen und warf ihm einen finsteren Blick zu. Den Kopf schiefgelegt, hielt er sich militärisch gerade.

»Was ist, Mann?« Für seine winzige Gestalt hatte er eine unerwartet tiefe und rauhe Stimme. »Spucken Sie es aus.«

»Entschuldigen Sie, Sir.« Thornhill zwang sich, nicht von der Stelle zu weichen. »Ich muß Sie bitten zu gehen.«

»Sind Sie verrückt geworden?«

»Nein, Sir. Aber ich leite eine Untersuchung, und –«

»Wollen Sie, daß Mr. Hendry dies erfährt?«

»Wenn der Chief Constable Sie bevollmächtigt hat, ist das etwas anderes. Aber im Moment entscheide ich, was hier passiert.«

»Zufälligerweise habe ich hier auch die Kirchenhoheit.«

»Ich fürchte, das ändert nichts an den Tatsachen, Sir.«

Ruispidges leuchtend blaue Augen fixierten Thornhill, der dem Blick standhielt. Thornhill war sich nicht sicher, wozu die Kirchenhoheit berechtigt war, aber er kannte seine eigenen Rechte und seine Verantwortung als Polizeibeamter. Er war sich auch bewußt, was für ein Narr er war und wieviel leichter es gewesen wäre, Ruispidge gewähren zu lassen. Es zahlte sich selten aus, auf seinem Recht zu beharren, wenn man es mit der Obrigkeit und einem Mitglied des Aufsichtsgremiums der Polizei zu tun bekam. Insgeheim hatte Thornhill auch ein bißchen Ehrfurcht vor der Tatsache, daß der kleine Mann ein Baron war.

»Und was werden Sie tun, wenn ich einfach an Ihnen vorbeigehe? Hey? Werden Sie und Ihr Untergebener mich vor die Tür setzen?«

»Nein, Sir. Unter diesen Umständen müßte ich Mr. Hendry anrufen und um Anweisungen bitten.«

Wieder herrschte einen Augenblick lang Schweigen. Thornhill zwang sich, den harten blauen Augen nicht auszuweichen. Ruispidges Gesicht war hochrot und durchzogen von geplatzten Äderchen. Sein rosiger Schädel glänzte vor Schweiß. Oben auf dem Kopf waren ihm die meisten Haare ausgefallen, was übriggeblieben war, hatte eine schmutzig rötlich-graue Farbe und klebte fettig an den Schläfen und am Hinterkopf.

Ruispidge grunzte. »Tun Sie, was Sie nicht lassen können, Inspector. Aber die Sache hat noch ein Nachspiel.«

Er wirbelte herum. Wilson gab ihm seinen Hut und den Stock

zurück und öffnete die Haustür. Auf dem Bürgersteig erwarteten ihn die hoffnungsvollen Gesichter der Reporter.

»Ich wünsche Ihnen einen guten Tag«, sagte Ruispidge zu Mrs. Sutton. Er setzte sich heftig den Hut auf und trat in den Sonnenschein hinaus.

»Sir Anthony«, sagte Fuggle und gesellte sich zu ihm. »Können Sie bestätigen, daß die Polizei den Fall als Mord behandelt?«

Die anderen Reporter sammelten sich um ihn wie die Fliegen um einen Topf Marmelade. Anstatt die Tür wieder zu schließen, stand Wilson mit offenem Mund da und beobachtete die Szene, die sich draußen abspielte. Thornhill ging durch die Halle und schlug die Tür zu.

»Rufen Sie im Revier an«, befahl er Wilson, und seine Stimme war eisig vor Zorn. »Finden Sie heraus, ob sie es inzwischen geschafft haben, Sergeant Kirby aufzutreiben.«

2

Das Mädchen ist nicht gerade ein Hit, dachte Kirby und sah ihr nach, wie sie mit ihren Freundinnen den Pub verließ. Aber besser als gar nichts. Aus der kurzen Hose quoll ihr Hintern heraus. An der Tür drehte sie sich um und winkte, und ihre großen Brüste schwangen träge unter ihrer Bluse.

»Bis heute abend«, rief er.

Sie winkte noch einmal und war verschwunden. Kirby, der sich damit brüstete, sich mit Frauen auszukennen, sagte sich, daß sie in fünf Jahren und nach ein paar Kindern erst richtig aus dem Leim gehen würde. Dann hätte sie ihre beste Zeit bereits weit hinter sich. Aber das war nicht heute, und heute war sie hier. Sie und ihre Freundinnen kamen aus Islington, einen Steinwurf entfernt von dort, wo er aufgewachsen war. Es war eine Wohltat gewesen, wieder einmal mit Leuten aus London zu sprechen. Ihr Verstand arbeitete viel schneller als das, was diese Bauerntrampel hier im Schädel hatten.

Er bestellte sich noch ein Bier. Sieben Uhr, hatte sie gesagt.

Vielleicht würde er sie nach Lydmouth ins Kino einladen. Der Vorteil eines Motorrades war, daß man nur eine Person mitnehmen konnte. Ihre drei Freundinnen würden hierbleiben oder mit dem Bus fahren müssen.

Der Wirt wischte die Theke ab. »Camper, wie?«

»Oben auf dem Gut.«

»Es werden bald noch mehr sein. Sie haben ein ganzes Feld freigegeben. Man munkelt, daß der alte Ruispidge knapp bei Kasse ist.«

»Oh, ach ja? Aber Ihnen kann das ja nur recht sein. Gut für's Geschäft.«

Der Mann verzog das Gesicht. »Meistens bringen sie ihre eigenen Brote mit und trinken blöde Limonade.«

Kirby kippte sein Bier runter und ging nach draußen. Einen Augenblick lang blieb er auf dem Vorplatz des Ruispidge Arms stehen und bewunderte sein Motorrad, eine gebrauchte BSA, die er sich mit Hilfe eines Kredites gekauft hatte. Die Sonne brannte ihm auf den Kopf, und Schweiß prickelte unter seinen Armen. Himmel, es war erst Juni, würde der Rest des Sommers noch heißer werden?

Mitchelbrook war ein kleines, schäbiges Dorf, das sich über eine halbe Meile die Straße entlang erstreckte, mit dem Fluß auf der einen Seite und den Bergen auf der anderen. Das Ruispidge Arms lag am nördlichen Ende. Nichts bewegte sich in der Hitze des frühen Nachmittags – außer dem Fluß, der träge dahinfloß. Wie geschmolzene Milchschokolade.

Kirby drehte sich um und starrte auf die Hügelkette hinter dem Pub. Mitten im Grün des höchstgelegenen Feldes sah er ein blasses Rechteck. Er vermutete, daß es das Zelt der Mädchen war.

Es war Zeit, nach Hause zu fahren und sich für den Abend zu stärken. Er ließ den Motor an und fuhr langsam zurück nach Lydmouth. Fünf Meilen auf einer staubigen Straße, die den Windungen des Flusses folgte. Als er die Stadt erreichte, dachte er noch daran, seinen Blazer aus der Reinigung in der Chepstow Road abzuholen. Das war ein gutes Omen für den Abend.

Kirbys Unterkunft lag in der Nähe, in der Broad Lane, in dem Gewirr von Straßen zwischen der Chepstow Road und der

Church Street. Er hatte Glück gehabt, ein Zimmer so nahe am Revier zu finden; in Lydmouth gab es zuwenig Wohnraum für Polizisten. Das Zimmer lag in der einen Hälfte eines Doppelhauses aus Stein und gehörte der ältlichen Witwe eines ehemaligen Polizeibeamten. Der Gesichtsausdruck der Witwe war steinern wie ihr Haus; aber sie stellte keine Fragen, machte ein gutes Frühstück und ließ ihn kommen und gehen, wie er wollte. Ohne übertriebene Begeisterung – die unschicklich gewesen wäre – unterhielt sie eine langjährige Affäre mit dem ehemaligen Vorgesetzten ihres Mannes, der inzwischen pensioniert war und in Newport lebte.

Kirby parkte sein Motorrad vor der Haustür und ging hinein. Als er den Schlüssel aus dem Schloß zog, ging die Küchentür auf. Ein Mädchen erschien auf der Schwelle. Sie schien nur aus Haut und Knochen zu bestehen – mit schmalen Schultern, knochigen Knien, einer runden Kassenbrille und krausem, schwarzem Haar. Sie trug eine Schuluniform aus blau-weißer Baumwolle; sie war zu eng unter den Armen, und der Saum endete hoch über den Knien; ihre Wachstumsgeschwindigkeit überstieg die Möglichkeiten ihrer Mutter, ihr neue Kleider zu kaufen.

»Hallo, Jean.« Er ließ seine Stimme freundlich klingen: im allgemeinen war er der menschlichen Rasse wohlgesonnen. »Du hast aber heute früh frei.«

»Ich war nicht in der Schule.« Röte überzog das blasse Gesicht. »Ich hatte Kopfschmerzen.«

Was hieß, daß sie ihre Tage hatte, dachte Kirby. Gott sei Dank hatte er so etwas nicht.

»Ich würde gerne baden«, sagte er. »Ich frage wohl lieber deine Mutter, ob genug heißes Wasser da ist.«

»Sie ist nach Newport gefahren, zum Einkaufen.« Die Röte vertiefte sich. »Sie wird nicht vor dem Abendessen zurück sein.«

»Das macht nichts.«

»Ich bin sicher, es ist genug heißes Wasser da, Mr. Kirby.«

»Na gut.« Er ging auf die Treppe zu, bestrebt, der Verlegenheit des Mädchens zu entkommen; außerdem mochte er die Art nicht, wie sie ihn angaffte.

»Da war ein Anruf für Sie.«

Er blieb stehen, eine Hand am Treppengeländer. »Von wem?«

»Mr. Fowles vom Revier. Sie sollen ihn anrufen, wenn Sie nach Hause kommen.«

»Wann war das?«

»Ich weiß nicht genau.« Ihr Gesicht fiel zusammen. »Tut mir leid, ich habe nicht daran gedacht, auf die Uhr zu schauen. Es ist mindestens zwei Stunden her.«

»Mach dir deswegen keine Gedanken.«

»Aber er hat gesagt, es ist dringend.«

»Das macht nichts.'«

Kirby überlegte schnell. Er hatte nur zwei Tage frei. Endlich einmal war gutes Wetter, und endlich einmal hatte er die Gelegenheit, sich einigermaßen zu amüsieren. Sergeant Fowles war eine alte Memme, bei dem immer alles ganz dringend war. Jede Wette, Fowles hatte nur ein Problem mit dem Schreibkram. Fowles würde Thornhill schon deshalb mit so etwas nicht belästigen, weil Thornhill ihm den Kopf abreißen würde; Wilson würde er nicht fragen, weil Fowles auch schon gemerkt hatte, daß Wilson sich nicht mal den eigenen Hintern abwischen konnte. Also blieb nur Kirby übrig, Fowles bei seinem Problem zu helfen. Das heißt, wenn er, Kirby, nicht entsprechende Gegenmaßnahmen ergriff.

»Jean?« Er ließ das Geländer los und ging auf sie zu. Wie gebannt starrte sie mit halboffenem Mund zu ihm hoch. »Möchtest du etwas für mich tun?«

Sie antwortete nicht, sondern starrte ihn einfach nur an.

»Paß auf, ich habe frei. Ich bin heute früh nach Hereford gefahren und werde wahrscheinlich nicht vor Mitternacht zurück sein.«

Sie starrte ihn immer noch an. Er verspürte den Drang, sie zu ohrfeigen; irgendwas zu tun, nur um eine Reaktion zu bekommen oder wenigstens diesen konzentrierten Blick zu durchbrechen.

»Die Sache ist die«, fuhr er leise fort: »Es ist reiner Zufall, daß ich hergekommen bin, um zu baden. Deine Mum ist nicht da – nur du und ich, nicht wahr? Glaubst du, du könntest sozusagen vergessen, daß du mich gesehen hast? Du wolltest doch die Nachricht für mich aufschreiben, oder? Und wenn ich zurückkomme, werde ich sie finden. Eigentlich ist es nicht dringend.«

In der Diele war es dunkel, aber er sah, wie ihre Halsmuskeln arbeiteten, als sie schluckte.

»In Ordnung«, sagte Jean. »Aber niemand wird es herausfinden, oder?«

»Natürlich nicht.« Kirby wühlte in seiner Tasche. »Und wenn es herauskommt, wird man mir die Schuld geben, nicht dir.« Seine Finger schlossen sich um einen Shilling. »Hier –«

»Ich muß gehen« sagte sie. Sie schlug ihm die Küchentür vor der Nase zu.

Brian Kirby ließ die Münze wieder in seine Tasche fallen. Jean war ein komisches kleines Ding, dachte er, als er die Treppe hinaufstieg; nicht so ganz von dieser Welt. Er gähnte. Das Bier und die Hitze hatten ihn schläfrig gemacht. Es würde ihm guttun, ins Bett zu gehen, besonders mit einem netten, willigen Mädchen.

Als er oben war, kam ihm der Gedanke, daß Jean überhaupt keinen Grund hatte, zu befürchten, daß die Sache rauskam: Sie hatte ihrer Pflicht Genüge getan und ihm die Nachricht ausgerichtet. Daraus folgte, daß sie keine Angst um sich selbst hatte, sondern um ihn.

Das würde zumindest daraus folgen, wenn Jean sich logisch verhalten würde. Aber menschliches Verhalten war nicht logisch. Jeder Polizist wußte das.

3

Williamson war nicht der Typ, der seine eigene Wichtigkeit unterschätzte. Er fuhr die fünfhundert Meter vom Revier zur Kirche in einem Konvoi aus drei Polizeiwagen. In der Church Street stoppte er einige Minuten am Friedhofstor, lange genug für die Photographen, sein Bild für die Nachwelt festzuhalten, und lange genug für ihn, ein paar Worte mit den Reportern zu wechseln.

»Wir verfolgen einige vielversprechende Spuren, meine Herren. Sie werden als erste erfahren, wenn wir etwas Neues haben,«

Thornhill wartete hinter dem Tor, bis Williamson fertig war.

Schwalben und Mauersegler umkreisten den Turm, schwarze Striche an einem stahlblauen Himmel. Er fragte sich, ob sie von dem Team gestört worden waren, das sich systematisch durch den Friedhof arbeitete und zwischen den Gräbern nach Hinweisen suchte. Von Südwesten zogen Wolken herauf. Für den Abend war Regen angesagt. Wenn sie Glück hatten, waren sie bis dahin mit der Suche fertig.

Police Constable Porter öffnete die Tür, und Williamson kam auf den Friedhof. Das Lächeln im Gesicht des Superintendent war verschwunden.

»Irgendwas Neues?« fragte er Thornhill leise.

»Nein, Sir.«

»Verdammt.« Williamson sah sich auf dem Friedhof um und blickte hinauf zum Kirchturm von St. John. Er rieb sich die großen, fast quadratischen Hände, als wolle er sie in der Luft waschen. »Es ist ein großer Friedhof. Eine Menge Verstecke. Und viele Ausgänge.«

Er hatte nicht unrecht. Der Friedhof erhob sich über die anliegenden Straßen, von denen er durch eine niedrige Mauer abgetrennt war. Früher war die Mauer noch von einem eisernen Geländer gekrönt gewesen, aber die war in einem Anfall von leidenschaftlichem Patriotismus runtergerissen worden, um daraus Panzer und Bomben zu machen. Das dahinterliegende Gelände war ein großes, unregelmäßiges Geviert mit Unmengen von Grabmalen. Die Beete um die Fußwege und die frischen Gräber waren makellos gepflegt. An anderen Stellen jedoch wucherte das Unkraut, und das Gras stand hoch; und viele der alten Grabstätten und Grabsteine waren in einem erbärmlichen Zustand.

Die Church Street verlief an der Nordseite jenes Vierecks und verband die Broad Lane mit der High Street. Auch von den anderen Ecken führten Straßen weg.

»Vier Straßen und zwei Fußwege«, sagte Thornhill. »Der Mörder hatte die Wahl.«

»Jemand muß ihn gesehen haben. Versuchen Sie es da drüben im Altersheim. Bei den vielen alten Damen, die sonst nichts zu tun haben.«

Thornhill antwortete nicht. Als junger Constable hatte er zu seinem Erstaunen herausgefunden, wie wenig die meisten Leute sehen. Die beiden Männer gingen langsam den Weg zur Kirche hinauf. Während Williamson sprach, warf er scharfe, argwöhnische Blicke nach rechts und links, als ob er zwischen den Grabsteinen nach Drückebergern suchte.

»Ich hatte gerade den Pathologen aus dem Leichenschauhaus an der Strippe, Thornhill. Dieser neue Typ – Murray – mit seinem vorläufigen Bericht. Es ist genau, wie ich dachte: Todesursache ist ziemlich wahrscheinlich ein Schlag auf den Kopf mit einem stumpfen Gegenstand. Der rechte Schläfenknochen ist eingedrückt, und sie hat natürlich einen ordentlichen Bluterguß sowie ein paar Hautabschürfungen.«

»Auf der rechten Seite? Also könnte es sein, daß wir nach einem Linkshänder suchen.«

»Nicht unbedingt. Kann auch ein Schlag aus der Rückhand gewesen sein. Murray wird ein paar Experimente machen, um die verschiedenen Möglichkeiten darzustellen.«

»Wieviel Kraft braucht man für so einen Schlag, Sir? Hat er das gesagt?«

»Wenn die Waffe schwer genug war, nicht sehr viel. Ich wette, daß wir nach einem Stemmeisen oder etwas Ähnlichem suchen müssen.«

Sie folgten dem Weg um die Westseite der Kirche. Jemand hatte eine Bank gestiftet, die an der Südwand des Turmes aufgestellt war. Der Name des Spenders auf der Messingplakette war unleserlich, abgenutzt vom Wetter und unzähligen Rücken, die daran gelehnt hatten. Williamson setzte sich hin und zog eine Pfeife und einen Tabakbeutel heraus. Thornhill schloß halb die Augen, und verschiedene Bilder tauchten in seinem Kopf auf: Von jemandem, der mit einem Stemmeisen in die Sakristei einbricht und dort Miss Kymin vorfindet; von jemandem, der ausholt und zuschlägt. So könnte es gut gewesen sein.

Williamson kratzte seine Pfeife mit einem kleinen Taschenmesser aus, das er nur für diesen Zweck bei sich trug. »Sie haben keine Hinweise darauf gefunden, daß sie nach dem Tod noch bewegt wurde?«

»Nein, Sir.«

»Murray auch nicht. Deshalb nehmen wir an, daß sie in der Sakristei getötet wurde. Aber wir wissen noch nicht, wann.«

»Die Leichenflecken waren schon sehr stark ausgeprägt«, warf Thornhill ein.

»Sie wissen doch, wie die Pathologen sind.« Williamson sprach mit hoher, affektierter Stimme: »Leichenflecken sind kein zuverlässiger Beweis. Einerseits war es eine warme Nacht, andererseits können Kirchen sehr kühl sein, sogar im Sommer.« Seine Stimme wurde wieder normal. »Wer die Wahl hat, hat die Qual. Als ich versucht habe, ihn festzunageln, hat er gesagt, irgendwann zwischen sieben und Mitternacht.«

»Wir wissen, daß sie um kurz nach neun noch am Leben war, weil ihre Nachbarin sie gesehen hat, als sie den Bungalow verließ.«

»Manchmal frage ich mich, warum wir uns überhaupt mit Pathologen rumschlagen. Genausogut könnten wir das Orakel von Delphi befragen.« Ein Streichholz wurde angerissen und Rauch stieg über der Bank auf. Die nächsten Sätze schienen unmittelbar aus Williamsons Innerem zu kommen – wie eine Serie von Explosionen, gekrönt von kleinen Rauchwölkchen. »Hören Sie, Thornhill. Wir brauchen Ergebnisse, verstehen Sie? Lassen Sie mich nicht hängen, ja? Für morgen früh ist eine Pressekonferenz angesetzt. Ich brauche etwas, das ich ihnen vorwerfen kann.«

»Wird Mr. Hendry Scotland Yard hinzuziehen?«

Williamsons gerötetes Gesicht nahm eine purpurne Färbung an. »Ich sehe nicht ein, warum das nötig sein soll. Nicht, wie die Dinge im Moment stehen. Mit ein bißchen Glück haben wir die ganze Geschichte bis heute abend erfolgreich zu Ende gebracht.«

Thornhill wußte, daß es dem Ansehen des Superintendent nicht gerade dienlich war, wenn Scotland Yard hinzugezogen würde; es könnte sich sogar auf seine Beförderungschancen auswirken.

Williamsons Stimme bekam einen drohenden Unterton: »Ich hoffe, wir verstehen uns?«

Thornhill wich der Frage aus. »Wir haben Heimvorteil, Sir.«

»Sehr richtig. Genau das habe ich Mr. Hendry auch gesagt. Und auch wenn ich es bin, der das sagt, wir sind auch so nicht die schlechtesten –«

Er brach ab, riß sich schnell die Pfeife aus dem Mund und stand auf. Thornhill drehte sich um. Sir Anthony Ruispidge bog um die Ecke des Turms, und Police Constable Porter hastete hinter ihm her. Ruispidge schwenkte seinen Stock durch die Luft und gab ein gedämpftes Bellen von sich.

»Williamson.« Er zielte mit seinem Stock auf Thornhill. »Ich muß mit Ihnen reden.«

Schnaubend kam Ruispidge zu ihnen unter den Turm. Er fegte Williamsons Versuch, ihn zu unterbrechen, beiseite. »Ihr Inspector war verdammt unhöflich. Und das auch noch in Gegenwart der Suttons.« Er erging sich in einer üppig ausgeschmückten Version der Vorfälle im Pfarrhaus.

Thornhill starrte auf seine Schuhe, nachdem er Porter zurück auf seinen Posten am Tor geschickte hatte. Was ihn am meisten ärgerte, war die Tatsache, daß Ruispidge so tat, als wäre er, Thornhill, einfach nicht da. Nicht wütend werden, befahl er sich mit wachsender Verzweiflung: Das nützte ohnehin nichts.

»Es ist eine Schande, Sir«, sagte Williamson bei der ersten Gelegenheit, die sich ihm bot. »Thornhill, ich bin überrascht. Ich bin sicher, Sie werden sich entschuldigen wollen. Ich kann gar nicht sagen, wie sehr ich –«

»Nein, nein, Superintendent, das ist nicht der Punkt.«

»Entschuldigung, Sir.« Williamson räusperte sich. »Was – äh – ist es dann?«

»Auf dem Weg hierher wurde mir klar, daß er ja nur seine Pflicht tut.« Ruispidge ließ seine hellen blauen Augen zu Thornhill schweifen. »Äh, Inspector? Oder was Sie für Ihre Pflicht halten. Vielleicht hatten Sie recht, als Sie mich rausgeworfen haben. Ich sage nicht, daß es so war, oh nein: Ich sage nur, vielleicht.«

»Das ist sehr großzügig von Ihnen, Sir«, begann Williamson. »Es stimmt natürlich, daß da Faktoren eine Rolle spielen, die er als Leiter der Ermittlungen –«

Ruispidge starrte immer noch Thornhill an. »Ich habe auch kein Blatt vor den Mund genommen. Sie sind nicht von hier, oder?«

»Nein, Sir.«

»Wo kommen Sie her?«

»East Anglia, Sir. Aus den Fens.«

»Da haben wir es.« Ruispidge wandte sich triumphierend an Williamson. »Wie Oliver Cromwell. Undiplomatische Burschen.«

Will er sich beschweren oder nicht, fragte sich Thornhill. Wieviel Zeit wird er uns in den ersten Stunden dieser Morduntersuchung noch stehlen?

Ruispidge ging zu der Bank und setzte sich. »Passen Sie auf, Williamson. Da ist noch etwas. Mr. Hendry ist bei einer Besprechung, sonst wäre ich direkt zu ihm gegangen. Ich nehme an, das müssen Sie jetzt tun.«

Die Worte waren eine Beleidigung, dachte Thornhill, doch Ruispidges Verhalten ließ sie eher offen als unverschämt wirken. Vielleicht war das ein Trick, den man ihnen in den Privatschulen beibrachte.

»Das Ganze ist ziemlich geschmacklos.« Ruispidge setzte sich auf der Bank zurecht und rümpfte die Nase. »Die Sache ist die, ich habe da ein paar ziemlich unangenehme Briefe bekommen.«

Williamson hob die Augenbrauen. »Ah, und die sind nicht zufällig anonym?«

»Doch, in der Tat, anonym. Guter Gott, Sie meinen doch nicht, daß es davon noch mehr gibt? Ich wollte sie wegwerfen, manchmal denke ich, es ist am besten, man ignoriert solche Sachen einfach. Aber ich habe sie Giles Newton gezeigt, und er war der Meinung, daß es klüger wäre, erst mal mit euch zu reden.«

»Ganz richtig, Sir.«

»Sie lesen sie lieber selber.« Ruispidge griff in die Innentasche seines Jacketts. »Ich hoffe bei Gott, daß nichts dahintersteckt. Aber ich muß sagen, sie haben mir zu denken gegeben. Sie kennen doch die Redensart: Kein Rauch ohne Feuer.«

4

Um fünf Minuten nach halb vier streifte Mrs. Philip Wemyss-Brown ihre Handschuhe über, rückte vor dem Spiegel in der Eingangshalle ihren Hut zurecht und machte sich auf den Weg, ihre Freundin Mrs. Giles Newton zu besuchen.

Leicht transpirierend segelt sie durch die Straßen von Lydmouth, an ihrem Arm schlenkerte die Handtasche. Sie nickte Bekannten zu und blieb kurz stehen, um mit Freunden über den Mord zu sprechen; sie verschwendete nur wenig Zeit mit ihnen, denn sie wußten weniger als sie.

Sie konnte der Versuchung nicht widerstehen, einen kleinen Umweg über St. John zu machen. Als sie daran vorbeiging, beobachtete sie mit gut kaschierter Neugier eine Reihe von Polizisten, die den Friedhof durchkämmten, die Polizeiautos, die an der Bordsteinkante aufgereiht parkten, und den Haufen Journalisten vor dem Pfarrhaus. Sie bemerkte, daß Sir Anthony Ruispidge unter dem Turm mit Superintendent Williamson und Inspector Thornhill sprach, und daß Mrs. Abberley die Ereignisse von einem Mansardenfenster im ersten Stock des Cottages aus beobachtete. Armes Ding, dachte Charlotte mitfühlend: Die gute Alte hatte wahrscheinlich nichts Besseres zu tun.

»Da ist ja Mrs. Wemyss-Brown! Stimmt es, daß diese Reporterin von Ihnen bei der Leiche einen anonymen Brief gefunden hat?«

Es war diese armselige Kreatur Fuggle von der *Post*, der bei den Reportern vor dem Pfarrhaus stand; wie üblich sah er aus, als hätte man ihn von weit oben in seinen Anzug geschüttelt, in dem er dann mehrere Monate geschlafen hatte.

»Kein Kommentar«, rief Charlotte und ging schneller.

»Entschuldigung. Wie war das?«

Ivor Fuggle hatte eine ärgerliche Angewohnheit, seine Taubheit immer dann zu betonen, wenn es ihm paßte. Und eine noch viel ärgerlichere Angewohnheit war, daß er immer vor der *Gazette* von Neuigkeiten Wind bekam. Charlotte vermutete, daß er keine Antwort auf seine Frage erwartet hatte: Er wollte sie einfach nur ärgern.

In dem Bewußtsein, daß diese ekelhaften Reporter ihr wahrscheinlich hinterhergafften, ging sie ruhig weiter. Vielleicht war die Anstrengung daran schuld, jedenfalls schlug ihr Herz schneller. Sie fragte sich, ob etwas Wahres an Fuggles Behauptung war, daß Jill einen Brief bei der Leiche gefunden hatte. Philip hatte letzte Woche etwas von einem anonymen Brief erzählt, in dem Alec Sutton sexueller Ausschweifungen beschuldigt wurde.

Es war fast eine Meile vom Troy House nach Mill Place, dem Haus der Newtons in der Narth Road kurz hinter Lydmouth. Als Charlotte die Auffahrt hinaufging, hörte sie die Glocke von St. John die volle Stunde schlagen. Sie hatte ihre Ankunft so geplant, daß sie um vier Uhr da sein würde: So war sie sicher, daß sie eine Tasse Tee bekam.

Mill Place war ein L-förmiges Steinhaus, das an einem breiten Bach stand, der in Hochwasserzeiten zu einem kleinen Fluß wurde. Früher war es eine Mühle gewesen, aber im vorigen Jahrhundert war sie zu einem Wohnhaus umgebaut worden, das zunächst eine verwitwete Lady Ruispidge beherbergte und später die Verwalter des Besitzers. An zwei Seiten des Hauses erstreckten sich im sanften, üppigen Grün des Frühsommers Rasenflächen bis hinunter zum Bach. An der dritten Seite führte die Auffahrt zum Haus, gerade lang genug, um den Newtons eine gewisse Privatsphäre zu sichern, jedoch nicht so lang, um unbequem zu sein. Und an der vierten Seite, im Winkel des L., gab es einen gepflasterten Hof, an dem eine riesige Glyzinie wuchs, von der man sagte, daß sie über zweihundert Jahre alt sei. Charlotte hätte am liebsten selber in dem Haus gewohnt, wenn es im Winter nur nicht so feucht wäre.

Ein schwarzer Schatten kam langsam über den sonnigen Rasen auf sie zu. Charlotte blieb stehen und wartete. Der Hund, ein alter, übergewichtiger schwarzer Labrador, schnupperte an ihrer behandschuhten Hand und lief schwanzwedelnd neben ihr her zum Haus. Sie fanden Christina Newton im Hof: Dort hockte sie auf der Erde und topfte Geranien um.

»Hallo, Charlotte. Was führt dich hierher?«

»Zum Teil die *Sweet Wivelsfield*, meine Liebe. Ich habe noch eine Tüte im Schuppen gefunden.« Sie klopfte auf ihre Handtasche. »Wir haben vor ein paar Wochen darüber gesprochen, und du hast gesagt, du würdest sie gerne einmal ausprobieren.«

»Ich erinnere mich.« Chrissies langes, wettergegerbtes Gesicht beugte sich über den Blumentopf, und ihre Hände drückten die Erde fest, sie trug nie Gartenhandschuhe, weil sie ihr im Weg waren. »Eine Kreuzung aus *Sweet William* und *Allwoodii Pinks*.«

»Was für ein Gedächtnis du hast. Wunderbare Farben. Wenn du ein ganzes Beet damit bepflanzt, sieht das richtig fröhlich aus.«

»Winterfest natürlich.«

»Ja, aber unser Gärtner sagt, wenn man die besten Ergebnisse erzielen will, sollte man sie wie zweijährige Pflanzen behandeln und im September aussäen.«

Chrissie nahm die Gießkanne und wässerte die umgetopften Geranien. Ein wenig Wasser spritzte auf ihre Sandalen, aber sie schien es nicht zu bemerken. Sie trug ein verschossenes Baumwollkleid, das Charlotte schon lange in eine Altkleidersammlung gegeben hätte, und ihre Beine waren nackt. Der Hund versuchte, das verschüttete Wasser aufzulecken.

»Geh weg, Sambo«, sagte Chrissie und schob ihn beiseite. »Er hat genug Wasser in seiner Schüssel, weißt du. Laß uns reingehen und Tee machen. Leider hat Jane heute ihren freien Nachmittag.«

Die beiden Frauen gingen durch eine verglaste Seitentür, und dann einen Flur entlang in die Küche. Die Newtons hatten kein Personal mehr, das im Haus wohnte, sondern an viereinhalb Tagen in der Woche kam eine Frau zu ihnen. Chrissie füllte den elektrischen Wasserkocher, ein Geschenk von Giles zum zwanzigstens Hochzeitstag, und steckte ihn ein. Charlotte registrierte automatisch, daß das Spülbecken schmutzig war und daß die hölzerne Abtropffläche einer gründlichen Reinigung bedurfte.

»Hier ist Brot und Butter«, sagte Chrissie, »und ein paar Kekse. Leider kein Kuchen.« Sie machte einen Schrank auf und spähte hinein. »Ich muß Marmelade einkochen. Es ist eine Schande, aber irgendwie war es kein gutes Jahr für Erdbeeren.« Sie schloß die Tür, ohne etwas herausgenommen zu haben. »Giles liebt Erdbeermarmelade, und normalerweise mache ich Unmengen davon.«

Charlotte behielt ihre Neuigkeiten für sich. »Wenn du willst, kannst du welche von unseren Erdbeeren haben. Wir haben sie im Überfluß.«

»Bist du sicher, daß ihr dann noch genug für euch habt?«

»Natürlich. Aber warte nicht zu lange, sonst kann man keine Marmelade mehr daraus machen.« Plötzlich konnte Charlotte die Spannung nicht länger ertragen. »Hast du gehört, was in St. John passiert ist?«

Chrissie war dabei, das Geschirr auf einem Tablett zusammenzustellen. »Nein – was?«

»Das ist der zweite Grund, warum ich hier bin. Du weißt doch noch, was du mir über den Abendmahlskelch erzählt hast?«

»Was ist damit?«

Charlotte atmete tief und genüßlich ein und fuhr in ihren Erklärungen fort. Sie redete immer noch, als Chrissie das schwer beladene Teetablett in den Garten trug. Sambo trottete mit hängender Zunge hinter ihnen her. Zwei Liegestühle standen schon auf der kleinen Terrasse an der Südseite des Hauses. Der Hund sank in den Schatten unter Chrissies Stuhl.

»Aber du glaubst doch nicht wirklich, daß Mr. Sutton irgendwas damit zu tun hat?« sagte Chrissie, als der Redefluß nachzulassen schien. »Er ist ein Geistlicher.«

»Ich weiß nicht, was ich glauben soll.«

»Ich weiß, daß er ein paar merkwürdige Ideen hat. Dauernd der Weihrauch und die Glocken. Aber trotzdem.«

»Du kannst aber nicht leugnen, daß er den Kelch partout nicht verkaufen wollte. *Nur über meine Leiche*, das waren seine Worte.«

»Ich glaube, so was Ähnliches hat Giles gesagt.« Chrissie starrte auf ihre Hände mit den abgekauten Fingernägeln und der von der Gartenarbeit rauhen Haut. »Aber warum sollte er diese Frau, diese Kymin, umbringen?«

»Vielleicht hat sie ihn dabei erwischt, wie er versucht hat, den Kelch zu stehlen. Oder vielleicht hatten sie eine Affäre, und sie hat ihm gedroht –«

»Wirklich? Unter uns – das ist streng vertraulich, meine Liebe, du darfst kein Wort sagen, nicht mal zu Giles, aber Philip hat letzte Woche einen Brief bekommen. Einen anonymen Brief. Jede Zeitung bekommt ab und zu solche Zuschriften. Aber in dem bewußten Brief stand, daß Sutton – nun, daß er wohl ein ganz schöner Casanova sei.«

»Das ist doch lächerlich.«

»Wirklich? Du weißt, wie die Männer sind.« Für den Bruchteil einer Sekunde erlaubte sich Charlotte, daran zu denken, daß Philip Jill Francis eingeladen hatte, bei ihnen zu wohnen. Aus purer Freundschaft? Oder gab es andere Motive? Mit plötzlicher Bitterkeit fügte sie hinzu: »Ich kann mir nicht vorstellen, daß der steife Kragen eines Geistlichen so einen Unterschied macht, nicht, wenn es um so etwas geht.«

»Ich kann es trotzdem nicht glauben.«

Schritte näherten sich der Terrasse. »Was glauben?« fragte Giles Newton. Sambo rappelte sich tolpatschig hoch.

»Wir reden über die Männer, Liebling. Nichts, worüber du dir Gedanken machen mußt. Aber hast du das Neueste schon gehört?«

Newton beugte sich vor und gab seiner Frau einen flüchtigen Kuß auf die Wange. »Die ganze Stadt spricht von nichts anderem. Hallo, Charlotte. Du siehst aus wie das blühende Leben. Ist noch Tee da?«

Chrissie ging ins Haus, um eine Tasse und den Kessel zu holen. Giles stellte noch einen Liegestuhl auf, setzte sich neben Charlotte und bot ihr eine Zigarette an. Er war ein untersetzter Mann in den Fünfzigern, mit einem eckigen Gesicht und lockigem grauen Haar. Er hatte eine freundliche, besonnene Art, die Charlotte insgeheim ziemlich attraktiv fand.

»Für Mr. Sutton muß es schrecklich sein«, sagte sie, als Giles ihr Feuer gab. Einen Moment lang berührte seine Hand die ihre, und sie fragte sich, ob die Berührung absichtlich geschehen war. »Hast du ihn schon gesehen?«

»Noch nicht, aber wir haben telephoniert. Der arme Bursche ist am Ende seiner Kräfte. Tony Ruispidge wollte ihn heute nachmittag besuchen.«

»Wie nett von ihm. Ich bin sicher, daß –«

»Das hat nichts mit Nettigkeit zu tun. Tony ist neugierig. Er hat auch die Absicht, Williamson oder Hendry zu besuchen, wohl in der Hoffnung, alles aus erster Hand zu erfahren.«

Giles sah sie an und zog die Augenbrauen zusammen. »Sie sind alle gleich: Rennen wild in der Gegend rum und versuchen, immer noch mehr zu erfahren. Man kommt sich vor wie in einer Stadt voller Leichenfledderer.«

»Ja, es ist traurig«, sagte Charlotte und fragte sich, ob seine Worte als Rüge gemeint waren. »Aber so sind die Menschen nun einmal, oder?«

Chrissie Newton kam auf die Terrasse, in der einen Hand den Kessel und in der anderen Tasse und Unterasse. »Wie war dein Tag heute, Liebling?«

»Ganz gut.«

»Und was weißt du über diese schreckliche Geschichte? Ich hoffe, ihr habt auf mich gewartet.«

»Nur die reinen Fakten. Ich bin sicher, ihr beiden wißt mehr als ich.« Newton sah auf seine Uhr und kämpfte sich aus dem Liegestuhl hoch. »Ich glaube, ich muß den Tee ausfallen lassen. Ich habe noch eine Menge Arbeit vor mir. Und ich sollte wohl Victor Youlgreave anrufen, um die Vorbereitungen für die nächsten Gottesdienste zu besprechen.«

»Du könntest deine Tasse mitnehmen. Möchtest du auch einen Keks?«

»Nein, danke.«

»Aber du hast kaum etwas zu Mittag gegessen.«

»Nein, ich möchte nichts. Mach nicht so ein Theater, Chrissie.« Nach einer winzigen Pause lächelte er Charlotte an und sagte mit einer Stimme, die ein wenig zu angestrengt klang: »Jetzt, wo die Kinder kaum noch zu Hause sind, versucht Chrissie andauernd, mich zu bemuttern.«

O je, dachte Charlotte, entdecke ich da kleine Spannungen?

Er nickte seiner Frau zu. »Ich bin im Arbeitszimmer.«

Keine der beiden Frauen sagte etwas, als Giles über die Terrasse davonging. Chrissie setzte ihre Sonnenbrille auf. Er ging ins Haus und schloß mit einem betont leisen Klicken die Tür hinter sich. Der Nachmittag ging ohne ihn weiter. Chrissie nippte an ihrem kalten Tee und sah, wie langsam die Wolken am Himmel heraufzogen. Und Charlotte lieferte einen munteren Monolog über die beste Methode *Sweet Wivelsfield* auszusäen.

5

Jill ging ins *Bull*, weil Philip von Mr. Quale einen Tip bekommen hatte.

»Geh du«, hatte Philip gesagt. »Aber behandle ihn mit Vorsicht, er spricht nicht gerne mit der Presse, nicht einmal mit uns. Glücklicherweise hat er ein Faible für die Damen. Du kannst eher etwas aus ihm herausbringen als ich.«

»Wer?«

»Aus wem, meine liebe Jill, aus wem. Die Presse hat die Pflicht, wenigstens grammatikalisch korrekt zu sein.« Philip schwebte in höheren Sphären; nicht etwa weil er mittags ein Bier getrunken hatte, sondern wegen der Geschichte. »Ich habe Ruispidge gemeint, aber dasselbe gilt für Quale.«

Jill rümpfte die Nase.

Philip drohte ihr mit dem Finger. »Sei nicht überheblich. Es lohnt sich, Quale bei Laune zu halten.«

Philip hatte es raus, Menschen ›bei Laune zu halten‹ – kleine Leute zumeist, die zu jeder Autorität aufblicken wie zu einer wundersamen Erscheinung aus einer anderen Welt. Quale gehörte ebenso zu seinen nützlichen Freunden wie ein Sergeant im Polizeirevier und eine verärgerte Sekretärin von der *Post*. Philip gab großzügige Trinkgelder und bedachte sie zu Weihnachten; und, noch wichtiger, er hörte ihnen zu, fragte nach ihren Familien und gab ihnen ihr Selbstbewußtsein zurück.

Jill sammelte Handschuhe, Hut und Handtasche zusammen. Glücklicherweise war ihr Sommerkleid adrett genug für einen Baron. Sie verließ ihr Büro und ging langsam den Bürgersteig entlang. Die High Street war voller Passanten und Kindern, die aus der Schule kamen. Der Himmel zeigte sich in einem tiefen, satten Blau, geschmackvoll dekoriert mit einer Handvoll dunkler Wolken. Es roch nach Abgasen und gegrilltem Fisch.

MORD IN DER KIRCHE VON LYDMOUTH stand auf dem Plakat eines Zeitschriftenstandes. FRAU AUS LYDMOUTH ERSCHLAGEN auf einem anderen; das grausige Ende hatte Lydmouth dazu gebracht, Miss Kymin als eine der ihren zu akzeptieren.

Die Nachmittagssonne wärmte sie. Wie gerne würde sie jetzt in einem Liegestuhl liegen und die Augen schließen. Der Schock hatte nachgelassen, aber sie fühlte sich immer noch schwach und verwirrt, wie nach einer langen Krankheit. Traurigkeit erfüllte sie. Miss Kymin lag in einem Kühlfach in der Leichenhalle; sie würde nie wieder einen Sommertag erleben.

Wenn sie ein richtiger Journalist wäre, vermutete Jill, einer, der Tinte in den Adern hatte (das waren natürlich immer Männer), würde sie die Aufregung genießen, im Mittelpunkt einer Morduntersuchung zu stehen. Vielleicht waren die männlichen Spötteleien, die sie ihr ganzes Berufsleben begleitet hatten, nicht ganz unbegründet gewesen. Aber sie wollte verdammt sein, wenn sie irgend etwas Bewundernswertes an einer Geisteshaltung fand, wo man sich über den gewaltsamen Tod eines anderen Menschen freute.

Die Eingangstür des *Bull* stand offen. Jill betrat die kühle, düstere Hotelhalle. Quale döste hinter der Rezeption unter dem traurigen Kopf eines Rothirsches und ein paar staubigen Glaskästen mit toten Fischen. Als Jill näherkam, hob der den Kopf, auf dem sich das Haar längst gelichtet hatte.

»Guten Tag, Miss Francis. Was für ein Vergnügen, Sie zu sehen.«

Quale hatte schon lange vor dem Krieg in der Halle des *Bull Hotel* gesessen. Jedes Jahr wurde sein Hals ein bißchen dünner und sein Kragen ein bißchen weiter. Er nahm Anrufe entgegen, putzte den Gästen die Schuhe und half ihnen gelegentlich beim Gepäck. Er verteilte Aspirin und gute Ratschläge an die, die er mochte. Er hatte noch andere Aufgaben, die sich nicht so genau beschreiben ließen. Seine gestreifte Weste war über die Jahre verblaßt und hatte Patina bekommen, eine Mischung aus Fett und Schuppen, aus Asche und den unterschiedlichsten Essensflecken.

»Hallo, Mr. Quale. Mr. Wemyss-Brown sagte mir, ich würde vielleicht Sir Anthony hier finden.«

Quale beugte sich über den Tresen, und sein merkwürdiger Duft kam ihr näher als es ihr lieb war. »Seine Hoheit ist mit Mr. Lancaster im Büro. Aber sagen Sie niemandem, daß ich es Ihnen verraten habe. Sir Anthony reist heute nachmittag inkognito.«

»Warum ist er hier?«

»Wie ich es verstanden habe, schaut er die Bücher durch. Normalerweise macht das Mr. Newton.«

Jill nickte. Das *Bull Hotel* war Teil des Ruispidge-Besitzes, deshalb war Giles Newton als Verwalter des Anwesens auch dafür verantwortlich, die Arbeit des Geschäftsführers zu kontrollieren.

»Nicht immer der schönste Tag des Monats für Mr. Lancaster. Aber so ist es nun einmal: Wir alle haben unser kleines Kreuz zu tragen.« Quale grinste, und sein Blick wanderte von Jills Gesicht zu ihrer Brust. »Sir Anthony hat mir aufgetragen, den Bentley hierherzubestellen. Um fünf Uhr.«

Während er sprach, öffnete Jill ihre Handtasche und holte ihr Portemonnaie heraus. Sie legte einen Zehn-Shilling-Schein auf den Tresen. Eine knochige Hand ließ ihn schnell verschwinden.

»Sie sind gerade richtig gekommen, Miss.«

»Wie meinen Sie das?«

»Dies ist die Ruhe vor dem Sturm. Das Telephon hört gar nicht mehr auf zu klingeln. Fünf Herren haben bereits Zimmer reserviert, und ich wage zu behaupten, daß es noch mehr werden. Sie kommen aus London mit dem Sechs-Uhr-Zug.«

»Journalisten?«

Während er nickte, begann das Telefon zu klingeln. Er beugte sich noch näher zu ihr und sprach schnell: »Wenn ich Sie wäre, Miss, würde ich im Hof auf Sir Anthony warten. Dann sieht es so aus, als kämen Sie gerade über den Hinterhof herein, und Sie können sozusagen rein zufällig mit Absicht mit ihm zusammenstoßen. Wenn Sie da vorne links gehen, ist es die zweite Tür auf der rechten Seite.«

Sie dankte ihm und überließ ihn dem Telefon. Das große Hotel war sehr ruhig. Die Tür zum Hof öffnete sich mit einem Protestlaut, als die Unterkante über den Steinboden schrammte. Das war leider typisch für das *Bull*: Eine schlecht schließende Tür wäre in einem besser geführten Haus nicht geduldet worden.

Der gepflasterte Hof hatte etwas aus einer längst vergangenen Zeit. Noch vor zwei Generationen wäre er mit Pferden und Stallknechten voller Leben gewesen. Bis auf drei Autos war er jetzt leer. Unkraut und Grasbüschel wuchsen zwischen den Pflastersteinen. In der steinernen Pferdetränke gammelte eine grünliche Schaumschicht vor sich hin. Mitten in der Durchfahrt zur Straße befand sich eine Scheune, deren Torflügel offenstanden und den Blick auf einen verstaubten Zweispänner freigaben. Die beiden Deichseln zeigten wie Flugabwehrkanonen in den Himmel. An der nähergelegenen Giebelwand war ein Anbau mit der Aufschrift GENTLEMEN, der möglicherweise für den schwachen, aber unangenehmen Geruch verantwortlich war.

Jill kam der Gedanke, daß es vielleicht ein bißchen peinlich sein könnte, wenn der Bentley vorfuhr und sie hier im Hof herumlungerte, um Sir Anthony aufzulauern, wenn er aus dem Hotel kam. Der Chauffeur könnte sie sehen und seinem Herrn berichten, daß sie hier auf der Lauer lag. Es war vielleicht klüger, durch die Durchfahrt zu gehen und ein Stück die Bull Street hinunterzuspazieren und ein passendes Schaufenster zu finden. Sie überquerte den Hof, um sich umzusehen.

Sie hatte die Durchfahrt beinahe erreicht, als in der dahinterliegenden Straße eine Hupe ertönte. Ein großer, schwarzer Wagen bog schwungvoll in die Durchfahrt ein. Der Bentley schaukelte nach links und preschte auf sie zu. Bremsen quietschten. Metall kratzte an Stein. Doch der Wagen fuhr weiter.

Jill sprang zur Seite. Ihr Hut fiel herunter. Sie stürzte in den Eingang der Scheune und fiel in den Zweispänner. Eine der Deichseln bohrte sich in ihren Rücken, und sie schrie auf. Ihr Kleid blieb hängen und zerriß. Schwalben zwitscherten aufgeregt auf den Dachbalken über ihrem Kopf. Eine Plane, die auf dem Sitz lag, rutschte herunter. Staub wirbelte auf, und sie mußte husten. Schaukelnd kam das Auto im Hof zum Stehen.

»Verdammt noch mal«, sagte Jill. »Verdammter Mist.«

Eine Tür ging auf, und schnelle Schritte näherten sich.

»Es tut mir leid, sind Sie verletzt? Dieses verdammte Auto ist einfach mit mir durchgegangen.«

Zu Jills Überraschung war es eine Frauenstimme, hell und atemlos, und sie lispelte. Das ›s‹ klang wie ein Zischen, wie bei einem Kind.

»Ich habe beinahe die Abzweigung verpaßt, wissen Sie, und hinter mir hing ein Wagen, praktisch Stoßstange an Stoßstange, so daß ich nicht bremsen konnte. Können Sie sich bewegen? O mein Gott, soll ich einen Arzt holen?«

»Nein«, sagte Jill, »das ist nicht nötig. Aber Sie könnten mir hochhelfen.«

Sie ergriff die angebotene Hand und zog sich hoch. Ruispidges Chauffeur trug gut geschnittene Reithosen und eine maßgeschneiderte karierte Bluse, eine Aufmachung, die den Körper zwar bedeckte, aber nur wenige seiner Kurven der Vorstellungskraft überließ. Sie war jünger, als Jill gedacht hatte: eigentlich noch keine erwachsene Frau, sondern ein Mädchen von ungefähr zwanzig Jahren. Ihr Haar, so dunkel, daß es fast schwarz war, fiel offen auf ihre Schultern; und sie hatte riesige Augen, tiefblau hob sich die Iris gegen das unschuldige und kindliche Weiß ab, das sie umgab. Der Mund war zu groß, um schön zu sein, eine klaffende rote Wunde, die ihr Gesicht beherrschte.

»Sind Sie verletzt? Haben Sie sich etwas gebrochen?«

»Ein paar blaue Flecken. Wenn dieses Ding da nicht im Weg gewesen wäre, wäre gar nichts passiert.«

»Sie meinen, wenn ich nicht versucht hätte, Sie umzumähen, wäre nichts passiert? Und Sie haben auch noch ihr Kleid zerrissen. So ein hübsches Kleid. Entschuldigen Sie, wenn ich frage, aber es ist nicht zufällig von Charice, oder?«

»Seine Preise kann ich mir nicht leisten. Ich habe es bei einer seiner Designerinnen gekauft, die sich in der Conduit Street selbständig gemacht hat.«

»Doch nicht bei Ginette?« Jill nickte, und in unverändert halsbrecherischer Geschwindigkeit redete die Stimme weiter: »Zwei meiner Freundinnen *schwören* auf sie. Ich wollte auch mal vorbeischauen und – oh, es tut mir leid, ich stehe hier und rede und rede. Sie müssen mit hineingehen, sich waschen und einen Tee oder so trinken. Und Sie müssen mir erlauben, daß ich die Reparatur Ihres Kleides bezahle.« Sie trat zurück und beäugte den Schaden. »Oder vielleicht wäre es einfacher, wenn ich Ihnen ein neues kaufe.«

»Das ist nicht nötig. Es ist nur ein kleiner Riß. Aber ich hätte nichts dagegen, mich zu waschen.«

»Hier entlang.«

»Sollten Sie nicht den Motor abstellen? Oder den Wagen sogar woanders parken?«

»Wir werden jemanden bitten, sich darum zu kümmern. Kommen Sie.«

Das Mädchen sammelte Jills Handtasche auf und bot ihren Arm als Stütze an. Jill grinste sie an.

»Es geht schon. So schlimm ist es nun auch wieder nicht. Ich heiße übrigens Jill Francis.«

Das Mädchen streckte die Hand aus. »Jemima Orepool. Wohnen Sie hier?«

»Nein, ich lebe in Lydmouth.« Sie sah die Neugierde in Jemimas Gesicht und beschloß, ihr zuvorzukommen. »Ich bin Journalistin. Früher habe ich in London gearbeitet, aber jetzt bin ich bei der *Gazette*.«

Sie traten durch die Seitentür in die Kühle des Hotels.

»Sie Glückliche.« Kurz verzog sie die vollen Lippen zu einem Schmollen. »Es muß schön sein, einen anständigen Beruf zuhaben. Obwohl ich sagen muß, daß ich lieber in London arbeiten würde. Aber vielleicht mußten Sie umziehen, weil Ihr Mann hier arbeitet.«

»Ich bin nicht verheiratet.«

»Finden Sie es nicht ein bißchen, na ja, trostlos hier?«

»Überhaupt nicht. Ich hatte genug von London.«

Quale starrte sie an und sprang mit einem untypischen Anflug von Energie auf die Füße. »Miss Jemima! Was ist passiert?«

»Nur ein kleiner Unfall, Quale. Gibt es hier ein Badezimmer, wo Miss Francis sich waschen kann?« Jemima warf einen Blick auf die Uhr über der Rezeption. »Ist wohl zu früh für einen Drink. Aber könnten wir in der Lounge einen Tee haben? Und fragen Sie doch Sir Anthony, ob er uns Gesellschaft leistet, wenn er bei Mr. Lancaster fertig ist.«

»Sehr wohl, Miss.«

»Und würden Sie jemanden holen, der das Auto parkt? Ich schaffe die engen Lücken nicht. Der Motor läuft noch. Aber kümmern Sie sich zuerst um Miss Francis.«

Quale verließ seine schützende Rezeption und brachte eine Verbeugung vor Jill zustande. »Wenn Sie sich die Mühe machen wollen, mir zu folgen, Miss.«

Jill versuchte zu erklären, daß die ganze Aufmerksamkeit unnötig war, doch niemand hörte auf sie. Quale zeigte ihr ein Badezimmer, versorgte sie mit einem sauberen, weißen Handtuch und fragte, ob sie Hilfe von einem der Zimmermädchen benötigte. Jill lehnte ab, entnervt von seiner plötzlichen Verwandlung in einen perfekten Diener.

Sie verriegelte die Tür und betrachtete den Schaden. An ihrem Rücken war eine Schramme, und an ihrem Arm entwickelte sich ein blauer Fleck. Ihre Handschuhe waren ruiniert, aber wenigstens war es ein altes Paar. Einer ihrer Strümpfe hatte eine Laufmasche; glücklicherweise verbarg das Kleid das Schlimmste. Der Riß war etwas anderes. Er war leicht zu reparieren, aber das Kleid würde nicht mehr dasselbe sein. Auch wenn andere vielleicht nicht bemerkten, daß es geflickt war: Sie selbst würde es immer wissen. Gewissermaßen die Strafe für ihre Extravaganz, dachte sie. Verführt von dem eleganten Schnitt des Rocks hatte Jill sich im vorigen Sommer das Kleid gekauft, und dafür fast ein Monatsgehalt ausgegeben.

Als sie hinunterging, stand Quale wieder hinter der Rezeption. »Miss Jemima erwartet Sie in der Lounge, Miss«, sagte er. »Sir Anthony ist immer noch bei Mr. Lancaster.« Er zerstörte die Verkörperung des perfekten Dieners, indem er ihr heftig zuzwinkerte und murmelnd hinzufügte: »Ich fürchte, die Herren werden etwas laut.«

Die Lounge war ein großer, heruntergekommener Raum, der zur Straße lag. Eine alte Dame saß am leeren Kamin und strickte. Zwei weitere Damen, jede an einer Ecke eines Sofas, blätterten Zeitschriften durch. Jemima Orepool saß an einem der Fenster. Auf dem Tisch neben ihr stand ein Teetablett, aber sie hatte eine Bloody Mary in der einen Hand und eine Zigarette in der anderen. Als sie Jill kommen sah, sprang sie auf und führte sie zu einem Stuhl.

»Was darf es sein? Es gibt Tee, aber ich dachte, ich brauche etwas Stärkeres.« Sie kicherte. »Das muß der Schock sein. Dann sollten Sie aber auf jeden Fall zwei nehmen.«

»Ich trinke eigentlich lieber Tee.«

Es war ein Zeichen für Jemimas Einfluß im *Bull*, daß sie es geschafft hatte, außerhalb der Schankstunden einen Drink zu bekommen. Die Tatsache, daß das *Bull* den Ruispidges gehörte, hatte zweifelsohne etwas damit zu tun.

Jemima goß ungeschickt den Tee ein, als ob dies nicht zu den Dingen gehörte, die sie üblicherweise tat. »Nehmen Sie eine Zigarette.« Sie reichte Jill die Tasse und holte ein schmales, goldenes Etui heraus. »Mögen Sie diese? Es sind Kyprinos. Schmecken wie türkische Zigaretten, nur stärker.«

Jill beschloß, kein Spielverderber zu sein. Während sie darauf wartete, daß Jemima ihr Feuer gab, sagte sie: »Ich hoffe, ich halte Sie nicht von –«

»Reden Sie keinen Unsinn. Onkel Tony hat sich verspätet, und ohne Sie würde ich alleine hier sitzen und Däumchen drehen. Und außerdem ist es wunderbar, sich mit einem zivilisierten Menschen zu unterhalten. Ich bin jetzt seit drei Wochen hier, und Sie können sich nicht vorstellen, wie ich mich langweile.«

»Normalerweise leben Sie in der Stadt?«

Wieder verzog sie schmollend den Mund. »Wenn ich könnte, wäre ich jetzt auch dort. Unglücklicherweise – nun, um offen zu sein – ich bin in Ungnade gefallen. Ich habe meinen Wechsel für dieses Vierteljahr ausgegeben und mir den nächsten schon als Vorschuß genommen – und den übernächsten zum Teil auch. Dann wurde alles ziemlich kompliziert. Ich meine, Onkel Tony hat keine Ahnung, was das Leben heutzutage so kostet. Er ist zuletzt in London gewesen, als die Mädchen noch Charleston getanzt haben. Jedenfalls tauchte er mehr oder weniger mit dem Milchmann vor meiner Tür auf, zog mich aus dem Bett, hat mir die Leviten gelesen und mich hierher verfrachtet.«

»Wie lange bleiben Sie?«

»Das weiß der Himmel. Bis Onkel Tony glaubt, daß ich tugendhaft genug bin und gehen kann. Entweder dann oder eben erst, wenn ich einundzwanzig bin. Dann darf ich an Mummys Geld ran.« Jemima trank ihr Glas aus. »Es tut mir leid. Das muß schrecklich langweilig für Sie sein. Lassen Sie uns über Sie reden. Haben Sie mit diesem Mord zu tun? Die Leiche in der Sakristei? Wäre das nicht ein wunderbarer Titel für einen Krimi?« Die Stimme wurde ein bißchen höher. »Ist es wahr, daß sie *vergewaltigt* wurde?«

Drei graue Köpfe drehten sich zu ihnen um. Empörtes Schweigen erfüllte den Raum.

»Soweit ich weiß, nicht.« Jill drückte die Zigarette aus. »Eigentlich hatte ich gehofft, mit Sir Anthony darüber sprechen zu können. Mein Herausgeber hätte gerne seine Meinung dazu.«

Jemima kicherte, und Jill merkte, wie sie lächeln mußte. »Als Stütze der hiesigen Gesellschaft? Mein Gott, Sie sollten ihn mal im Pyjama sehen, bevor er seine Zähne drin hat. Nicht, daß ich ihn oft so sehe, Gott bewahre – der frühe Morgen ist ganz bestimmt nicht meine Zeit – aber wenn man das einmal gesehen hat, vergißt man es nie. Als ich ein Kind war, hat er –«

Mit einem Blick zur Tür brach sie ab. Jill wandte sich um und sah Ruispidge durch den Raum auf sie zukommen. Sein Körper bewegte sich heftig hin und her, und sein Gesicht war gerötet. Er trug eine Krawatte, deren Farben ihn als ehemaligen Schüler des Eliteinternats Harrow auswiesen. Jill wußte das aus ihrer Zeit in den heiligen Hallen von Westminster mit seinen exklusiven Ritualen.

»Lieber Onkel. Darf ich dir Jill Francis vorstellen.«

Ruispidge starrte sie an, reichte ihr aber nicht die Hand. »Ich kenne Sie, oder?«

»Sie könnten mich im Gericht gesehen haben. Ich bin Journalistin bei der *Gazette*.«

»Hat Giles Newton Sie nicht erwähnt? Sie haben früher in London über Politik oder so was geschrieben.«

»Ja, ich –«

»Es tut mir leid, aber Sie müssen mich entschuldigen: Ich will heute nicht mit Journalisten sprechen.«

»Onkel, *Schatz*.«

Er ignorierte seine Nichte. »Diese Kerle haben mich den ganzen Nachmittag belästigt. Und heute abend kommen noch mehr. Kein Gefühl dafür, was sich gehört. Ich habe genug von diesem Volk. Komm, Jemima. Wir gehen.« Er warf Jill noch einen Blick zu. »Guten Tag.« Er drehte ihnen den Rücken zu und stolzierte zur Tür. Jemima stand auf. Ihre Lippen formten den Schmollmund. Sie rannte ihrem Onkel hinterher. An der Tür blieb sie stehen: Einen Moment lang warf sie sich in Positur, wild, graziös und starr wie eine Statue.

»Jemima!« rief Ruispidge von weitem. »Komm.«

Jemima Orepool zwinkerte Jill zu und verbeugte sich vor ihrem Publikum, bestehend aus den drei Damen, und war im nächsten Moment verschwunden.

Vierter Teil

I

»Verdammt noch mal«, sagte der Chief Constable. Durch die Leitung klang seine Stimme wie ein mürrisches, blechernes Flüstern. »Die Zeugen werden Ihnen ja wohl nicht davonlaufen, oder?«

Williamson starrte den Telefonhörer in seiner Hand finster an. »Meiner unmaßgeblichen Meinung nach, Sir, ist das Gedächtnis von Zeugen wie frisches Gemüse: Es hält sich nicht lang.«

Der Satz war viel zu gut, um noch spontan zu klingen. Thornhill fragte sich, ob Williamson wohl vorhatte, ihn auch bei der Pressekonferenz zu verwenden und dies hier nur die Generalprobe war; vielleicht würde er ihn sich aber auch für seine Memoiren aufsparen. Thornhill und der Superintendent waren in Williamsons Büro; Hendry telefonierte von seiner Wohnung aus.

»Ja, Sir«, sagte Williamson, »aber am Vormittag sind die meisten nicht da. Außerdem müssen wir noch den Autopsiebericht abwarten, und dann eben die Presse ... Ja, Sir, Sie haben wahrscheinlich recht, die Autopsie ist nur eine Formalität ...«

Der Chief Constable wollte die Haus-zu-Haus-Befragung bis auf den nächsten Tag verschieben. Außerdem hatte er sich noch nicht entschieden, ob er Scotland Yard hinzuziehen sollte, und wollte alles vermeiden, was eine sachliche Untersuchung beeinflussen könnte. Die Vehemenz, mit der der Superintendent seine Ansicht vertrat, zeigte, wie wenig er gewillt war, die Kontrolle über die Ermittlungen aus der Hand zu geben.

Schließlich knallte Williamson den Hörer auf die Gabel. »Na also, Thornhill.« Der Triumph färbte seine Stimme rauh, aber er achtete sorgfältig darauf, sich ansonsten nichts anmerken zu lassen. »Mr. Hendry ist ganz unserer Meinung, also können wir loslegen. Sie wissen, was zu tun ist. Ich bleibe hier. Irgend jemand muß den Überblick behalten.«

Am frühen Abend standen ihre Chancen am besten, die Leute zu Hause anzutreffen – die Kinder waren aus der Schule und die Männer von der Arbeit zurück. Die meisten aßen zu Abend, und kaum jemand war schon ausgegangen.

Thornhill gab den fünf Polizeiteams seine Anweisungen. Sie hatten Verstärkung aus anderen Abteilungen erhalten. Sie sollten entlang der Church Street und der St. John's Passage, am südlichen Ende der High Street, am Fore Hill und in der Nutholt Lane Erkundigungen einziehen. Um zur Kirche zu gelangen, mußte Miss Kymin zumindest eine dieser Straßen entlanggegangen sein. Und ihr Mörder mußte auch durch dieses Netzwerk von Straßen geschlüpft sein – außer natürlich, er oder sie wohnte in einer von ihnen.

Thornhill verließ das Polizeirevier, um sich direkt vor Ort zu begeben, Wilson immer einen halben Schritt hinter ihm. In der Church Street waren jetzt weniger Journalisten als am Nachmittag. Die Fensterläden im Erdgeschoß der Pfarrei waren geschlossen. Zu Wilsons Überraschung marschierte Thornhill die ganze Straße entlang und bog in die Nutholt Lane ein. Vor dem Haus, in dem Kirby zur Untermiete wohnte, blieb er stehen. Auf der Straße neben dem Bordstein war ein kleiner Ölfleck. Das Öl war so frisch, daß es glitzerte. Er sah zu den leeren Fenstern des Hauses hoch, in denen sich das Licht der Abendsonne spiegelte.

»Warten Sie hier«, befahl er Wilson und stieß die Gartenpforte auf.

Das Haus hatte einen Vorgarten von der Größe eines Doppelbetts. Mit zwei langen Schritten erreichte Thornhill die Haustür. Er zog an der Glocke und hörte es irgendwo in den Tiefen des Hauses läuten. Einen Moment später ging die Tür auf. Ein Schulmädchen mit einem schmalen, fleckigen Gesicht sah zu ihm auf.

Thornhill tippte an seinen Hut. »Ist Sergeant Kirby da?«

Das Mädchen schüttelte den Kopf.

»Ich bin Inspector Thornhill.«

»Ich weiß, Sir. Aber er ist nicht da. Heute ist sein freier Tag.«

»Ich habe gesehen, daß sein Motorrad nicht da ist, aber das Öl auf der Straße sieht frisch aus. Ich frage mich, ob –«

»Er ist heute morgen nach Hereford gefahren. Ich weiß nicht, wann er zurückkommt. Mr. Fowles hat ihm eine Nachricht hinterlassen. Er – er kann sie noch nicht gesehen haben.«

Die Vermieterin war die Witwe eines Polizeibeamten, fiel Thornhill ein, der sich an ein Gespräch mit Kirby in der Kantine erinnerte. Die Tochter war ihr einziges Kind. Er wünschte, er hätte eine Ahnung, wie man mit Mädchen dieses Alters, irgendwo zwischen Kindheit und Erwachsensein, sprach.

»Wie heißt du?«

»Jean Jones, Sir.«

»Also, Jean – ist deine Mutter da?«

Das Mädchen wurde rot. »Nein. Sie ist zum Einkaufen nach Newport gefahren. Um sieben kommt ein Bus. Den nimmt sie normalerweise.«

Thornhill wandte sich schon fast zum Gehen, als ihm noch etwas einfiel. »Wo warst du gestern abend?«

Jean zuckte zurück. »Zu Hause, Sir.«

»Den ganzen Abend?«

»Es ging mir nicht gut. Und ich mußte meine Hausaufgaben machen.«

»Hast du irgend jemanden auf der Straße gesehen?«

Sie schüttelte den Kopf. Ihre Röte vertiefte sich. »Nur Mr. Kirby. Zufällig habe ich gerade aus meinem Fenster geguckt, als er nach Hause kam.«

»Würdest du ihm bitte sagen, daß er auf dem Revier anrufen soll, wenn er kommt?« Er sah die Panik in ihren Augen und konnte sie sich nicht erklären.

»Ja, Sir. Natürlich. Ich verspreche es.«

Thornhill verabschiedete sich, und die Tür schloß sich. Er sagte sich, daß die Panik in den Augen des Mädchens nichts zu bedeuten hatte. In Gegenwart der Polizei neigten die unschuldigsten Leute dazu, sich wie auf frischer Tat ertappte Schwerverbrecher zu benehmen.

Sie gingen zur Church Street zurück. Der Friedhof war immer noch abgesperrt, und Thornhill blieb stehen, um mit Police Constable Porter zu sprechen, der am Friedhofstor Wache schob.

»Gibt es Ärger mit den Herren auf der anderen Straßenseite?«

»Nette Kerle, Sir. Dieser Mr. Fuggle hat versucht, mich auszuhorchen, aber ich habe mich nicht darauf eingelassen. Hab ihn ganz schön abblitzen lassen.« Porter schielte nervös über die Straße. »Aber Mrs. Abberley geht mir auf die Nerven. Seit ich hier stehe, beobachtet sie mich.«

Thornhill sah zum Church Cottage hinüber. Hinter einem der Fenster im ersten Stock bewegte sich etwas.

Porter hustete. »Meine Oma sagt, sie ist eine Hexe. Diese alten Leute kommen manchmal auf die verrücktesten Ideen, Sir.«

»Ich glaube, wir sollten mit ihr sprechen.«

Als Thornhill und Wilson die Straße überquerten, öffnete sich die gelbe Tür des Pfarrhauses. Mary Sutton trat vor die Tür. Die Reporter umringten sie.

»Inspector«, rief sie. »Haben Sie einen Moment Zeit für mich?«

Thornhill und Wilson drängten sich durch die Gruppe der Reporter und schlüpften ins Pfarrhaus. Mrs. Sutton trug ein Kopftuch und eine schmutzige Schürze. Auf ihrer einen Wange war ein Schmutzfleck, und beim Eintritt ins Haus wischte sie sich eine Spinnwebe vom Ärmel.

»Ich wollte Sie gerade anrufen, Inspector.« Sie verriegelte die Tür hinter ihnen. »Kommen Sie herein und schauen Sie sich an, was ich gefunden habe.«

Sie führte sie ins Arbeitszimmer. Auf dem Schreibtisch lag ein vergilbtes Blatt Papier. Sie hob es hoch und gab es Thornhill.

»Ich wußte, daß ich eine Menge alten Kram im Keller gesehen hatte. Koffer und Teekisten und solches Zeug. Ich dachte, es ist einen Versuch wert. Da unten fühlt man sich wie auf einer Zeitreise. Aber im September 1939 ist offenbar die Zeit stehengeblieben.«

Das Papier fühlte sich feucht an. Thornhill sagte: »Die Hausbewohner fürchteten Angriffe der Luftwaffe?«

»Das haben wir damals doch vermutlich alle. Wir haben geglaubt, die Deutschen würden das ganze Land flächendeckend bombardieren.«

»Was haben Sie da unten noch gefunden?«

»Dreißig Jahrgänge der Gemeindezeitung. Alte Predigten. Akten voll Korrespondenz mit dem Gemeinderat. Alte Kassenbücher. Alles Dinge, von denen sie glaubten, daß sie sie nicht unbedingt brauchen.« Sie starrte zu Thornhill hoch. »Das könnte wichtig sein, oder? Es ist die Originalrechnung für den Tresor.«

»Jedenfalls sieht es so aus.«

»Und es besagt, daß Radlett den Tresor mit vier Schlüsseln geliefert hat. Die Seriennummern stimmen überein.«

Er bat um einen Briefumschlag und legte die Rechnung hinein. »Weiß Ihr Mann Bescheid?«

»Ja, natürlich. Er ist oben und schaut nach, ob die leichter zugänglichen Fenster gut verschlossen sind. Möchten Sie mit ihm sprechen?«

Thornhill verneinte, und einen Augenblick später war er mit Wilson schon wieder draußen und ging hinüber zu Mrs. Abberleys Häuschen.

»Sie glaubt, ihr Mann ist aus dem Schneider, weil es einen vierten Schlüssel gibt«, murmelte Wilson. »Aber wenn Sie mich fragen, macht es die Sache nur noch ein bißchen komplizierter.«

»Sie ist nicht dumm. Das ist ihr genauso klar wie Ihnen.«

Thornhill klopfte an Mrs. Abberleys Tür. Dreißig Sekunden später klopfte er noch einmal, diesmal etwas lauter. Eine weitere Minute verstrich, dann erst ging die Tür auf.

»Es ist nicht nötig, daß Sie mir die Tür eintreten, wissen Sie.«

Thornhill stellte sich und Wilson vor. Mrs. Abberley wollte ihre Dienstausweise sehen. Thornhill fragte sie, ob sie im Haus mit ihr sprechen könnten, und sie stimmte mürrisch zu. Sie führte sie in ein kleines, stickiges Wohnzimmer, das zur Straße hinausging. Der Raum war vollgestopft mit häßlichen, dunklen Möbeln. Thornhill betrachtete sie in dem verstaubten Spiegel, der über dem Kamin hing. Er öffnete den Mund, um seine erste Frage zu stellen, aber sie kam ihm zuvor.

»Ich war bis ungefähr halb neun in der Küche, und dann bin ich schlafen gegangen. Ich habe niemanden gesehen, und niemand hat mich gesehen. Wenn man in meinem Alter ist, besucht einen kein Mensch mehr, außer sie wollen etwas von einem. Und ich habe auch nicht aus dem Fenster geguckt. Warum sollte ich? Ich habe Besseres zu tun.« Sie strich die Schürze über ihrem Kleid glatt. »Ich gehe normalerweise um diese Zeit ins Bett. Wenn Sie mich also entschuldigen würden ...«

»Wenn ich mich nicht irre, waren Sie die Haushälterin des letzten Pfarrers, Mr. Carter?«

Sie nickte und legte ihre Hand auf den Türknopf.

»Und ich nehme an, Sie hatten ihn gern?« Er wartete, aber sie schwieg. »Wie gefällt Ihnen der neue Pfarrer?«

»Es spielt keine Rolle, ob er mir gefällt oder nicht.«

»Immerhin ist er Ihr Vermieter. Irgendein Gefühl müssen Sie in bezug auf ihn doch haben.«

»Wenn man in meinem Alter ist, Herr Wachtmeister, hat man die Nase voll von Gefühlen.«

»Wie wäre es dann mit ein paar Fakten? Wissen Sie, wer alles einen Schlüssel für den Kirchentresor hatte, als Mr. Carter noch hier war?«

Sie schüttelte den Kopf.

»Mr. Carter muß einen gehabt haben. Also müssen Sie wissen, wie er aussah.«

»Keine Ahnung. Mit seinen Schlüsseln hatte ich nie etwas zu tun.« Sie hielt die Tür auf. »Und jetzt gehe ich ins Bett. Sie müssen sich schon alleine amüsieren.«

Die beiden Männer gingen denselben Weg zurück, den sie gekommen waren. Es war ein schöner Sommerabend, und die Straße war jetzt deutlich belebter als zuvor. Die meisten Menschen waren mit dem Abendessen fertig und waren aus ihren Häusern gekommen, um zu sehen, was vorging. Sie spazierten die Straße auf und ab, sprachen leise miteinander und schielten neugierig auf den Friedhof und zum Pfarrhaus hinüber, ob sich dort etwas rührte.

Zwei Frauen plauderten mit Constable Porter. Als der junge Polizist seinen Vorgesetzten erkannte, wandte er sich hastig ab und verfiel in ein aufgesetztes, förmliches Schweigen. Eine der Frauen zeigte auf Thornhill und flüsterte ihrer Nachbarin, die ihn anstarrte, etwas zu; Thornhill beschleunigte seinen Schritt.

An der einen Ecke des Friedhofs stand ein kleines, beigefarbenes Haus, das standesgemäß herausgeputzt war. Ein schmiedeeisernes Gitter schirmte es von der Straße ab, und über der Eingangstür befand sich ein fächerförmiges Fenster. Das Gitter, die Tür und das Holz der Fenster waren dunkelgrün gestrichen. Der kleine Vorgarten war so bunt bepflanzt, daß es beinahe in den Augen schmerzte. Ein Kiesweg führte zur Eingangstür.

Thornhill läutete. Auf der Stelle brach hinter der Tür ein wildes Kläffen aus, das genauso schnell wieder aufhörte. Die Tür ging auf, und ein kleiner Mann mit einem zappelnden Pudel auf dem Arm stand vor ihnen. Der Hund hatte die gleiche Farbe wie die Haare seines Herrn und sah wie eine zum Leben erwachte Perücke aus.

»Mr. Youlgreave?«

»Guten Abend, Inspector. Sie sind Inspector Thornhill, nicht wahr?«

»Ja, Sir. Wir –«

»Irgend jemand hat sie mir gestern in der Kirche gezeigt. Und dann habe ich Sie natürlich heute kommen und gehen sehen.« Er kraulte den Pudel am Kopf. »Nanki-Poo und ich haben die Vorgänge beobachtet. Kommen Sie doch herein. Ich nehme an, Sie wollen mich ins Verhör nehmen, oder was immer auch sonst ihr Polizisten unter solchen Umständen zu tun pflegt.«

Victor Youlgreave klemmte sich Nanki-Poo unter den Arm und führte sie durch eine holzgetäfelte Diele in ein quadratisches Wohnzimmer mit niedriger Decke, das auf einen ummauerten Garten hinausging. Der Raum war voller Blumen und Bücher, und die Wände waren vollgehängt mit Bildern. Auf einem der Lehnstühle lag eine halbfertige Stickerei mit einem lebhaften Muster, das so etwas wie eine von Früchten überquellende Schale darstellte.

»Setzen Sie sich doch«, sagte Youlgreave mit seiner hohen, klaren Stimme. »Ich würde Ihnen gern eine Erfrischung anbieten, aber ich nehme an, Alkohol im Dienst ist verboten.« Er deutete auf zwei Sessel, ließ Nanki-Poo auf ein Chesterfield-Sofa fallen und ließ sich neben dem Hund nieder. Seine Hosenbeine rutschten hoch und enthüllten ein paar verwegen rote Sockenhalter, die an überraschend haarigen Waden befestigt waren. Er nahm seine Stickerei zur Hand und legte sie auf seinen Schoß. »Also, meine Herren: Was wollen Sie wissen?«

Thornhill stellte schnell fest, daß Youlgreave und Nanki-Poo allein lebten. Täglich kam eine Haushälterin, aber sie ging normalerweise um fünf. Youlgreave hatte sich am vergangenen Abend in diesem Zimmer aufgehalten, in der Küche oder im Garten.

Während des Gesprächs strich er die Stickerei mit den Fingerspitzen glatt und drehte sie ins Licht, als wollte er die Korrektheit der Stiche kontrollieren.

Er war gestern abend an keiner Stelle in seinem Haus gewesen, von wo aus er die Straße oder den Friedhof hätte überblicken können. Und er konnte sich auch nicht erinnern, etwas gehört zu haben.

»Nehmen Sie es mir nicht übel, aber ich hätte vermutlich nicht einmal gehört, wenn die Russen eine Bombe über uns abgeworfen hätten. Ungefähr ab halb neun habe ich mehrere Stunden den Plattenspieler laufen lassen. Tschaikowsky, gespielt vom göttlichen Horowitz.« Youlgreave deutete auf einen großen Holzkasten, der in einer Ecke des Zimmers stand. »Man kann sich das Geld für einen guten Lautsprecher sparen, wenn man die Musik doch nicht laut hören will.«

»Wann sind Sie ins Bett gegangen, Sir?«

»Zwischen elf und halb zwölf, glaube ich.«

Wilson beugte sich vor. »Leben Sie allein?« Er brachte es fertig, die Frage irgendwie unanständig klingen zu lassen.

»Zufällig ja.«

»Und was haben Sie sonst noch gemacht? Sie können doch nicht nur Musik gehört haben.«

»Warum nicht? Das mache ich oft. Letzte Nacht habe ich allerdings an meiner Stickerei gearbeitet.« Er hielt sie Wilson vor die Nase und fügte mit sanfter Stimme hinzu: »Ich bin sicher, Sie erkennen es. Sie sind ja zweifellos darauf trainiert, scharf zu beobachten. Es ist eine Kopie – eine unzureichende Kopie, muß ich zugeben – von einem der Füllhörner an dem Grabmal für Sir Thomas Ruispidge unterhalb des Kirchturms.«

Wilson straffte sich. »Das ist da, wo die Leiche gefunden wurde?«

Thornhill warf ihm einen warnenden Blick zu und fragte sich, ob Wilson wirklich so blöd war, wie er tat. Nanki-Poo rappelte sich auf, sprang von Youlgreaves Schoß auf den Fußboden und schnüffelte an Wilsons Schuhen.

»Pfui, Nanki-Poo«, sagte Youlgreave mit fester Stimme. »Wir beißen doch keine Polizisten.«

»Was war Freitag abend?« fragte Thornhill plötzlich. »Würden Sie mir bitte davon erzählen?«

»Äh?« Die Überraschung in dem runden, rosigen Gesicht war unübersehbar. Überraschung oder Schreck? »Freitag? Was soll mit Freitag gewesen sein?«

»Ich glaube, da fand eine Sitzung des Gemeinderats im Pfarrhaus statt.«

»Das ist richtig.«

»Wie lange hat sie gedauert?«

»Ungefähr zwei Stunden. Giles Newton und ich sind anschließend zu mir gegangen. Wir haben einen Whisky zusammen getrunken.«

»Was ist bei der Sitzung vorgefallen, Sir?«

»Wir hatten mehrere Punkte auf der Tagesordnung. Ich kann sie für Sie raussuchen, wenn Sie möchten. Sie muß hier irgendwo rumliegen.« Youlgreave kämpfte sich aus dem Sofa hoch.

»Wir haben gehört, es gab Meinungsverschiedenheiten?«

Youlgreave fiel auf das Sofa zurück. »Die gibt es immer, Inspector. Sie können nicht erwarten, daß eine Gruppe von Menschen immer die gleiche Ansicht vertritt. Meinungsverschiedenheiten sprechen für die Gesundheit des demokratischen Prozesses. Würden Sie mir da nicht zustimmen?«

Thornhill ließ sich auf diesen Themenwechsel nicht ein. »Es wäre hilfreich, Sir, wenn Sie uns davon berichten könnten. Nur für die Akten.«

»Ich habe tatsächlich selber Protokoll geführt. Ich hatte nur noch nicht die Zeit, es niederzuschreiben.«

»Wir haben gehört, es gab einigen Widerstand gegen die Veränderungen, die Mr. Sutton eingeführt hat.«

»Ja. Na ja, es gibt natürlich immer eine Übergangszeit, nicht wahr, wenn ein neuer Pfarrer eine Gemeinde übernimmt. Man muß sich erst einmal aneinander gewöhnen. Das dauert einige Zeit.«

»Soviel ich weiß, hat Sir Anthony Ruispidge hier die Kirchenhoheit. Also war Mr. Sutton seine Wahl?«

»Nicht unbedingt. Das Recht der Ernennung liegt bei Sir Anthony, aber er hat den Bischof gebeten, in diesem Fall die Anstellung vorzunehmen. Wirklich sehr vernünftig – für den normalen Gutsbesitzer ist die sogenannte Kirchenhoheit heutzutage oft nichts als eine lästige Pflicht. Aber Sir Anthony nimmt immer noch regen Anteil. Sie wissen wahrscheinlich, daß der Bischof sehr entschieden –«

»Die Meinungsverschiedenheiten während der Sitzung, Sir.« Thornhill unterbrach gnadenlos den Redefluß. »Vielleicht möchten Sie uns doch darüber berichten.«

Youlgreave blies seine dicken Backen noch weiter auf. Er sah wie eine ältliche Putte aus. »Wenn Sie darauf bestehen. Aber ich glaube, wir machen hier aus einer Mücke einen Elefanten. Im Grunde war die ganze Sache halb so schlimm.« Er lehnte sich zurück und schnippte mit den Fingern. Nanki-Poo krabbelte auf das Sofa zurück und ließ sich neben seinem Herrn nieder. Youlgreave kraulte den Kopf des Hundes. Sein manikürter Fingernagel glitt langsam durch das Fell, und der Hund gähnte genüßlich. »Wie Sie sicher wissen, besitzt unsere Gemeinde einen großen und ziemlich wertvollen mittelalterlichen Abendmahlskelch. Wir haben auch eine besonders schöne Kirche, die dringend restauriert werden müßte. Ich und einige andere Mitglieder des Gemeinderats sind der Ansicht, daß der Kelch verkauft werden sollte, um die Restaurierung zu finanzieren. Mr. Sutton ist anderer Meinung. Er möchte, daß der Kelch in Lydmouth bleibt.« Youlgreave sah Thornhill an. »Natürlich müssen wir den Kelch früher oder später verkaufen. Es ist eine Frage der Finanzen. Einerseits ist er ein wertvoller, aber lästiger Besitz – wir benutzen ihn ja kaum, weil wir uns die Versicherungsprämie nicht leisten können. Andererseits ist auch unsere Kirche einzigartig, wir können sie nicht einfach verfallen lassen. Wenn wir eine vernünftige Regierung hätten, gäbe es eine zentrale Stiftung für Denkmalschutz, an die man sich wenden könnte. Aber die haben wir nicht. Also müssen wir uns das Geld anders zusammensuchen. Und im Fall von St. John ist der Verkauf des Kelches die einzige Möglichkeit.«

»Könnte man sagen, daß einige Mitglieder des Gemeinderats die Beherrschung verloren haben, Sir?«

»Ganz sicher habe ich meine verloren«, sagte Youlgreave mit einem Hauch von Selbstgefälligkeit. »Und das ist auch angebracht, wenn ein Teil des nationalen Kulturerbes in Gefahr ist. Und ich muß sagen, daß Sutton selbst auch ziemlich deutlich wurde. Wenn das das richtige Wort dafür ist. Manchmal frage ich mich, ob Weihrauch vielleicht das Hirn angreift und die kleinen grauen Zellen ausräuchert. Ich meine, sehen Sie sich bloß an, wie weit es mit der katholischen Kirche gekommen ist.« Er schnaubte verächtlich, und Nanki-Poo kläffte kurz und bekräftigend. »Unfehlbarkeit des Papstes, du lieber Himmel.«

»Sie wissen, daß der Abendmahlskelch gestohlen worden ist?«

Youlgreave nickte. »Aber Sie spielen doch nicht etwa mit der Idee, daß Alec Sutton ihn geklaut hat, oder?«

Thornhill warf Wilson einen Blick zu und stand auf. »Ich spiele mit gar nichts, Sir. Ich sammle ausschließlich Fakten.«

Youlgreave stand auf. Er reichte Thornhill bis zur Schulter. »Sehen Sie, Inspector, Sutton mag in mancherlei Hinsicht auf dem Holzweg sein, aber er ist kein Verbrecher. Wie Giles Newton erst gestern abend sagte, man muß den Mann irgendwie mögen. Zumindest respektieren. Er ist der Typ, der sich mit seiner Aufrichtigkeit nur selber schadet. Im Mittelalter hätte er es geschafft, auf dem Scheiterhaufen zu enden.«

»Sie haben gestern abend mit Mr. Newton gesprochen? Am Telefon?«

»Oh nein. Er ist gegen sieben auf ein Sandwich und einen kleinen Tratsch vorbeigekommen.«

»Das haben Sie bisher nicht erwähnt.«

»Sie haben nicht danach gefragt, Inspector.« Youlgreave lächelte zu Thornhill hoch. Sein glattes Gesicht war ohne Arg. »Wir mußten uns über diese Gemeinderatsangelegenheit unterhalten. Unsere Strategie koordinieren, genauer gesagt. Am Ende haben wir uns darauf geeinigt, daß Newton heute zu Sutton gehen sollte – inoffiziell sozusagen, nachdem wir uns alle wieder beruhigt hatten. Die Wahrheit ist, daß der Patronatsgottesdienst sehr gut gelaufen war, und wir dachten, Sutton wäre vermutlich bester Laune und deshalb nur zu bereit, jede weiße Fahne, die man ihm hinhält, zu ergreifen. Man muß ein bißchen diplomatisch sein im Gemeinderat. Feingefühl öffnet jede Tür.«

»Und wann ist Mr. Newton gegangen?«

»Gegen acht. Es war ein so schöner Abend, daß er zu Fuß gekommen ist. Auf dem Rückweg wollte er noch im *Bull* reinschauen. Ich glaube, er wollte mit Mr. Lancaster, dem Geschäftsführer, sprechen.«

Youlgreave brachte Thornhill und Wilson durch die nach Rosen duftende Diele zur Tür. Als er öffnete, sah er zu Thornhill hoch. Das Licht fiel auf sein Gesicht, und Thornhill sah, daß auf seiner Stirn Schweiß glänzte.

»Sie sollten Ihre Zeit wirklich nicht mit uns verschwenden, Inspector. Sie können doch nicht im Ernst glauben, daß Sutton oder Giles Newton oder ich den Abendmahlskelch verschwinden lassen würden. Solche Dinge tun wir einfach nicht.«

2

Schon zum drittenmal an diesem Abend prüfte Brian Kirby nach, ob das Päckchen mit Kondomen noch in seiner Brieftasche steckte. Langsam begann er, sich Sorgen zu machen.

Natürlich waren die Kondome noch da. Leider wurde es zunehmend unwahrscheinlicher, daß er sie heute abend noch brauchen würde. Er steckte die Brieftasche wieder in die Tasche seiner schweren, ledernen Bomberjacke, die über der Rückenlehne seines Stuhles hing. Er hatte die Jacke gewählt, weil er wußte, daß sie ihn verwegen aussehen ließ, und außerdem konnte man bequem auf ihr liegen; sie hatte ihm in der Vergangenheit gute Dienste geleistet. Er sah wieder auf seine Uhr. Seitdem er das letzte Mal nach der Zeit gesehen hatte, war der Zeiger erst um drei Minuten weitergekrochen. Er hatte das Gefühl, schon seit einer kleinen Ewigkeit im Garten des *Ruispidge Arms* zu sitzen und zu warten.

Es war zum Teil sein eigener Fehler. Er war in Lydmouth um kurz nach sechs aufgebrochen, weil er es nicht aushalten konnte, noch länger in seinem heißen, kleinen Schlafzimmer eingesperrt zu sein. Er hatte sich vorgestellt, daß das Mädchen vielleicht zu früh käme. Jetzt schien das nur noch wie ein schlechter Witz. Er schnippte Asche vom Ärmel seines frisch gereinigten Blazers und korrigierte den Sitz seiner Krawatte. Er war sehr stolz auf seinen Blazer und wollte das makellose Aussehen desselben nicht gefährden; deshalb bewahrte er seine Brieftasche und die Zigaretten in der Lederjacke auf.

Er wartete draußen auf sie. Im Garten standen drei kaputte Kalköfen, ein schäbiger Küchentisch und eine Ansammlung unterschiedlicher alter Stühle. Kirby hatte einen etwas stabiler wirkenden Stuhl zu einem der Kalköfen gezogen. Er lehnte mit dem Rücken gegen das rauhe, warme Mauerwerk und rauchte und trank in der Abendsonne. Hinter den Öfen stieg das Gelände steil zu der Hügelkette hinter dem Dorf an.

Er hatte seine Position sorgfältig ausgesucht; von hier aus konnte er gleichzeitig die Vorderseite des Pubs und die Straße überblicken. Sein Motorrad stand vor dem Pub. Das Mädchen konnte es kaum übersehen, egal, aus welcher Richtung es kam.

Am Anfang war das Warten reines Vergnügen gewesen. Kirby stellte sich das Mädchen vor, so, wie sie am Nachmittag ausgesehen hatte; nicht ihr Gesicht, das ihm nicht besonders gefallen hatte, aber die rosigen Schenkel und die vollen Brüste, den wiegenden Gang und ihre Schlagfertigkeit. Bis Viertel nach sieben hatte er sich keine Gedanken gemacht. Doch mittlerweile hätte sie längst dasein müssen. Er hatte angenommen, daß sie verzweifelt den ländlichen Reizen von Mitchelbrook zu entfliehen suchte. Er trank sein zweites Glas Bier aus und überlegte, ob er sich noch eins holen sollte.

In diesem Moment hörte er, wie hinter ihm ein Stein den steilen Abhang hinunterhüpfte. Der Stein schlug zweimal gegen den Kalkofen und traf dann mit einem lauten *Ping* auf Kirbys Glas. Er sprang auf die Füße und starrte den Hügel hinauf.

Er hatte vorher nicht bemerkt, daß hinter dem Pub ein Fußweg zur Straße den Hügel hinablief. Ein Mädchen kam den Weg herunter. Sie war nur ein paar Meter von ihm entfernt. Zwischen ihnen lag eine steile Geröllhalde, auf der ein paar Baumschößlinge und Unkraut wuchsen. Kirby schnippte seine Zigarette weg und strich sich instinktiv das Haar glatt.

»Es tut mir so leid«, sagte sie. »Habe ich Ihr Glas zerbrochen oder umgeworfen?«

»Nein, alles in Ordnung.« Der Anblick des Mädchens verdrängte jeden Gedanken an die Camperin aus Islington. Schwarze Haare umrahmten ihr Gesicht mit den blauen Augen und dem großen, schamlosen Mund. Sie trug ein blaues Sommerkleid, und von seinem Standort aus konnte er von ihren Beinen ein gutes Stück oberhalb ihrer Knie sehen. Sie lispelte ein bißchen, was ihrer Sprache etwas verwirrend Kindliches gab. Ihr Akzent war erste Klasse.

»Sie haben nicht zufällig einen Mann hier herunterkommen sehen?« fragte sie. »Oder vielleicht hochgehen?«

»Nein. Ich hätte ihn vielleicht übersehen können, aber ich hätte ihn gehört.«

»Und war ein Auto da?« Sie deutete auf den kleinen Parkplatz, der auf der anderen Straßenseite am Fluß lag. Kirby bewunderte die Rundung ihrer Brust, als sie den Arm hob. »Haben Sie zufällig gesehen, ob dort jemand geparkt hat?«

Kirby schüttelte den Kopf. »Ich sitze hier seit über einer Stunde. Als ich ankam, war ein Lastwagen da, und vor fünf Minuten ist dieser Morris angekommen. Davon abgesehen war niemand hier.« Manchmal, dachte er, hat die strenge Schule, durch die Polizisten gehen, ihre Vorteile. Er konnte die Augen nicht von ihr wenden. Wer nicht fragt, der kriegt auch nichts, dachte er. »Kann ich Ihnen irgendwie behilflich sein?«

Sie sah auf ihn herab und lächelte. »Ich war eigentlich vor zwanzig Minuten mit jemandem verabredet. Ich hatte gehofft, daß er mich vielleicht auf einen Drink einlädt.«

Ihr Lächeln sagte ihm, daß er eine Chance hatte. »So ein Zufall. Ich war auch mit jemandem verabredet, der nicht aufgetaucht ist. Sollten wir unsere Verabredungen nicht lieber abschreiben?«

Sie stemmte eine Hand in die Hüfte. »Und wie genau stellen Sie sich das vor?«

»Ich könnte Sie auf einen Drink einladen.«

»Hier?« Ein winziges Heben der Augenbraue deutete an, was sie vom *Ruispidge Arms* hielt.

»Ich habe ein Motorrad. Warum suchen wir uns nicht etwas Netteres?«

Sie schaute ihn prüfend an und warf dann einen Blick auf den steinigen Abhang, der zwischen ihnen lag. »Wenn Sie mir helfen würden, schaffe ich es vielleicht.«

Er konnte kaum fassen, daß es so einfach war. Er ging ein paar Schritte voraus und streckte ihr dann die Hand entgegen. Ihr Gesicht war ernst vor Konzentration, sie legte ihre Hand in seine und ließ sich hinunterführen. Sie trug hochhackige Schuhe, die besser nach Mayfair gepaßt hätten als hier aufs Dorf. Die kleinen Steinchen unter ihren Schuhen gaben nach; sie rutschte nach vorne weg und stützte mehr Gewicht auf ihm ab, als er erwartet hatte. Rückwärts rutschte er ein Stück den Abhang hinunter und zog sie hinter sich her. Sie stolperte über eine Wurzel und prallte gegen seine Brust. Beinahe hätte er das Gleichgewicht verloren. Einen flüchtigen Moment lang lehnte ihr warmer, verführerischer Körper an seinem. Er roch ihr Parfum und sah genau, daß eine ihrer langen, schwarzen Wimpern verrutscht war. Einen Augenblick später strich sie einen Meter entfernt von ihm sittsam ihr Kleid glatt.

»Ich bin Brian Kirby.« Seine Stimme klang stockend und atemlos; seine übliche Selbstsicherheit hatte ihn verlassen. »Hören Sie, wenn Ihnen der Rücksitz eines Motorrads nicht zu unbequem ist, dann könnten wir –« Er beäugte ihr dünnes, kurzärmeliges Kleid und schaute dann schnell wieder weg, als ihm einfiel, daß sie seinen Blick vielleicht mißverstehen könnte. »Es könnte ziemlich kalt werden. Vor allem auf dem Rückweg.«

»Sie könnten mir Ihre Lederjacke leihen. Ich bin Jemima Orepool.« Sie machte eine Pause. Das Schweigen dauerte an; er spürte, daß sie auf eine Reaktion wartete, aber er wußte nicht, welche. Dann sagte sie langsam: »Sie sind aus London, nicht wahr? Machen Sie hier Ferien?«

»Ich arbeite hier.« Er wollte ihr nicht sagen, was er machte – jetzt noch nicht, vielleicht gar nicht; manchmal verdarb sein Job den Mädchen die gute Laune. »Auf der Gloucester Road hat gerade ein neuer Laden aufgemacht. Kennen Sie ihn – das *Golden Fox*? Es ist eine Art Rasthaus. Sollen wir dahin fahren?«

»Meinetwegen.«

Das *Golden Fox* galt als unverhältnismäßig teuer; aber es strahlte eine gewisse amerikanische Coolness aus, und Jemima war offensichtlich ein Mädchen, für das nur das Beste gut genug war.

Kirby griff nach seiner schweren Jacke, und gemeinsam verließen sie den verwahrlosten Garten über ein paar Stufen, die zu dem kleinen Hof vor dem Pub führten.

Jemima strich über den Sitz des Motorrads. »Es ist wunderschön. Ist es sehr schnell? Es sieht so aus.«

»Auf der Great West ist es mal über 100 gefahren«, sagte er bescheiden. Beinahe hätte er damals eine Verwarnung wegen Geschwindigkeitsübertretung bekommen, nur sein Dienstausweis hatte ihn davor bewahrt. »Haben Sie einen Schal oder etwas anderes für den Kopf?«

»Nein, aber das macht nichts. Ich spüre gerne den Wind in meinen Haaren.«

Sie drehte sich um und hob die Arme. Er verstand sofort, daß er ihr in die Jacke helfen sollte. Mit großer Selbstverständlichkeit ging sie davon aus, daß immer jemand da war, sie zu bedienen. Er hatte nichts dagegen, ganz im Gegenteil. Es gab ihm Gelegenheit, ihr nahezukommen.

Sie beobachtete, wie er auf das Motorrad stieg und den Motor anließ. Die Jacke hing ihr fast bis auf die Knie hinunter und ließ ihren Körper winzig erscheinen, was ihre Anziehungskraft nur noch erhöhte. Das Mißverhältnis hatte etwas schamlos Sexuelles. Er ließ den Motor lauter aufheulen als nötig. Sie kletterte auf das Motorrad und legte ihm die Arme um die Taille, als sei es das Selbstverständlichste von der Welt.

Kirby nahm die Straße nach Norden, obwohl das der weitere Weg war; er wollte nicht durch Lydmouth fahren, wo ihn die Leute kannten. Er fuhr etwas schneller als sonst um die Kurven, und um ein Haar hätte er sie beide umgebracht, als er einen Laster überholte und nur knapp einem Frontalzusammenstoß mit einem entgegenkommenden Wagen entging.

In den engeren Kurven hatte sich ihre Hand ein- oder zweimal fester um seine Taille geklammert. Als sie beinahe in das entgegenkommende Auto hineingerast wären, krallte sie sich so fest in ihn, daß er fast aufgeschrien hätte. Die kalte Luft zerwühlte seine Haare und pfiff durch den dünnen Stoff seines Hemdes und seines Blazers. Hilflos war er einer ständig umschlagenden Gemütsverfassung zwischen Jubel und Agonie ausgeliefert. Wenn er sterben mußte, dann jetzt, obwohl er insgeheim davon überzeugt war, daß Gevatter Tod nicht das geringste persönliche Interesse an ihm hatte.

Das *Golden Fox* war ein langgestrecktes, niedriges Gebäude mit einem riesigen Parkplatz an der Straße. Die Besitzer hatten es weiß gestrichen und die Außenwände mit schwarzem Fachwerk verziert. Ein halbes Dutzend Autos parkte in der Nähe des Eingangs, einer Tür von fürstlichen Ausmaßen, die mit schwarzen Nägeln beschlagen war. Kirby jagte das Motorrad mit röhrendem Motor in einer langen Kurve über den Parkplatz und brachte es neben den Autos zum Stehen. Als er den Motor abstellte, ließ Jemima ihn los und kletterte von dem Motorrad. Tanzmusik spielte, kaum hörbar bei dem Getöse, womit auf der Straße hinter ihnen ein Lastwagen vorbeidonnerte.

»Es sieht ein bißchen tot aus, nicht?«

»Heute ist Montag.« Seine Stimme klang sogar in seinen eigenen Ohren, als müßte er sich verteidigen. Er hatte sie beeindrucken wollen. »Gehen wir rein und trinken wir was.«

Die schwere Tür stand offen. Jemima ging ihm voraus. In der Halle war die Musik viel lauter. Die Glühbirnen an der Wand waren notdürftig als Kerzen verkleidet. Eine Frau in einem schwarzen Kleid, vielleicht die Geschäftsführerin, kam auf sie zu, und ihr Mund verzog sich in Abscheu, als sie Jemima sah – ohne Hut und Schal, Handschuhe oder eine Handtasche; und in einer viel zu großen Bomberjacke.

Jemima schälte sich aus der Jacke und reichte sie der Frau, die zu überrascht war, um die Annahme zu verweigern.

»Ich nehme nicht an, daß Sie mir einen Kamm leihen können?«

Jemimas gedehnte, die Vokale zermalmende Artikulation und die Selbstsicherheit, die sich darin ausdrückte, bewirkten eine wundersame Wandlung bei der Geschäftsführerin. Ihr Mund entspannte sich, und sie führte Jemima in die Garderobe. Kirby machte sich auf den Weg zur Bar.

»Würdest du mir einen Gin-and-French bestellen, Brian?« rief Jemima hinter ihm her. Kirby freute sich, daß sie ihn duzte und beim Vornamen nannte. Das stellte eine wunderbare Intimität zwischen ihnen her, demonstrativ und vor aller Welt – oder zumindest vor der Geschäftsführerin.

Die Bar war ein höhlenartiger Raum mit wenigen Fenstern. Der Teppich war im wesentlichen pinkfarben, und die Stühle und Bänke waren mit dunkelrotem Samt bezogen. An einem Ende des Raumes war eine lange Theke, an der ein weißgekleideter Kellner mit einem mondgesichtigen Barkeeper plauderte. Am anderen Ende befand sich ein kleines Podium, auf dem nur ein Klavier an der Wand stand. Die Tanzmusik schallte aus einem großen Radio, das an der Wand befestigt war. Der Mittelteil des Raumes diente als Tanzfläche, die aber von niemand benutzt wurde.

Nur vier der über zwanzig Tische waren besetzt. Alle von Paaren mittleren Alters – vermutlich Geschäftsleute. Zwei davon waren mit ihren Ehefrauen da, einer mit seiner Geliebten und einer mit einer Frau, die sowohl das eine wie das andere hätte sein können. Kirby sah mit Erleichterung, daß er niemanden kannte. Es war immer ein Risiko. Das war einer der Gründe gewesen, warum er Jemima möglichst weit von Lydmouth weggebracht hatte.

Der Kellner, ein langer, dünner Mann, auf dessen Gesicht sich ein höhnisches Grinsen dauerhaft eingegraben hatte, brachte Kirby zu einem Tisch und nahm seine Bestellung auf. Auf die typische Art und Weise versuchte er, Kirby einzuschüchtern. Kirby zeigte sich der Herausforderung mehr als gewachsen und verlangte Nüsse und einen sauberen Aschenbecher. Dann betrat Jemima den Raum, und das Verhalten des Kellners – und das der meisten anwesenden Männer – veränderte sich unmerklich. Der Kellner rückte ihr einen Stuhl zurecht und fragte, ob sie gerne Nüsse und Oliven hätte.

Jemima ignorierte ihn. »Ich dachte, du brauchst das vielleicht noch«, sagte sie zu Kirby. »Das war in deiner Jacke.« Sie legte sein

Zigarettenetui, sein Feuerzeug und seine Brieftasche auf den Tisch.

Irgend etwas hat sie mit ihrem Haar angestellt, dachte er, und ihre Augen schienen strahlender als vorher. Er bot ihr eine Zigarette an. Als er ihr Feuer gab, hielt sie seine Hand fest, um die Flamme zu schützen. Langsam blies sie den Rauch durch die Nase.

»Du hast mir nicht gesagt, daß du Polizist bist.«

Kirby verschluckte sich an seinem Bier. Sie hatte also seine Brieftasche durchwühlt. Das hätte ihn eigentlich ärgern müssen. Sie hatte offensichtlich seinen Dienstausweis gefunden. Plötzlich fuhr ihm ein Gedanke durch den Kopf: O Gott, sie mußte auch die Kondome gefunden haben. Aber wenn ja, schien sie diese Entdeckung nicht weiter zu beunruhigen.

Sie stützte die Ellbogen auf den Tisch. »Ich habe noch nie einen Bullen kennengelernt, nicht so richtig, meine ich. Aber ich fand immer, die dunkelblaue Uniform sieht irgendwie scharf aus. Wie die von der Marine, nur noch besser.«

»Ich trage die Uniform nicht mehr oft.«

»Du bist also Kriminalbeamter? Wie aufregend. Da trifft man sicherlich alle möglichen interessanten Leute.« Durch ihre langen Wimpern sah sie zu ihm auf. »Sag mir, stimmt es, daß auch Diebe ein Ehrgefühl haben?«

»Davon habe ich noch nichts gemerkt. Die meisten würden ihrer Oma den letzten Penny klauen, ohne eine Sekunde darüber nachzudenken. Bleibst du länger hier in der Gegend?«

»In gewisser Weise. Ich verbringe ein oder zwei Monate oben in Clearland Court.«

Kirby versuchte zu verbergen, wie geschockt er war. »Du bist also mit dem alten Ruispidge verwandt?«

»Er ist mein Onkel. Mummys Bruder. Warum? Kennst du ihn?«

»Ich bin ihm schon mal über den Weg gelaufen«, sagte Kirby vorsichtig. »Er ist im Stadtrat und so.«

»Das mußt du mir nicht erzählen. Du müßtest ihn mal über Gesetz und Ordnung reden hören. So im Stil von: Deswegen geht das Land vor die Hunde. Der Verfall hat eingesetzt, als wir aufgehört haben, Wilddiebe auszupeitschen.« Sie drückte ihre Zigarette aus. »Auf wen hast du eigentlich in dem Pub gewartet?«

»Nur auf jemand, den ich erst am Nachmittag kennengelernt habe.« Angesichts seiner gegenwärtigen Begleitung war der Gedanke an eine Camperin aus Islington mehr als absurd.

Jemima war gnadenlos. »Wer?«

»Dieses Mädchen. Sie sagte, sie würde mit mir etwas trinken gehen. Sie zeltet mit Freunden irgendwo in der Nähe des Dorfes, und da ich gerade nichts Besseres vorhatte –«

Jemima quietschte vor Lachen. »Doch nicht eine von diesen fetten Weibern in dem Zelt?« Die Gäste an den anderen Tischen drehten die Köpfe zu ihnen. »O Brian. Wie konntest du nur?«

Er war plötzlich entspannt und grinste sie an. »Ich hab ja nicht.« Er erinnerte sich an die Kondome und wechselte das Thema. »Wie findest du den Laden?«

»Gräßlich, nicht wahr?«

»Findest du?«

Sie machte sich nicht die Mühe, leiser zu sprechen. »Furchtbar vulgär. Wie eins dieser imitierten amerikanischen Rasthäuser im tiefsten Surrey.«

»Montagabend ist die Auswahl hier in der Gegend nicht groß.« Er rückte ein bißchen näher an sie heran und versuchte, aus dem *Golden Fox* das beste für seine Zwecke zu machen. »Das Problem ist, daß ich mit meinem Beruf nicht so leicht eine Kneipe finde, wo man mein Gesicht nicht kennt.«

»Das muß schrecklich für dich sein, Schätzchen.«

Er wußte nicht, ob sie sich über ihn lustig machte oder nicht, und zu seiner Überraschung gefiel ihm dieses Gefühl. »Wo gehst du denn normalerweise hin, wenn du in dieser Gegend bist?« Seine Stimme klang ungewöhnlich rauh, als wäre sie eine Zeugin, die er einschüchtern mußte.

»In dieser Gegend? Ich wollte, ich hätte die Gelegenheit dazu. Onkel Tony will nicht, daß ich mich herumtreibe. Er glaubt, das schadet meinem Charakter. Außerdem habe ich kein Geld.«

»Aber bestimmt –«

»Ich bin absolut *pleite*, Brian. Außerdem würde mein Onkel mich ungern aus Kneipen wie dieser herauskommen sehen. Das gehört sich nicht. Man besäuft sich nicht öffentlich. Das macht man zu Hause.« Die Wildheit in ihrer Stimme ließ ihn zurückzucken, obwohl er nicht wußte, ob sie gegen ihn gerichtet war.

»London ist sicher ein anderes Pflaster.«

»London ist ein ganz und gar anderes Pflaster«, antwortete sie und ahmte seinen Akzent nach.

Er deutete auf ihr leeres Glas. »Möchtest du noch einen?« fragte er knapp.

»In Ordnung.«

Er winkte den Kellner heran und bestellte eine zweite Runde. Als sie wieder allein waren, berührte sie seine Hand mit einem Finger.

»Tut mir leid. Ich muß dir wie eine Hexe vorkommen. Ich bin heute morgen mit dem falschen Fuß aufgestanden.«

»Das macht nichts.« Mit ihrer Entschuldigung konnte er schlechter umgehen als mit ihrer Unhöflichkeit.

»Das macht wohl etwas. Es liegt an Onkel Tony, alles ist seine Schuld. Er ist ~~so~~ gemein. Gestern abend hat er mich erwischt, wie ich vor dem Abendessen einen winzigen Cocktail getrunken habe. Dann hat er mir den ganzen Abend Predigten über das Laster der Trunksucht gehalten. Und dabei hatte er praktisch die ganze Zeit selber ein Glas in der Hand. Kannst du dir das vorstellen? Dieser Heuchler.«

Der Kellner kam mit ihren Drinks.

»Du machst dir nicht viel aus Clearland Court?«

»Ich hasse es. Ich bin nicht mehr hier gewesen, seit ich zehn war. Und jetzt bin ich nur hier, weil ich kein Geld mehr habe. So bald wie möglich gehe ich zurück nach London.« Ohne zu fragen, nahm sie eine Zigarette aus seinem Etui und wartete darauf, daß er ihr Feuer gab. »Ich bin eigentlich nicht so schlimm. Onkel Tony kann wirklich manchmal ganz süß sein. Aber er ist so altmodisch – nein, viel schlimmer, er ist geradezu urzeitlich oder so etwas. Im Grunde seines Herzens glaubt er, daß Männer ihre Weiber an den Haaren hinter sich herziehen sollten.« Sie inhalierte den Rauch. »Aber jetzt haben wir genug über mich gesprochen. Laß uns über was Interessantes reden. Warum bist du Polizist geworden?«

»Mein Dad hat gesagt, daß das ein guter Job ist. Vor allem ein sicherer Job, außerdem bekommt man eine gute Pension am Ende.« Es hatte noch andere Gründe gegeben: Die Leute sahen zu einem auf, wenn man Polizist war; man konnte manchmal Befehle geben, und manchmal wußte man über Leute Sachen, die sie gerne geheimgehalten hätten. Doch tief begraben unter den rationalen Begründungen lagen Motive, die noch mächtiger waren, weil er ihnen nie nachgegangen war – die Geschichten, die er zum Beispiel als Kind gelesen hatte, über Sexton Blake, Sherlock Holmes und Bulldog Drummond.

»Hast du schon einmal mit einem Mörder zu tun gehabt?«

»Ein – oder zweimal.« Die Mädchen, die wußten, was er machte, stellten diese Frage fast immer früher oder später. Es war eine Erleichterung, daß Jemima wenigstens in diesem Punkt der Norm entsprach.

Sie beugte sich über den Tisch zu ihm hinüber, so nah, daß er ihren Atem an seiner Wange spürte, und sagte mit dieser zutraulichen Kinderstimme: »Wie waren sie, Brian? Waren sie anders? Ich meine, konntest du hinterher sagen, daß irgend etwas an ihnen merkwürdig war?«

»Eigentlich nicht.« Er starrte auf ihren großen Mund. Weiße Zähne blitzten hinter den roten Lippen hervor, und er fragte sich, wie es wohl war, sie zu küssen. »Sie waren ganz normale Menschen.«

»Natürlich waren sie das nicht. Sie haben Leute *umgebracht.*«

»Ja, aber sie hatten einen Grund. Sie hatten sich irgendwie verstrickt. Sie hatten Probleme.«

»Du meinst also, jeder kann zum Mörder werden? Ich? Oder du?«

Er zuckte mit den Schultern. »Weiß der Teufel.«

»Aber das ist schrecklich«, sagte sie. »Und ich wette, es stimmt auch nicht. Ich glaube, es ist irgendwie angeboren.«

»Es ist uns allen angeboren, mehr oder weniger.« Seine Stimme klang gereizt, obwohl er versuchte, seine Gefühle zu verbergen. Er hatte keine Lust, über Mörder zu reden oder über seine Arbeit als Polizist: Er wollte über sie beide reden. »Manche Leute neigen natürlich mehr dazu. Vielleicht waren sie von Anfang an nicht ganz richtig im Kopf, oder sie haben mit jeder Menge gewalttätigen Erwachsenen zu tun gehabt, als sie noch klein waren. Ich hab keine Ahnung – frag 'nen Seelenklempner. Aber wenn du mich fragst, kann jeder zum Mörder werden – wenn du ihn lange genug trittst, an einer Stelle, an der es weh tut.«

Er war überrascht von seinen eigenen Worten: Nie zuvor hatte er formuliert, was er über Mörder dachte. Aber Jemimas Reaktion verblüffte ihn noch mehr.

Sie lehnte sich zurück und griff nach seinem Zigarettenetui. »Ich möchte jetzt gehen.«

»Ich dachte –«

»Dann hast du wohl falsch gedacht.« Sie hatte die letzte Zigarette nach ein paar Zügen ausgedrückt, aber jetzt nahm sie eine neue und rollte sie zwischen Daumen und Zeigefinger hin und her. Automatisch griff er nach seinem Feuerzeug. »Ich langweile mich«, sagte sie mit kalter Stimme. »Ich will nach Hause.«

Kirby zündete ihre Zigarette an. Sie starrte Löcher in die Luft und schenkte ihm nicht mehr Aufmerksamkeit als einem Kellner. Ein kalter Zorn stieg in ihm auf.

»Dann zahle ich jetzt wohl besser.«

»Mach, was du willst.« Sie stand auf und schob ihren Stuhl mit dem Fuß zurück. »Ich gehe aufs Klo.«

Mit wehendem Rock verließ sie die Bar. Die Männer starrten hinter ihr her. Kirby, dem bewußt war, daß so gut wie jeder im Raum mitbekommen hatte, daß sie sich irgendwie gestritten hatten, schlenderte mit übertriebener Lässigkeit zur Bar. Er hatte das Gefühl, daß ihn der Barmann und der Kellner mit unverhülltem Hohn musterten.

Am meisten ärgerte ihn die Ungerechtigkeit an der ganzen Sache. Seit seinem achten Geburtstag hatte er sich nicht mehr so gefühlt. Damals hatte sein größter Feind seinen neuen Fußball aus echtem Leder in den grünen, träge dahinfließenden Kanal gekickt, und er hatte mit ansehen müssen, wie er langsam davontrieb.

Auf der Bar lagen Zeitungen, und er nahm aufs Geratewohl eine in die Hand, während der Barkeeper seine Rechnung schrieb. Es war eine reflexartige Geste, um den Blickkontakt zu vermeiden. Er wollte nicht den Spott in ihren Augen sehen, oder, schlimmer noch, Mitleid. Die Zeitung war die *Lydmouth Gazette.* Er starrte auf die fetten Lettern der Schlagzeile.

Jemima, dachte er, wie kannst du nur? Es ist so ungerecht. Wenn ich könnte, wie ich wollte, liebes Kind, würde ich dich am liebsten umbringen.

Dann erfaßte er den Sinn der Schlagzeile: MORD IN DER KIRCHE VON LYDMOUTH, las er. FRAU BRUTAL ERSCHLAGEN.

Der Barkeeper stellte eine Untertasse mit der Rechnung auf die Zeitung. Kirby schob sie zur Seite und las weiter. Er klaubte die paar nützlichen Informationen aus einem Meer von Belanglosigkeiten, Lokalkolorit und Spekulationen. Deshalb hatte Sergeant Fowles also versucht, ihn zu erreichen. Der CID war zur Zeit unterbesetzt, und Thornhill hatte dazu noch Probleme mit diesem jungen Holzkopf, Wilson. Es ging alles schief an diesem mißglückten Tag: Die Camperin, die nicht gekommen war, Jemima, die erst Hoffnungen in ihm geweckt und sie dann zerstört hatte, und jetzt ein Mordfall vor seiner Tür, ein Fall, bei dessen Aufklärung er von Anfang an hätte dabeisein sollen.

Der Barkeeper räusperte sich. »Wissen Sie, ich hab' nicht den ganzen Abend Zeit.«

Langsam hob Kirby den Kopf, und sein Gesicht verzog sich zu einem kleinen, unangenehmen Lächeln. Er öffnete seine Brieftasche so, daß der Mann seinen Dienstausweis sehen konnte. Zur Belohnung hörte er, wie der Mann auf der anderen Seite scharf den Atem einzog, als er eine Pfundnote auf die Rechnung legte. Die Untertasse wurde mit einem kleinen Stapel Wechselgeld wieder vor ihn gestellt. Kirby schaufelte die Münzen in seine Hand und beschloß, kein Trinkgeld zu geben.

»Sie sollten vorsichtig sein, Mann«, sagte er und sah in das platte, weiße Gesicht des Barkeepers. »Sonst nehmen wir uns Ihren Laden mal vor. Ist Ihnen das klar?«

»Ich weiß nicht, was Sie meinen«, sagte der Barmann mit gedämpfter Stimme.

Kirby ging. Er wußte, daß man in solchen Situationen besser zuwenig als zuviel sagte. Es war im allgemeinen eine sichere Annahme, daß Leute hinter jeder Art von Theke irgend etwas auf dem Kerbholz hatten. Er schwankte etwas beim Gehen. Das Bier zeigte endlich Wirkung.

Die Halle war leer, bis auf die Frau im schwarzen Kleid, die sich lustlos die Nägel lackierte. Jemima hatte sich nicht einmal mehr die Zeit genommen, auf ihn zu warten.

Bitter wie Galle stieg Verzweiflung in ihm hoch. Sie verdrängte sogar den Mordfall aus seinen Gedanken: Das sollte ihm eine Lehre sein, sich nicht an höhere Töchter heranzumachen.

»Hoffentlich sehen wir Sie bald einmal wieder, Sir«, sagte die Geschäftsführerin.

»Das bezweifle ich«, sagte Kirby wütend. »Nicht, wenn es nach mir geht.«

Dann verließ er das Lokal. Draußen war es noch hell, obwohl die Sonne verschwunden war und graue Schatten über den Parkplatz krochen. Jemima stand nicht neben dem Motorrad. Sie hatte vermutlich einen anderen Idioten gefunden, jemand, der sie komfortabler nach Hause chauffieren würde als er mit seinem Motorrad. Was machte das schon? Je früher er nach Lydmouth zurückkam und Thornhill fand, desto besser.

Genau in diesem Moment sprang Jemima wie ein Springteufelchen hinter ihm hoch. Sie hatte neben der langgestreckten Motorhaube des nächsten Wagens gekauert. Verblüfft starrte Kirby sie an. Seine Jacke hing ihr über die Schultern, und sie sah wie fünfzehn aus. Er öffnete seinen Mund, um sie zu fragen, was das Theater sollte.

»Huh!« rief sie.

Der ganze bisherige Abend war wie ausgelöscht. Jemima rannte auf ihn zu. Die Jacke fiel zu Boden.

»Jemima?« fragte er. »Jemima?«

»Husch.«

Nackte Arme schlangen sich um seinen Hals. Ihre Hände zogen seinen Kopf herunter. Sie begann, ihn mit feuchten, warmen Lippen zu küssen. Ihr Mund schmeckte nach Gin-and-French. Als sie zubiß, schnappte er nach Luft und schmeckte Blut.

3

Charlotte betrachtete grübelnd die Aspidistra auf dem Tisch. »Ich weiß, daß ich sie im Frühjahr hätte umtopfen müssen. Sie sieht wirklich krank aus.«

»Vielleicht ist es die Hitze.« Jill fächelte sich mit der Zeitung Kühlung zu.

»Das glaube ich nicht. Bei Wärme gedeihen sie besonders gut.« Über den Rand ihrer Brille warf sie Jill einen Blick zu. »Wieso warst du überhaupt im *Bull?*«

Jill, die Charlottes Methoden kannte, parierte die Frage mühelos. »Ich habe versucht, Sir Anthony zu sprechen«, sagte sie. »Wir wollten ihn in der *Gazette* zitieren. Aber dann kam seine Nichte angerast und hat mich beinahe über den Haufen gefahren.«

Die beiden Frauen warteten auf Philip, der wie immer zu spät zum Abendessen kam. Sie tranken ihren Sherry im Salon von Troy House. Jill versuchte krampfhaft zu erklären, wie sie ihr bestes Sommerkleid ruiniert hatte. Sie fühlte sich wie beim Verhör durch einen feindlichen Geheimdienst.

»Jemima Orepool?« fragte Charlotte, vorübergehend abgelenkt. »Typisch für sie. Nicht besonders rücksichtsvoll.«

»Kennst du sie?«

»Kaum. Und ich kann auch nicht behaupten, daß ich Wert darauf lege. Wie soll ich es ausdrücken? Sie hat einen gewissen Ruf.« Charlotte strich ihr Kleid über den plumpen Schenkeln glatt und rümpfte die Nase, als röche sie etwas Unangenehmes. »Dabei war sie so ein süßes Kind. In den ersten Kriegsjahren war sie ein paarmal hier. Nicht oft, aber ab und zu tauchte sie auf.«

»Und was ist dann passiert?«

»Was mit allen Kindern passiert. Sie werden erwachsen.« Ganz unbewußt fuhr Charlotte fort, über ihr Kleid zu streichen. »Sie hat keine Eltern mehr: Ihr Vater ist in Dünkirchen gefallen – er war bei den Welsh Guards, glaube ich, und ihre Mutter ist später bei einem Bombenangriff ums Leben gekommen. Sie war Sir Anthonys Schwester«, fügte sie schnell hinzu. »Ziemlich leichtsinniges Mädchen, aber gutherzig.«

Jill hatte an etwas anderes gedacht. »Sie wirkte – sie wirkte sehr verletzlich auf mich.« Sie fand es schwierig, das richtige Wort zu finden. »Jemima, meine ich.«

»Hart wie Stahl, wenn du mich fragst. Sie soll in London ein ziemlich ausschweifendes Leben geführt haben. Immense Schulden, nehme ich an.« Charlotte hörte auf, ihr Kleid glattzustreichen. »Und ich glaube, sie hatte auch noch andere Problem.« Sie senkte ihre Stimme. »Mit *Männern.* Chrissie Newton hat mir erzählt, daß ihr Onkel sie buchstäblich mit Gewalt hierherschleppen mußte. Sie –«

Sie unterbrach sich, als sie Philips Schlüssel im Schloß hörte.

»Entschuldigt, ich habe mich verspätet. Im Büro herrscht das reine Chaos.« Er rieb sich fröhlich die Hände und steuerte auf das Tablett mit den Flaschen zu. »Wollt ihr auch noch etwas trinken? Nein?« Er goß sich einen Whisky ein und füllte ihn mit Soda auf. Nachdem er sich hingesetzt hatte, zog er ein Anzeigenformular der *Gazette* aus der Tasche. »Das kam kurz nach Redaktionsschluß rein. Ist es vielleicht etwas für dich?«

Jill überflog die Annonce. »Vielleicht.« Sie gab sie an Charlotte weiter.

»Hört sich wunderbar an«, sagte Charlotte, als müßte sie Jills Mangel an Begeisterung wettmachen. »Geräumiges Zimmer in Einfamilienhaus. Du willst doch im Grunde nicht mehr als ein Zimmer, oder?«

Es war eine rein rhetorische Frage, aber Jill bemühte sich, sie zu beantworten. »Ich hatte eigentlich gehofft, daß ich eine kleine Wohnung oder ein Häuschen finde. Irgend etwas, wo ich für mich bin.«

»Das findest du sicher, Liebes, irgendwann. Aber fürs erste wäre doch das hier genau das Richtige für dich. Es liegt in einer Seitenstraße der Chepstow Road, eine sehr nette Gegend, meines Erachtens. Der Bus fährt dort entlang, das ist doch sehr praktisch. Telephon – hervorragend. Essen nach Absprache. Freundliche, familiäre Atmosphäre. Und die Miete ist im Rahmen, wenn du bedenkst, was alles geboten wird.«

Jill konnte sich nicht auf Charlottes Worte konzentrieren. Vor ihrem inneren Auge sah sie Miss Kymin, ein wirrer Haufen aus

Fleisch und Knochen und Kleidern unter den Putten und Füllhörnern des Grabmals für Sir Thomas Ruispidge. Sie setzte ihr Glas ab und fügte sich ins Unvermeidliche. »Ich werde es mir morgen ansehen.«

»Ich würde gleich heute abend hingehen, Liebes.« Charlotte lächelte unbestimmt in den Luftraum zwischen ihrem Ehemann und Jill. »Wenn nicht, gehst du im allgemeinen Ansturm unter. Diese Art Anzeigen lockt immer massenweise Interessenten an.«

Philip reichte sein Zigarettenetui herum. »Kommt mir fast ein bißchen unanständig vor.«

»Unsinn. Wenn Jill das Zimmer nimmt, müssen diese Leute keinen Pfennig für die Anzeige bezahlen. Überhaupt, das ist einer der wenigen Vorteile, die für uns abfallen. Wir können sie ruhig ab und zu wahrnehmen.«

Philip stöberte in seiner Tasche nach seinem Feuerzeug. »Wenn du willst, bring ich dich nach dem Essen mit dem Wagen hin.«

»Nein«, sagte Jill schnell. »Ich komme ganz gut allein –«

Gleichzeitig brach es aus Charlotte hervor. »Ich hatte gehofft, daß wir heute abend die Abrechnungen machen können, Philip. Das hätten wir eigentlich schon am Wochenende tun sollen.«

»Ich gehe gerne zu Fuß. Die Bewegung tut mir gut.«

Charlotte strahlte. Der Punkt war an sie gegangen. »Warum nimmst du nicht mein Fahrrad? Das macht überhaupt keine Umstände. Philip kann es aus dem Schuppen holen, nicht wahr, Liebling? Vielleicht mußt du es ein ganz klein bißchen aufpumpen.«

Nach dem Essen schob Philip ein schweres, wenig vertrauenerweckendes Fahrrad mit einem robusten Korb am Lenker, aber ohne Gangschaltung, aus dem Schuppen. Jill hatte den Verdacht, daß Charlotte seit dem Krieg nicht mehr damit gefahren war. Sie hatte einfach nicht die Figur dafür. Philip pumpte die Reifen auf. Er und Charlotte winkten Jill nach, als sie das Fahrrad zur Straße schob. Sie fühlte sich wie eine ungezogene Tochter.

»Viel Glück«, rief Charlotte ihr nach, als sie davonradelte. »Und vergiß nicht: Es muß ja nicht für immer sein.«

Das Radeln war anstrengend, vor allem bergauf. Schwere graue Wolken bedeckten großflächig den Himmel. Die Hitze stand, kein Lüftchen wehte. Schon nach kurzer Zeit fühlte sich Jill verschwitzt und atemlos. Ihre Nase mußte wie eine Leuchtboje glühen. Ein Gefühl der Niedergeschlagenheit stieg unaufhaltsam in ihr hoch.

Charlottes Begeisterung zum Trotz war das Zimmer ein Fehlschlag. Das Haus lag am Ende eines morastigen Pfades in einem Vorort der Stadt. Das Zimmer selbst war klein und schäbig. Die Möbel gehörten auf den Sperrmüll. Im Treppenhaus roch es nach ungeputzten Toiletten und ranzigem Bratfett. Drei Kinder, jedes mit einem Rand Marmelade um den Mund, rannten während ihrer Anwesenheit ununterbrochen die Treppe rauf und runter, ganz offensichtlich in einem edlen Wettstreit, wer von ihnen den meisten Krach erzeugen konnte. Die Mutter sprach über ihre zahlreichen Krankheiten, und der Vater kniff sie in den Hintern, als sie vor ihm durch eine Tür ging.

Jill konnte sich nur mühsam der Krankengeschichte der Frau entziehen und radelte in die Stadt zurück. Der Gedanke an Charlottes vorhersehbare Reaktion ermutigte sie nicht, auf dem schnellsten Wege nach Troy House zurückzukehren. Einer Eingebung folgend, bog sie nach links in den Broadwell Drive ein und radelte entschlossen bis zu den vier Bungalows am Ende der Straße.

Miss Kymins Bungalow umgab jetzt schon eine Aura von Verlassenheit. Die Vorhänge waren zugezogen, das Gras schien höher zu stehen als am Morgen, und die Lackfarben schienen ihren Glanz verloren zu haben.

Mrs. Milkwall schnitt in ihrem Vorgarten die Rosen zurück. Als Jill näherkam, richtete sie sich auf und ließ die Gartenschere in ihren Korb fallen. Jill stieg ab und lehnte das Fahrrad gegen Miss Kymins Tor. Mrs. Milkwalls Hund rannte aus der Veranda und bellte nachdrücklich.

»Ollie! Sei still!« rief Mrs. Milkwall; der Hund wedelte mit dem Schwanz und trottete zur Veranda zurück.

»Hallo«, sagte Jill. »Hat sich die Aufregung gelegt?«

»Wir hatten den ganzen Tag die Polizei hier, bis gerade eben.« Mrs. Milkwall rümpfte die Nase, aber ihr Gesicht sah hocherfreut aus. »Es ist nicht besonders angenehm, oder? Broadwell Drive wird in jeder Zeitung stehen, und die Leute bekommen eine völlig falsche Vorstellung.«

»Ich bin sicher, daß niemand –«

»Mein Ernie sagt, unser Haus wird an Wert verlieren. Kein Mensch will neben einem Haus wohnen, von dem der Besitzer ermordet worden ist.«

»Es kann auch genau das Gegenteil passieren. An ihrer Stelle würde ich mir keine Sorgen machen. Schließlich ist Miss Kymin nicht hier umgebracht worden. Und die Menschen vergessen sehr schnell.«

»Dieser unangenehme junge Mann hat hier überall rumgeschnüffelt«, fuhr Mrs. Milkwall fort, ohne sich trösten zu lassen. »Nicht der ältere, der Inspector, sondern der andere, der wie sechzehn aussieht. Er hat böse Augen, jawohl. Dem möchte ich nicht bei Nacht über den Weg laufen.«

Jill schaute zu dem Nachbarbungalow hinüber. »Ich dachte, daß die Polizei einen Wachposten zurückläßt.«

»Keineswegs. Alles, was sie brauchen, haben sie mitgenommen.«

»Was ist mit der Katze? Hat die auch jemand mitgenommen?«

»Ungefähr um fünf war sie bei mir im Garten und hat sich die Seele aus dem Leib gejault. Na ja, wer will schon so ein mageres kleines Ding?«

Jill öffnete ihre Handtasche, die in dem Korb am Lenkrad lag, und holte ihr Portemonnaie heraus. »Wenn ich Ihnen Geld gebe, würden Sie dann die Katze ein oder zwei Tage lang füttern? Ich bin sicher, Alice – so heißt sie doch? – frißt alles, was Ihr Hund auch frißt. Und vielleicht mag sie ab und zu ein Schälchen Milch.« Sie zog eine Zehn-Schilling-Note heraus und hielt sie lose zwischen zwei Fingern.

Mrs. Milkwall runzelte die Augenbrauen. »Wie meinen Sie das? Ich soll rüber in den Garten gehen? Die Katze im Schuppen füttern, so wie sie es gemacht hat?«

Jill sah zu dem Hund hinüber, der gemütlich auf der Veranda lag. »Ich denke, das wäre das beste.«

»Nur für ein oder zwei Tage?«

»Nur für ein oder zwei Tage.« Jill reichte Mrs. Milkwall das Geld über den Zaun.

»Aber warum wollen Sie das?«

Jill wußte, daß sie sich diese Frage kaum selbst beantworten konnte, geschweige denn Mrs. Milkwall. »Ich überlege, ob ich mir vielleicht eine Katze zulegen soll«, log sie.

Mrs. Milkwall rollte den Geldschein zwischen ihren Fingern. »Es gibt überall kleine Kätzchen. Die Schwester von meinem Ernie –«

»Ich will eine ausgewachsene Katze. Eine stubenreine, weibliche Katze.« Jill spürte, daß sie dabei war, sich weiter auf die Sache einzulassen, als sie vorgehabt hatte. »Es ist nur so eine Idee, wissen Sie. Ich habe mich noch nicht entschlossen. Aber wenn Sie sie ein oder zwei Tage lang füttern, habe ich Zeit, es mir zu überlegen.«

Mrs. Milkwall steckte die Zehn-Schilling-Note in den Ausschnitt ihrer Bluse und ließ sie in den Tiefen ihrer Unterwäsche verschwinden. »Ich geh rüber, wenn ich mit dem Blumenschneiden fertig bin.«

Jill verabschiedete sich, stieg aufs Fahrrad und radelte davon. Sie wollte keine Katze. Zumindest brauchte man eine eigene Wohnung, um sich so ein Tier halten zu können. Kurz spielte sie mit dem Gedanken, Charlotte zu fragen, ob sie Alice nehmen wollte. Als sie sich Charlottes Reaktion vorstellte, lief ihr bereits ein Schauer über den Rücken, und gleichzeitig mußte sie kichern. Sie bog in die Chepstow Road ein und radelte in Richtung Stadt. Charlotte würde ohnehin verärgert genug sein, daß ihr das Zimmer nicht gefallen hatte, aber natürlich würde sie das nicht zeigen.

Das Vorderrad des Fahrrads holperte durch ein Schlagloch, und die Handtasche im Korb rutschte von einer Seite auf die andere. Jill schielte auf die Tasche hinunter und sah, daß sie offen war; der Verschluß war kaputt, und sie nahm sich vor, ihn reparieren zu lassen. In diesem Augenblick fielen die ersten Regentropfen vom bleifarbenen Himmel.

Sie fluchte. Die Regentropfen waren groß und schwer, Vorboten eines Platzregens. Sie hatte schon fast das Kriegerdenkmal erreicht, wo sie von der Hauptstraße rechts nach Troy House einbiegen konnte. Sie würde völlig durchnäßt sein, wenn sie dort ankam.

Plötzlich hatte sie eine Idee. Warum sollte sie nicht zum *Bull Hotel* fahren, das gleich um die Ecke lag? Das hätte den zusätzlichen Vorteil, daß sie sich noch ein bißchen davor drücken konnte, mit Charlotte zu reden. Sie konnte im *Bull* unterschlüpfen und etwas trinken; vielleicht lohnte es sich, Quale ein paar Fragen zu stellen, und vielleicht erkannte sie ja auch einige von den Journalisten, die aus London angereist waren. Plötzlich spürte sie ein heftiges Verlangen, unter ihresgleichen in einer der verrauchten Fleet-Street-Kneipen zu hocken, die sie so gehaßt hatte, als sie noch in der Stadt gearbeitet hatte.

Die High Street hoch trat Jill kräftig in die Pedale. Der Regen trommelte vor ihr auf die Straße und wirbelte Staubwolken wie kleine Explosionen auf. Unter dem Portikus des Hotels suchten Männer Schutz vor dem Regen, und einer von ihnen pfiff hinter ihr her. Sie bog nach links in die Bull Lane ein und dann nach rechts unter den Bogengang zum Hinterhof des Hotels.

Hier war niemand. Durch das offene Küchenfenster hörte sie das Klappern der Töpfe. Irgend jemand pfiff »We'll meet again«. Sie stieg ab und schob das Fahrrad in die offene Scheune. Nur das Stück direkt hinter dem Eingang lag im Licht. Dahinter war es dunkel. Sie lehnte das Rad gegen den ausrangierten Zweispänner und wandte sich zum Gehen. Einen Longdrink, dachte sie, den kann ich jetzt gebrauchen. Irgendwas mit einem ordentlichen Schuß Gin. Der Regen klatschte über ihr auf das Dach der Scheune, und zwischen den Pflastersteinen des Hofes bildeten sich die ersten Pfützen.

Das Folgende geschah ohne Vorwarnung. Keine Schritte, kein Schatten. Sie spürte nicht einmal, daß sich die Luft hinter ihrem Rücken bewegte.

Sie spürte nur die unerträgliche Helligkeit des Schmerzes.

Fünfter Teil

I

Mrs. Abberley war unruhig. Nachdem die Polizei gegangen war, kehrte sie in ihr kleines Wohnzimmer zurück, setzte sich ans Fenster und starrte hinaus.

»Katholische Schweine«, murmelte sie vor sich hin. »Denen werd ich's zeigen.« In der Tiefe ihres Herzens machte sie die Suttons für Mr. Carters Pensionierung und seinen Tod verantwortlich; sie wußte, daß das unvernünftig war, und sie schwelgte in dieser Unvernunft.

Langsam verblaßten Licht und Farben, und langsam beruhigte sie sich. Sie beobachtete die Leute, die auf dem Bürgersteig zusammenstanden und darauf warteten, daß etwas Aufsehenerregendes geschah. Sie beobachtete die Polizisten, die hin und her gingen und ihr von Minute zu Minute jünger vorkamen.

Sie konnte das Muster der Tapete nicht mehr erkennen, und es begann zu regnen. Immer noch saß sie reglos da. Die Blätter an den Bäumen auf dem Friedhof verschmolzen mit dem Grün des Hintergrundes; und auch das Grün verschattete sich schnell. Wasser lief in Rinnsalen an der Scheibe hinab und verzerrte das Bild der Welt vor ihrem Fenster. Die Menschen verschwanden. Schließlich war nur noch ein uniformierter Constable zu sehen, der, in sein Cape gehüllt, unter dem Vordach des Friedhofportals stand. Aber sie nahm an, daß es da draußen noch mehr Polizisten gab. Vielleicht würden sie die ganze Nacht Wache stehen.

Mrs. Abberley blieb sitzen, dachte nach und wartete. Der Regen hörte auf. Die Kirchturmuhr schlug zehn. Langsam stand sie auf; sie hatte so lange dort gesessen, daß ihre Glieder steif waren. Sie hatte keine Eile. Vielleicht sollte sie noch eine Tasse Tee trinken, bevor sie ging.

Angeekelt stellte sie fest, daß das nicht machbar war. Die Milch in der Speisekammer war sauer geworden, obwohl sie auf einer

Marmorplatte gestanden hatte. Das Wetter war schuld. Vielleicht wäre ein Kühlschrank doch ganz nützlich.

Vor sich hingrummelnd zog sie Mantel und Hut an. In die eine Manteltasche steckte sie ihr Portemonnaie, die Taschenlampe in die andere: Dann war sie fertig. Sie verließ das Haus durch die Hintertür.

Der Garten roch nach frischer Erde. Das Licht, das aus dem Küchenfenster fiel, glitzerte auf dem Pfad, der zum Komposthaufen führte. Hier, eingequetscht zwischen dem Kompost und der Mauerecke, war eine Tür, halb verborgen unter einem Vorhang aus Efeu. Sie ließ sich lautlos öffnen, vorsichtshalber hatte sie die Scharniere geölt.

Auf der anderen Seite wucherte noch mehr Efeu und eine Tarnwand aus wildwachsenden jungen Baumschößlingen. Mrs. Abberley schlüpfte hindurch und befand sich auf dem weitläufigeren Terrain des Gemüsegartens der Pfarrei. Der Anblick des Gartens machte sie wütend. Die Suttons ließen ihn zu einem Dschungel verkommen. Sie erinnerte sich daran, wie makellos er vor und während des Krieges ausgesehen hatte.

Mrs. Abberley ging den breiten Pfad entlang, der mitten durch den Garten führte. Sie wagte nicht, die Taschenlampe zu benutzen, weil man sie möglicherweise von den Fenstern im ersten Stock des Pfarrhauses hätte sehen können.

Der Pfad führte zu einem zweiten Tor. Zu ihrer Überraschung war es verriegelt. Die Suttons verriegelten ihre Tore nie; manchmal hatte sie sich sogar gefragt, ob sie sich wohl die Mühe machten, nachts die Haustür abzuschließen.

Sie schob den Riegel zurück und betrat den Schotterweg, der dahinter lag. Der Weg lief an der Rückseite des Pfarrgartens entlang und war breit genug für ein Auto. Sie knipste die Taschenlampe an; es war sehr dunkel hier, denn es gab keine Straßenbeleuchtung, nur ein schwacher Schein fiel von der einzigen Straßenlaterne in der Bull Lane herüber. Sie tastete sich an der Mauer zu ihrer Linken entlang und folgte dem Weg bis zum Ende, wo er auf die Bull Lane stieß.

Langsam wanderte sie zur High Street hoch. Sie ging an einer Reihe von Läden vorbei, die längst geschlossen hatten. Auf der anderen Straßenseite lag der Torbogen, der zum Hinterhof des *Bull Hotels* führte. Zwei Autos rauschten an ihr vorbei, und in der Ferne hörte sie laute Männerstimmen.

Da, wo sich Bull Lane und High Street kreuzten, stand, ein wenig zurückgesetzt neben den neuen öffentlichen Toiletten, eine rote Telefonzelle. Mühsam stieß sie die schwere Tür zu der Zelle auf und trat ein.

Mit dem Rücken zur Straße blätterte sie im Telefonbuch, bis sie den Eintrag gefunden hatte, den sie suchte. Es war günstig, daß die Vermittlung nach dem Krieg abgeschafft worden war und man jetzt direkt durchwählen konnte. Als das Telefon am anderen Ende der Leitung klingelte, merkte sie, daß sie die Finger ihrer beiden Hände kreuzte, wie sie es sich als Kind angewöhnt hatte. Vorsichtshalber hatte sie diese Praxis nie aufgegeben. Endlich hörte das Läuten auf.

»Ich habe Sie gestern nacht gesehen«, sagte Mrs. Abberley, nachdem die Verbindung zustandegekommen war und sie sich vergewissert hatte, mit wem sie sprach.

»Was soll das heißen? Wer sind Sie?«

»Ich habe Sie gestern nacht gesehen. Ich hab gesehen, wie zuerst sie reingegangen ist und danach Sie. Ungefähr fünf Minuten später.«

»Ich weiß nicht, wovon Sie sprechen.«

»Wie Sie wollen. Ich hab auch gesehen, wie Sie rausgekommen sind. Über den Pfad und durchs Friedhofstor. Und dann –«

»Ich werde jetzt auflegen.«

»Sie wären fast hingefallen, nicht? Und Sie hatten etwas unter Ihrem Jackett versteckt.«

»Das ist absoluter Blödsinn.« Sie hörte ein Klicken am anderen Ende der Leitung, als schnappe ein Feuerzeug auf.

»Dann soll ich es also der Polizei erzählen, ja? Dem Polizisten, der heute abend bei mir war?«

»Er wird Ihnen niemals glauben.«

»Warum nicht? Natürlich gibt es keinen Grund, es ihm zu erzählen. Nicht unbedingt. Ich kann mich schließlich auch geirrt haben. Zu dieser Tageszeit kann man sich leicht einbilden, daß sich etwas bewegt. In meinem Alter döst man auch manchmal weg. Und wenn ich schlafe, träume ich. Haben Sie heute nacht geträumt?«

»Ich habe den Eindruck, Sie haben sich das alles eingebildet. Vielleicht brauchen Sie etwas Erholung? Ich glaube, ich könnte Ihnen dabei unter die Arme greifen.«

»Ich möchte nicht verreisen.«

»Ich bin nicht in der Lage, Ihnen mehr –«

»Und ich will auch kein Geld.« Während sie diese Worte sagte, schoß ihr durch den Kopf, daß ein bißchen Geld tatsächlich gar nicht so übel wäre. Für einen Kühlschrank zum Beispiel. Aber eins nach dem anderen.

»Was zum Teufel wollen Sie dann?«

Sie ließ ihn noch ein bißchen zappeln, und dann sagte sie es ihm.

2

»Das kannst du dir nicht vorstellen, Sarge«, sagte Wilson zu Fowles. »Ein Teil ihrer Unterwäsche, na ja, es sah aus wie von 'ner Nutte.«

Fowles, älter und vorsichtiger als Wilson, räusperte sich warnend; er hatte Thornhills Schritte auf der Treppe gehört.

»Haben Sie schon viele Nutten kennengelernt, Wilson?« fragte Thornhill. »Wie interessant. Wenn Sie irgendwann einmal Zeit haben, müssen Sie mir erzählen, auf welchen Gebieten Sie sonst noch Fachmann sind.«

Fowles und Wilson, die hinter dem Tresen lehnten, nahmen Haltung an und traten einen Schritt zurück.

»Irgend eine Nachricht von Sergeant Kirby?«

»Nein, Sir«, sagte Fowles. »Er hat sich noch nicht gemeldet. Soll ich jemanden hinschicken?«

Thornhill schüttelte den Kopf. »Bis morgen früh können wir nicht mehr viel unternehmen.«

»Aber wir haben gerade einen Anruf aus dem Krankenhaus bekommen«, sagte Fowles und warf dem Inspector einen lauernden Blick zu. »Wegen Miss Francis.«

»Was ist mit ihr? Warum ist sie dort?«

»Sorry, Sir, ich dachte, Sie hätten es schon gehört. Quale hat sie vor über einer Stunde im Hinterhof des *Bull* gefunden. Sie hat in der Scheune gelegen – ziemlich angeschlagen. Er hat gedacht, sie wäre umgekippt oder so was, deshalb hat er den Krankenwagen gerufen. Aber das Krankenhaus hat gerade angerufen, um uns mitzuteilen, daß sie eine Kopfverletzung hat.«

»Kann es ein Unfall gewesen sein?«

Fowles zuckte mit den Schultern.

»Geht es ihr gut? Ist sie wieder bei Bewußtsein?«

»Sie war fast sofort wieder bei Bewußtsein. Aber sie kann sich anscheinend an nichts erinnern, außer daß sie im *Bull* etwas trinken wollte, weil es regnete. Sie war mit dem Fahrrad unterwegs – das haben sie auch in der Scheune gefunden.«

»Hat sich da schon jemand umgesehen?«

Fowles fuhr sich mit der Zunge über die Lippen. »Bis jetzt nicht, Sir. Sämtliche Beamte sind bei der Haus-zu-Haus-Befragung im Einsatz.«

»Himmelherrgott«, sagte Thornhill, der selten fluchte, »warum hat mich niemand benachrichtigt?«

»Sie hatten eine Besprechung mit Mr. Williamson, Sir, und –«

»In einem Mordfall kann alles von Bedeutung sein. Ist sie ausgeraubt worden?«

»Das Krankenhaus sagt, ihre Handtasche war bei ihr im Krankenwagen.«

Thornhill sah auf die Uhr. Er bemerkte, daß Wilson ihn interessiert beobachtete, mit halbgeschlossenen Augen und gespitztem Mund. »Sie machen sich besser auf den Weg nach Hause«, sagte Thornhill zu ihm. »Um Punkt halb acht morgen früh erwarte ich Sie wieder hier.« Als Wilson zögerte, knurrte Thornhill ihn an: »Los, verschwinden Sie schon. Ich habe genug von Ihnen für heute.«

Wilson schlich sich davon. Er sah erschrocken aus und unerwartet betroffen. Fowles schwieg und hielt seine Gesichtszüge unter Kontrolle. In den letzten sechs Monaten hatte er gelernt, daß es sich empfahl, Thornhill mit Vorsicht zu begegnen.

Thornhill ging wieder hoch in sein eigenes Büro. Er setzte sich hinter seinen Schreibtisch. Einen Moment lang kämpfte er gegen das überwältigende Bedürfnis an, seinen Kopf auf die Arme zu legen und einzuschlafen. Statt dessen sagte er sich, daß das nicht ging und erinnerte sich daran, daß er seit dem kleinen Imbiß nichts mehr gegessen und außer einer Tasse Tee am Nachmittag auch nichts getrunken hatte. Er nahm den Hörer in die Hand und wählte die Telefonnummer des Krankenhauses.

Die diensthabende Schwester auf der Station, auf der Jill Francis lag, bestätigte, was Fowles ihm berichtet hatte. Bis auf eine dicke Beule und Kopfschmerzen schien es ihr ganz gut zu gehen, aber der Arzt wollte sie über Nacht zur Beobachtung dabehalten; bei Kopfverletzungen war man immer vorsichtig. Als Thornhill andeutete, daß die Polizei ihr möglicherweise ein paar Fragen stellen mußte, sagte die Schwester mit scharfer Stimme, daß Miss Francis schlafe und ihr vor morgen früh niemand eine Frage stellen könne. Über die Art der Beule konnte sie ihm nichts sagen und schlug vor, darüber mit dem Arzt zu sprechen, der sie untersucht hatte. Leider, so fuhr sie fort, hatte der Arzt schon Feierabend.

Thornhill stand auf und nahm seinen Hut. An der Tür zögerte er und ging zum Telefon zurück. Er wählte seine eigene Nummer. Beim zweiten Läuten wurde abgenommen, was bedeutete, daß sie neben dem Telefon gewartet hatte.

»Edith? Ich bin's.«

»Geht es dir gut?«

»Alles bestens.« Die Besorgtheit seiner Frau ärgerte ihn.

»Gibt es was Neues?«

Das war eine alte Abmachung zwischen ihnen. Ein Ja auf diese Frage bedeutete, daß es in dem Fall, an dem er arbeitete, zu einer Verhaftung gekommen war. »Nein«, sagte er. »Ich weiß noch nicht genau, wann ich nach Hause komme – ich muß noch mal los. Du kannst ruhig schon schlafen gehen.«

»Ja«, sagte Edith.

»Ist mit den Kindern alles in Ordnung?« fügte er hinzu und spürte ein undeutliches Schuldgefühl. »Und mit dir?«

»Sie schlafen.«

»Also gute Nacht. Ich versuche, leise zu sein, wenn ich nach Hause komme.«

Thornhill legte den Hörer auf die Gabel. Er wußte, daß sie wachliegen und auf ihn warten würde, egal, wie spät es wurde. Auf seinem Weg nach unten bemerkte er einen Lichtstreifen unter Williamsons Tür. Er redete sich ein, daß es nicht nötig war, den Superintendent zu stören, um ihm von dem möglichen Überfall auf Jill Francis zu berichten, nicht zu diesem Zeitpunkt. Fowles blickte auf, als er die Treppe hinunterkam.

»Ich bin im *Bull*, Sergeant. Danach gehe ich wahrscheinlich direkt nach Hause. Ich weiß es noch nicht genau.«

»Ja, Sir. Möchten Sie, daß ich Mr. Williamson Bescheid sagte?«

»Nur, wenn er fragt.«

Thornhill trat auf die Straße. Der Regen hatte kaum für Abkühlung gesorgt. Die Bürgersteige waren leer, und die meisten Schaufenster lagen im Dunkeln. Nur im *Bull Hotel* ging es noch immer hoch her. Durch die offene Tür fiel Licht auf den Gehsteig. Mehrere Männer, zum Teil mit Gläsern in der Hand, standen unter dem Vordach und redeten laut miteinander. Vor dem Hotel parkten mehr Autos als sonst. Thornhill schnappte Bruchstücke der Unterhaltung auf, als er das Hotel betrat. Sie redeten über den Fall Kymin und tranken Schnaps dazu. Wahrscheinlich Journalisten aus London.

In der Halle erklärte der Geschäftsführer, ›Bomber‹ Lancaster, mit einem gequälten Ausdruck im geröteten Gesicht einem bekümmerten Gast die Abfahrtszeiten der Züge nach London. Quale lehnte an der Rezeption und hörte ungeniert mit. Er sah Thornhill als erster. Er richtete sich auf, und sein Gesicht wurde ausdruckslos. Sein Kopf ist wie eine teuflische Rechenmaschine, dachte Thornhill. Man kann das Surren des Räderwerks förmlich hören.

»Mr. Thornhill«, rief Lancaster begeistert aus. Er witterte eine Chance, seinem Gast zu entkommen. »Was kann ich für Sie tun? Sollen wir ins Büro hochgehen?«

»Ich würde gerne mit Mr. Quale sprechen, wenn es geht.«

Lancaster strich über seinen gewaltigen, hochgezwirbelten Schnurrbart und stieß einige abgehackte, aber versöhnlich klingende Silben hervor, unter denen nur ›selbstverständlich‹ und ›mein Freund‹ eindeutig zu identifizieren waren.

»Gehen wir nach draußen«, sagte Thornhill zu Quale.

»Ein schöner Abend, nachdem der Regen endlich aufgehört hat.« Lancaster ließ die Rolle des liebenswürdigen Hausherrn abrupt fallen. »Es geht um Miss Francis, was? Ich dachte, sie ist bloß umgekippt oder so.«

Thornhill lächelte und bedankte sich. Er legte seine Hand auf Quales Ellenbogen und steuerte den alten Mann durch die Halle zum Hinterausgang. »Wer ist das?« hörte er den Mann fragen, der bei Lancaster stand. Die Tür schrammte laut über den Fußboden, als Quale sie öffnete.

Sobald sie draußen waren, zog Quale ein Päckchen mit fünf Zigaretten hervor und zündete sich eine an. »Worum geht es eigentlich, Mr. Thornhill?« Sein Kopf wackelte hin und her wie bei einer Schildkröte, die nach Futter sucht. »Um Miss Francis? Ich dachte, sie ist nur in Ohnmacht gefallen.«

»Das ist sie wahrscheinlich auch. Wir müssen es nur überprüfen. Reine Routine.« Was, zum Teufel, machte er hier? fragte sich Thornhill. Es war halb elf, und er befand sich mitten in einer Morduntersuchung. Natürlich konnte es eine Verbindung geben. Doch sogar dem Nichtvorhandensein einer solchen Verbindung mußte er nachgehen. »Erzählen Sie mir, was passiert ist.«

»Ich hab mich ungefähr um halb zehn verdrückt, um eine Zigarette zu rauchen. Ich war noch nicht ganz draußen, da hab ich was gehört.« Er deutete mit dem glimmenden Ende seiner Zigarette zur Scheune. »Von da drüben. Es war so eine Art Stöhnen. Ich bin hingegangen, und da lag sie – halb unter der alten Kutsche. Es war gerade noch hell genug, daß ich erkennen konnte, daß sie es war. Also hab ich ihren Namen gerufen und sie an der Schulter gerüttelt. Sie hat irgendwas gemurmelt, aber es ging ihr nicht gut. Deshalb dachte ich, es ist besser, Mr. Lancaster zu holen. Also bin ich wieder reingegangen. Er meinte dann, wir sollten besser einen Krankenwagen rufen.« Quale rückte ein bißchen näher an Thornhill heran. »Er hat nicht gerne Ärzte auf dem Gelände: schlecht fürs Geschäft, Sie verstehen schon.«

»Ich könnte mir vorstellen, daß ein Krankenwagen noch schlechter ist.«

»Er hat ihnen gesagt, sie sollen zum Hintereingang kommen. Und ich sollte dann das Tor abschließen, bis sie wieder weg sind.«

»Und dann?«

»Ich hab sie zugedeckt und auf den Krankenwagen gewartet. Es hat ungefähr zehn Minuten gedauert.«

Thornhill näherte sich dem dunklen Eingang zur Scheune. Er holte seine Taschenlampe hervor und ließ ihren Strahl durch die Scheune gleiten. Das Licht war zu schwach. Es vergrößerte nur die Schatten, die auf die Wände fielen. Die Scheune war vollgestopft mit altem Krempel. Er fragte sich, wieso Lancaster die Scheune nicht zu einer Garage umbauen ließ.

»Wo hat sie gelegen? Zeigen Sie mir die exakte Stelle.«

Quale zeigte auf den Zweispänner. »Da drüben, irgendwie auf der Seite. Neben ihrem Fahrrad und mit den Füßen zur Tür.«

»Und die Handtasche?«

»Gleich daneben – neben dem Rad von der Kutsche.« Quale zögerte. »Geht es darum? Ich schwöre, ich hab die Tasche nicht angerührt.«

Thornhill machte eine Runde durch die Scheune und richtete den Strahl seiner Taschenlampe auf die Dachbalken, das bröckelnde Mauerwerk und den staubigen Steinfußboden.

»Wenn irgend etwas geklaut worden ist, dann müssen es die Leute vom Krankenwagen gewesen sein. Die Typen klauen wie die Raben. Oder vielleicht jemand im Krankenhaus.«

Thornhill drehte sich zu ihm um. »Wer sagt denn, daß etwas gestohlen wurde?«

»In meinem Beruf kann man nicht vorsichtig genug sein.« Quale richtete sich zu seiner vollen Größe von knapp ein Meter sechzig auf. »Mein guter Ruf ist mir äußerst wichtig, Mr. Thornhill.« Er ließ seine Zigarette fallen und trat sie mit dem Absatz aus. »Man muß sich einmal klarmachen: Wenn sich das rumspräche, daß ich klaue, also dann wäre ich schnell meinen Job los.«

»Soviel ich weiß, fehlt nichts.« Thornhill zog seine Hosenbeine hoch und hockte sich neben den Zweispänner. Er stocherte in dem Dreck herum, der sich daneben und darunter angesammelt hatte. Staub wirbelte auf. »Wer war noch hier drinnen, außer Ihnen und den Männern vom Krankenwagen?«

»Ein oder zwei Leute vom Küchenpersonal.« Quale hob die Hände, mit nach außen gedrehten Handflächen. »Wieso auch nicht? Sie wollten sehen, was passiert ist. Ist doch nur natürlich. Oh, und drei der Herren von der Presse haben ihre Nase auch hier hereingesteckt. Das war, bevor wir das Tor abgeschlossen haben. Wollten wahrscheinlich sehen, ob es hier irgendwas Interessantes für sie gab. Gab es aber nicht.«

Im Lichtkegel der Taschenlampe glänzte etwas golden auf. Thornhill schob sich weiter unter die Kutsche und streckte eine Hand aus. Es war eine zierliche, runde Puderdose aus Gold mit einem blauen Emaildeckel mit einem Blumenmuster.

Quale bückte sich. »Was ist das?«

»Das hat vielleicht Miss Francis verloren.« Thornhill stand auf und ließ die Puderdose in seine Tasche gleiten.

»Ich hoffe, es geht ihr besser, Sir. Eine richtig nette Lady, diese Miss Francis. Das habe ich erst heute nachmittag wieder gedacht, als sie mit Miss Jemima hier war.«

»Wer ist Miss Jemima?«

»Sir Anthonys Nichte.« Quales Stimme klang ungläubig. »Ich dachte, das wüßten Sie. Sie haben in der Lounge Tee getrunken. Miss Francis jedenfalls. Miss Jemima hat eine Bloody Mary bestellt. Sie hatten einen Unfall. Miss Jemima hat Miss Francis beinahe über den Haufen gefahren, als sie in den Hof eingebogen ist.«

Für heute hatte Thornhill genug von den Ruispidges. Er vergeudete hier seine Zeit. Er hörte das Schrammen der Hintertür und dann Schritte im Hof.

»Alles klar, äh?« fragte der Manager. In seiner Stimme schwang ein besorgter Unterton mit. Er stand im Eingang und lehnte sich gegen einen der Türpfosten, als wäre sein Körper zu schwer für seine Beine. »Es gibt doch hoffentlich keine Probleme?«

»Ich glaube nicht. Vielen Dank, Quale.«

Quale drückte sich an der beleibten Gestalt Lancasters vorbei und verschwand durch die Hintertür.

»Haben Sie jetzt Feierabend, Inspector? Wenn ja, würde ich Sie gerne auf einen letzten Drink einladen.«

»Das ist sehr freundlich, Sir, aber ich habe im Moment keine Zeit.«

Lancaster ging neben ihm zum Tor, das aus dem Hof herausführte. »Die arme Frau ist nur in Ohnmacht gefallen, oder? Dazu neigen sie, nicht? Die Damen, Gott schütze sie.« Seine gestammelten Worte tröpfelten in die Stille.

»Ich muß mich jetzt verabschieden, Sir.«

»Verstehen Sie, das ist kein Witz für mich. Ich muß an den Ruf des Hauses und so weiter denken.«

»Dies war nur ein Routinebesuch, Sir.«

»Ich muß jetzt besonders vorsichtig sein, mit den ganzen Journalisten im Haus. Mein Gott, die sind so was von schnell. Schon als Sie hereinkamen, hat einer von denen gefragt, wer Sie sind.«

»Wohnen im Moment viele Journalisten bei Ihnen?«

»Heute nacht sechs, und vier weitere haben sich für morgen angemeldet. Verdammt gut fürs Geschäft.« Lancaster seufzte, und Thornhill roch den Whiskygeruch in seinem Atem. »Leider ist es, unter uns gesagt, die falsche Sorte Publicity.« Er zuckte zusammen und sah über seine Schulter, als fürchte er einen Lauscher. »Na ja, ich will nicht jammern. Gute Nacht.«

Thornhill dankte ihm und verabschiedete sich. Er verließ das Hotel durch den Haupteingang, um zu seinem Auto im Hof hinter dem Polizeirevier zu gehen. Als er sich durch das Gewühl der trinkenden Männer auf dem Gehsteig vor dem *Bull* drängte, erkannte ihn jemand.

»Hallo, das ist doch Mr. Thornhill, nicht wahr?« Die Ansammlung von geröteten Gesichtern, glühenden Zigaretten und halbvollen Gläsern hatte etwas Bedrohliches. Thornhill ging weiter.

»Können sie uns irgend etwas sagen, Inspector? Gibt es neue Erkenntnisse?«

»Kein Kommentar.« Thornhill hatte sie hinter sich gelassen. Er ging mit gleichmäßigen Schritten den Bürgersteig entlang, die Augen fest auf das tröstliche Licht über der Eingangstür des Polizeireviers gerichtet.

Irgend jemand lachte. »Ich wette, es war der Pfarrer. Sonst vergreifen sie sich immer an den Chorknaben.«

Thornhill marschierte weiter. Journalisten waren eben so, sagte er sich: Jederzeit bereit, für eine gute Story allen Anstand über

Bord zu werfen; ihren Erfolg maßen sie an der Auflagenhöhe ihrer Zeitungen. Sie waren alle vom gleichen Schlag.

Statt durch den Haupteingang zu gehen, wo er auf Fowles gestoßen und das Risiko eingegangen wäre, Williamson zu treffen, bog er in die Seitenstraße ein, die zum Parkplatz im Hinterhof führte. Hier war es dunkler, und kein Mensch war zu sehen. Er steckte seine linke Hand in die Jackentasche. Seine Finger schlossen sich um die glatten, harten Konturen der Puderdose. Er hätte sie Lancaster gegenüber erwähnen sollen. Vielleicht gehörte sie gar nicht Jill Francis. Jeder konnte sie dort verloren haben.

Er sah niemanden, als er in seinen kleinen Austin stieg. Er steckte den Schlüssel ins Zündschloß. Seine linke Hand hielt er immer noch in der Tasche, und das Metall erwärmte sich in seiner heißen Hand. Er zog die Puderdose hervor und schnupperte daran. Er glaubte, den Duft zu erkennen, schwach, aber unverkennbar – den Duft von Jill Francis.

3

Charlotte Wemyss-Brown stülpte ein zeltförmiges Nachthemd über ihren Kopf. Es bauschte sich bis zum Boden. Aus seinen Falten stieg ihr rosiges, frischgewaschenes Gesicht empor.

»Ich verstehe nicht, was das ganze Theater soll«, sagte sie. »Ihr ist schlecht geworden, oder sie ist ausgerutscht – dann ist sie hingefallen und hat sich den Kopf gestoßen.«

Philip setzte sich schwerfällig aufs Bett und zog seine Hausschuhe aus. »Der Arzt fand es merkwürdig, daß die Verletzung am Hinterkopf war.« Er steckte die Pantoffeln ineinander und stellte sie parallel zum Nachttisch auf; Charlotte war immer für Ordnung.

»Ich bin sicher, er macht alles nur unnötig kompliziert. Vermutlich gibt es eine ganz einfache Erklärung. Vielleicht ist die Tür sehr niedrig. Wenn du mich fragst«, sagte sie und deckte energisch ihr Federbett auf, »machen alle reichlich viel Geschrei um so einen harmlosen Unfall. Ich muß immerzu daran denken, was der armen Catherine Kymin erst gestern nacht zugestoßen ist. Das relativiert das Ganze doch ziemlich, findest du nicht?«

»Da hast du recht.«

»Außerdem ist es wirklich äußerst ungünstig, daß es ausgerechnet jetzt passieren mußte. Ich meine, wo du in der Redaktion niemanden entbehren kannst.«

»Wir schaffen es schon.«

»Davon bin ich überzeugt.« Charlotte kletterte ins Bett und nahm ihr Buch und ihre Brille zur Hand. Sie setzte sich die Brille auf die Nase. »Wir werden die Abrechnungen morgen zu Ende machen müssen. Es war so ärgerlich, daß wir zum Krankenhaus rasen mußten, gerade als das Ende schon in Sicht war.«

Philip schlüpfte neben ihr unter die Decke. Er legte seine Hand auf ihren Oberschenkel. »Ich fand dich wunderbar heute abend, Liebling – wie du diese Stationsschwester zur Minna gemacht hast.« Er kicherte. »Ihr Gesichtsausdruck.«

»Ich sage, was ich denke. Und Jill fror – sie brauchte schnell eine zweite Decke. Immerhin zahlen wir dafür.« Sie lächelte grimmig. »Beziehungsweise unser öffentliches Gesundheitssystem.«

Langsam streichelte Philip den Oberschenkel. Charlottes dünnes Nachthemd erwärmte sich unter seiner Hand.

»Ich wüßte gerne, wie Jill wohl das Zimmer gefallen hat, das sie besichtigt hat.« Charlotte schob ihren Körper etwas näher an ihren Mann heran. »Ich habe ganz vergessen, sie zu fragen.«

»Das finden wir morgen heraus.« Philip drehte ihr seinen Oberkörper zu und brachte seine zweite Hand ins Spiel. Was er begonnen hatte, um Charlotte abzulenken und zu erregen, erregte ihn jetzt selbst. Jill, schmal und blaß in einem Krankenhausbett, war sehr weit weg.

»Hast du – äh –?«

»Ja, mein Lieber.« Charlotte verstand sofort, daß Philip von ihrem Diaphragma sprach. Sie wandte ihm ihren Körper zu. »Philip«, sagte sie mit einer Stimme, die plötzlich tief und leise war, »du liebst mich doch, nicht wahr?«

4

In die Küche verbannt, winselte Sambo an der Tür, die zur Diele führte. Er war ein alter Hund, und die Regeln, die ihm als jungem Hund so schmerzvoll eingetrichtert worden waren, gerieten langsam in Vergessenheit.

Wie der Hund, so der Herr, dachte Giles Newton. Er ging langsam durch die Diele und blieb zögernd vor der Tür zum Arbeitszimmer stehen. Er hatte Lust auf ein letztes Glas, wußte aber, daß es ihm schwerfallen würde, es dabei zu belassen. Gestern abend hatte er viel zuviel getrunken. Der darauffolgende Kater war ihm noch zu gut im Gedächtnis. Er brauchte einen klaren Kopf, jetzt mehr denn je.

Mit schleppenden Schritten ging er in den ersten Stock. Im Vorbeigehen machte er die Lichter aus. Auf dem Badezimmerschränkchen lagen ein paar Schlaftabletten von Chrissie: Die konnten den Drink ersetzen. Er sah, daß unter der Tür zu ihrem gemeinsamen Schlafzimmer immer noch ein Lichtschein zu sehen war. Er ging ins Badezimmer, um die Tabletten zu suchen und sich die Zähne zu putzen.

Chrissie saß aufrecht im Bett und wartete auf ihn. Sie tat nicht einmal so, als ob sie lesen würde. Mein Gott, dachte Newton, sie sieht aus wie ein Pferd, das Blähungen hat. Es war eine warme Nacht, aber sie hatte die Arme um sich geschlungen. Er zwang sich, sie anzulächeln. Eine der Schlaftabletten steckte ihm im Hals. Er drehte ihr den Rücken zu und entleerte seine Taschen auf den Nachttisch. Dann begann er sich auszuziehen. Seine Nackenmuskulatur war steif vor Anspannung.

»Giles, wir müssen miteinander reden.«

Er gähnte demonstrativ. »Muß das sein? Ich hatte einen furchtbaren Tag. Hat es nicht bis morgen Zeit?«

»Nein, das hat es nicht. Und morgen würdest du eine andere Ausrede finden, um es zu verschieben. Du bist wie ein kleiner Junge, Giles. Du glaubst, wenn du etwas nicht zur Kenntnis nimmst, wird es schon verschwinden.«

Er kletterte in seine Schlafanzughose und machte einen Knoten in die Kordel. Dabei fiel ihm auf, wie dicklich er um die Taille herum wurde, und daß sein Bauch begann, sich vorzuwölben. Seine Schamhaare und die Haare auf seiner Brust waren grau.

Chrissie blinzelte. »Ich habe den Brief von der Schule gelesen. Der, der heute morgen angekommen ist.«

In gewisser Weise war er erleichtert. Er tat so, als sei er wütend. »Du hast in meinem Schreibtisch herumspioniert.« Bei dem Gedanken, was sie dort finden konnte – hätte finden können –, bekam er weiche Knie. »Ist das eine alte Angewohnheit von dir, oder machst du das erst seit neuestem?«

»Ich habe Staub gewischt. Ich konnte ihn nicht übersehen – er lag auf der Schreibtischunterlage.«

»Er war in einem Umschlag.«

Sie wischte seinen Einwand beiseite. »Ich wußte, daß er von der Schule war. Warum hast du in diesem Trimester das Schulgeld nicht bezahlt?«

Newton nahm sein Zigarettenetui und das Feuerzeug vom Nachttisch. »Weil es nicht darauf ankommt. Als ich noch zur Schule ging, war mein Vater oft mehrere Trimester im Rückstand. Das war durchaus üblich – jedenfalls damals. Das Problem ist, daß heutzutage offenbar sogar die besseren Schulen von Buchhaltern geleitet werden. Seit dem Krieg ist das so. Zum Teufel, sie führen die Schule wie ein Pfandhaus.«

»Können wir zahlen?«

»Natürlich können wir. Nächsten Monat würde es nur besser passen – wenn ich mein Gehalt bekommen habe.«

»Aber müßten wir es nicht früher machen?«

Er zuckte mit den Schultern.

»Giles, *könnten* wir früher zahlen?«

»Es wäre einfach nicht so günstig.« Er sog heftig an seiner Zigarette. »Es war kein gutes Jahr. Einige unserer Geldanlagen haben nicht das gebracht, was ich mir davon erhofft hatte, daneben die Steuern und alles. Vielleicht könntest du in Zukunft auch mit dem Haushaltsgeld etwas sparsamer umgehen.«

»Aber ich verstehe dich nicht. Ich dachte, es ginge uns ganz gut.« Sie saß jetzt aufrecht im Bett, und ihr Gesicht war häßlich und faltig wie das eines Affen. »Mit dem Geld, das Daddy mir hinterlassen hat und –«

»Kapierst du eigentlich gar nichts?« Er schlug mit der Faust auf den Nachttisch. Die Münzen sprangen hoch. »Die Zeiten haben sich geändert. Was 1939 genug war, kann heute verdammt wenig sein.«

»Sprich nicht so mit mir, Giles. Ich will nur wissen, was los ist. Dann kann ich dir vielleicht helfen.«

»Helfen? Und wie stellst du dir das vor? Willst du vielleicht arbeiten gehen?«

Er sah, wie ihre Gesichtszüge sich auflösten. Er wünschte, er hätte die Worte zurücknehmen können. Mehr noch, er wünschte sich, er könnte auch bei ihr noch der junge Mann sein, der sich in seinem alternden Körper versteckt hielt. Ob sie wohl wußte, fragte er sich gleichzeitig, daß Tränen sie noch häßlicher machten? Er war wütend auf sie, weil sie ihn in diese demütigende Situation gebracht hatte. Und er tat sich ungeheuer leid.

Am Ende gewann der Zorn die Oberhand – der Zorn und der Wunsch, ein Zeichen zu setzen, vor allem aber das Bedürfnis, ihrem vorwurfsvollen Gesicht zu entkommen. Er raffte sein Zigarettenetui, das Feuerzeug und seine Kleider zusammen und marschierte zur Tür, ein Inbild verletzten männlichen Stolzes in geflickten Schlafanzughosen.

»Ich glaube, ich werde diese Nacht im Gästezimmer verbringen.«

Sie sagte nichts, als er das Zimmer verließ. Sie weinte nicht einmal mehr. In gewisser Weise war ihr Schweigen das allerschlimmste.

5

Kurz nach halb zwölf am Montag abend setzte sich David Thornhill in seinem Bett auf und suchte mit wachsender Verzweiflung nach seinem Schmusetuch, das so entscheidend zu seiner emotionalen Sicherheit beitrug. Einen Augenblick später rief er, am Rand der Panik, mit hoher, umkippender Stimme nach seiner Mutter. Sie tappte bereits auf nackten Füßen die Treppe hinunter.

Richard Thornhill, der gerade ins Bett gegangen war, richtete sich auf und knipste das Licht an. Er war dankbar für einen Vorwand, noch nicht schlafen zu müssen. Nach einiger Zeit kam Edith zurück.

»Er möchte dich.« Sie schlüpfte neben ihm ins Bett. »Ich war fast schon eingeschlafen.«

Er ging zu Davids Zimmer. Das Licht war noch an, und sein Sohn beobachtete die Tür mit großen, strahlenden Augen. Das Schmusetuch hielt er mit beiden Händen fest umklammert und preßte es gegen seine Nase. Sein Mund war kaum zu sehen.

»Daddy. Gehst du Sonntag mit mir im Park Fußball spielen?«

»Wenn ich Zeit habe.« Schon als Junge hatte Thornhill Fußball langweilig gefunden, eine Einstellung, die zum Teil auf seine mangelnde Begabung für dieses Spiel zurückzuführen war.

»Versprochen?«

»Wenn ich Zeit habe. Das verspreche ich dir.«

»Die anderen Väter versprechen es richtig. Warum kannst du das nicht?«

»Du weißt, warum. Du mußt jetzt schlafen.« Er machte das Licht aus und setzte sich auf die Bettkante, bis Davids Atem langsam und regelmäßig wurde. Während er wartete, merkte Thornhill plötzlich, daß er darüber nachdachte, was er wohl empfinden würde, wenn Edith oder David oder Elizabeth ermordet würden. Er versuchte, sich den dumpfen, bohrenden Schmerz vorzustellen, das Bedürfnis nach Rache oder das Wissen, daß das Opfer für immer gegangen war, ein Teil von ihm selber, für alle Zeit verloren. Vielleicht war Miss Kymins Fall noch schlimmer: Sie hatte keine nahen Verwandten; niemand hatte angegeben, die Frau auch nur gemocht zu haben. Kein Mensch trauerte um sie.

Er ging wieder schlafen. Edith lag auf dem Rücken. Als er ins Schlafzimmer trat, schimmerte das Licht vom Treppenabsatz in ihren Augen. Er schlüpfte zu ihr ins Bett. Es war eine warme Nacht, und sie waren nur mit einem Laken und einer leichten Decke zugedeckt.

»Es ist zu heiß zum Schlafen«, sagte Edith.

»Ich bin sowieso nicht müde.« Thornhill, der auch auf dem Rücken lag, streckte die Hand aus und fand ihre. Ihre Finger schlossen sich fest um seine.

»Ich mag nicht, wenn du an einem Mordfall arbeitest.«

»Ich auch nicht«, aber das stimmte nur zum Teil. Ein Mordfall gab ihm das Gefühl, nützlich und unentbehrlich zu sein; er war die einzige Rechtfertigung für all die langen, ermüdenden Stunden, die er der Aufklärung von Kleinverbrechen und dem Papierkrieg widmete. Vielleicht war Mord die eigentliche Rechtfertigung seines Lebens. Und meistens war er sich auch bewußt, daß Mordfälle die entscheidende Spannung in sein Leben brachten – und das Gefühl, wichtig zu sein.

»Wie läuft es?«

»Wir haben noch nicht die kleinste Spur. Wenn wir nicht bald auf etwas stoßen, wird Hendry Scotland Yard hinzuziehen.«

»Ich wollte, das täte er.«

»Das würde bedeuten, daß wir immer noch den größten Teil der Arbeit machen müssen, aber nichts vom Ruhm für uns abfällt. Vorausgesetzt, man kann in dieser Sache irgendwelchen Ruhm ernten.«

»Irgendwie ist das Ganze schrecklich persönlich. Weil wir gestern noch mit ihr in der Kirche waren. O mein Gott.«

»Was ist?«

Sie stieß einen zitternden Seufzer aus. »Es fällt mir jetzt erst ein. Ich nehme an, daß der Mörder vielleicht auch dagewesen ist – mitten in der Versammlung der Gläubigen.« Sie drehte ihm das Gesicht zu; es verschwamm in der Dunkelheit. »Das macht es noch schlimmer.«

»Vielleicht wäre es wirklich das beste, wenn Hendry den Yard holt.« Thornhill hing seinen eigenen Gedanken nach, die zwar in dieselbe Richtung gingen wie Ediths, und trotzdem grundverschieden waren. »Wir sind zu nah dran, um klar sehen zu können. Und dann haben wir noch das Problem, daß Leute wie Ruispidge sich einmischen.«

»Hast du seine Nichte gesehen? Jemima Sowieso? Irgend jemand hat sie mir nach dem Gottesdienst gezeigt. Sie ist wahnsinnig hübsch.«

Thornhill ertappte sich dabei, daß er an Jill Francis dachte. Jill war nicht hübsch, hübsch war das ganz falsche Wort für sie.

»Wenn ich zu dir rüberkomme«, sagte Edith, »nimmst du mich dann in den Arm? Ich muß dauernd an diese arme Frau denken.«

6

Jean Jones fürchtete sich im Dunkeln. Obwohl ihre Mutter sie deswegen auslachte, schlief sie bei offener Tür, und das Licht auf dem Treppenabsatz mußte an sein. Auf ihrem Nachttisch tickte der Wecker wie eine Bombe. Sie streckte die Hand aus und drehte den Wecker so, daß das Licht aufs Zifferblatt fiel. Es war beinahe Mitternacht.

»Brian«, flüsterte sie. »Brian.«

Das Schnarchen ihrer Mutter drang durch die dünne Trennwand. Brian Kirby war immer noch nicht zurück. Jean ahnte, daß er mit einem Mädchen unterwegs war. Brennende Eifersucht stieg in ihr hoch, bohrte und kroch in jeden Winkel ihres Inneren. Sie gab sich einer kurzen, aber angenehmen Phantasievorstellung hin, in der das gesichtlose Mädchen in den Fluß stürzte; sie kam gerade lang genug an die Oberfläche, um Jean um einen Rettungsring anzuflehen (›Ich kann nicht schwimmen!‹). Jean lächelte sie kühl an und schüttelte langsam den Kopf; und dann begann das Mädchen zu betteln, während das Wasser über ihr zusammenschlug. Sie erniedrigte sich auf höchst befriedigende Art und Weise, doch ohne Erfolg. Und dann ging sie unter.

Jean schlüpfte aus dem Bett und schlich über das eiskalte Linoleum zum Fenster. Sie schaute auf die Straße hinunter. Alles war ruhig. Sie starrte auf die Stelle, an der Brian normalerweise sein Motorrad abstellte, als könne sie ihn wie einen Flaschengeist durch reine Willenskraft herbeizwingen.

Im Nebenzimmer rutschte das Schnarchen in eine tiefere Tonlage. Die Kuh schlief tief und fest, müde nach einem langen Tag in Newport. Jean dachte lieber nicht darüber nach, was das bedeutete. Nachdem ihre Mutter heute abend zurückgekommen war, hatten sie einen grauenvollen Streit wegen gestern abend gehabt. Sie hatten sich seit beinahe vierundzwanzig Stunden nicht mehr gesehen. Am Sonntagabend war ihre Mutter zu den Nachbarn gegangen, um fernzusehen, und sie hatte Jean mit der Anweisung zurückgelassen, zu Hause zu bleiben, ihre Schulaufgaben zu machen und dann ins Bett zu gehen. Sie war spät zurückgekommen, und Jean hatte sich schlafend gestellt, und am nächsten Morgen war ihre Mutter früh nach Newport aufgebrochen. Jean hatte keine Ahnung gehabt, welches Gewitter sich über ihrem Kopf zusammenbraute.

»Wo warst du gestern abend, mein Fräulein?« schrie ihre Mutter und fuchtelte ihr mit der *Gazette* vor der Nase herum. »Ich bin noch einmal kurz zurückgekommen, und das Haus war leer. Und *jetzt* erfahre ich, daß hier ein Lustmörder unterwegs war.«

»Was für ein Mörder? Ich verstehe kein Wort.«

»Was machst du mir vor, Jean?« Ihre Mutter ließ die Zeitung auf den Tisch fallen und deutete theatralisch auf die fette Überschrift. »Sieh dir das an. Möchtest du umgebracht werden?«

Jean hatte sich in Schweigen geflüchtet. Aber in ihrem Inneren tobte die Panik. Sie hatte Mr. Thornhill, Brians Chef, gesagt, daß sie den ganzen Abend zu Hause gewesen war. Da hatte Jean noch nicht gewußt, daß ein Mord geschehen war. Aber das machte keinen Unterschied. Wahrscheinlich konnten sie sie ins Gefängnis stecken, weil sie einen Polizisten, der einen Mordfall untersuchte, angelogen hatte.

»Wo bist du gewesen?« fragte ihre Mutter.

»Nirgends. Nur ein bißchen an der frischen Luft.«

Wie konnte Jean ihnen die Wahrheit sagen? Daß sie sehen wollte, wie Brian Kirby nach Hause kam? Daß sie das Haus kurz nach neun am Sonntag verlassen hatte und zum Friedhof gerannt war, wo es eine Stelle im hohen Gras zwischen den Eiben gab, von der aus man die ganze Länge der Church Street überblicken konnte. Während sie wartete, war jemand aus der Kirche gekommen. Jean hatte kaum darauf geachtet und nur gehofft, nicht entdeckt zu werden, während sie auf Brian wartete. Sie war mitten in einem Tagtraum gewesen. (»Na so was, daß ich dich hier treffe«, hatte Brian gesagt. »Es ist ein schöner Abend für einen kleinen Spaziergang. Möchtest du nicht meinen Arm nehmen?«)

Aber Brian war nicht gekommen. Sie hatte gewartet und gewartet. Ihr war richtig schlecht vor Enttäuschung. Er ging fast immer diesen Weg nach Hause. Schließlich war sie heimgeschlichen. Viel später war er dann gekommen, und hinterher hatte es im Badezimmer stark nach Bier gerochen.

»Und was ist mit deinen Hausaufgaben?« hatte ihre Mutter gebrüllt, die sich in eine immer größere Wut hineinsteigerte. »Immer noch nicht gemacht, was? Ich habe in deine Schultasche geguckt. Du behauptest, daß du zu krank bist, um zur Schule zu gehen, aber was zum Teufel hast du den ganzen Tag gemacht?«

Die meiste Zeit hatte sie auf ihrem Bett gelegen, körperlich gepeinigt von schweren Regelschmerzen und seelisch von ihren Grübeleien über Brian Kirby.

»Warum, Jean? Ich versuche, dich anständig zu erziehen, und nun sieh dich nur an. Womit habe ich das verdient?«

Diese Fragen konnte Jean nicht beantworten, also schwieg sie, was ihre Mutter noch wütender machte. Nach ihren Besuchen in Newport hatte ihre Mutter oft schlechte Laune. Aber ihre Wut war nichts im Vergleich zu den Gefühlen, die Jean quälten. Die Angst, die Schuldgefühle und die Eifersucht brachten sie beinahe um.

Als Jean ein kleines Mädchen gewesen war, hatte sie sehnsüchtig darauf gewartet, sich zu verlieben. Jetzt wußte sie es besser: Die Liebe war etwas Schreckliches. Sie war ein wildes Tier, das im Käfig deines Körpers lauerte und dich dazu zwang, furchtbare Sachen zu tun.

Brian, dachte sie. Hilf mir. Was soll ich nur machen?

Fröstelnd zog sie sich vom Fenster zurück. Die Hoffnung auf Trost lenkte ihre Schritte; obwohl sie wußte, daß der Trost falsch war, war ein falscher Trost immer noch besser als gar keiner. Sie tappte zum Treppenabsatz und lauschte. Das Schnarchen ging ununterbrochen weiter. Sie hielt den Atem an und öffnete langsam die Tür zum dritten Schlafzimmer. Brians Zimmer. Sie kannte es fast so gut wie ihr eigenes.

Sooft sie es wagte, kam sie hierher. Schon der Geruch hatte

etwas Beruhigendes. Auf Zehenspitzen ging sie zum Schrank. Innen in der Tür war ein Spiegel. In dem gedämpften Licht, das vom Treppenabsatz auf sie fiel, sah sie blaß, aber schön aus. Sie streckte den Arm aus und berührte Brians neuen Anzug, den blauen Zweireiher, in dem er wie ein Filmstar aussah. Sie zog den Ärmel des Jacketts aus dem Schrank und drapierte ihn über ihrer Schulter. Im Spiegel erschien er wie ein schwarzer Schatten gegen das Weiß ihres Nachthemds. Sie arrangierte den Ärmel so, daß er zwischen ihre Brüste fiel.

In der Welt im Spiegel stand Brian jetzt hinter ihr. Sie streichelte seinen Arm und preßte ihn an sich. Sein Atem blies warm in ihren Nacken, und sie bekam eine Gänsehaut.

»Jean«, flüsterte er. »Jean, mein Liebling.«

7

Die Standuhr schlug Mitternacht, und das bedeutete, daß es ungefähr zehn Minuten nach zwölf war. Tony Ruispidge klopfte an die Tür zum Zimmer seiner Frau, öffnete sie und steckte seinen Kopf hinein.

»Sie ist immer noch nicht da.«

Seine Frau ließ den Krimi sinken, den sie gerade las. »Du kannst überhaupt nichts tun, also kannst du auch aufhören, dir Gedanken zu machen.«

»Ich mache mir keine Gedanken, ich bin nur verdammt wütend. Sie benimmt sich, als wäre das hier ein Hotel.«

»Warum kommst du nicht rein und machst die Tür zu? Es zieht.«

»Es kann nicht ziehen. Es geht überhaupt kein Wind.« Trotzdem kam Ruispidge ins Zimmer und schloß die Tür hinter sich. »Sie hat nicht mal ein Auto genommen, verstehst du das? Pinson sagt, er hat sie nach Mitchelbrook runterlaufen sehen.«

»Ja, Liebling.« Seine Frau blätterte um. »Aber ihr passiert schon nichts. Ihr passiert nie etwas.«

Er wanderte zu dem großen Fenster hinüber und starrte auf

den Brunnen in der Auffahrt hinunter, der im Mondlicht beinahe gespenstisch wirkte. »Ich bin froh, wenn der heutige Tag vorbei ist, das kann ich dir sagen.«

Lady Ruispidge nahm ihr Buch wieder zur Hand. »Warum gehst du dann nicht einfach ins Bett?«

Er überhörte diesen Vorschlag. »Ich habe versucht, Hendry und seine Jungs etwas auf Trab zu bringen. So eine Sache darf keine Minute länger als unbedingt nötig über der Stadt hängen. Vergiftet die ganze Atmosphäre. Und es wimmelt überall von Journalisten. Erbärmliche kleine Zeilenschinder.« Er wandte sich vom Fenster ab, reckte die Schultern und sah zum Bett. »Ich kann nichts dagegen machen, daß ich mich verantwortlich fühle.«

Seine Frau senkte das Buch wieder. »Warum? Du hast sie doch nicht umgebracht, oder? Ich glaube, du hast gesagt, daß du nicht einmal gewußt hast, wer diese Kymin war.«

»Das ist nicht komisch, Soph. Das Problem ist, daß diese Frau sich in St. John hat umbringen lassen.«

»Das ist doch lächerlich. Nur weil deine Familie ein paar Generationen lang die Pfarrer von St. John bestimmt hat, bist du nicht für alles verantwortlich, was dort geschieht. Außerdem hast du doch den Bischof oder sonst jemanden gebeten, die Ernennung vorzunehmen, oder? Und das war auch richtig so. Es ist ein absurd archaisches System. Wenn es also unbedingt einen Verantwortlichen geben muß, dann ist das der Bischof.«

Ruispidge wanderte durch das dämmerige Zimmer, berührte einzelne Möbelstücke, als könnten sie ihm Glück bringen, rückte Bilder gerade und starrte zur Decke. Das einzige Licht kam von der Lampe am Bett. Seine Frau beobachtete ihn. Ein Finger markierte die Stelle in ihrem Buch. Sie war eine große, dünne Frau mit einem reizlosen Gesicht und sehr schönen Händen.

»Es geht um das Mädchen, nicht wahr?« sagte sie endlich.

Ruispidge vergrub seine Hände in den Taschen seines Morgenmantels. »Ferndale hat mir heute wieder eine seiner Rechnungen geschickt.« Ferndale war Ruispidges Londoner Anwalt. »Damit sind wir jetzt bei etwas mehr als zwölfhundert Pfund. Wir müssen etwas verkaufen, wenn es noch schlimmer wird.«

»Ich habe immer schon gesagt, daß diesem Mädchen einmal der

Hintern versohlt gehört. Ich habe keinen Grund, meine Meinung zu ändern, auch wenn sie jetzt erwachsen ist.«

»Das ist genau der Punkt, Soph. Du kannst es ihr nicht vorwerfen. Nicht bei diesem gräßlichen Vater, den sie hatte. Und dann kam der Krieg. Ich weiß, sie benimmt sich dauernd daneben, aber das geht vorüber. Irgendwann wird sie einen netten Jungen kennenlernen und zur Besinnung kommen.«

Sophia Ruispidge sah ihren Mann an und war so klug, den Mund zu halten. Dann zerriß das Röhren eines Motorrads, das die Auffahrt von Clearland Court hochfuhr, die Stille der Nacht.

Sechster Teil

I

Pfarrer Alec Sutton gehörte zu den glücklichen Menschen, die sich in den Schlaf flüchten können, wenn ihnen das Leben über den Kopf wächst. Seine Frau verfügte nicht über diese Fähigkeit. Sie lag fast die ganze Nacht wach neben ihrem schlafenden Mann, lauschte seinen schweren Atemzügen und starrte auf das Rechteck des Fensters. Ein paarmal fiel sie in einen Dämmerzustand, der eher einer Trance glich als echtem Schlaf. Ihre Gedanken bewegten sich sorgenvoll im Kreis und kehrten immer wieder zu derselben Frage zurück: *Sollte sie sich der Polizei anvertrauen oder nicht?*

Alec wachte wie immer um halb sieben auf. Er schlüpfte aus dem Bett und versuchte, sie dabei nicht zu wecken, fuhr in seine Hausschuhe, nahm seinen Bademantel vom Fußende des Bettes und schlich aus dem Zimmer.

Gewohnheiten hatten etwas Tröstliches für Alec; auf eine gewisse Weise, die Mary nicht verstand, brauchte er sie für sein Seelenleben. Die gedämpften Geräusche seiner Bewegungen ergaben ein vertrautes Muster, das sie ausnahmsweise als beruhigend und nicht als störend empfand.

Die Treppenstufen knarrten, und dann rauschte die Wasserspülung auf der Toilette im Erdgeschoß. Ein rhythmisches Klappern und Kratzen zeigte an, daß er sich am Herd in der Küche zu schaffen machte. Ein paar Minuten später hörte sie, wie die Tür zum Arbeitszimmer geöffnet wurde. Er hatte sich angewöhnt, morgens ins Arbeitszimmer zu gehen, bis das Teewasser kochte.

Etwa zur selben Zeit an diesem Morgen fiel Mary Sutton erstaunlicherweise in einen tiefen Schlaf. Zehn Minuten später wurde sie von ihrem Mann geweckt, der ihr eine Tasse Tee ans Bett brachte. Er stellte die Tasse mit der Untertasse auf ihren Nachttisch.

»Ich frage mich, ob wir nicht heute zum Bischof fahren sollten.«

»Ich glaube, wir sollten ihm alles erzählen«, sagte Mary, setzte sich im Bett auf und knüpfte an das Gespräch vom Vorabend an. »Oder wenigstens Simon Davis.«

Alec nahm seine Anziehsachen und ging zur Tür. »Ich sehe keinen Grund dafür. Es geht sie nichts an. Es ist ganz allein unsere Sache.«

Seine Frau blickte durch das Fenster zur Kirche. »Wenn so etwas wie das hier passiert, kommt alles heraus. Jedes Geheimnis.«

»Unsinn.«

»Wir können es uns nicht leisten, den Eindruck zu erwecken, wir hätten etwas zu verbergen.«

»Wir sprechen später darüber«, murmelte Alec. Das war seine Art, unangenehme Dinge am liebsten für alle Zeiten zu verschieben.

Den Kopf in den Sand stecken, dachte Mary: Das wird uns nicht helfen. Sie sagte: »Ich habe mich entschlossen.«

Alec blieb an der Tür stehen. Über dem einen Arm hatte er seine Kleider, über dem anderen das Handtuch, und in der Hand balancierte er vorsichtig eine Tasse Tee; er war unrasiert, und seine Haare standen zu Berge. Sie liebte ihn sehr. Er lächelte sie an, und einen Moment lang glaubte sie, Erleichterung in seinem Gesicht zu erkennen.

»Wenn du entschlossen bist, Liebes«, sagte er langsam, »brauchen wir nicht mehr darüber zu reden.«

Er ging, um sein kaltes Bad zu nehmen. Mary Sutton schlürfte ihren Tee und hörte den fernen Geräuschen seines Morgenbads zu.

Eine Zeitlang gab ihr der vertraute Gang der Dinge das Gefühl, dieser Dienstag sei ein Tag wie jeder andere. Bald darauf aber hatte der Tag jeden Anschein von Normalität verloren. Gegen halb acht begannen sich die Reporter auf der Straße vor dem Haus einzufinden. Zwei Polizisten schoben draußen Wache, einer am Friedhofstor, und einer, der feierlich zwischen den Gräbern auf und ab ging. Unentwegt klingelte das Telefon; und die Anrufer waren so durchdrungen von der Wichtigkeit ihrer Anliegen, daß ihre guten Manieren und ihr gesunder Menschenverstand auf der Strecke blieben.

Ein paar der Anrufer waren Journalisten. Einige waren Freunde und Gemeindemitglieder, tief betroffen und voller Eifer, ihre Unterstützung anzubieten. Mit anderen war schwieriger umzugehen, und ihr Benehmen war kaum zu verzeihen: Sie brachten boshafte und überwiegend anonyme Unterstellungen vor oder atmeten heftig und schwiegen, und einmal brach jemand in ein schrilles, unkontrolliertes Gelächter aus.

»Ich komme mir vor wie in einem Horrorfilm«, sagte Mary zu ihrem Mann, als sie nach dem Frühstück den Abwasch machten. »Wie eine Mißgeburt. Ich glaube, ich sollte mit Inspector Thornhill reden.«

»Soll ich nicht lieber Ruispidge anrufen? Schließlich hat er immer noch die Kirchenhoheit, außerdem kennt er den Chief Constable sehr gut. Wir können genausogut ganz oben anfangen.«

»Nein. Ich spreche lieber mit Thornhill.«

»Warum?«

»Weil ich nicht ganz oben anfangen möchte.« Sie trocknete ihre Hände am Geschirrtuch ab. »Ich bin lieber ganz normal. Wir sind ganz normale Leute. Außerdem bin ich mir gar nicht sicher, ob der Weg über Ruispidge so günstig ist.«

»Ich habe nur gedacht, daß –«

»Du hast gedacht, daß sich über Ruispidge die ganze Sache vielleicht vertuschen läßt, nicht wahr? Unter Männern, sozusagen. Laßt uns den Schleier der Nächstenliebe darüber legen, Jungs.«

»Das wäre vielleicht das beste.«

Sie sah ihn an. »Es wäre das bequemste, meinst du.«

Er legte den Arm um sie, kniff sie in den Po und gab ihr einen herzhaften Kuß auf den Mund. Danach teilten sie sich in kameradschaftlichem Schweigen eine Zigarette, unterbrochen nur von zwei weiteren Anrufen. Alec wollte den Hörer nicht neben die Gabel legen, für den Fall, daß eines seiner Gemeindemitglieder ihn brauchte.

Mary rief Inspector Thornhill an und bat um ein Treffen. Er bot ihr an, ins Pfarrhaus zu kommen, aber sie erwiderte, daß sie lieber ihn aufsuchen wollte.

»Ich muß ein paar Einkäufe erledigen. Und außerdem werde ich mich, wenn ich noch länger in diesem Haus bleibe, bald wie eine belagerte Armee fühlen.«

Am anderen Ende der Leitung blieb es still, und Mary fragte sich, ob es sich vielleicht nicht gehörte, gegenüber einem Polizisten im Dienst kleine Witzchen zu machen. Oder hatten Polizisten etwa nur in Kriminalromanen Sinn für Humor? Vielleicht vertrug sich ihr Job nicht mit Humor. Sie verabschiedete sich schnell und legte auf.

Die Journalisten bestürmten sie mit Fragen, als sie das Haus verließ. Sie erinnerte sich an Jill Francis' Ratschlag und parierte alle Fragen mit ›Kein Kommentar‹; die Taktik schien zu funktionieren. Sie ging die Church Street hinunter und bog in die High Street ein. Quale fegte die Stufen zum *Bull* in der Morgensonne. In seinem Mundwinkel hing eine Zigarette. Er deutete einen Gruß an, als Mary vorbeiging.

»Gibt's was Neues, Ma'am?«

»Nicht, daß ich wüßte«, antwortete sie. »Haben Sie was gehört?«

Er stützte sich auf seinen Besen. »Wissen Sie schon, daß Miss Francis gestern abend ins Krankenhaus eingeliefert worden ist?«

»Nein – aber wieso denn?«

»Sie ist in der Scheune bei uns im Hof in Ohnmacht gefallen oder so. Mr. Lancaster fand es das klügste, einen Krankenwagen zu rufen.«

»Hat sie sich schlimm verletzt?«

»Wie soll ich das wissen, Ma'am? Aber wir wollten lieber sichergehen.« Quale beobachtete sie genau, gierig auf ihre Reaktion. »Später ist Mr. Thornhill vorbeigekommen. Hat sich ein bißchen umgeschaut.«

»Wie gewissenhaft von ihm.«

Mary schenkte ihm das nichtssagende Lächeln, das sie sich in fünfzehnjähriger Gemeindearbeit zugelegt hatte, verabschiedete sich und ging weiter. Sie hatte den Verdacht, daß er ihr nachstarrte.

Falls er das tat, war er nicht der einzige. Aus den Augenwinkeln sah sie ein Ehepaar, und die Frau deutete mit dem Finger auf sie. Ein Mann, den sie auf einer Cocktailparty bei den Newtons getroffen hatte, wechselte die Straßenseite, vielleicht, um nicht mit ihr sprechen zu müssen. Lieber Gott, murmelte Mary Sutton vor sich hin, wie sollen wir das überstehen?

Sie betrat das Polizeirevier. In der Halle wimmelte es von Menschen. Sie hatte befürchtet, ihr Anliegen vor versammelter Mannschaft erklären zu müssen, aber das erwies sich als falsch. Der diensthabende Beamte erkannte sie und winkte sie zu sich.

»Mr. Thornhill erwartet Sie, Ma'am. Ich lasse Sie von einem Beamten hochbringen. Er öffnete eine Tür hinter sich und rief in den Raum hinein: »Porter!«

Thornhills Büro erwies sich als ein enger kleiner Raum, vollgestopft mit Möbeln. Zu ihrer Bestürzung war er nicht allein. Er stellte den anderen Mann als Detective Sergeant Kirby vor und bot ihr einen Stuhl an.

»O Gott. Das ist alles ziemlich kompliziert.« Sie schielte zu Kirby hinüber, der sie mit harten Augen ansah. Er war jünger als Thornhill; er hatte blondes, pomadisiertes Haar und trug einen billigen Anzug und eine schreiend bunte Krawatte. »Ich hatte angenommen ...«

»Würden Sie lieber mit mir allein sprechen?« Thornhill ließ die Frage ganz selbstverständlich klingen.

»Ja, bitte«, sagte sie dankbar. Sie lächelte Kirby zu, als er aufstand. »Es geht nicht gegen Sie, glauben Sie mir das bitte.«

Zu ihrer Überraschung grinste Kirby sie an. Und plötzlich fühlte sie sich, als wäre sie aus der Kälte in ein warmes Zimmer gekommen. Die Tür schloß sich hinter ihm.

»Ist Ihnen klar –«, begann Thornhill.

»Daß ich Ihnen nichts unter dem Siegel der Verschwiegenheit erzählen kann? Ja, das weiß ich natürlich.«

Sie öffnete ihre Handtasche und nahm einen blauen Umschlag heraus, den sie auf den Tisch zwischen ihnen legte. Zu ihrem Verdruß machte Thornhill keine Anstalten, ihn zu nehmen.

»Wann haben Sie ihn bekommen?«

»Gestern morgen mit der ersten Post.« Er weiß, um was es sich handelt, dachte sie. Also mußte es noch mehr davon geben. »Sie können ihn sich anschauen, wenn Sie wollen.«

Er zog den Umschlag zu sich heran und hob ihn an einer Ecke hoch. Er schüttelte den Brief heraus und faltete ihn behutsam auseinander. Mary schoß durch den Kopf, daß er ihn behandelte, als sei er kochend heiß. Sie starrte auf die verschmierten schwarzweißen Zeitungszeilen auf dem blauen Papier. Sie war zu weit entfernt, um sie lesen zu können, aber das war auch nicht nötig.

DEIN ALEC KOMMT GANZ SCHÖN RUM, WAS? ERST DIESE KUH KYMIN HIER UND DANN DIE GANZEN NUTTEN IN LONDON. HAT HOFFENTLICH NOCH WAS FÜR DICH ÜBRIG. NUTTEN SIND NICHT BILLIG. HAST DU DICH NIE GEFRAGT, WO DAS GELD HERKOMMT?

Thornhill studierte den Brief. Schließlich blickte er auf.

»Wir haben eine ganze Menge von diesen Briefen, Mrs. Sutton.«

»Über meinen Mann?«

»Ja. Und mit ähnlichen Unterstellungen.«

Sie wartete, aber er sagte nichts mehr. Er war distanziert, wie ein Arzt oder ein Zahnarzt – oder in diesem Fall vielleicht eher wie ein Priester.

»Es ist so gemein«, brach es aus ihr heraus. »Wie würde es Ihnen gefallen, wenn jemand solche Sachen über Sie schreiben würde? Und solche Briefe an Ihre Frau schickte?«

»Ich fände es entsetzlich. Es ist mir noch nicht passiert, aber es würde mich nicht wundern. Polizisten sind prädestiniert für solche Angriffe, genau wie Pfarrer.«

»Es tut mir leid.« Mary Sutton wünschte sich, er wäre nicht so furchtbar nett. »Wie viele Briefe gibt es? Und an wen waren sie adressiert?« Die Vorstellung, daß halb Lydmouth solchen Dreck über Alec gelesen hatte, ohne daß sie es wußte, machte sie noch wütender und verwirrter.

»Das kann ich Ihnen leider nicht sagen. Jedenfalls jetzt noch nicht.«

Sie runzelte die Stirn. »Aber warum nicht? Oh, ich nehme an, es gehört zu Ihren Ermittlungen. Sie können offensichtlich nicht über gewisse Dinge sprechen, solange die Ermittlungen noch laufen. Aber Sie glauben doch nicht, daß es da einen Zusammenhang gibt, oder?«

»Womit?«

»Mit dem Mord an Miss Kymin natürlich.«

»Das kann man noch nicht sagen.« Er lächelte sie an, um seinem Ausweichmanöver etwas von seiner Schärfe zu nehmen. »Gibt es noch irgend etwas, was Sie mir erzählen möchten?«

Er ist schlau, dachte Mary. Sie sagte leise: »Diese Geschichte mit Alec, daß er in die Stadt fährt, und daß er Geld braucht... ich glaube, es ist besser, wenn ich das erkläre.« Sie wartete, aber er sagte nichts. Stammelnd fuhr sie fort. »Es ist so dumm – wenn man darüber spricht, hört es sich so anrüchig an, aber das ist es überhaupt nicht.«

Auf Thornhills Gesicht, obwohl immer noch höflich, malte sich jetzt unverhohlene Verwirrung. Plötzlich verlor Mary die Geduld – mit sich selber und mit ihm. Sie ließ ihre Handtasche aufschnappen und entnahm ihr einen großen braunen Umschlag. Aus dem Umschlag zog sie ein Buch hervor und legte es auf den Tisch. Es war ein gebundenes Buch mit einem grellbunten Schutzumschlag. Ein Mann, der dem verstorbenen Benito Mussolini zum Verwechseln ähnlich sah, bedrohte eine bildschöne Blondine mit einem Revolver. Auf dem Umschlag stand in roten Balkenlettern: INSPECTOR COLEFORD GIBT ZUNDER.

»Ich verstehe nicht ganz«, sagte Thornhill, der endlich erste Anzeichen nachlassender Geduld erkennen ließ. »Was ist das?«

»Das ist ein Buch«, fuhr Mary Sutton ihn an. »Und ich habe es geschrieben.«

2

Charlotte war nie der Typ gewesen, der sich um offensichtliche Verpflichtungen herumdrückt. Also schleppte sie Kleidung, einen Krimi, Weintrauben und Rosen ins Krankenhaus. Sie warf die gesamte Hausordnung über den Haufen, wobei ihr der Umstand zustatten kam, daß die Stationsschwester eine ihrer Mitstreiterinnen beim Blumendienst von St. John war.

Jill hatte ein Einzelzimmer bekommen. Bei Charlottes Ankunft starrte sie aus dem Fenster auf die ferne, blaue Hügelkette. »Wie geht es dir, Liebes?«

»Ich habe immer noch furchtbare Kopfschmerzen. Aber sie haben mir versichert, daß nichts gebrochen ist.«

»Na, das ist ja ein Glück. Kannst du dich erinnern, wie es passiert ist?«

Jill zuckte zusammen und schüttelte dann langsam den Kopf. »Ich kann mich an nichts mehr erinnern, nur, daß ich die Chepstow Road hinunter geradelt bin. Es hatte angefangen zu regnen.« Ihre Finger zupften an der Decke. »Es tut mir leid, daß ich euch soviel Umstände mache. Wie geht es Philip? Die Polizei hält heute morgen eine Pressekonferenz ab, nicht wahr?«

»Du mußt dir überhaupt keine Sorgen machen. Du kennst doch Philip, für ihn ist es das Größte – und ein guter Vorwand, mal wieder den rasenden Reporter zu spielen.« Charlotte lächelte Jill an, die sich dabei ertappte, daß sie das Lächeln erwiderte. »Also, wo soll ich die Rosen reinstellen?«

Charlotte fand eine Vase auf dem Fensterbrett, füllte sie mit Wasser und stopfte die steifen, rosafarbenen Rosen hinein. Jill aß pflichtschuldig eine Traube und schielte zu dem Krimi, einem alten Ngaio Marsh. Charlotte war heute morgen in bester Stimmung, dachte Jill und fragte sich, ob der Grund für diese Fröhlichkeit vielleicht die Tatsache war, daß sie und ihr Mann ihr Haus endlich wieder für sich allein hatten.

»Ich habe mir gestern abend dieses Zimmer angesehen«, sagte Jill, die unangenehme Dinge prinzipiell gerne schnell erledigte.

»Wie war es? Mist!« Charlotte hatte sich an einem Dorn gestochen. Sie saugte heftig an der Wunde. »Kannst du dich erinnern?«

»Es war mies. Die Frau war eine Schlampe, die Kinder lärmende Rotznasen, und der Mann hat mich in den Hintern gekniffen.«

»Mach dir deshalb keine Gedanken.« Charlotte nahm eine Traube und steckte sie sich in den Mund. »Du mußt jetzt nur gesund werden.« Sie öffnete den Schrank und begann, den kleinen Koffer auszupacken. »Haben sie gesagt, wann du rauskannst?«

»Nein. Heute morgen soll noch ein Arzt vorbeikommen.«

»Wenn du es weißt, bitte sie, uns zu benachrichtigen. Philip kann dich abholen.«

Jills Augen füllten sich mit Tränen. Sie drehte ihren Kopf auf die andere Seite, weg vom Fenster und von Charlottes Freundlichkeit. »Ich glaube, ich sollte ins *Bull* ziehen. Ich habe euch beiden schon zuviel zugemutet.«

»Unsinn. Wir haben hier doch massenhaft Platz.« Manchmal war es schwierig zu unterscheiden, ob Charlotte tatsächlich so unsensibel war oder nur aus taktischen Gründen so tat. »Übrigens«, fuhr Charlotte fort, vielleicht in dem Bewußtsein, daß sie sich auf dünnem Eis bewegte, »übrigens glaube ich, daß du im Moment weder für Geld noch gute Worte ein Bett im *Bull* bekommen würdest. Es ist bis zum Rand vollgestopft mit Journalisten.«

Eine Krankenschwester polterte ins Zimmer. Sie hatte einen kleinen Kopf, schmale Schultern und geschwollene Beine; ihre Haut war bleich und unrein, und ihrem Gesicht war anzusehen, daß sie mit ihrem Lächeln äußerst sparsam umging. »So, die Patientin braucht jetzt ein bißchen Ruhe.«

Jill nickte und spürte, wie ihr Kopf auf dem Kissen schwer wurde. Im Moment würde ich zu allem ja und Amen sagen, dachte sie; wenn mir irgend jemand erzählen würde, daß ich Miss Kymin umgebracht hätte, würde ich es ihm vermutlich glauben.

Charlotte machte die Schranktür zu. »Brauchst du sonst noch irgend etwas?«

»Ein bißchen Puder vielleicht. Ich kann meine Puderdose nicht finden. Ich dachte, sie wäre in meiner Handtasche.«

»Die Oberschwester ist in ihrem Büro, wenn Sie mit ihr sprechen möchten«, sagte die Schwester zu Charlotte. Sie hielt ihr die Tür auf.

Charlotte blinzelte und unterwarf sich ausnahmsweise ohne Protest einer fremden Autorität. Sie beugte sich über Jill und küßte sie ungeschickt auf die Wange, zu ihrer eigenen und zu Jills

Überraschung. Ihr Gesicht war ein wenig rosiger als sonst unter der Puderschicht. Sie richtete sich auf, schwang sich die Handtasche über den Arm und wandte sich zum Gehen. Dann zögerte sie.

»Fast hätte ich es vergessen, Jill. Philip schickt dir liebe Grüße.«

3

»Die nächste Frage.« Superintendent Williamsons Stimme schnitt durch das Stimmengewirr. Sein Zeigefinger stach durch die Luft und deutete auf einen Mann am anderen Ende des langen Tisches. »Sie.«

»Farnham vom *Daily Sketch*. Ist irgend etwas dran an dem Gerücht, daß sich die Dame zu einem Rendezvous in die Kirche begeben hat?«

»Wir wissen noch nicht, warum Miss Kymin dort war«, sagte Williamson. »Wir untersuchen verschiedene Möglichkeiten, die Ermittlungen gehen in alle Richtungen.«

Während Williamsons Stimme weiterdröhnte, schweiften Thornhills Gedanken ab. Sie befanden sich im Konferenzraum im Erdgeschoß des Polizeireviers. Es hatten sich sowohl Reporter der überregionalen Zeitungen als auch die üblichen Herren der Provinzblätter eingefunden. Der Raum hatte hohe Wände, und die Fenster standen offen, aber schon jetzt stand die Luft vor Zigarettenqualm.

Thornhill konnte nicht umhin, die Abwesenheit von Jill Francis zu registrieren. Das war völlig natürlich, sagte er sich, denn aus diesen ansonsten rein männlich besetzten Zusammenkünften stach sie heraus wie ein bunter Hund. Er versenkte seine linke Hand in seiner Jackentasche und fühlte die harten, glatten Konturen der Puderdose, die er im *Bull* gefunden hatte.

Manchmal wollte er am liebsten für sie erröten, denn er fand, daß die Dinge, die in diesem Raum erörtert wurden, für die Ohren einer Frau oft ungeeignet waren. Es erstaunte ihn immer wieder, daß Philip Wemyss-Brown ihr gestattete, daran teilzunehmen.

Philip machte sich Notizen; er sah auf, begegnete Thornhills durchdringendem Blick und schenkte ihm ein angedeutetes Lächeln.

»Superintendent! Superintendent!« Ivor Fuggle meldete sich stürmisch. »Hier, hier!«

Schließlich konnte Williamson ihn nicht länger ignorieren.

»Fuggle von der *Post.*« Er stellte sich überflüssigerweise vor, nur um Williamson zu ärgern. »Können Sie bestätigen, daß die Polizei anonyme Briefe untersucht, die in jüngster Zeit in Lydmouth aufgetaucht sind?«

»Wir untersuchen alles, was uns zur Kenntnis gebracht wird«, sagte Williamson scharf. »Das heißt alles, was wir für wichtig halten.«

»Aber es gibt diese Briefe?«

»Ich bin momentan nicht in der Lage, diese Frage zu kommentieren.«

»Und was ist mit Scotland Yard? Werden Sie Scotland Yard hinzuziehen?«

Williamson verlor die Fassung. »Nächste Frage.«

In diesem Moment dachte Thornhill an das Ultimatum, das der Chief Constable vor zwanzig Minuten gestellt hatte: *Sie und Ihre Leute haben vierundzwanzig Stunden Zeit, Williamson. Danach werde ich den Yard anfordern.* Und dann, mit gesenkter Stimme, die nicht für Thornhills Ohren bestimmt war: *Denen sitzt Tony Ruispidge nicht im Nacken.*

Die Pressekonferenz schleppte sich ihrem erwartungsgemäß unbefriedigenden Ende entgegen. Anschließend folgte Thornhill Williamson die Treppe hinauf. Vor dem Büro des Superintendent wartete Sergeant Kirby auf sie. Er war farbenfroh gekleidet in einem blauen Zweireiher und einer grellen amerikanischen Krawatte, die mit Baseball-Spielern geschmückt war. Er trug etwas bei sich, das in Zeitungspapier eingewickelt war.

»Sergeant«, sagte Thornhill. »Ihr Heimweg führt Sie doch normalerweise durch die Church Street, oder? Ist Ihnen Sonntag abend nach dem Dienst irgend etwas aufgefallen?«

»Leider nicht, Sir – nicht am Sonntag. Ich war auf ein paar Bier im *Bathurst Arms,* schließlich hatte ich Montag frei. Ich bin einen anderen Weg zurückgegangen, und das war nach der Sperrstunde.«

»Was haben Sie da?« wollte Williamson wissen.

»Könnte das die Waffe sein, Sir?« Kirby faltete das Zeitungspapier auf, und ein Wagenheber kam zum Vorschein. Er war mit Rostflecken übersät, aber sonst völlig in Ordnung.

»Wo haben Sie den her?«

»Quale hat ihn gerade gebracht. Er sagt, er hat ihn in einem Abfalleimer im Hof des *Bull* gefunden. Er wartet unten, falls Sie mit ihm sprechen wollen.« Kirby trat von einem Fuß auf den anderen. Er platzte fast vor Energie. »Ich glaube, er spekuliert auf eine Belohnung.«

»Von so einer Oberfläche bekommen wir keinen anständigen Fingerabdruck«, brummte Williamson. »Vielleicht findet das Labor irgend etwas. Aber ich würde mir keine allzu großen Hoffnungen machen. Und ich wäre glücklicher, wenn das Ding auf dem Friedhof gefunden worden wäre. Etwas näher am Tatort.«

Thornhill sagte: »Erinnern Sie sich an diesen Vorfall gestern abend, mit Miss Francis? Könnte da eine Verbindung bestehen? Meiner Meinung nach wirft kein Mensch einen völlig gebrauchstüchtigen Wagenheber einfach so weg.«

Williamson grunzte. »Ich würde es nicht für ausgeschlossen halten, daß Quale selber das verdammte Ding dorthin gelegt hat, um es dann zu finden. Solange er glaubt, daß er damit Geld machen kann.« Er machte eine Pause. »Hat irgend jemand mit Miss Francis gesprochen?«

»Nein, Sir«, sagte Thornhill. »Noch nicht.«

4

Jill war schon beinahe eingeschlafen, als sie plötzlich das unangenehme Gefühl hatte, nicht allein zu sein.

Der Roman von Ngaio Marsh, den Charlotte ihr mitgebracht hatte, hatte ihre Aufmerksamkeit nicht länger als bis zur Liste der handelnden Personen auf Seite eins gefesselt. Mit halbgeschlossenen Augen lag sie in den Kissen; ihre Gedanken kreisten um den Wunsch, das Krankenhaus zu verlassen, und die Frage, was am Vorabend im *Bull* geschehen war. Plötzlich sah sie einen Wimpernschlag lang eine Bewegung am äußersten Rand ihres Blickwinkels, und sie war sofort hellwach.

Sie drehte den Kopf. Eine Putzfrau schlich sich auf Zehenspitzen in den Raum. Auf ihrem breiten, rosigen Gesicht lag ein verstohlener Ausdruck. Sie hatte eine Kittelschürze an, und ihre Haare waren unter einem Kopftuch versteckt. In der Hand trug sie einen Blecheimer, in dem ein Scheuerlappen hing. Sie ahnte nicht, daß Jill wach war, und schaute sich langsam in dem kleinen Zimmer um, als habe sie Angst, daß unter dem Bett oder neben dem Schrank Spione lauern könnten.

»Was wollen Sie?« fragte Jill.

Die Frau ließ beinahe den Eimer fallen; der Scheuerlappen fiel heraus und klatschte gegen das Fußende des Eisenbettes. »Um Himmels willen.« Sie hob den Lappen auf und dämpfte ihre Stimme bis auf ein aggressives Flüstern. »Wenn mich die Stationsschwester erwischt, macht sie Hackfleisch aus mir.« Sie fischte ein kleines Bündel feuchtes Zeitungspapier aus ihrem Eimer, hielt es in die Höhe und fuhr schroff fort: »Das ist für Sie.«

Irgend etwas an dieser Geste kam Jill bekannt vor. »Mrs. Milkwall. Wie nett von Ihnen.«

Sie hörte selbst die Erleichterung in ihrer Stimme und fragte sich, wovor sie eigentlich Angst gehabt hatte.

»Ich bin zufällig vorbeigekommen«, sagte Mrs. Milkwall vorwurfsvoll. »Dachte, ich schau mal rein.«

»Woher wußten Sie, daß ich hier bin?«

»Eine aus der Nachbarschaft arbeitet nachts auf dieser Station. Sie wußte, daß ich Sie gestern getroffen habe, und sie hat mir erzählt, daß Sie hier eingeliefert wurden. Was für ein Tag, was? Erst Miss Kymin, und dann Sie.«

»Ich bin nicht tot«, stellte Jill richtig. »Es ist sehr nett ... sehr nett von Ihnen hereinzuschauen.«

»Es ist nur wegen dieser verdammten Katze. Deshalb bin ich hier. Ich dachte, Sie sollten es wissen, interessieren sich ja wohl dafür. Ich hab ihr gestern abend etwas zum Fressen hingelegt, aber sie ist nicht zurückgekommen. Hatte nicht einen Happen gefressen, als ich heute morgen zur Arbeit gegangen bin.«

»Vielleicht hat sie Angst«, sagte Jill. »Vielleicht braucht sie etwas Zeit.«

»Ich glaub, sie ist weg. Abgehauen oder totgefahren.«

»Sie legen ihr weiter Futter hin, ja?«

»Das müssen Sie entscheiden.« Mrs. Milkwall ließ das Bündel auf den Nachttisch plumpsen. Aus dem Zeitungspapier wickelte sie einen Strauß herrlicher Teerosen. »Sie haben ihre beste Zeit sowieso schon hinter sich. Die Blätter fallen fast schon ab. Ich dachte, da kann ich sie genausogut Ihnen bringen.«

»Sie sind wunderschön.«

»Die Mühe hätte ich mir sparen können, was?« Mrs. Milkwall deutete auf Charlottes rosafarbene, geschlossene Rosenknospen, die in einem steifen Arrangement in der hohen Vase auf dem Fensterbrett standen. »Wie ich sehe, hat Ihnen schon jemand Rosen gebracht.«

»Ihre sind schöner«, sagte Jill mit voller Überzeugung. »Da drüben ist noch eine Vase – am anderen Ende des Fensterbretts. Riechen sie nach Tee? Können Sie sie mir auf den Nachttisch stellen?«

Mrs. Milkwall stopfte das Zeitungspapier in den Papierkorb und stellte die Rosen in die Vase. »Nichts geht über Rosen, sage ich immer. Wissen Sie, sie machen mehr Arbeit als sie wert sind. Wie Haustiere eben.« Sie zögerte einen Moment. »Wollen Sie wirklich die Katze nehmen?«

Bevor Jill antworten konnte, schwang die Tür weit auf, und die Stationsschwester stand im Türrahmen. Ihr Gesicht war gerötet, und ihre Augen traten aus den Höhlen. Mrs. Milkwall griff nach Eimer und Scheuerlappen. Sie sah wehrlos und elend aus.

»Und was haben Sie hier verloren?« fragte die Schwester. »Sie gehören ans entgegengesetzte Ende der Station.«

»Es ist meine Schuld«, sagte Jill schnell. »Ich habe meine Handtasche fallenlassen und sie gebeten, sie aufzuheben.«

Die Schwester schien diese Entschuldigung zu akzeptieren, wenn auch zögernd. Sie scheuchte Mrs. Milkwall aus dem Zimmer. Jill war jetzt hellwach. Der unvorhergesehene Besuch hatte ausgesprochen belebend auf sie gewirkt.

Sie schwang ihre Beine aus dem Bett und stand auf. Sie fühlte sich nicht mehr so zittrig wie am Morgen, als sie zur Toilette gegangen war. Ein Blatt von Mrs. Milkwalls Zeitung war hinter den Papierkorb gefallen. Mit einer Hand am Nachttisch bückte Jill sich vorsichtig und hob sie auf.

Mechanisch strich sie das zerknitterte Papier glatt und faltete es. Es stammte aus der *Gazette* – sie erkannte die Überschrift einer Geschichte, die sie selber Ende letzten Monats geschrieben hatte: SCHAF VON AUTO ÜBERFAHREN. Als nächstes fiel ihr auf, zunächst ohne ihr Interesse zu erregen, daß irgend jemand Löcher in das Papier geschnitten oder gebohrt hatte. Schwerfällig ließ sie sich aufs Bett fallen. Ihr Kopf schwamm; sie hatte das Gefühl, als ob sich ihr Gehirn verflüssigt hätte und unter der Schädeldecke hin und her schwappte. Vielleicht versuchte sie, zu früh zu viel zu tun?

Löcher gebohrt?

Nein, keine Löcher gebohrt, sondern saubere kleine Fenster aus dem Papier geschnitten. Jill studierte die Zeitungslettern und versuchte herauszufinden, was fehlte. In erster Linie einzelne Wörter, so schien es, an manchen Stellen fehlten aber auch ganze Wortgruppen, an anderen nur einzelne Buchstaben. Am meisten erstaunte sie die ungeheure Sorgfalt, mit der gearbeitet worden war. Eine derart peinliche Genauigkeit beim Ausschneiden war sicher nicht nötig gewesen.

Ihr Kopf kam zur Ruhe. Soviel Sorgfalt ergab nur einen Sinn, wenn es sich um ein Werk der Liebe handelte.

5

Mrs. Abberley schlich sich aus ihrem Häuschen und schloß die Tür hinter sich ab. Sie blinzelte in die Morgensonne. Um die Journalisten zu umgehen, überquerte sie die Straße und schlug den westlichen Weg zur Nutholt Lane ein. Sie hatte einen Einkaufskorb und einen Regenschirm dabei.

Vor dem Pfarrhaus standen vier Journalisten, unterhielten sich und rauchten. Der jüngste, ein dunkelhaariger junger Mann mit rotem Gesicht und einem Bauchansatz, warf seine Kippe weg und kam über die Straße auf sie zu.

»Hallo, junge Frau. Sie sind Mrs. Abberley, nicht wahr?« Er warf ihr ein jungenhaftes Lächeln zu. »Stimmt es, daß der neue Pfarrer mit dem alten nicht zu vergleichen ist?«

Einen Moment lang starrte Mrs. Abberley ihn mit ihren leeren schwarzen Augen an. Dann senkte sie den Kopf und spuckte auf den Bürgersteig zwischen ihnen. Der junge Mann wich zurück.

»Hey! Das war aber nicht nötig.«

Sie ging weiter. Als sie am grünen Gitterzaun vor Victor Youlgreaves Haus vorbeiging, hörte sie den Hund bellen. Sie nahm an, daß er ihretwegen bellte, doch diesmal irrte sie sich. Gräßliche Tiere, diese Hunde – in mancherlei Beziehung noch schlimmer als Kinder, und anders als Kinder neigten sie dazu, unerwartet zuzubeißen. Sie schielte hinüber zu der schmucken Haustür mit dem polierten Türklopfer aus Messing. Wenn du wüßtest, dachte sie und sonnte sich im Gefühl des eigenen Wissens, wenn du nur wüßtest.

Sie holte ein Paar Schuhe vom Schuster in der Nutholt Lane ab und verbrachte einige angenehme Minuten damit, den Preis und die Qualität der Reparatur zu diskutieren. Dann machte sie sich auf den Weg zur Telefonzelle am Ende der Straße. Ihr Herz schlug etwas schneller.

Ursprünglich hatte sie die Angelegenheit erst in ein oder zwei Tagen weitertreiben wollen, aber sie konnte der Versuchung, die neugewonnene Macht weiter auszureizen, einfach nicht widerstehen. Sie überlegte, mit wieviel sie anfangen sollte. Eigentlich brauchte sie das Geld nicht, aber im Grunde ging es hier auch nicht um Geld.

Zwanzig Pfund, dachte sie: Das ist es. Nicht zuviel und nicht zuwenig. Später würde sie mehr verlangen. Instinktiv hatte sie erkannt, daß es nicht nur wirkungsvoller, sondern auch befriedigender war, mit einer kleinen Summe zu beginnen. Ganz langsam, im Laufe der kommenden Wochen und Monate, würde sie ihre Forderungen erhöhen.

In ihrem Kopf formte sich das Bild einer Hand, die eine überreife Orange auspreßt. Die Schale reißt unter dem Druck auf, und Saft träufelt durch die Risse und läuft über die Finger. Die Hand drückt immer fester zu, bis kein Saft mehr kommt und nur noch eine matschige Masse aus Schale und Mark, Fruchtfleisch und Kernen übrigbleibt.

Mrs. Abberley wählte die Nummer. Während sie dem Klingeln am anderen Ende lauschte, überlegte sie, wie lange sich Orangen im Kühlschrank hielten. Ewig?

6

Der nächste und, wie sich herausstellte, auch letzte anonyme Brief wurde in den späten Morgenstunden am Dienstag aufgegeben. Doch erst später im Laufe des Tages wurde seine wahre Bedeutung erkannt.

Einem wachsamen Sortierer in der Post war der Umschlag aufgefallen, und er war klug genug gewesen, ihn seinem Vorgesetzten zu zeigen. Der Vorgesetzte verständigte dann das Revier, und Kirby machte sich sofort auf den Weg, um den Brief abzuholen. Er brachte ihn in Williamsons Büro und legte den Umschlag sorgfältig genau in die Mitte auf die Schreibtischunterlage des Superintendent. Thornhill war nicht da.

»Verdammt«, sagte Williamson, »ich hatte vergessen, daß wir uns mit diesem Witzbold ja auch noch herumschlagen müssen.«

Der Brief war im Ort aufgegeben worden, wahrscheinlich beim Hauptpostamt Lydmouth, und er war schlicht und einfach an den CID, LYDMOUTH adressiert. Die Adresse war mit Bleistift geschrieben; die Großbuchstaben waren krumm und schief und kippten nach links, als habe der Absender mit der linken Hand geschrieben.

Williamson zog Handschuhe an und nahm den Brieföffner. In dem blauen Briefumschlag lag ein einzelner, ebenfalls blauer Bogen Briefpapier. Kirby beugte sich über den Tisch, um die Botschaft zu lesen.

Kymin wollte über ihre Affäre auspacken. Deshalb hat Sutton sie umgebracht. Er hat den Kelch geklaut, damit es nach Raubmord aussieht.

Williamson verzog das Gesicht. »Gleicher Umschlag, gleiches Papier. Das Beste von Woolworth, eh? Und die Buchstaben sicher aus der *Gazette.* Darauf könnte ich jetzt gut verzichten.«

Kirby schwieg. »Worauf warten Sie, Sergeant?« fragte Williamson. »Bringen Sie ihn ins Labor. Und dann machen Sie sich wieder an die Arbeit.«

Kirby gab den Brief ab und kehrte danach ins Büro des Cid zurück. Der große, merkwürdig geschnittene Raum lag im zweiten Stockwerk des Polizeireviers. Er war durch die Zusammenlegung von einem Stück Flur mit zwei ehemaligen Schlafzimmern entstanden. Auf der Längsachse des Raumes standen sich zwei Reihen heller Holzschreibtische gegenüber. An der Wand standen noch mehr Schreibtische. Das Büro war voller als sonst, weil Williamson Beamte aus anderen Abteilungen zur Unterstützung bei der Ermittlung des Mordfalls herangezogen hatte.

Kirby setzte sich und zündete sich eine Zigarette an. Detective Constable Wilson stützte sich zwischen zwei Tischen auf.

»Warum besucht ausgerechnet Thornhill diese Francis?« fragte er. »Warum hat er nicht Sie oder mich geschickt? Das möchte ich gerne mal wissen.«

»Das geht Sie gar nichts an.« Kirby griff nach einem Bericht und blätterte ihn durch. Das Niveau sinkt wirklich ständig, dachte er. Als er noch ein junger Constable war, hätte er nie gewagt, so mit seinem Sergeant zu reden.

»Warum ist er selber gegangen?«

»Gehen Sie uns mal einen Tee holen, ja?«

»Vielleicht ist Thornhill hinter ihr her. Will sie mal im Negligé sehen.«

»Wo bleibt der Tee«, sagte Kirby. »Und wieso sind Sie mit der Ablage noch nicht fertig?«

»Gleich. Es dauert nicht mehr lange.«

»Da haben Sie recht. Es wird nicht lange dauern – wenn Sie endlich anfangen. Aber zuerst machen Sie Tee.«

Wilson ließ seinen Blick durch den langen Raum schweifen. In der ganzen Grafschaft gab es keine einzige Kriminalbeamtin. Aber ein paar Polizistinnen in Uniform waren dem CID zugeteilt, meistens zur Unterstützung der zivilen Bürokräfte. Doch sogar ein Williamson mußte einräumen, daß sie bei Befragungen von Frauen und Kindern von Nutzen waren. Von ihnen wurde auch traditionell erwartet, daß sie Tee kochten, eine Erwartung, die ihre männlichen Kollegen geradezu zum moralischen Gesetz erhoben. Es war Wilsons Pech, daß die einzige anwesende Polizistin gerade an der improvisierten Telefonvermittlung einen Anruf entgegennahm.

Kirby klopfte mit seinem Stift auf den Tisch. »Beeilen Sie sich! Und zwei Stück Zucker.«

Wilson schlurfte aus dem Zimmer. Über seinem steifen weißen Kragen glühte sein Nacken in einem zornigen Rot. Nach allgemeiner Übereinkunft hatte Williamson einen Fehler gemacht, als er Wilson zum CID zugelassen hatte. Ärgerlicherweise mußte Williamson mit den Konsequenzen seiner Entscheidung nicht tagtäglich leben.

Kirby wandte sich wieder dem Stapel von Berichten zu, die er durchsehen mußte. In einem Mordfall, vor allem am Anfang, bevor die Routine die Oberhand gewinnt, ist noch die langweiligste Aufgabe dringend und interessant. Thornhill hatte ihm aufgetragen, die Ergebnisse der gestrigen Befragungen miteinander zu vergleichen. Kirby wußte, daß diese langwierige Arbeit eigentlich der wichtigste Teil war. Stück für Stück würde sich ein Bild davon ergeben, was die Leute am Sonntag abend gemacht hatten. Natürlich gab es Lücken, wie immer, aber das war nicht zu ändern. Wichtig oder nicht, angesichts der vor ihm liegenden Aufgabe mußte Kirby gähnen.

»Blöde Rotznase«, sagte der ältere Sergeant am nächsten Tisch, der aus einer anderen Abteilung kam. »Stimmt es eigentlich, daß sein Vater ein Freund von Williamson ist?«

»Ich fürchte ja.«

»Zum Kotzen. Ich wette, er ist so ein verdammter Freimaurer. Die halten sich alle die Stange. Sie wohnen bei der Witwe vom alten Jones, oder?«

»Das stimmt.«

»Das ist in gewisser Weise ein gutes Beispiel.« Der alte Sergeant klopfte sich mit dem Stift gegen die Zähne. »Jones hat immer behauptet, daß er es nicht zum Inspector gebracht hat, weil er keine Beziehungen hatte.«

Endlich wandte sich der Sergeant wieder seiner Arbeit zu. Kirby dachte kurz an die kleine Jean, die Tochter seiner Vermieterin. Heute morgen hatte das Mädchen furchtbar ausgesehen. Sie hatte sich auf der Treppe an ihm vorbeigedrückt, mit roten Augen und knochigen Schulterblättern, die sich durch ihr Nachthemd abzeichneten. War sie krank oder unglücklich? Seine Gedanken wanderten wieder zu Jemima.

»Meine Mutter hat mich nach einer der Töchter Hiobs genannt«, hatte sie ihm letzte Nacht erklärt. »Die alte Hexe! Kein Wunder, daß ich eine unglückliche Kindheit hatte.«

Kirby selbst war zu glücklich, um gegen irgend jemand einen Groll zu hegen, nicht einmal gegen Wilson. Letzte Nacht hatte er kaum geschlafen. Zeitweise war es ihm vorgekommen, als würde er nie wieder Schlaf brauchen. Er war zu glücklich, um zu schlafen oder zu essen. Er zog eine neue Akte zu sich heran und ließ seinen Gedanken wieder freien Lauf. Er fühlte sich wie ein Geizhals, der sein Gold zählt, der jede Münze einzeln hochhebt und sich an ihrem Anblick weidet. Wie gerne wäre er dem Krach ringsum entflohen.

In dem verrauchten Raum klapperten die Schreibmaschinen. Unentwegt dröhnten Stimmen, auf- und abwogend wie die Meeresbrandung. Telefone klingelten, ihr schriller Ton schnitt durch die Gespräche. Der Lärm um ihn herum wurde schwächer. Langsam ging er in ein beruhigendes, gleichmäßiges Hintergrundrauschen über. Kirby spürte, wie ihm die Augen zufielen.

»Sarge!«

Er schreckte auf und schwang in seinem Stuhl herum. Die Polizeibeamtin an der Telefonvermittlung winkte ihm zu. »Für Sie«, schrie sie durch den Lärm. »Soll ich das Gespräch auf diesen Apparat legen?«

Sie deutete auf das Telefon auf Wilsons Tisch. Die improvisierte Telefonvermittlung war eine Neuheit. Normalerweise war der

CID an die zentrale Telefonvermittlung im Erdgeschoß angeschlossen, aber Williamson hatte angeordnet, daß das Büro des CID für die Dauer der Ermittlungen seine eigene Leitung bekommen sollte. Sie war erst seit gestern abend in Betrieb, und es gab noch ein paar Probleme, unter anderem die Tatsache, daß es nicht genug Telefonapparate für alle gab.

Er nahm Wilsons Telefon ab. »Kirby«, sagte er in die Sprechmuschel.

»Brian, mein Liebling«, murmelte Jemima. »Wie wunderbar knapp sich das anhört.«

Er wußte nicht, ob er sich über den Anruf freuen oder ärgern sollte. »Ich fürchte, daß das nicht unbedingt sachdienlich ist, Miss«, sagte er und drehte dem alten Sergeant den Rücken zu.

»Du bist nicht allein? Du kannst nicht sprechen?«

»Das könnte zutreffen.« Er sah, daß Wilson zurückkam, mit einer Tasse Tee in jeder Hand. Der hatte jetzt noch gefehlt, der kleine Schnüffler.

»Endlich habe ich dich erreicht, Liebling. Es war wunderbar, nicht wahr? Ich kann es kaum erwarten, dich wiederzusehen.«

Er war schockiert, daß sie ihn im Dienst anrief – und dazu mitten in einer Morduntersuchung. Merkwürdigerweise steigerte das seine Erregung nur noch: Was verboten war, machte ja erst recht Spaß.

»Onkel Tony hat auf mich gewartet, als ich nach Hause kam. Leider in ziemlich mürrischer Stimmung. Hast du mich gestern nacht vermißt?«

»Das ist zutreffend.«

Wilson hatte den Tee abgestellt und tat jetzt so, als ob er die Karteikarten für die Ablage sortierte. In Wirklichkeit, vermutete Kirby, versuchte er das Telefongespräch mitzuhören.

»Ich muß dich sehen«, sagte Jemima mit einer Stimme, die seine Knie weich werden ließ. »Ich brauche dich, Brian. Kannst du kommen und mich vor dem Mittagessen abholen? Wir können irgendwo etwas trinken, und dann –«

»Unter diesen Umständen ist das schwierig.«

»Oh, Brian.« Sie sprach seinen Namen wie ›Bwian‹ aus und mit einer Stimme, als wäre sie den Tränen nahe. »Wann kannst du denn kommen?«

»Ich weiß es nicht, Miss. Vielleicht heute abend.«

»Ruf mich an, sobald du weißt, wann du wegkannst«, sagte Jemima. »Ich gehe runter nach Mitchelbrook, und wir treffen uns dort.«

Sogar dieser Vorschlag war kaum zu realisieren, und Kirby suchte nach einer Formulierung, die für Wilsons Ohren geeignet war. »Wir müssen sichergehen, daß die richtige Person greifbar ist.«

Sie lachte. »Keine Sorge. Ich kümmere mich darum, daß Onkel Tony nicht drangeht. Ich werde den ganzen Tag neben dem Telefon sitzen.«

»Es könnte spät werden.«

»Es ist mir egal, wie spät es wird. Nein, es ist mir nicht egal, je früher, desto besser. Aber ich will dich sehen, Brian. Ich brauche dich.«

Es klickte in der Leitung, sie hatte aufgelegt. Wilson sah Kirby mit farblosen, wissenden Augen an.

»Ihr Tee wird kalt, Sarge.«

7

Es war eine Frauenstation. Thornhill hatte nicht damit gerechnet, daß er sich dort so unbehaglich fühlen würde. Er wünschte, er wäre so klug gewesen, eine Kollegin mitzunehmen. Unter normalen Umständen hätte er das gemacht; aber für die Morduntersuchung wurde jede Kraft gebraucht.

Es war ja nicht so, hatte er sich gesagt, daß er eine völlig fremde Person befragen mußte; oder eine Frau, die er möglicherweise verhaften mußte, oder ein Kind. Diese Argumentation war ihm im Polizeirevier absolut logisch vorgekommen. Hier im Krankenhaus fand er sie nicht mehr ganz so überzeugend.

Eine zuvorkommende Sekretärin hatte für ihn einen Termin mit dem Arzt ausgemacht, der Jill untersucht hatte. Er traf ihn im

Zimmer der Stationsschwester. Der Arzt war ein junger Mann mit rötlichen Haaren und rotgeränderten Augen. Eine große, unfreundliche Schwester stellte ihn Thornhill vor. Der Raum war sehr klein, und als sich die beiden Männer auf harten Holzstühlen gegenübersaßen, berührten sich fast ihre Knie.

»Ich kann Ihnen nicht viel sagen, Inspector. Miss Francis hat einen Schlag auf den Kopf bekommen. Sie hat für ein oder zwei Minuten das Bewußtsein verloren, aber sie scheint sich gut zu erholen. Offenbar hat sie sich nichts gebrochen. Ihre Pupillen reagieren auf Licht. Sie hat eine leichte Gehirnerschütterung, aber das ist wohl kaum verwunderlich. Wir werden sie wahrscheinlich heute entlassen.«

»Kann sie sich erinnern?«

»Sie leidet an einer leichten retrograden Amnesie, aber das wird sich vermutlich geben.«

»Wie lange kann das dauern?«

»Wer weiß? Ein paar Wochen, vielleicht auch Monate. Oder auch nur bis zum Mittagessen.«

»Wo hat sie der Schlag getroffen?« fragte Thornhill.

Der Arzt zeigte auf eine Stelle an seinem Hinterkopf, links unter dem Scheitelpunkt. »Ungefähr hier.«

»Kann man irgend etwas aus der Art der Verletzung schließen? Ich nehme an, die Haut ist unverletzt?«

»Ja. Aber eine Beule ist eine Beule. Sie war länglich, wenn ich mich recht erinnere.«

»Haben Sie eine Idee, was diese Beule verursacht hat?«

Der Arzt starrte ihn an, als habe er eine völlig absurde Frage gestellt. »Woher soll ich das wissen? Sie kann sich den Kopf irgendwo angeschlagen haben, zum Beispiel an einem Fensterrahmen. Oder es hat sie jemand geschlagen. Ich bin da genauso auf Spekulationen angewiesen wie sie, Inspector.«

»Aber die Haut war unverletzt.«

Der Mann unterdrückte ein Gähnen. »Das muß gar nichts bedeuten.«

»Nehmen wir mal an, sie müßten eine Wette abschließen«, sagte Thornhill mit wachsender Verzweiflung. »Auf welche Ursache für die Beule würden Sie setzen?«

»Zufällig lehne ich jede Art von Wetten strikt ab. Aber wenn Sie mich so fragen, wenn ich mich für etwas entscheiden müßte, würde ich sagen, die Beule ist von einem langen, schmalen und harten Gegenstand verursacht worden. Nicht viel breiter als anderthalb Zentimeter, wenn überhaupt. Und ich bezweifle, daß er irgendwelche scharfen Kanten hatte. Er war vermutlich abgerundet. Wie ein Schürhaken zum Beispiel.«

»Oder ein Wagenheber?«

»Oder ein Wagenheber.«

Der Arzt guckte auf seine Uhr. Thornhill nahm den Wink zur Kenntnis und stand auf. Sie traten auf den langen Gang hinaus, der durch die Station führte. Die Schwester steuerte auf sie zu. Trotz ihres beträchtlichen Umfangs bewegte sie sich leise und überraschend flink.

»Danke, Herr Doktor.« Thornhill wandte sich an die Schwester. »Jetzt würde ich gerne Miss Francis sehen.«

Die Schwester sah ihn mit steinernem Gesicht an. »Ich werde nachsehen, ob das möglich ist«, sagte sie. »Warten Sie hier.«

Der Arzt hatte offenbar Wichtigeres zu tun und ließ Thornhill verloren mitten auf dem Flur stehen. Er sah, wie die Schwester zielstrebig auf eine Tür am Ende des Ganges zuwatschelte. Sie öffnete sie und ging hinein. Er fühlte sich äußerst unbehaglich. Er fand, daß die Station nach Krankheit und Tod roch. Durch die halboffenen Türen sah er flüchtig Frauen in verschiedenen Stadien der Enthüllung. Eine Schwester schob einen Wagen, beladen mit Medikamenten, den Gang entlang, und er mußte sich an die Seite drücken. Er mußte noch einmal Platz machen, als zwei Pfleger ein Bett aus der entgegengesetzten Richtung über den Gang rollten und durch die Doppeltüren am Ende verschwanden. Er wandte schnell seine Augen von der Person im Bett ab, von dem weißen Gesicht mit den hängenden Mundwinkeln auf dem gestärkten Kissenbezug.

Er versuchte, sich abzulenken, indem er über den Mordfall nachdachte. Es ergab alles keinen Sinn. Überall offene Fragen. Normalerweise konnte man hinter jedem Verbrechen ein bestimmtes Muster erkennen oder zumindest zu gewissen Schlußfolgerungen kommen: Wenn man das Wie und das Warum kannte, hatte man in der Regel auch den Täter. In diesem Fall aber wußten sie nur eines mit Sicherheit: Daß eine Frau tot war, getötet durch einen Schlag auf den Kopf. Alles andere, sogar der verschwundene Abendmahlskelch, mußte nichts mit dem Fall zu tun haben.

Der Angriff auf Jill Francis, falls es ein Angriff war, gehörte zu den offenen Fragen. Es war typisch für diese Frau, dachte Thornhill, sich überall einzumischen, obwohl sie niemand darum gebeten hatte. Es fiel ihm immer noch schwer, ihr die Einmischung in einen anderen Fall Ende vergangenen Jahres nachzusehen. Und jetzt war sie wieder da und stahl ihm seine Zeit. Wo seine Zeit doch so knapp war.

»Inspector.« Die Krankenschwester winkte ihn vom anderen Ende des Ganges zu sich. »Vergessen Sie nicht, nur fünf Minuten.« Sie steckte ihren Kopf in das Krankenzimmer. »Läuten Sie, wenn es Ihnen zuviel wird.«

Das erste, was er sah, waren die Farbtupfer im Zimmer – die rosa Rosen auf dem Fensterbrett und die gelben auf dem Nachttisch. Eine winzige Sekunde lang wünschte er sich, er hätte ihr auch etwas mitgebracht; immerhin war ihm Jill Francis nicht wirklich fremd, und es wäre einfach eine höfliche Geste gewesen. Diesem Gedanken folgte ein weniger großzügiger auf dem Fuße: Wieder hatte sie es geschafft, ihn ins Unrecht zu setzen. Daß das völlig unabsichtlich geschehen war, tat nichts zur Sache. Dann sah er Jill.

Sie drehte ihm das Gesicht zu, als er hereinkam. Einen Moment lang kam sie ihm so schmal und klein vor, daß er dachte, man hätte ihm ein falsches Zimmer gezeigt, in dem ein Kind mit Jills Gesicht lag. Sie war sehr blaß; er fragte sich, ob das an dem Schlag auf den Kopf lag oder daran, daß sie keinerlei Make-up trug. Sie hatte dunkle Ringe unter den Augen. Er öffnete den Mund, um sie zu fragen, wie es ihr ginge. Aber sie kam ihm zuvor, und wieder einmal überraschte sie ihn.

»Es tut mir leid«, sagte sie.

»Was?«

Ihre Finger zupften am Laken. Heute trug sie keine Ringe. »Daß Sie meinetwegen herkommen mußten. Sie müssen furchtbar viel zu tun haben.«

»Das ist schon in Ordnung.« Seine Aggressivität verflog. Sie erinnerte ihn an seine Kinder, wenn sie krank waren, schwach, blaß und liebebedürftig; das beste war, sie einfach in den Arm zu nehmen. »Wir, das heißt Mr. Williamson und ich, wir dachten, daß jemand mit Ihnen sprechen sollte – für alle Fälle.«

»Für den Fall, daß diese Geschichte etwas mit dem Mord zu tun hat?« Ihre Stimme, die nie laut war, klang noch leiser als sonst, und er mußte ganz nah an ihr Bett herantreten, um sie zu verstehen. »Ich fürchte, ich kann ihnen gar nichts dazu sagen, wie es passiert ist. Ich kann mich nicht einmal mehr daran erinnern, daß ich ins *Bull* wollte.«

»Gehört das hier Ihnen?« Thornhill steckte die Hand in seine Jackentasche und zog die Puderdose heraus.

Sie machte große Augen. »Wo haben Sie die gefunden? Woher wußten Sie –?«

»Ich war im *Bull*, kurz nachdem es passiert war. Sie sind neben einem Zweispänner in diesem Schuppen gefunden worden. Ich habe mit der Taschenlampe darunter geleuchtet – und da lag sie.«

»Aber woher wußten sie, daß es meine war?«

Thornhill dachte – weil sie roch wie du. Er sagte: »Unter diesen Umständen schien es mir eine naheliegende Vermutung.« Er hielt ihr die Puderdose hin. Als sie sie nahm, strich einer ihrer Finger seitlich an seiner Hand entlang. Ihre Haut fühlte sich trocken an, weich und warm.

»Sie muß herausgefallen sein, als ich gestürzt bin. Der Verschluß meiner Handtasche ist kaputt.«

»Sie hilft ihrem Gedächtnis nicht in irgendeiner Weise auf die Sprünge?«

Sie schüttelte den Kopf.

Thornhill sagte: »Ich fürchte, ich strenge Sie zu sehr an. Ich lasse Sie jetzt in Ruhe.«

»Gehen Sie nicht.« Eine Sekunde lang dachte er, er habe sie falsch verstanden. Mit riesigen Augen sah sie zu ihm hoch. »Ich muß Ihnen etwas zeigen.«

»Die Zeit ist abgelaufen, Inspector«, sagte die Krankenschwester von der Tür.

»Nur einen Moment noch, bitte.«

Gleichzeitig setzte sich Jill im Bett auf. »Geben Sie mir bitte meine Handtasche«, sagte sie zu Thornhill. Ihre Stimme klang plötzlich viel fester. Die Tasche stand auf dem Nachttisch. Automatisch gab er sie ihr.

»Inspector, das ist leider eine Anordnung des Arztes.«

»Ich habe etwas für ihn, Schwester.« Jill öffnete die Handtasche und nahm ein zusammengefaltetes Stück Zeitungspapier heraus. »Sie sollten sich das einmal anschauen.«

Stirnrunzelnd nahm er das Zeitungspapier, eine Doppelseite aus der *Gazette.* Das Papier fühlte sich feucht an. Die Schwester räusperte sich und machte dabei ein Geräusch, als wetze sie ein Messer am Schleifstein.

»Irgend jemand hat Buchstaben und Worte ausgeschnitten«, sagte Jill zu Thornhill, und ihre Stimme klang verzweifelt und überstürzt. »Warum sollte das jemand tun?«

Siebter Teil

I

»Newton! Gut, daß ich Sie treffe.« Bomber Lancaster kam schwerfällig die breite Treppe des *Bull Hotels* herunter. Die Enden seines hochgezwirbelten Schnurrbartes hüpften bei jedem Schritt auf und ab, und es entstand der Eindruck, als würde er jeden Moment abheben. »Haben Sie einen Augenblick Zeit?«

Newton blieb stehen. Er war auf dem Weg durch die Halle, strebte offenbar dem Hinterausgang zu und hatte eine Aktentasche fest unter den Arm geklemmt. Unter den älteren Einwohnern von Lydmouth war dieser Weg eine beliebte Abkürzung, die es einem ermöglichte, auf direktem Weg von A nach B zu gelangen, ohne den Umweg über C zu nehmen. Er schaute auf. Ein wenig selbstgefällig dachte Lancaster: Mein Gott, der Junge wird alt.

»Natürlich.« Newtons Stimme klang wie immer. »Jederzeit.« Er nickte Quale hinter der Rezeption zu und kam die Treppe herauf. Lancaster bemerkte, daß Newton sich beim Rasieren geschnitten hatte, und sein Anzug sah aus, als ob er darin geschlafen hätte; nicht daß Newton sich sonst besonders flott kleidete.

Lancaster hielt die Tür zu seinem Büro auf. Vom Fenster aus sah man über die High Street. Lancaster verbrachte einen beachtlichen Teil seiner Zeit am Fenster und beobachtete die Vorgänge auf der Straße, und so hatte er auch Newton entdeckt, als der den Bürgersteig entlanghastete. Die Wände waren mit dunkel gebeiztem Holz getäfelt. Die Einrichtung war karg, schäbig, eben typisch männlich. Über dem Kamin hingen Jagdstiche; und an der Wand hinter dem Schreibtisch waren gerahmte Gruppenfotos, auf denen unter vielen anderen ein unglaublich jugendlicher Lancaster während seiner Schulzeit und in der Royal Air Force zu sehen war. In einer Ecke stand ein kleiner Safe mit einem Tablett voller Flaschen darauf.

Lancaster schwankte zu dem Tablett. »Es ist doch nicht zu früh für einen Schluck, oder?«

»Für mich nicht, danke.« Newton legte seine Aktentasche auf die Fensterbank und sank in den Ledersessel vor dem Schreibtisch. »Ich glaube, meine Leber braucht eine Pause.«

»Ich ziehe es vor, den Kater im Alkohol zu ertränken.« Lancaster schenkte sich einen Sherry ein, der die Farbe von gebleichtem Stroh hatte. Er hielt das Glas gegen das Licht und betrachtete es wohlwollend. »Aber jeder, wie er will.« Er nahm hinter seinem Schreibtisch Platz, griff nach einer Pfeife und pustete hinein. »Wieso findet man nie eine saubere Pfeife, wenn man sie braucht?«

Newton klopfte die Taschen seines Jacketts ab und holte ein Zigarettenetui heraus. »Was gibt es? Ich kann mir denken, daß das Geschäft glänzend geht.«

»Dieser Mord an der Kymin war ein Geschenk Gottes. Ich bin nicht gefühllos, aber so ist es nun einmal. Und Journalisten sind anspruchsvolle Gäste. Besonders die aus London.« Lancasters rotes Gesicht wurde noch röter. »Haben allerdings auch kein Benehmen. Aber ich sollte mich nicht beklagen. Die meisten haben offenbar ein unbegrenztes Spesenkonto, und das ist das Wichtigste.« Er unterbrach die Reinigung seiner Pfeife und hob sein Glas: »Cheers.«

»Gibt es was Neues an der Verbrecherfront?«

»Sie meinen unseren Mord? Nicht, daß ich wüßte. Jedenfalls halten sie den Autopsiebefund noch zurück. Und die Polizei hat eine Pressekonferenz abgehalten, aber ich glaube nicht, daß wesentlich Neues dabei herausgekommen ist.

»Wird man Scotland Yard hinzuziehen?«

»Offensichtlich nicht.« Lancaster warf den Pfeifenreiniger in den Papierkorb, wischte sich verstohlen die Finger an seiner Hose ab und begann, seine Pfeife zu stopfen. »Unten scheint man allgemein der Meinung zu sein, daß die Polizei noch einen Joker im Ärmel hat.«

»Sie meinen, daß es bald eine Verhaftung gibt?«

Lancaster zuckte die Achseln. »Das wird vermutet. Aber man sollte meinen, daß sie den Yard hinzuziehen müssen, es sei denn, sie wissen genau, was sie tun. Sehen Sie das nicht auch so?«

Newton nickte langsam. Sein Kopf war im Licht des Fensters nur als Silhouette zu erkennen, und sein Gesicht lag im Dunkeln. »Kann sein.« Er nahm eine Zigarette aus seinem Etui. Lancaster schob ein Feuerzeug über den Schreibtisch. »Also, was kann ich –«

Gleichzeitig begann Lancaster zu sprechen: »Nicht einfach, sich einen Reim auf die Geschichte zu machen.« Er hielt inne. »Entschuldigung, alter Knabe, nach Ihnen.«

»Nein – nach Ihnen.«

»Ich wollte nur sagen, warum sollte jemand so eine alte Ziege umbringen wollen? Scheint doch unerklärlich, oder?« Er trank von seinem Sherry.

»Sie hat wahrscheinlich irgendeinen Landstreicher gestört, der nach etwas Brauchbarem gesucht hat. Ich nehme nicht an, daß er sie umbringen wollte. Hat sie niedergeschlagen und sich aus dem Staub gemacht. Wahrscheinlich ist er jetzt schon in London. Oder in Cardiff oder Gott weiß wo untergetaucht.«

»Aber warum war sie überhaupt dort?«

»Wer weiß. Sieht so aus, als wäre sie eine von diesen unverheirateten Damen gewesen, die plötzlich religiös werden. Am wahrscheinlichsten ist doch, daß sie in der Kirche war, um mit dem Allmächtigen zu kommunizieren.«

»Sie glauben also nicht an die Geschichte, die man sich über den Pfarrer erzählt?«

»Daß Sutton etwas mit ihr hatte? Scheint mir äußerst unwahrscheinlich.« Newton zuckte mit seinen schweren Schultern. »Aber wer weiß?«

Schweigen senkte sich über den Raum wie eine schwere Wolke. Lancaster trank sein Glas aus und zog heftig an seiner Pfeife. Newton rieb mit der Fingerspitze an einem seiner Hosenbeine herum, als wolle er einen unsichtbaren Fleck entfernen. Verkehrslärm drang durch das geöffnete Fenster, jemand pfiff laut einem Mädchen nach, Gesprächsfetzen waren zu hören. Lancaster fragte sich dumpf, warum es ihm so schwerfiel, zur Sache zu kommen. Wenn ihm überhaupt jemand helfen konnte, dann war es Newton. Giles war nicht nur der Verwalter des Hotelbesitzers, sondern obendrein ein guter Freund.

»Die Sache ist die«, sagte Lancaster plötzlich. »Ich hatte gestern eine ziemlich unangenehme Unterredung mit Sir Anthony. Hat er Ihnen gegenüber etwas davon erwähnt?«

Newton schüttelte den Kopf, eine dunkle Bewegung vor der Helligkeit des Fensters. »Wo liegt das Problem?«

»Es handelt sich eigentlich nicht direkt um ein Problem. Es geht um die Quartalsabrechnungen. Er meint, es gäbe da eine Differenz zwischen den Bareinnahmen und den Bareinzahlungen auf der Bank. Nicht bei den Schecks, verstehen Sie – nur bei den Bareinzahlungen.«

Newton streifte die Asche von seiner Zigarette ab. »Ich hätte nicht gedacht, daß er von den Abrechnungen etwas versteht. Er ist kein Buchhalter.«

»Ich glaube, ein Freund hilft ihm dabei. Ein Kumpel aus der Marine. Er ist jetzt Schatzmeister in einem College in Oxford.«

Nach einer Pause sagte Newton: »Ich weiß. Fred Wingfield.«

»So ist es.« Lancaster sah erleichtert aus. »Also wissen Sie schon davon.«

»Nein. Aber ich habe Fred Wingfield kennengelernt. Wo genau liegt das Problem?«

Lancaster fummelte an den Enden seines Schnurrbartes herum. »Nun, ich gebe zu, daß Buchhaltung nicht meine Stärke ist. Das habe ich auch nie behauptet. Ich stehe lieber an der Front, wenn Sie verstehen, was ich meine. Ich frage mich schon seit ein, zwei Monaten, ob alles mit rechten Dingen zugeht. Ich wollte Ihnen das eigentlich schon am Sonntag abend sagen. Aber das war nicht der richtige Zeitpunkt, um über die Abrechnung zu reden, oder? Für solche Sachen braucht man einen klaren Kopf.«

Er zögerte, als ihm langsam klar wurde, daß er sich vielleicht unverständlich ausgedrückt hatte. »Sie kennen das System genausogut wie ich. Wir führen unterschiedliche Bücher für das Restaurant, die Bar, das Hotel und kleinere Bargeldbeträge. Die Leute tragen die Beträge ein, und die Schecks und das Bargeld kommen da rein.« Er deutete auf den Safe in der Ecke. »Und alle paar Tage geht einer zur Bank und zahlt alles ein. Entweder ich oder Sie oder Quale – irgendwer. Ganz einfach. Aber das Dumme ist, daß es so aussieht, als hätten wir in den letzten Jahren mehr eingenommen als wir tatsächlich auf der Bank eingezahlt haben. Es ist eine beträchtliche Summe – sie geht in die Hunderte.«

Newton drückte langsam seine Zigarette aus. »Was beabsichtigt Sir Anthony in dieser Sache zu unternehmen?«

»Natürlich will er wissen, wo das Geld geblieben ist. Ich habe zu bedenken gegeben, daß er oder sein Freund sich geirrt haben könnten. Das ist absolut möglich, wenn man nicht weiß, wie wir das hier handhaben. Ich fürchte, das hat ihm nicht besonders gefallen.« Lancaster griff nach der Sherrykaraffe. »Sind Sie sicher, daß Sie nicht doch etwas wollen?«

Newton schüttelte den Kopf. Lancaster schenkte sich geistesabwesend nach.

»Will er die Polizei einschalten?« fragte Newton.

»Er hat mir gegenüber nichts dergleichen gesagt.« Der Karaffenhals zitterte über dem Glas. »Dafür besteht doch kein Anlaß, oder? Ein kleiner Fehler. Das passiert schnell. Man vergißt einmal eine Null. Habe ich auch schon gemacht. Ich habe mir überlegt, ob wir uns nicht einmal über die Bücher, die Bankauszüge und die Kontrollabschnitte der Schecks und so weiter hermachen könnten, wenn Sie nichts dagegen haben. Einen Abend lang, mit viel schwarzem Kaffee. Ich bin sicher, wir finden den Fehler.« Er kippte den halben Sherry hinunter. »Ich hoffe es wenigstens«, fügte er hinzu. »Verstehen Sie, Sir Anthony sagt, andernfalls wird er mich dafür zur Rechenschaft ziehen.«

2

Der Erzdiakon sah schlecht aus an diesem Morgen. Seine Haut war beinahe durchsichtig. Der Bischof, sagte er, sei im Lambeth Palace aufgehalten worden und über Nacht dort geblieben, hoffte aber, bis zum folgenden Tag wieder in der Diözese zu sein; in der Zwischenzeit war es, jedenfalls nach Meinung des Bischofs, das Wichtigste, das geistliche Leben in der Gemeinde aufrechtzuerhalten.

Mary Sutton wußte, daß dies im Klartext bedeutete, daß sie die

Kirche von St. Thomas benutzen mußten. Ein Arrangement, das niemandem so recht gefiel, weder den beiden Gemeinden noch den amtierenden Geistlichen. Alec hatte beim Frühstück gesagt, das Geschehene sei eine Prüfung Gottes. Das könnte wohl sein, dachte Mary; aber sie sah den Auswirkungen dieser Lektion nicht gerade freudig entgegen, denn sie wußte aus Erfahrung, daß Alec dazu neigte, schrecklich schlecht gelaunt zu sein, wenn Gott ihn Demut lehren wollte.

Davis gab deutlich zu verstehen, daß er mit Alec allein sprechen wollte. Das kam Mary sehr entgegen. Alec hatte die Absicht, den Erzdiakon über das Leben und Wirken von Inspector Coleford aufzuklären. Mary fand Inspector Coleford bestenfalls peinlich, und sie verspürte keinerlei Wunsch, dabei zu sein, wenn Alec dem Erzdiakon die Umstände seiner Entstehung und seine fortdauernde Existenz erklärte.

Es gab noch einen Grund, warum sie nicht bei den Männern im Arbeitszimmer sein wollte. Sie hatte einen Plan. Es war kein Plan, den sie mit Alec besprechen konnte, wenigstens nicht, bevor sie ihn ausgeführt hatte, denn er würde bestimmt etwas dagegen haben. Manchmal – besonders, wenn es ihn persönlich betraf – neigte er zu erheblich mehr Skrupel, als gut für ihn war. Das war einer der Gründe, warum Mary ihn geheiratet hatte: Er brauchte jemanden, der ihn vor sich selbst schützte.

Sie ließ die Männer mit ihrem Kaffee allein und ging zurück in die Küche. Ihre Handtasche lag auf dem Tisch und führte sie heftig in Versuchung, eine Zigarette zu rauchen. Sie versprach sich eine zur Belohnung, falls sie erfolgreich war.

Sie schloß die Hintertür hinter sich ab, etwas, das vor vierundzwanzig Stunden noch undenkbar gewesen wäre. In der Vergangenheit hatten sie gelegentlich sogar vergessen, nachts die Vordertür abzuschließen, und bis gestern hatten sie nie das Tor verriegelt. All das war nun für immer vorbei, ein kleiner Nebeneffekt des Mordes.

Im Kutschenhäuschen war es kalt und dunkel. Nur von der offenen Tür und durch einige blaue Rechtecke über ihr, wo die Dachziegel fehlten, fiel etwas Licht herein. Mary bahnte sich ihren Weg vorbei an Alecs Vauxhall, einem ausgemusterten Militärfahrzeug, und gelangte zu der niedrigen Tür an der Rückseite. Sie schob den Riegel zurück und schlüpfte, ohne zu zögern, in Mrs. Abberleys Garten.

Zwischen den hohen Mauern stand die Hitze. Kein Lüftchen regte sich hier, und es roch intensiv nach frisch gemähtem Gras. Mary war noch nie hier gewesen; bei ihren seltenen früheren Besuchen hatte sie höflich an der Haustür geklopft, aber heute morgen wäre das unklug gewesen. Erstens kampierten die Journalisten auf dem Bürgersteig, und zweitens hatte Mary nicht die Absicht, höflich zu sein.

Auf mehr als der Hälfte des Grundstückes war Gemüse in ordentlichen, sauber geharkten Reihen angepflanzt. An der Mauer wuchsen ein Apfel- und ein Birnbaum an einem Spalier. Auf dem kleinen Stück Rasen war keine Spur von Unkraut zu sehen. An der Hintertür stand eine steinerne Pferdetränke mit einem üppigen Geißblatt mit weißen, roten und gelben Blüten. Die Tür war angelehnt, und im Eingang stand Mrs. Abberley.

In einer Hand hielt sie ein Messer mit einer grauen, spitzen Klinge, in der anderen eine Kartoffel. Einen Augenblick lang sagte keine von beiden ein Wort.

»Was machen Sie hier?« Die Worte klangen ungehalten, aber ihr Tonfall war verbindlich. »Einfach hier einzudringen. Und was haben Sie sich dabei gedacht, Amy Gwyn-Thomas und ihrer Freundin gestern morgen diesen Weg zu zeigen?«

Mary spürte, wie Wut in ihr aufstieg. Sie freute sich darüber. »Ich glaube, es ist höchste Zeit, daß wir uns ein wenig unterhalten, Mrs. Abberley.« Auf der anderen Seite der Tür stand eine Bank. Sie ergriff die Initiative und setzte sich.

»Es gibt nichts, worüber wir reden müßten.«

»Ich glaube schon. Über Schlüssel zum Beispiel.«

Mrs. Abberley trat aus dem Eingang in die Sonne. »Das ist Hausfriedensbruch, was Sie hier machen. Manche Leute würden die Polizei holen.«

»Nur sehr dumme Leute. Wie könnte ich Hausfriedensbruch begehen? Ich bin Ihre Vermieterin.«

Mit dem Messer lose in der Hand, starrte Mrs. Abberley Mary an. »Mr. Carter hat gesagt, ich kann hier wohnen, solange ich will.«

»Das war eine mündliche Vereinbarung. Außerdem ist Mr. Carter tot. Er kann keine verbindlichen Aussagen für seinen Nachfolger machen. Das Church Cottage gehört zum Pfarrhaus.« Mary schickte ein entschuldigendes Stoßgebot zum Himmel und stürzte sich in ihre erste große Lüge: »Es könnte sein, daß Sie sich nach etwas anderem umsehen müssen. Mr. Suttons altes Kindermädchen geht in den Ruhestand.«

»Sie können mich hier nicht rauswerfen. Das ist mein Zuhause.«

»Nicht unbedingt für immer.« Mary machte eine kleine Pause, damit das ›nicht unbedingt‹ sich setzen konnte. Dann präsentierte sie die nächste Lüge: »Wir hatten den Eindruck, daß Sie sich bereits nach etwas anderem umschauen. Sie haben doch bestimmt nicht erwartet, hier wohnen bleiben zu können?«

»Das würden Sie niemals tun.« Mrs. Abberleys Stimme klang nicht überzeugt. »Sie würden es niemals wagen, mich rauszuwerfen. Ich würde Ihnen die Hölle heiß machen.«

»Was das betrifft, kann es für uns nicht viel schlimmer werden, als es jetzt schon ist«, sagte Mary heiter. »Ein paar Mitglieder des Gemeinderates werden sich vielleicht ein bißchen aufregen, aber das ist ja immer so. Ich glaube, Sie wissen, daß die rechtliche Seite ziemlich eindeutig ist.«

Mrs. Abberleys Gesicht war ausdruckslos. Sehr vorsichtig legte sie das Messer auf die Fensterbank und die Kartoffel daneben. Sie wischte sich die Hände an der Schürze ab. Mary wartete und verabscheute sich innerlich. Zu ihrer eigenen Überraschung merkte sie, daß sie Mrs. Abberley gegen ihren Willen bewunderte. Der alten Frau blieb nichts weiter als ihr Schweigen, und sie hüllte sich darin ein wie in einen Umhang. Schließlich war es Mary, die zuerst sprach.

»Vielleicht gelingt es mir, Mr. Sutton davon zu überzeugen, seine Entscheidung noch einmal zu überdenken. Aber die Briefe müßten aufhören.«

»Briefe? Was für Briefe?«

»Sie wissen sehr genau, was ich meine.«

»Ich sehe nicht ein, warum ich nicht an die Zeitung schreiben soll. Dies ist ein freies Land, oder?«

»Ich meine nicht die Leserbriefe.« Mary merkte, daß sie die Kontrolle über die Situation verlor. »Ich meine die anderen.«

»Welche anderen?«

»Ich glaube, Sie wissen, welche ich meine. Und ich glaube, Sie wissen auch, daß das aufhören muß. Ist das klar?«

Mrs. Abberley zuckte die Achseln.

»Und dann sind da noch die Schlüssel.«

»Welche Schlüssel?«

»Fangen Sie nicht wieder damit an.« Mary kämpfte gegen ihre aufsteigende Panik an; Vermutungen zu folgen, war gut und schön, aber was war, wenn sie nicht zutrafen? »Es wurden vier Tresorschlüssel geliefert. Mr. Sutton hat einen, Mr. Newton hat den zweiten, der dritte liegt auf der Bank – wo ist der vierte?«

Mrs. Abberley antwortete nicht, aber ihr Schweigen hatte sich verändert.

»Es würde mich nicht überraschen, wenn auch ein Schlüssel zur Sakristei fehlt«, fuhr Mary fort. »Es sind einfache Sicherheitsschlüssel – leicht nachzumachen.«

Ein Düsenjäger zerriß die Stille, doch das Schweigen dauerte an. »Bewahren Sie nicht einen Schlüsselsatz im Cottage auf?« Mary wagte einen Vorstoß.

»Niemals.« Die kleinen Augen flackerten in ihren Hautfalten. »Mit der Kirche hatte ich nichts zu tun. Das wäre nicht richtig gewesen. Mr. Carter hatte alle Schlüssel für die Kirche.«

»Hatte er einen zweiten Satz Schlüssel?«

Mrs. Abberley nickte langsam. »Für die Sakristei und den Tresor. Hat sich nie viel Gedanken um die Kirche gemacht. Meistens hat er vergessen, sie abzuschließen. Am Ende jedenfalls. Er wurde ein bißchen vergeßlich.«

Die Worte schienen eindeutig, aber Mary hörte ihre unterschwellige Bedeutung heraus. »Vergeßlich«, wiederholte sie vorsichtig. »Hat Mr. Carter manchmal seine Schlüssel vergessen?«

»In seinen letzten Jahren hat er alles mögliche vergessen«, sagte Mrs. Abberley mit einem gewissen Stolz. »Sogar seinen eigenen Namen.«

»Ich könnte mir vorstellen, daß er manchmal zur Kirche hinüberging und feststellte, daß er seine Schlüssel vergessen hatte?«

Mrs. Abberley grunzte, ein Geräusch, das im großen und ganzen Zustimmung anzudeuten schien.

»Vielleicht hat er gedacht, daß er Zeit sparen könnte, wenn er einen Satz da drüben deponiert?« Wieder ein Grunzen. »Er hätte sie natürlich nicht irgendwo hingelegt, wo jeder sie sehen konnte.« Mary starrte Mrs. Abberley nachdenklich an. »Er hätte sie versteckt – irgendwo, wo sie vor den Putzfrauen sicher waren. Auf der Orgelempore vielleicht?«

Mrs. Abberley schürzte die Lippen und schob sie vor, als wolle sie eine Schweineschnauze nachmachen. Bedeutete das nein?

»Auf dem Altar?« Mary versuchte es weiter. »Nein – das glaube ich nicht. Eher im Kesselhaus, aber das ist draußen, und Mr. Carter wäre sicher nicht gerne um die halbe Kirche herumgelaufen, um den Ersatzschlüssel zu holen. Auf der Kanzel vielleicht – oder bei seinem Kirchenstuhl?«

»An dem Baldachin über seinem Stuhl ist 'ne Menge Schnitzerei«, sagte Mrs. Abberley. »Mr. Carter war groß.«

»Da hat er ihn versteckt?« Mary widerstand der Versuchung, Mrs. Abberley kräftig durchzuschütteln und sie zu fragen, warum sie das nicht gleich gesagt hatte. »Und nachdem er die Gemeinde verlassen hatte, blieben die Schlüssel einfach da liegen?«

»Er hat sie vergessen. So, wie er alles andere auch vergessen hat.«

Ein Anflug von Bitterkeit schwang in ihrer Stimme mit, und Mary erinnerte sich daran, daß Mr. Carter sie in seinem Testament nicht bedacht hatte. »Wer wußte noch, daß er die Schlüssel dort aufbewahrte?«

»Woher soll ich das wissen?«

»Aber eines wissen wir, nicht wahr?« Mary holte tief Luft. »Mr. Carter hat Lydmouth verlassen, bevor Miss Kymin hierherzog. Er hat ihr nicht gesagt, wo die Schlüssel waren. Das haben Sie getan.«

3

Sie hatten gebetet, sie hatten ihren Kaffee getrunken, und sie hatten sich über die Hauptpunkte der vorläufigen Zusammenarbeit von St. John und St. Thomas geeinigt.

»Da ist noch etwas, Simon«, sagte Alec Sutton.

»Das habe ich mir schon gedacht.«

Sutton verließ den Schutz von Marys Schreibtisch und setzte sich in den Sessel, der dem des Erzdiakons gegenüberstand. Sie befanden sich in dem großen, heruntergekommenen Wohnzimmer im hinteren Teil des Hauses, in dem die Möbel auf einer Teppichinsel in einem Meer aus Linoleum standen. Das Arbeitszimmer war zu ungemütlich, um längere Zeit darin zu verbringen – wegen der Journalisten vor der Tür waren die Fensterläden immer noch geschlossen.

»Es handelt sich um so eine dumme Geschichte, die ich Ihnen schon vor einer Ewigkeit hätte erzählen müssen. Und eigentlich ist es Marys Geheimnis und nicht meines.«

Simon Davis beobachtete ihn mit seinen blassen, unbewegten Augen, die durch die Gläser seiner Hornbrille so groß wie Pennies wirkten. Von hier hatte er keine Hilfe zu erwarten, dachte Alec. Zum Teufel mit dem Mann.

»Es hat vor ungefähr sechs Jahren angefangen, als wir in Champney wohnten. Wie Sie wissen, ist das keine sehr wohlhabende Gemeinde, und wir hatten die Jungen, die immer größer wurden, und damals lebte Marys Mutter bei uns.« Er starrte auf seine Hände und dachte, daß diese Entschuldigungen dünn und abgedroschen klangen, wenn sie laut ausgesprochen wurden. »Es war ein sehr prüdes und altmodisches Dorf. Die Bauern waren der Ansicht, daß die Frau des Pfarrers nicht arbeiten sollte, jedenfalls nicht für Geld, und das dachten auch die alten Herrschaften im Schloß. So etwas gehörte sich für eine Dame einfach nicht. Aber in Champney gab es sowieso keine Arbeit. Die nächste Stadt war sechs Meilen entfernt, aber auch dort gab es keine Stellen.«

Er machte eine Pause, aber Davis sagte nichts. Ihm blieb nichts anderes übrig, als fortzufahren.

»Eines Tages hat Mary mir erzählt, daß sie an einem Buch schreibt – einem Krimi. Sie hat Krimis schon immer gemocht und dachte sich, sie könnte es auch mal versuchen. Ich bin kein Kritiker, aber ich fand das Buch ganz gut, und als es fertig war, haben wir es an einen alten Freund aus der Studentenzeit geschickt.« Alec riskierte einen Blick auf den Erzdiakon, der stur geradeaus sah. »Dieser Freund arbeitet jetzt bei einem Verlag. Wir wollten wirklich nur seine Meinung hören. Es war eher ein Scherz, verstehen Sie? Aber zwei Wochen später antwortete er und schrieb, daß sein Verlag das Buch gerne veröffentlichen würde, und ob sie noch mehr davon hätte? Er schrieb, daß es ihm furchtbar leid täte, aber ob Mary mit einem Vorschuß von achtzig Pfund zufrieden wäre, der dann später mit den Tantiemen verrechnet würde.

Er hielt einen Moment inne, starrte kläglich auf den leeren Kamin und erinnerte sich daran, was für ein enormer Glücksfall das Geld gewesen war – ein Geschenk des Himmels geradezu.

Davis nahm seine Brille ab und rieb sich die rote Stelle auf seinem Nasenrücken. »Verzeihen Sie, Alec, aber ich bin nicht ganz sicher, ob ich das Problem verstehe. Warum diese Geheimniskrämerei?«

»Ich habe es Ihnen doch gesagt – wenn man es herausgefunden hätte, hätten die meisten Dorfbewohner uns gesteinigt. Die Frau des Pfarrers verdient sich ihr Geld mit dem Schreiben von Kriminalromanen. Das wäre absolut undenkbar gewesen. Es gab da zwei Ehefrauen von Großbauern, die den Ton angaben, richtige alte Schlachtrösser, und was sie sagten, galt. Wenn sie aufgehört hätten, Mary zu besuchen, wären ihre Leute nicht mehr in die Kirche gekommen.« Er zuckte mit den Schultern. »Das dachte ich jedenfalls damals. Vielleicht habe ich auch nur Vorwände gesucht. Vielleicht hat auch mir der Gedanke, daß meine Frau arbeiten muß, nicht gefallen. Und wir brauchten das Geld. Wir fingen an, Schulden zu machen.«

»Haben Sie daran gedacht, die Angelegenheit mit dem Bischof zu besprechen?« In der Frage schwang deutlich ein Vorwurf mit. Alec widerstand der Versuchung, sich herauszureden.

»Natürlich habe ich daran gedacht. Aber der damalige Bischof war Bastable-Cairns. Erinnern Sie sich noch an ihn? In den dreißiger Jahren war er der Dekan von Rosington.«

Davis nickte. »Ich verstehe. Er hatte einen Streit mit Dorothy L. Sayers im Radio, eine ziemlich kindische Geschichte, soweit ich mich erinnere, die aber noch monatelang von allen Zeitungen durchgekaut wurde.«

»Sie stritten sich«, sagte Alec langsam, »über die moralische Vertretbarkeit von Kriminalromanen.«

Der Erzdiakon nickte wieder. Er nahm das Argument zur Kenntnis, ohne es deswegen jedoch unbedingt zu akzeptieren. Alec klopfte seine Taschen ab und suchte nach Zigaretten, fand jedoch keine. Er stand auf und öffnete einen Wandschrank neben dem Kamin, in dem eine ganze Reihe von Büchern in schreiend bunten Umschlägen standen. Wahllos griff er zwei heraus und gab sie dem Erzdiakon.

»Zu allem Unglück sind Marys Bücher ziemlich reißerisch. Irgend jemand von der *Sunday Times* hat Mary sogar mit Edgar Wallace verglichen, obwohl ich finde, daß das unfair ist. Verstehen Sie die Schwierigkeit – Krimis von der langweiligen Art wären ja gerade noch akzeptabel. Aber sobald man ihnen auch nur einen Hauch von Spannung gibt, haben sie etwas Unmoralisches an sich.« Er schwieg.

Davis betrachtete die Umschläge der Bücher. *Eine Kugel für den Inspector* zeigte einen älteren Herrn im Smoking, hingegossen auf dem Teppich, vor einem Kamin mit fürstlichen Ausmaßen – und mit einem sauberen, roten Loch mitten auf der Stirn. *Inspector Coleford und die Hand des Todes* hatte einen eher impressionistischen Umschlag mit wirbelnden Schatten, Blutstropfen und einem Galgen. Der Name des Autors war Denton Carbury.

»Mary hat einfach die Nachnamen unserer Mütter zusammengefügt.« Alec schloß die Tür des Wandschrankes. »Wir fanden, das war eine gute Idee.«

»Kann ich sie ausleihen?«

»Natürlich. Sie werden dem Bischof mitteilen müssen, was drin steht. Wenn Sie wollen, können Sie sie behalten, aber das kann ich mir kaum vorstellen.« Eilig redete er weiter, denn er wollte nicht hören, wie sein Angebot höflich abgelehnt wurde. »Insgesamt gibt es fünf. Das letzte, *Inspector Coleford gibt Zunder*, ist erst vorigen Monat erschienen.«

»In dieser Diözese sind wir nicht ganz so konservativ. Aber Sie haben die Bücher nicht erwähnt, als Sie sich für diese Gemeinde beworben haben. Und Mary auch nicht. Warum?«

»Weil wir unbedingt hierher wollten. Wenn auch nur ein Mitglied des Ausschusses etwas dagegen einzuwenden gehabt hätte, daß die Frau eines Pfarrers Krimis schreibt, wären meine Chancen gleich Null gewesen.« Alec wurde rot und redete schnell weiter. »Das ist der Grund für die ganze Geschichte, wenn es auch keine Entschuldigung ist. Es tut mir leid, Simon. Ich habe mich selbst belogen, immer nur ein bißchen, und ich dachte, ich hätte dafür ehrenwerte Gründe. Und so ist es immer mehr geworden und wurde zu einer großen Lüge, beinahe zu einem Betrug.«

»Und was werden Sie nun tun?«

Sutton sank wieder in den Sessel. »Das liegt nicht bei mir. Wenn der Bischof wünscht, daß ich die Gemeinde verlasse, werde ich das natürlich tun.«

»Und Mary?«

»Sie hat gehofft, daß sie weiterschreiben kann. Aber ich weiß nicht, wie sie jetzt darüber denkt. Ohne die Tantiemen könnten wir das Schulgeld für die Jungen nicht bezahlen.«

David blätterte eines der Bücher durch. Er sah nicht auf.

»Es ist erstaunlich, was man alles glauben kann, wenn man es sich nur lange genug einredet.«

Sutton inspizierte seine Fingernägel. Eine Seite raschelte beim Umblättern. »Ich kann nicht einmal erwarten, daß man mir jetzt glaubt. Mary hat gestern einen von diesen anonymen Briefen bekommen. Er enthielt eine ganze Reihe dieser scheußlichen Behauptungen und die Frage, wie wir zu unserem Geld kommen. Wenn die Leute sich fragen, woher wir das Geld haben, ist es wohl besser, die Wahrheit ans Licht zu bringen. Also hat Mary den Brief heute morgen Inspector Thornhill gezeigt. Und sie hat eine Ausgabe ihres letzen Buches mitgenommen.«

Er wartete. Davis blätterte eine Seite um.

»Was wird jetzt geschehen? Wahrscheinlich wollen Sie erst mal mit dem Bischof reden.«

Der Erzdiakon sah auf. »Natürlich. Ich bin froh, daß es heraus ist. Ich bin sicher, Sie auch.« Er rutschte langsam in seinem Sessel nach vorne und erhob sich mit schmerzhafter Langsamkeit. »Eine Frage noch – könnte ich wohl eines von diesen gegen *Inspector Coleford gibt Zunder* eintauschen? Das kenne ich noch nicht.«

4

›Nicht vor den Dienstboten‹ war eine der Regeln, die Chrissie Newton von ihrer Mutter übernommen hatte, und die hatte diesen Grundsatz wahrscheinlich von ihrer Mutter. Es war übrigens weit mehr als eine einfache Regel, es war ein geradezu alttestamentarisches Gebot, in Stein gemeißelt und auf dem Berg Sinai an Moses übergeben. Es gab noch ein paar solcher Regeln, die alle von größter Bedeutung für eine ordentliche Lebensführung waren. Zum Beispiel: Ein Mann sollte in der Stadt anständig angezogen sein. Man war den Dienstboten gegenüber nicht unfreundlich, denn sie konnten sich nicht wehren. Gefühle zu zeigen, ob positiv oder negativ, war fast immer verdächtig; darüber hinaus zutiefst gewöhnlich, unbritisch und half sowieso nicht weiter.

Chrissie lag in ihrem abgedunkelten Schlafzimmer, schützte Kopfschmerzen vor und dachte darüber nach, ob sie sich vielleicht all die Jahre geirrt hatte. Sie hatte Sir Anthony in einem abgetragenen Tweedanzug in der Jermyn Street gesehen. Sie hatte gehört, wie er seine Nichte angeschrien hatte, im Beisein von Pinson, dem Butler, der zunehmend nachlässiger wurde. Aber natürlich tat Anthony Ruispidge, was er wollte. Es würde ihm niemals in den Sinn kommen, sich darüber Gedanken zu machen, was andere Leute über ihn redeten.

Die Haustür schlug zu. Chrissie schlüpfte aus dem Bett und tappte auf Strümpfen durch das Zimmer zum Fenster. Sie spähte durch einen Spalt zwischen den Vorhängen.

Giles ging mit festem Schritt die Auffahrt hinunter, die Aktentasche unter den Arm geklemmt. Sambo hechelte hinter ihm her. Es war ein Schock für sie, daß ihr Mann so normal aussah, zumindest von hinten. Etwas in ihr hätte gerne eine äußerliche Bestätigung für das gesehen, was in seinem Innern vorging – daß sein Haar über Nacht weiß geworden wäre zum Beispiel oder daß er den rechten Arm in einer Schlinge trug; ein sichtbares Zeichen seines inneren Zerfalls. Angesichts Giles' offensichtlicher Normalität fragte sie sich einen Augenblick lang, ob sie sich das Ganze nur eingebildet hatte.

Aber das, was sie gestern auf seinem Schreibtisch gefunden hatte, war keine Einbildung. Das Durcheinander von Rechnungen und Bankauszügen, die leeren Sparkonten, die längst verkauften Aktien – das alles war ihr rätselhaft. Wie konnte es sein, daß ihre Ausgaben so offensichtlich gestiegen waren, während ihr Einkommen sich verringert hatte?

Chrissie setzte sich auf das Bett und schlüpfte in ihre Schuhe. Giles ging zu Fuß, und das bedeutete, daß er heute morgen nach Lydmouth wollte, und nicht nach Clearland Court. Sie zog mit einem Ruck die Vorhänge zurück, und heller Tag durchflutete den Raum. Die Gesichter auf den Fotografien, die auf ihrem Frisiertisch standen, wurden lebendig: John Anthony bei einem Husarenregiment während seines Militärdienstes, bevor er nach Cambridge ging; Edwina in dieser sündhaft teuren Institution in Paris, wo man ihr beibrachte, Menüs zusammenzustellen oder auf Einladungen zu antworten; und Michael, ihr Jüngster, der noch im Internat in Harrow war.

»Wie konntest du nur?« sagte sie zu Giles und beobachtete im Spiegel, wie ihre Lippen sich lautlos bewegten. »Sie sind unsere Kinder.«

Das Summen des Staubsaugers drang die Treppe hinauf. Mrs. Turner machte sich auf ihre unverwechselbare Weise über den Haushalt her: »Ich bin so was wie ein Uhrwerk. Man muß mich nur aufziehen, und los geht's.«

Chrissie öffnete die Schlafzimmertür. Den Geräuschen nach zu urteilen, zog Mrs. Turner den Staubsauger am Schlauch durch das Eßzimmer und stieß dabei gegen jedes Stuhl- oder Tischbein.

Nicht vor den Dienstboten. Um halb fünf heute morgen war Chrissie nach unten geschlichen und hatte Mrs. Turner einen Zettel geschrieben: Darauf stand, sie, Chrissie, habe Kopfschmerzen und gedenke, etwas länger zu schlafen.

Der Lärm des Staubsaugers übertönte ihre Schritte auf der Treppe. Als sie in der Diele stand, zögerte sie. Giles Spazierstöcke standen steif in dem Schirmständer aus Messing neben der Haustür. Auf dem Tisch unter dem Spiegel lagen zwei Briefe – in braunen Umschlägen, wahrscheinlich noch mehr Rechnungen. Der Staubsauger dröhnte weiter. Chrissie griff nach dem Türknauf des Arbeitszimmers und drehte ihn vorsichtig. Der Knauf bewegte sich, aber als sie gegen die Tür stieß, rührte sie sich nicht. Giles hatte abgeschlossen, der verdammte Mistkerl, um sie daran zu hindern, noch mehr herauszufinden. Wütend rüttelte sie an dem Knauf.

Als sie sich umdrehte, merkte sie, daß Mrs. Turner sie durch die offene Tür des Eßzimmers beobachtete. Sie stand stocksteif da, nur ihr rechter Arm bewegte sich hin und her und saugte immer wieder über dieselbe Stelle des Teppichs. Mrs. Turner trat auf den Knopf der Maschine, und langsam erstarb das Gedröhn des Staubsaugers.

»Geht's Ihnen besser?«

»Es geht schon, danke.«

»In der Küche steht Tee, wenn Sie wollen. Nicht mehr ganz frisch allerdings.«

»Danke.«

Chrissie floh durch die Diele in die Küche. Mrs. Turner drückte auf den Knopf, und der Staubsauger verschlang alles, was ihm in den Weg kam. Ich sollte dankbar sein, daß Mrs. Turner sich nur für ihre eigenen Probleme und ihre Enkelkinder interessiert; sonst wäre die farbig ausgeschmückte Geschichte über Mrs. Newtons Kopfschmerzen und Mr. Newtons Versäumnis, sich von seiner Frau zu verabschieden, bereits zur Teezeit Tischgespräch in ganz Lydmouth.

Der Tee war so gut wie kalt. Chrissie machte sich nicht die Mühe, frischen Tee zu machen. Sie ging in den Garten hinaus, in der Hoffnung, dort Trost zu finden. Doch diesmal versagte der

Zauber. Sie sah die Arbeit, die getan werden mußte, und verspürte kein Verlangen, sie zu tun. Ihr Blick schweifte über die Beete, und sah sie genau als das, was sie waren, nämlich das Werk einer einsamen Frau, die viel zuviel Zeit allein verbrachte.

»Verdammter Mistkerl«, rief sie. Eine Taube und zwei Amseln flogen erschreckt auf.

Sambo, der Giles am Tor verlassen hatte, kam um die Hausecke getrottet, um herauszufinden, was los war. Er rieb seine graue Schnauze an Chrissies Bein und wollte gestreichelt werden. Sie konnte nur daran denken, daß Giles der einzige Mensch war, der in Sambos Universum zählte.

»Verdammter Köter.«

Chrissie ging zurück in die Küche und nahm den Schlüssel für den Alvis von der Kommode. »Ich gehe aus«, rief sie durch die Diele. Es war ihr egal, ob Mrs. Turner sie bei dem Lärm des Staubsaugers hörte. Sie klemmte ihre Handtasche unter den Arm und lief mit gesenktem Kopf durch den Hof. Der Alvis stand in einem Schuppen am Ende des Hofes.

Der Motor sprang stotternd an. Langsam fuhr Chrissie rückwärts aus der Garage. Das Auto ging ihr auf die Nerven – es roch nach Giles, nach Pfeifentabak und, etwas schwächer, nach dem Rasierwasser, das er benutzte. Der Boden vor dem Fahrersitz war mit Asche übersät, denn Giles hatte die Angewohnheit, den Wagen als Aschenbecher zu benutzen. Eine der Zigarettenkippen war mit Lippenstift verschmiert. Mit einem Ruck blieb das Auto stehen, und sie fiel gegen die Rückenlehne. Glas splitterte, und sie würgte den Motor ab. Sie schaute in den Rückspiegel. Das Auto war gegen einen Torpfosten gestoßen.

Giles würde außer sich sein. Ihr Mann betrachtete das Auto als seinen Besitz und gestattete ihr nur widerwillig, damit zu fahren. Er behauptete, daß es für seine Arbeit unentbehrlich sei, und sie benötigte jedesmal seine ausdrückliche Erlaubnis, wenn sie es benutzen wollte. Daß sie den Wagen, den sie eigentlich gar nicht benutzen durfte, demoliert hatte, war eines jener Vergehen, die ihn tagelang – wenigstens hinter verschlossenen Türen – in einen schmallippigen Fremden verwandelten. Chrissie wußte das alles, aber zum erstenmal schien es ihr nichts auszumachen; es war, als ob jeder einzelne ihrer Gedanken in Watte gewickelt war, damit sie nicht aneinander stießen und mit ihren harten Kanten Schaden anrichteten.

Sie hielt sich nicht damit auf, den Schaden zu begutachten. Sie zündete sich eine Zigarette an und verließ Lydmouth in nördlicher Richtung. Das Auto schien beinahe von selbst zu fahren. Sie folgte der Hauptstraße durch die Vororte von Lydmouth und fuhr aus der Stadt heraus. Sie bog rechts ab auf einen Weg, der sich zwischen hohen, dichten Hecken nach oben schlängelte. Manchmal erhaschte sie durch eine Lücke einen Blick auf das dahinterliegende Land, eine stille Landschaft mit sanft ansteigenden Hügeln und kleinen gewundenen Tälern. Die Morgensonne brannte von einem klaren, blauen Himmel herab auf eine idyllische Welt, die von Schafen und Kühen bevölkert war.

Clearland Court lag auf einer hohen Landzunge, die an drei Seiten vom Fluß eingeschlossen wurde. Der Weg stieg an und schlängelte sich durch einen Wald; die Zweige der Bäume berührten sich über der Straße und verwandelten sie in einen grünen Tunnel, der sie mit Platzangst erfüllte. In einem Anfall von Panik trat Chrissie das Gaspedal bis zum Anschlag durch. Schließlich schoß sie an dem schmiedeeisernen Tor vorbei und mußte ein Stück zurücksetzen.

Das Tor stand offen. Der Wagen holperte über ein Viehgitter, und ihr ganzer Körper wurde durchgeschüttelt; wie Giles sie einmal durchgeschüttelt hatte, als er betrunken und schlechtgelaunt nach Hause gekommen war; sie konnte sich nicht mehr an den Grund für seine Wut erinnern, nur noch an ihre Auswirkungen.

Die Auffahrt führte in einer sanften Kurve zum Haus hinauf, das auf einem Felsvorsprung über einer grünen Parklandschaft stand. Auf dem Rasen wuchsen, scheinbar ohne System, Ulmen und Eichen, und noch mehr Kühe weideten darunter. Die geschwungene Auffahrt lenkte den Blick auf das Haus, so daß man nicht auf die Schlaglöcher achtete, bevor es zu spät war.

Chrissie ließ den Wagen neben dem von Flechten bewachsenen, leeren Springbrunnen ausrollen. Über ihr ragte das Haus auf, ein großer, steinerner Kasten mit einer Fassade aus blassem, gelbem Klinker und kleinen, niedrigen Seitenflügeln, die klassische Tempel darstellen sollten. Es war mehr eine Bekräftigung der gesellschaftlichen Stellung seiner Besitzer als ein Heim.

Nach einer Weile stieg sie aus dem Auto aus, ließ die Tür offenstehen und den Motor laufen. Langsam ging sie über den mit Unkraut überwucherten Kies und stieg die breite, flache Treppe hinauf. Die Haustür stand offen. Dahinter war eine verglaste Tür. Chrissie zog an der Glocke. Sie hörte nichts; vielleicht funktionierte die Glocke nicht, oder aber die Räume der Dienstboten lagen weiter hinten im Haus.

Jetzt, wo sie nicht mehr in der Sonne war, sondern im Eingang des Hauses stand, war ihr plötzlich kalt, und sie begann zu zittern. Sie drehte sich um in der Hoffnung, sich an der Sonne wärmen zu können, als sie bemerkte, daß die Autotür offenstand. Wieder überfiel sie Panik: Was würden sie von ihr denken, wenn sie aus dem Fenster sahen? Sie rannte über den Kies, machte den Motor aus und schlug die Tür zu. Sie drehte sich um und sah Pinson wartend in der Tür stehen. Er machte ein Gesicht wie ein hochmütiges Schaf.

»Guten Morgen, Madam.«

»Ich möchte zu Sir Anthony«, sagte sie eilig. »Ist er da?«

Pinson hielt einen der verglasten Türflügel auf. »Wenn Sie bitte solange in der Bibliothek warten wollen, ich werde gleich nachsehen.«

Die Halle hatte einen Marmorboden, und das Klacken seiner Absätze hallte wie Gewehrfeuer in der Stille wider. Pinson war längst über das Alter der Pensionierung hinaus und war praktisch gaga, wenn man Giles glauben wollte. Er war einer von jenen Dienstboten, dachte Chrissie mißmutig, die den Eindruck erwecken, daß sie einem nicht nur tief in die Seele gucken konnten, sondern auch in die Ahnenreihe. Sie pickten jedes Versagen und jede Unzulänglichkeit heraus.

Hätte Giles ihr nicht einmal, als er betrunken war, erzählt, daß Pinson eine dunkle Vergangenheit hatte, hätte Chrissie sich vor ihm gefürchtet. Vor dem Krieg hatte er jahrelang in einem von Ruispidges Clubs, *Brooks's*, gearbeitet, bis er ins Gefängnis kam, weil er in der öffentlichen Toilette am Picadilly Circus kleine

Jungen belästigt hatte. So ein Benehmen verwirrte und ekelte sie. Giles hatte es eher belustigt als beunruhigt. »Man hätte nicht gedacht, daß so etwas in ihm steckt, nicht wahr?« hatte er gesagt. *Brooks's* hatte Pinson natürlich entlassen, aber als er aus dem Gefängnis kam, hatte Ruispidge ihm eine Stelle in Clearland Court angeboten. Vielleicht, überlegte Chrissie, hatte Tony Ruispidge gerne Menschen um sich, die ihm verpflichtet waren. Was sagte das über Giles aus?

Pinson öffnete die Tür zur Bibliothek und trat beiseite, um sie durchzulassen. Auf dem Ärmel seiner alten, schwarzen Jacke war Eigelb, und er roch nach Schweiß und saurer Milch. Die Tür schloß sich hinter ihr.

Die Bibliothek war ein langer, schmaler Raum mit einem Erkerfenster am Ende, bedrückend dunkel gebeizten Holzregalen und einem Kamin, der wie das Portal einer kleinen Kathedrale aussah. Sir Anthonys Großvater hatte einen unglückseligen Hang zu solch romantisch-bizarren Ausstattungsstücken gehabt. Am anderen Ende des Raumes blitzte etwas Schwarzweißes auf, wie eine aufgeschreckte Elster.

»Hallo, sind Sie nicht Mrs. Newton?« sagte Jemima Orepool. »Was wollen Sie hier?«

Sie hatte in einem hohen Ohrensessel vor dem Kamin gesessen. Auf dem Tisch daneben, gegen das Telefon gelehnt, eine Ausgabe der *Picture Post*.

»Pinson hat mich hierhergeführt.« Chrissie wußte, daß sich das wie eine Entschuldigung anhörte.

»Tante Soph ist nicht da. Sie ist bei einer Sitzung von einem ihrer Komitees.«

»Ich möchte zu Sir Anthony.« Sie hatte Angst vor Jemima Orepool, denn das Mädchen war jung, hübsch und Sir Anthony Ruispidges Nichte. »Es tut mir leid, wenn ich Sie störe.«

»Ich verstehe nicht, warum er Sie nicht ins Wohnzimmer geführt hat. Dort ist es viel gemütlicher.«

Jemima kam durch die Bibliothek auf sie zu, als hätte sie vor, sie eigenhändig ins Wohnzimmer zu scheuchen. Um dieses Manöver zu verhindern, setzte sich Chrissie auf den nächstbesten Stuhl. Jemima sah sie an, sagte aber nichts. Mit zitternden Händen öffnete Chrissie ihre Handtasche und bot ihr eine Zigarette an.

»Nein danke.«

Chrissie nahm sich eine heraus. Das Feuerzeug funktionierte nicht richtig. Wieder und wieder drehte sie an dem Rädchen und bildete sich ein, daß Jemima sie verächtlich anstarrte. Die Tür ging auf, und Sir Anthony betrat den Raum. Zu ihrer ungeheueren Beschämung ließ Chrissie prompt die Zigarette auf den Teppich fallen und mußte auf Händen und Knien danach suchen.

»Sie war nicht an«, sagte sie heiter. »Dem Teppich ist nichts passiert.«

Ruispidge half ihr auf. »Chrissie, meine Liebe. Was kann ich für dich tun?«

»Ich – ich wollte etwas mit dir besprechen.«

»Jederzeit.« Er warf Jemima einen Blick zu. »Schau mal, ob du sie dazu bringen kannst, uns Kaffee zu machen, ja?«

Ohne etwas zu sagen, verließ Jemima die Bibliothek und ließ die Tür hinter sich offen. Chrissie lauschte, wie sie sich durch die Halle entfernte. Das Echo ihrer Schritte war heller und klarer als das von Pinsons Schritten.

»Bitte setz dich doch.« Er griff nach dem großen Feuerzeug auf dem Schreibtisch und gab ihr Feuer. »Du wolltest nicht zu Soph, oder? Pinson hat gesagt, daß du zu mir willst, aber manchmal ist er ein bißchen durcheinander. Wenn du zu Soph willst, hast du leider Pech. Sie mußte heute nach Cheltenham. Ich glaube, es ging um Rettungsboote.«

»Ich wollte nicht zu Soph.« Sie haßte es, die Ruispidges beim Vornamen zu nennen, es klang anmaßend aus ihrem Mund, obwohl beide Paare schon vor dem Krieg zum Du übergegangen waren. »Ich wollte zu dir.«

»Hervorragend.« Stirnrunzelnd stapfte Ruispidge durch den Raum und ließ sich in einem Ohrensessel nieder, dessen Sitzfläche etwas zu hoch für seine kurzen Beine war. »Was kann ich für dich tun?«

»Ich mache mir Sorgen um Giles. Hast du etwas dagegen, wenn ich mit dir darüber rede?«

Sir Anthony starrte auf den Teppich. »Natürlich nicht. Aber – äh – bist du sicher, daß es mich etwas angeht?«

»Er ist in letzter Zeit sehr gereizt. Ich frage mich, ob er Sorgen hat.«

Die blauen Augen schauten auf und starrten sie an. »Giles war schon immer ein ungeduldiger Mensch. Ich weiß noch, wie er in der Schule –«

»Nein«, sagte Chrissie. »Das ist es nicht. Diesmal ist es ernst. Vielleicht hat er Geldsorgen.«

Sie schwiegen beide. Ruispidges Gesicht verfärbte sich noch ein wenig dunkler. Da wußte Chrissie, daß trotz aller Sympathie, die er ihr entgegenbrachte, seine Loyalität gegenüber Giles immer an erster Stelle stehen würde. Er rutschte auf dem Sessel hin und her.

»Ich kann da nicht viel tun, Chrissie. Ich kenne die Fakten nicht, verstehst du?«

»Das ist das Problem. Ich eben auch nicht. Aber –«

»Wenn du mich fragst, also ich würde sagen, rede mit Giles. Man macht so leicht aus einer Mücke einen Elefanten, wenn man die Fakten nicht kennt.«

»Das habe ich ja versucht. Er will nicht mit mir reden.«

»Vielleicht gibt es gar nicht viel dazu zu sagen. Zehn zu eins, daß es nur ein Sturm im Wasserglas ist.«

Ruispidge begann, weitschweifig eine Anekdote über seinen Lieblingssturm im Wasserglas zum besten zu geben. Chrissie hatte sie schon mehr als einmal gehört. Es ging dabei um Giles und Tony Ruispidge und endete mit einer Explosion im Chemielabor der Schule.

Nach einer angemessenen Zeitspanne warf er einen Blick auf seine Uhr und mimte Überraschung. »Du liebe Zeit – so spät ist es schon? Man erwartet mich auf dem Gut.« Er rutschte vom Sessel.

Chrissie blieb, wo sie war, auf der Kante des dicken Ledersessels. Plötzlich sah sie, was er wirklich war: ein streitlustiger kleiner Mann, der vor ihr davonlief. Wie hatte sie sich jemals vor ihm fürchten können?

»Bleib noch ein bißchen, ja? Jemima wird gleich mit dem

Kaffee hier sein. Es wird ihr guttun, ein bißchen mit einer anderen Frau zu schwatzen. Ich glaube, sie findet uns ziemlich langweilig hier.« Inzwischen war er auf dem Weg zur Tür. »Ich bin sicher, es ist nichts Ernstes. Rede mit Giles, wenn sich die Sache etwas beruhigt hat, ja?«

»Er kann offenbar nicht einmal mehr das Schuldgeld bezahlen«, brach es aus Chrissie hervor. »Ich mache mir Sorgen um die Kinder.«

Sir Anthony zögerte. »Ich weiß nicht so recht, wie ich –«

Sie unterbrach seine Verlegenheit. »Du könntest mit ihm reden und versuchen, herauszufinden, was los ist.«

»Natürlich, wenn du glaubst, daß das hilft.«

»Ich habe keine Ahnung, ob es hilft.« Chrissie stand auf und schnappte sich ihre Handtasche von der Sessellehne. »Alles, was ich weiß, ist, daß er eher mit dir spricht als mit mir.«

Ruispidge hielt ihr automatisch die Tür auf, als sie durch die Bibliothek auf ihn zukam. Als sie an ihm vorbeiging, murmelte er, daß er natürlich sein Möglichstes tun werde.

»*Warum* nur redet er nicht mit mir?« Sie starrte ihn an. »Das hat er nie getan, weißt du, nicht richtig.«

Er trat von einem Fuß auf den anderen, wie ein Boxer im Ring, der einem drohenden Schlag ausweichen will. »Ich habe mir immer viel Zeit für Giles genommen.«

Das Telefon begann zu klingeln, das Läuten klang blechern in der großen, leeren Bibliothek. Chrissie durchquerte die Halle. Sir Anthony folgte ihr und fiel beinahe in eine Art Trab, um sie einzuholen, ehe sie die Haustür erreichte. Ihr fiel ein, daß sie ihr Feuerzeug auf der Sessellehne in der Bibliothek vergessen hatte. Sollen Sie es doch behalten. Sie wollte dieses Haus so schnell wie möglich verlassen. Ruispidge hielt ihr die Tür auf.

»Irgend etwas stimmt da nicht«, sagte Chrissie, als sie an ihm vorbeiging. »Ganz und gar nicht – siehst du das nicht? Du bist doch sein Freund.«

Jemima Orepool rannte in Sandalen durch die Halle in die Bibliothek und schlug die Tür hinter sich zu. Einen Augenblick später hörte das Telefon auf zu klingeln.

5

Im Garten des Pfarrhauses reiften die ersten Erbsen. Mrs. Abberley, ein kleiner, gedrungener Schatten unter dem stahlblauen Himmel, vergewisserte sich, daß sie immer noch da waren, halb versteckt hinter einem alten Baum neben dem Tor zum Pfad. Sie durfte nicht vergessen, sie auf dem Rückweg zu pflücken. Es würde nicht lange dauern, sie zuzubereiten, und sie würden gut zu der roten Bete und der kalten Zunge passen. Sie liebte ein bißchen Farbe auf dem Teller.

Sie schob den Riegel der Tür in der Mauer zurück und schlüpfte auf die Gasse. Einen Augenblick später ging sie die Bull Lane entlang, und ihr Regenschirm schlug rhythmisch auf das Pflaster. Niemand war unterwegs. Auch die High Street wirkte wie ausgestorben, denn die meisten Menschen aßen entweder gerade zu Mittag, oder waren dabei, das Mittagessen zuzubereiten.

Sie betrat die Telefonzelle neben den öffentlichen Toiletten und kramte in ihrem Portemonnaie nach Kleingeld.

»Lassen Sie den Pfarrer in Ruhe«, wollte sie sagen. »Ich habe es mir anders überlegt.«

Hol's der Teufel, dachte Mrs. Abberley; diese Mary Sutton war doch nicht das zurückhaltende, zimperliche Fräulein, für das sie sie gehalten hatte. Mrs. Abberley hatte vor wenigen Dingen Respekt, doch Charakterstärke gehörte dazu. Es wäre falsch zu behaupten, die beiden Frauen hätten einen Waffenstillstand geschlossen. Eher schon hatten sie sich darauf verständigt, daß ihren jeweiligen Interessen durch eine Art bewaffneter Neutralität besser gedient war. Solange die Suttons im Pfarrhaus blieben, würde Mrs. Abberley auch in ihrem Cottage bleiben. Doch wenn die Suttons weggingen, wäre alles möglich.

Was den anderen, den armen, schwächlichen Idioten anging, würde ihr schon etwas einfallen. Nichts Dramatisches, nein, aber ein paar Pfund hier und da könnten ihr das harte Leben spürbar erleichtern. Es war wieder ein heißer Tag, und Mrs. Abberleys Gedanken kehrten unwillkürlich zu den Vorzügen eines Kühlschrankes zurück. Er würde die Summe gar nicht mitkriegen, wenn sie ihn in Raten bezahlen ließ.

Das Telefon läutete weiter. Mrs. Abberley ließ es fünfundzwanzig Mal klingeln, ehe sie auflegte. Sie würde es am Abend noch einmal versuchen. Früher oder später würde sie ihn erreichen. Das war der Vorteil einer Stadt wie Lydmouth. Man konnte nicht verschwinden, es gab kein Versteck.

Langsam ging sie denselben Weg zurück, den sie gekommen war. Die Luft flimmerte in der Hitze, und der Teerbelag in der Bull Lane schien kleine Wellen zu schlagen wie ein schwarzer Fluß. Während sie lief, entströmte ihren Lippen ein stummer Schwall von Worten.

»Sie war eine dumme Gans, die Ärger gesucht hat. Und er war blöd genug, ihr den Gefallen zu tun. Hübsche, kleine Erbsen, süße, kleine Erbsen. Erbsen halten sich länger, wenn ich einen Kühlschrank habe.« Sie öffnete die Tür in der Mauer und betrat den Küchengarten, hinter dessen hohen Mauern die Hitze noch intensiver war. »Milch wird auch nicht so schnell sauer. Und ich hätte mein eigenes Eis, soviel ich will.« Sie stellte sich einen heißen Nachmittag mit belebendem eisgekühlten Holunderblütentee vor, klingende Eiswürfel im Glas. Laut, mit einer Stimme voller Staunen sagte sie: »Wie im Kino.«

Sie rammte den Regenschirm in die Erde. Angestrengt lauschte sie in Richtung Pfarrhaus, denn es bestand immer die Möglichkeit, daß einer der Suttons auftauchte, dann begann sie, mit gierigen Händen Erbsen zu pflücken. Eine große, saftig aussehende Schote erregte ihre Aufmerksamkeit. Sie streckte die Hand aus und pflückte sie.

Und Butter, dachte sie, Milch und Eier, und Gott weiß was noch alles. Im Geiste sah sie das glänzende Innere eines Kühlschrankes vor sich, den sie im Schaufenster eines Elektroladens gesehen hatte. Sie brauchte einige Phantasie, um ihn in seiner ganzen arktischen Kühle in ihre Küche zu versetzen. Er würde haargenau zwischen die Kommode und die Wand passen.

Ab und zu warf sie einen Blick auf das Pfarrhaus. Soweit sie wußte, kamen die Suttons nur selten hierher, aber man konnte nie vorsichtig genug sein. Wenn es zum Schlimmsten kam und man sie hier auf frischer Tat – frisch wie die Erbsen im Kühlschrank – erwischte, hatte sie ihre Ausrede schon parat.

»Das wurde immer so gehalten. Der alte Mr. Carter hat gesagt, daß der Bewohner des Cottages alles, was er will, aus dem Küchengarten nehmen kann. Natürlich nur für sich, nicht zum Verkaufen oder Weitergeben, das wäre nicht recht.«

Es war immer das beste, sich nicht schuldig zu bekennen.

6

Williamson füllte den Türrahmen zu Thornhills Büro völlig aus. Er war gerade vom Chief Constable zurückgekehrt, den er davon in Kenntnis gesetzt hatte, daß sie keinerlei Fortschritte gemacht hatten. Er nahm seine Pfeife aus dem Mund und zeigte damit auf Thornhill. »Wo waren Sie? Haben Sie sich auf dem Weg zum Krankenhaus verlaufen?«

»Nein, Sir. Ich war bei Miss Francis –«

»Kann sie sich daran erinnern, was passiert ist?«

»Nein, Sir.«

»Das ist wirklich eine Überraschung. Das ist wunderbar. Verdammt komisch.«

»Der Arzt sagt, daß ihr möglicherweise jemand einen Schlag auf den Kopf verpaßt hat.«

»Möglicherweise. Das genügt nicht, Thornhill.«

»Der Bluterguß würde zu dem Wagenheber passen, den Quale ins Spiel gebracht hat.«

»Ich weiß, daß manche Leute keine Reporter mögen, aber sie deswegen gleich niederzuschlagen, halte ich für ein bißchen übertrieben.«

»Da ist noch etwas, Sir.« Wenn Williamson in dieser Stimmung war, gab es Thornhills Erfahrung nach nur eine Möglichkeit, damit umzugehen: Man mußte sie ignorieren.

»Wir sind in der Sache mit den Briefen weitergekommen. Miss Kymins Nachbarin ist mit einem Strauß Rosen bei Miss Francis aufgetaucht. Erinnern Sie sich – diese Mrs. Milkwall? Sie arbeitet als Putzfrau im Krankenhaus. Die Rosen waren in ein Stück alte Zeitung eingewickelt, aus der jemand einzelne Worte herausgeschnitten hat.«

Williamson runzelte die Stirn. Er kam ins Zimmer und schloß die Tür.

»Mrs. Milkwall?«

Thornhill schüttelte den Kopf. »Ich war bei ihr. Deshalb komme ich so spät. Sie geht nicht in die Kirche. Und sie kann nicht besonders gut lesen und schreiben: Ich habe ihre Vorgesetzte im Krankenhaus gefragt. Mrs. Milkwall behauptete, die Zeitung im Schuppen der Kymins gefunden zu haben. Offenbar wollte sie dort Miss Kymins Katze füttern. Sie brauchte etwas, um die Rosen einzuwickeln, und hat einfach die oberste Zeitung von einem Stapel genommen. Ihr ist dabei nichts aufgefallen.«

»Miss Kymin? Aber was ist mit dem Brief in ihrer Handtasche? Warum sollte sie sich selber einen Brief schreiben?«

»Ich weiß es nicht, Sir. Vielleicht als Sicherheit, für den Fall, daß irgend jemand Verdacht schöpft?« Thornhill dachte an Miss Kymins unerwartet exotische Dessouskollektion und fragte sich, ob es nicht vielleicht auch noch eine andere Erklärung gab: Vielleicht hatte es ihr ein perverses Vergnügen bereitet, sich selbst einer Affäre mit dem Pfarrer zu bezichtigen.

»Sind Sie sicher, daß die Zeitung kein Ablenkungsmanöver ist?« fragte Williamson.

»Es ist eine Ausgabe der *Gazette*. Sie bekamen die Zeitung geliefert. Jede einzelne war mit dem Namen Kymin versehen.«

»Überprüfen Sie das lieber noch einmal.«

»Ich habe Wilson damit beauftragt, heute nachmittag zum Zeitschriftenhändler zu gehen.« Es war die Sorte Auftrag, die sogar Wilson erledigen konnte, dachte Thornhill. »Da ist noch etwas, Sir.«

Williamson, der mit seinen Gedanken bereits beim Mittagessen war, hatte sich schon zum Gehen gewandt. »Ja? Machen Sie es kurz.«

»Wenn Miss Kymin die anonymen Briefe geschrieben hat, wer hat dann den an Mr. Hendry von heute morgen geschrieben? Den, der Sutton des Mordes an Miss Kymin beschuldigt?«

7

Im CID ging man zwischen halb eins und zwei in drei Schichten zum Mittagessen. Sergeant Kirby teilte Wilson der dritten Schicht zu.

Das ärgerte Wilson beträchtlich. Er hatte nichts gegen den Zeitpunkt, aber gegen die Gesellschaft. In allen Organisationen existieren verborgene Hierarchien, und schon als Kind hatte Wilson dafür ein feines Gespür entwickelt. Seiner Meinung nach spiegelten die drei Schichten die inoffizielle Hackordnung des CID wider. Ihm hätte es zugestanden, mit der ersten Schicht essen zu gehen, zu der Kirby gehörte, Leute, die es bei der Polizei zu etwas brachten und die etwas auf sich hielten. Viele von ihnen fanden sich lange vor dem Ende ihrer Mittagspause wieder im Büro ein.

Wilson hätte auch nicht allzuviel dagegen gehabt, wenn er zur zweiten Schicht eingeteilt worden wäre. Dazu gehörten die Rugbyspieler und die Biertrinker, denen es mehr lag, Verhaftungen vorzunehmen, als Berichte zu schreiben oder Beförderungsprüfungen zu bestehen; sie hatten vielleicht keine Karriere im Sinn, aber es umgab sie unbestreitbar der Glanz von Abenteuer. Die Männer, die mit dieser Schicht essen gingen, kamen in der Regel ein bißchen später als erlaubt zurück, rochen nach Alkohol und prahlten damit, wieviel sie getrunken hatten.

Nichts dergleichen sprach für die dritte Schicht, überlegte Wilson, außer, daß er zu ihr gehörte, offensichtlich eine Ausnahme. Hier waren die hoffnungslosen Fälle, Leute wie PC Porter, der dem CID für die Dauer der Untersuchung zugeteilt war, um unbestimmte, aber niedrige Aufgaben zu übernehmen.

Eines Tages würde er es ihnen allen zeigen, sagte sich Wilson, und das würde sie lehren, ihn zu unterschätzen. Die Tatsache, daß seine Unzufriedenheit so wenig greifbar war, verstärkte seinen Ärger nur noch.

Als Kirby ihm sagte, daß er gehen könne, stolzierte Wilson aus dem Raum, entschlossen, einen Weg zu finden, seine Fähigkeiten unter Beweis zu stellen. Die meisten anderen, die dieser Schicht zugeteilt waren, gingen hinunter in die Kantine, doch er hatte nicht die Absicht, mit ihnen zu Mittag zu essen. Statt dessen ging er hinaus in den Sonnenschein, zündete sich eine Zigarette an und lief schnell über die Straße zur Lyd Street. Unten an der Ecke lag das *Bathurst Arms.* Er würde sich in der Bar ein Sandwich holen, für ein ausgiebiges Mittagessen hatte er keine Zeit.

Zu seiner Bestürzung war die Bar voll. Mitten im Gedränge, erspähte er den zweiten Grund für seinen Besuch im *Bathurst Arms* – die Wirtin, eine gutgebaute Frau, ausgerüstet mit allen Waffen des vermeintlich schwachen Geschlechts; sie war zwar ein wenig älter als Wilson, aber sie übte eine verwirrende Faszination auf ihn aus.

Er versuchte, sich durch die Menge einen Weg zur Bar zu bahnen. Niemand ließ ihn durch. Er war drauf und dran aufzugeben, als ein Mann am Tresen sich umdrehte und winkte. Es war der alte Fuggle von der *Post.*

»Mr. Wilson«, rief er, und sein lautes Organ war über dem Stimmengewirr deutlich zu hören. »Was darf ich Ihnen bestellen?«

»Ein kleines Bier bitte.«

Geschmeichelt über das Interesse zog sich Wilson zum Erkerfenster zurück, rauchte und sah aus dem Fenster über den Fluß. Einen Augenblick später gesellte sich Ivor Fuggle zu ihm. Er hatte offensichtlich nicht verstanden, was Wilson gesagt hatte, denn er hielt zwei große Whisky in der Hand. Er reichte Wilson ein Glas.

»Cheers.«

»Cheers«, echote Wilson. Es schien nur sehr wenig Soda in dem Whisky zu sein. Der Alkohol brannte in der Kehle. Er wollte nichts sagen, damit Fuggle nicht dachte, er vertrüge den Drink nicht. Am besten, er kippte ihn schnell runter, damit er den Geschmack nicht zu lange im Mund behielt. Er bemerkte, daß der Journalist sein Glas schon fast ausgetrunken hatte.

»Ich wette, Sie hatten heute morgen einen Haufen Arbeit«, sagte Fuggle. »Und der Rest des Tages wird wahrscheinlich auch nicht gerade ein Spaziergang werden. Sie brauchen etwas, das Sie aufbaut. Trinken Sie aus, und ich hole Ihnen noch einen.«

»Lieber nicht, und außerdem bin ich dran.«

»Die Zeitung zahlt. Wozu sind Spesen sonst gut? Jeder Beruf hat seine Vorteile, nicht wahr?« Er stupste Wilson leicht in die Rippen und lachte schallend. Wilson stimmte in das Gelächter ein. Bald entdeckte er, daß sein Glas leer war, aber das machte nichts, denn Fuggle winkte nur, und wie von Zauberhand wurden die Gläser nachgefüllt.

»So ist das Leben«, sagte Fuggle gerade. »Nicht, daß ich froh darüber bin, daß die Lady tot ist, beileibe nicht, aber es bringt doch ein bißchen Leben in die Stadt. Macht das Leben ein bißchen spannender, finden Sie nicht auch?«

Norman Wilson stimmte ihm überschwenglich zu.

»Ich bin froh, daß ihr Jungs vom CID die Sache selbst regelt«, fuhr Fuggle fort. »Verdammt, es ist unser Mord – also sind unsere Jungs auch am besten geeignet, den Fall zu lösen.«

Eine whiskyselige Wärme breitete sich in Wilsons leerem Magen aus. Es stimmte: Er fühlte sich wirklich lebendiger – hier stand er, die Zigarette in der einen Hand, den Whisky in der anderen, ein Mann unter Männern. Er schielte nach der Wirtin hinter dem Tresen und bildete sich ein, daß sie ihn bewundernd ansah. Vielleicht sollte ich bei ihr einmal mein Glück versuchen, sagte er sich. Wer nicht fragt, der nicht gewinnt.

»Wenn es mal regnet, dann aber gleich richtig, was?« sagte Fuggle.

»Was meinen Sie?«

»Ihr müßt zur Zeit ganz schön viel zu tun haben. So wie wir.« Fuggle drehte das Glas in seiner Hand hin und her. »Nicht nur wegen dem Mordfall. Auch wegen der anonymen Briefe. Und dem gestohlenen Abendmahlskelch.«

»Vielleicht gehört das alles zusammen«, sagte Wilson lässig. »Wir können es uns nicht leisten, diese Möglichkeit außer acht zu lassen.«

»Mir leuchtet ein, daß der Mord und der Diebstahl etwas miteinander zu tun haben – das sagt uns der gesunde Menschenverstand. Aber die Briefe?«

Wilson senkte die Stimme. »Unter uns, es könnte da ein paar Neuigkeiten geben.«

»Was Sie nicht sagen.« Fuggle sah ihn bewundernd an. Dann

tippte sich der Journalist an die Nase. »Ja, aber Theorien kann jeder haben. Mr. Williamson produziert sie am laufenden Band. Aber was wir vor allem brauchen, sind Fakten.«

»Aber wir haben Fakten, handfeste Beweise.« Wilson erkannte plötzlich, was er da sagte, und fügte schnell und mit gedämpfter Stimme hinzu: »Das bleibt strikt unter uns, verstanden? Nichts für die Zeitung.«

»Natürlich.« Ivor Fuggle machte ein würdevolles Gesicht. »Sie haben mein Wort. Ich bin jetzt seit beinahe vierzig Jahren Journalist, und glauben Sie mir, wenn ich eines gelernt habe, dann das: Es bringt gar nichts, einen Polizisten gegen sich zu haben. Oder ihn an der Nase herumzuführen, wenn man so will.«

Wilson fühlte sich seltsam geschmeichelt. Ihm war nicht klar gewesen, was für ein schlauer alter Fuchs Fuggle war. Irgend jemand – ein Freund von Fuggle? – bestand darauf, ihnen noch einen Drink zu spendieren, aber nachdem er die Gläser gebracht hatte, tauchte er wieder in der Menge unter und überließ die zwei sich selbst.

»Da komme ich nicht mit«, sagte Fuggle. »Ich verstehe einfach nicht, was die beiden Fälle miteinander zu tun haben sollen.«

»Das ist doch klar«, hörte Wilson sich sagen. »Ich habe gleich daran gedacht. Und Thornhill konnte es heute morgen auch beweisen. Diese Kymin war nicht nur das Mordopfer, sie hat auch die Briefe geschrieben.«

Fuggle pfiff respektvoll durch die Zähne. »Lieber Himmel. Aber das wirft ein völlig neues Licht auf die ganze Geschichte. Kein Wunder, daß ihr jemand eins übergebraten hat. Aber was genau meinen Sie, wenn Sie sagen, daß Sie handfeste Beweise haben?«

Norman Wilson hörte nicht zu. Im Geiste hörte er wieder und wieder seine letzten Worte. Er hatte trockene Lippen und einen schlechten Geschmack im Mund. Er hatte Bauchschmerzen. Auf der Uhr an der Wand war es zehn nach zwei.

»Mr. Fuggle –«

»Ich heiße Ivor, lieber Junge. Warum diese Formalitäten unter Freunden?«

»Das ist alles vertraulich. Und ich bin mir nicht ganz sicher wegen der Fakten. Noch – noch nicht. Sie werden es für sich behalten, ja?«

Mit einer großzügigen Geste schwenkte Fuggle sein Glas. »Du kennst mich doch, Norman. Verschwiegen wie ein Grab. Keine zehn Pferde könnten mich dazu bringen, das Vertrauen eines Freundes zu mißbrauchen.« Er beugte sich hinunter und brachte seinen Kopf ganz nah an Wilsons; zwischen seinen regelmäßigen und sehr weißen falschen Zähnen hingen Essensreste. »Außerdem könnten wir ja vielleicht über andere Quellen etwas erfahren, jetzt, wo wir wissen, wonach wir suchen müssen. Also mach dir keine Sorgen. Obwohl es egal ist. Du wärest überrascht, wie viele Zeitungsberichte sich auf ›zuverlässige Quellen aus den Reihen der Polizei‹ berufen.«

»Sie haben es versprochen. Bitte – Sie behalten es für sich, ja?«

»Natürlich, großes Ehrenwort. Keine Angst, vertrau mir. Ich werd' dir was sagen, vielleicht könnten wir uns heute abend auf ein Gläschen treffen. Auf Zeitungskosten natürlich. Ist doch eine Schande, wenn man die Spesen nicht ausnutzt, oder?«

Wilson kämpfte sich schon durch die Menge zur Tür. Er stürmte auf die Straße. Er lief die Lyd Street hinauf und begann zu rennen. Auf halbem Weg den Hügel hinauf revoltierte sein Magen. Er blieb stehen, und zur Überraschung der Fußgänger übergab er sich geradewegs vor der Tür von Mr. Mastermans Juweliergeschäft.

8

»Kommt ganz schön spät vom Essen zurück«, sagte Kirby und verzog das Gesicht zu einem Ausdruck empörter Tugendhaftigkeit. »Der Knabe weiß, wie man Eindruck schindet.« Er warf Thornhill, der neben ihm die High Street hinunterging, einen Blick zu. »Ich denke, Mr. Williamson wird dazu auch etwas zu sagen haben.«

»Und dann hat er es auch noch fertiggebracht, die Zeitungen im Schuppen der Kymins zu übersehen.« Thornhill grinste seinen

Sergeant an; sie wußten beide, daß sie Wilson keine Chance lassen würden, sein Versagen zu vergessen. »Aber Mr. Williamson hat es so gewollt.«

Nachdem sie ihren Gefühlen Ausdruck verliehen hatten, ohne die Grenzen ihres Rangunterschiedes zu verletzen, gingen die beiden Männer in einträchtigem Schweigen weiter. Die Kirchturmuhr schlug Viertel nach zwei, als sie in die Church Street einbogen. Thornhill hatte ein hohles Gefühl in der Magengegend, eine dunkle Vorahnung, daß die Ermittlungen sich ihrem Höhepunkt näherten. Auf der anderen Straßenseite stand ein Beamter in Uniform am Friedhofstor Wache, und ein weiterer patrouillierte auf dem Friedhof. Drei Journalisten und zwei Fotografen lehnten an der Mauer des Pfarrhauses. Thornhill verlangsamte seinen Schritt.

»Sie ist nicht wasserdicht.« Er dachte laut. »Das weiß ich.«

»Was?«

»Die Hypothese, daß es jetzt nur noch einen kleinen Kreis von Verdächtigen gibt.«

»Warum nicht? Was stimmt denn daran nicht, Sir?«

»Die Person, die Hendry heute morgen den Brief geschickt hat, kann unmöglich Miss Kymin gewesen sein. Aber er oder sie wußte von den Briefen, wußte, wie sie aussehen und was drinstand.«

»Das heißt, er muß mindestens einen davon gesehen haben«, sagte Kirby. »Vielleicht hat er sogar selbst einen bekommen.«

»Ja, aber das Dumme ist, daß wir nicht jeden kennen, der so einen Brief bekommen hat, und wir wissen nicht, wer sie alles gesehen hat.«

Kirby grinste. »Ja, aber das ist immer noch einfacher als die Vorstellung, daß fast ganz Lydmouth in Frage kommen könnte.« Er lief schwungvoll die Straße entlang, streckte sich bei jedem Schritt leicht auf die Fußspitzen, die Hände in den Taschen und den Kopf zurückgelegt. »Und der zweite Briefschreiber könnte gut der Mörder sein.«

»Nicht unbedingt«, widersprach Thornhill. »Sie vermuten, daß der Verfasser die Aufmerksamkeit von sich weg und auf Sutton lenken will. Aber es könnte auch reine Bosheit sein.« Oder sogar mit der fehlgeleitete Wunsch, der Gerechtigkeit zum Sieg zu verhelfen: Vielleicht war Sutton ja doch der Mörder?

»Na gut, Sir. Aber Sie stimmen mir zu, daß der zweite Briefeschreiber auch der Mörder sein könnte?« Kirby spuckte ein wenig vor lauter Aufregung. »Denn wenn es so ist, wissen wir, wer es war. Wer schreibt gerne Briefe, wer stand sich gut mit Miss Kymin, und wer haßt Sutton? Ein und dieselbe Person. Mrs. Abberley ist die Favoritin.«

Thornhill wünschte, er könnte den Optimismus seines Sergeant teilen. Aber das Leben war kein Kriminalroman. Man konnte nicht mit Sicherheit davon ausgehen, daß eine der zwölf handelnden Personen, die am Anfang aufgelistet sind, auch der Mörder ist. Menschen waren widersprüchlich, und so war auch ihr Leben; oft kannten sie den Grund für ihr Handeln nicht, und sie waren durchaus in der Lage, Dinge zu tun, die gar nicht zu ihnen paßten; wenn man noch den Zufall dazurechnete, befand man sich in einer Situation, in der die Gesetze der Logik nur noch in sehr geringem Maße Anwendung fanden.

Die beiden Kriminalbeamten blieben vor der Tür zu Mrs. Abberleys Cottage stehen. Kirby klopfte dreimal. Die Reporter und die Journalisten bewegten sich wie eine Wand auf sie zu.

»Irgendwelche neuen Entwicklungen, Inspector?«

»Mr. Thornhill – hier bitte.« Eine Kamera klickte. Und zu Kirby: »Sind Sie auch Polizeibeamter?«

»Was glauben Sie denn?« Kirby klopfte wieder. »Dreimal dürfen Sie raten.«

»Was wollen Sie von der alten Dame? Glauben Sie, daß Sie am Sonntag abend etwas gesehen hat?«

Auch beim dritten Klopfen rührte sich nichts. Verdammtes Weib, dachte Thornhill, mach schon auf.

»Meinen Sie, wir sollten später noch einmal wiederkommen«, fragte Kirby leise.

»Lieber nicht. Nicht unter diesen Umständen.« *Nicht wenn Mrs. Abberley die Mörderin ist.*

Thornhill berührte Kirby am Arm. Die beiden Polizisten gingen weiter zu der gelben Tür des Pfarrhauses. Die Journalisten folgten ihnen ohne übertriebene Begeisterung.

»Gibt es schon etwas Neues über den Abendmahlskelch? Ist es wahr, daß er aus dem walisischen Nationalschatz stammt? Wann werden Sie Scotland Yard hinzuziehen?«

Thornhill zog an der Glocke. Einen Augenblick später wurde die Klappe des Briefkastenschlitzes von innen angehoben.

»Wer ist da?« fragte Mary Sutton.

»Inspector Thornhill. Dürfen wir reinkommen?«

Riegel wurden zurückgeschoben, und ein Schlüssel drehte sich im Schloß. Endlich ging die Tür auf, und die beiden Männer schlüpften ins Pfarrhaus.

»Entschuldigen Sie, daß ich so unhöflich bin.« Mary Sutton schloß die Tür wieder ab und schob die Riegel vor. »Ich dachte, es wäre einer von diesen ekelhaften Kerlen. Oder Mr. Youlgreave – er ist natürlich nicht ekelhaft, aber wir erwarten ihn. Wollen Sie zu meinem Mann? Er ist im Arbeitszimmer. Er telefoniert, es kann eine Weile dauern. Soll ich ihm Bescheid sagen?«

»Sie brauchen ihn nicht zu stören.«

Thornhill stellte Sergeant Kirby vor. Sie lächelte ihn an und führte sie in das getäfelte Wohnzimmer im hinteren Teil des Hauses. Kirby, mit einem unbestimmten Lächeln auf den Lippen, begann unauffällig, den Raum zu mustern.

»Ich habe gerade versucht, Sie anzurufen«, sagte sie.

»Wirklich?«

»Ich habe etwas herausgefunden. Ich glaube, es könnte ziemlich wichtig sein. Ich hatte heute morgen eine Unterhaltung mit Mrs. Abberley.« Sie errötete leicht. »Sie erinnern sich doch, daß die Hersteller des Tresors vier Schlüssel geliefert haben? Und daß wir nur drei davon haben? Nun, wie es aussieht, hatte Mr. Carter den vierten. Offenbar wurde er in den letzten Jahren ein wenig vergeßlich und ist manchmal ohne Schlüssel zur Kirche hinübergegangen. Also beschloß er, je einen Schlüssel für den Tresor und die Sakristei in der Kirche zu deponieren.«

»Wo hat er sie hingetan?«

»Mrs. Abberley sagte, er hätte sie in dem Baldachin über seinem Kirchenstuhl versteckt. Sie haben es vielleicht nicht bemerkt, aber der Baldachin hat ein paar recht kunstvolle Schnitzereien.«

Thornhill erinnerte sich an die dunklen Holzschnitzereien des

Chorgestühls und dachte darüber nach, ob es möglich war, dort Fingerabdrücke zu finden. »Und nach seinem Tod sind sie dort liegengeblieben?«

»Ich vermute es. Niemand wußte davon. Außer Mrs. Abberley natürlich.« Mrs. Sutton zögerte. »Sie scheint völlig vergessen zu haben, daß sie existieren. Natürlich mußte sie über eine Menge Dinge nachdenken, und sie ist auch nicht mehr die Jüngste. Aber sie glaubt, daß sie die Schlüssel vielleicht Miss Kymin gegenüber erwähnt hat.« Die Röte vertiefte sich. »Sie wissen, was einem alles herausrutscht, wenn man sich unterhält.«

»Warum hat sie mir dann nichts davon gesagt, als ich gestern bei ihr war?«

»Vielleicht hat sie es vergessen. Oder vielleicht hat sie gedacht, daß es wie ein Geständnis klingt und daß Sie sie sofort ins Gefängnis stecken würden. Vergessen Sie nicht, daß der Tod ihrer Freundin, noch dazu unter so furchtbaren Umständen, ein schrecklicher Schock für sie gewesen sein muß.«

Thornhill sah sie unverwandt an. Seiner Meinung nach war Mrs. Abberleys Nervenkostüm so fragil wie ein Panzerwagen. Eine Art stillschweigende Übereinkunft – Versöhnung wäre zuviel gesagt – schien sich da ergeben zu haben.

Verschiedene Möglichkeiten gingen Thornhill in schneller Folge durch den Kopf. Wenn Miss Kymin einen ganzen Satz Schlüssel zur Verfügung hatte, hätte sie die Sakristeitür öffnen können; und wenn sie die Tür hinter sich zugezogen hätte, wäre das Sicherheitsschloß automatisch eingeschnappt. War ihr Angreifer eingebrochen und hatte sie unter dem Denkmal für Ruispidge an der Wand kauernd vorgefunden? Hatte er dann das Beste aus der unerwarteten Gelegenheit gemacht und mit ihrem Schlüssel auf gut Glück den Tresor geöffnet? Vielleicht fand sich ja etwas darin, das zu stehlen sich lohnte.

Er merkte, daß Mary Sutton ihn verständnislos ansah, und kehrte abrupt in die Gegenwart zurück. »Vielen Dank, daß Sie mir das erzählt haben. Ich werde mit ihr darüber sprechen müssen. Eigentlich wollte ich sie sowieso ziemlich dringend wegen einer anderen Sache aufsuchen. Aber sie macht nicht auf. Ich dachte, Sie hätten sie vielleicht weggehen sehen.«

»Gegen Mittag war sie noch zu Hause.« Mary Sutton rückte ein Bild auf dem Kaminsims gerade, ein Manöver, das es ihr erlaubte, den beiden Polizisten den Rücken zuzukehren. »Sie hat Kartoffeln geschält, und ich habe angenommen, daß sie Mittagessen macht. Warum sollte sie dann weggehen?«

»Hätten Sie es gesehen, wenn Sie es getan hat?«

»Nicht unbedingt. Nicht einmal unter normalen Umständen verbringe ich meine Zeit damit, aus dem Fenster zu schauen.« Mrs. Sutton drehte sich wieder um. »Und außerdem macht sie sich oft durch den Hinterausgang davon, wenn sie weggeht. Es gibt ein Tor von ihrem Garten in den früheren Küchengarten des Pfarrhauses. Und dort gibt es in der Mauer eine Tür, die auf die Gasse dahinter führt.«

Kirby nickte. »Ich weiß. Sie stößt auf die Bull Lane.«

»Es wächst noch ein wenig Gemüse im Küchengarten, und manchmal nimmt sie sich davon. Ich beschwere mich nicht darüber – es ist mir völlig egal. Ich glaube, sie tut es einfach aus Prinzip. Der Gedanke, daß sie uns eins auswischen kann, so was gefällt ihr.«

»Es gibt also eine Möglichkeit, von hier zu ihrer Hintertür zu kommen, ohne über die Straße zu gehen?«

»Ja. Soll ich es Ihnen zeigen?«

Mrs. Sutton führte die beiden Polizisten den langen Flur entlang in die Küche und durch die Hintertür in den Hof.

Sie zeigte nach links. »Der Küchengarten ist da drüben, auf der anderen Seite der Mauer. Aber wir können durch das Kutschenhäuschen gehen.«

»Sie haben einen überraschend großen Garten hier«, bemerkte Thornhill.

»Viel zu groß für uns. Alles in allem ist es beinahe ein Hektar. Wir mähen den Rasen unterhalb der Terrasse, aber den Rest müssen wir sich selbst überlassen. Wir haben ein bißchen Gemüse angepflanzt, aber ohne System. Mr. Carter konnte sich noch einen Gärtner leisten, aber das übersteigt unsere Möglichkeiten.« Sie zog einen Torflügel des Kutschenhäuschens auf. »Aber für die Jungen ist es ein Paradies, wenn sie in den Ferien hier sind.«

Sie zeigte auf die Tür in der rückwärtigen Mauer. »Das Cottage ist dahinter.«

Kirby stieß die Tür auf. Sonnenschein fiel in das Kutschenhäuschen. Wie ein farbenprächtiges Gemälde wurde der dahinterliegende Garten vom Türstock eingerahmt.

»So ein hübscher Garten«, sagte Mary Sutton unerwartet. »Und das Cottage ist auch nicht schlecht, obwohl man einiges renovieren müßte. Die Zimmer sind gar nicht so klein.« Sie ging voraus in den Garten und rief: »Mrs. Abberley? Mrs. Abberley?«

Keine Antwort. Die drei liefen vorsichtig zum Hintereingang. Die von Geißblatt umrankte Tür stand offen. Mrs. Sutton stand auf der Schwelle und rief noch einmal Mrs. Abberleys Namen.

»Das ist merkwürdig«, sagte sie. »Es riecht angebrannt.« Kirby und Thornhill folgten ihr in die Küche. Es roch nach Rauch, und die Fensterscheiben waren beschlagen.

»Sie hat einen Topf auf dem Feuer stehen lassen.« Schnell lief Mrs. Sutton zum Herd. »Bitte, geben Sie mir das Handtuch.«

Thornhill verspürte ein wachsendes Unbehagen. Er sah zu, wie Mrs. Sutton das Gas unter dem Kochtopf abstellte. Kirby reichte ihr ein Handtuch. Sie wickelte es um den Griff des Topfes und nahm ihn vom Herd.

»Kartoffeln. Sie muß sie vergessen haben. Das Wasser ist völlig verdampft.«

Thornhill sah sich in der Küche um. Auf dem Küchentisch war ein Gedeck aufgelegt. Ein Stück Zunge lag auf einem Teller unter dem grauen Halbrund eines großen Drahtsiebs, das als Fliegenschutz diente. Daneben stand eine kleine Schüssel mit roter Bete. Überall waren Fliegen.

»Sehen Sie in den anderen Zimmern nach«, sagte er zu Kirby.

Wie ein gut dressierter Hund verschwand Kirby durch die Küchentür in den Flur. Die beiden anderen lauschten seinen schnellen Schritten, wie sie sich zuerst in Richtung Wohnzimmer und dann die Treppe hinauf entfernten. Einen Augenblick später kam er in die Küche zurück.

»Nichts von ihr zu sehen, Sir. Die Eingangstür ist verriegelt.«

»Erbsen«, sagte Mary Sutton plötzlich. »Oder vielleicht Salat.« Sie bemerkte Thornhills Gesichtsausdruck. »So wird es wahrscheinlich sein. Sie hat offensichtlich Mittagessen gemacht und ist vielleicht rausgegangen, um sich ein bißchen Gemüse zu holen. Ich weiß, daß im Küchengarten in paar Erbsen wachsen. Und Alec hat neulich einen Salatkopf gefunden. Vielleicht ist ihr auch etwas ausgegangen. Salz zum Beispiel. Kurz vor dem *Bull* ist ein kleiner Gemischtwarenladen. Durch den Küchengarten ist man viel schneller dort, als wenn man vorne herum durch die High Street geht. Aber warum ist sie noch nicht zurück?«

Kirby und Thornhill waren schon im Garten. »Welchen Weg würde sie nehmen?« fragte Thornhill. »Denselben, den wir gekommen sind?«

»Nein – da entlang, durch das Tor hinter dem Komposthaufen. Man kann es kaum sehen, weil es so mit Efeu zugewachsen ist.«

Thornhill fiel im Vorbeigehen auf, daß das Tor auf Mrs. Abberleys Seite zwei schwere Riegel, aber kein Schloß hatte; die Riegel waren erst kürzlich geölt worden, ebenso wie die Scharniere. Unmittelbar auf der anderen Seite war auf einem ehemaligen Erdbeerbeet ein kleines Wäldchen aus Ahorn- und Eschenschößlingen entstanden.

»Wahrscheinlich glaubt sie, wir wissen nicht, daß hier ein Tor ist«, sagte Mary Sutton, als sie den beiden Polizisten in den Küchengarten folgte. »Man sieht es von dieser Seite nicht, außer man ist ein kleiner Junge und spielt Verstecken.«

Der breite, von Unkraut überwucherte Pfad führte mitten durch den Garten zu einem Tor in der Mauer auf der anderen Seite. Es war sehr still. Die oberste Mauerreihe bestand aus rotbraunen, bröckeligen Ziegeln, die im Laufe der Jahre verwittert waren. An eine der Mauern war ein Gewächshaus angebaut worden, in dem jetzt nur noch leere Blumentöpfe und Tonscherben lagerten.

Die drei liefen den Pfad hinunter zum Tor. Thornhill schwitzte, war zugleich beunruhigt und verärgert. Die Zeit war zu kostbar, um sie damit zu verschwenden, nach alten Damen zu suchen, die vielleicht nur zum Einkaufen gegangen waren. Kirby pfiff eine muntere kleine Melodie. Thornhill wünschte, sein Sergeant wäre nicht so guter Laune. Vielleicht lag das daran, daß sie mitten in einem Mordfall steckten: Manche Polizisten schien das zu beflügeln.

Abrupt blieb Mary Sutton stehen. »Was ist das?«

Sie waren jetzt beinahe am Tor. Thornhills Augen folgten ihrem Finger. Ein Regenschirm, der früher einmal schwarz gewesen war, jetzt aber vor Alter grünlich aussah, steckte in der kahlen Erde. Er ging ein paar Schritte darauf zu. Etwas anderes kam in sein Blickfeld, ein schwarzer Frauenschuh, abgetragen und mit einem niedrigen Absatz. Die Schnürsenkel waren ausgefranst. Ein Knöchel war ebenfalls zu sehen, und ein Stück Unterschenkel, der in einem dicken, grauen Wollstrumpf steckte.

Neben ihm zog Kirby hörbar die Luft ein. »Um Gottes willen.«

»Bleiben Sie hier«, sagte Thornhill zu Mary Sutton.

Mit weitaufgerissenen Augen sah sie ihn an. »Bitte nicht. *Nein.*«

Er legte sanft seine Hand auf ihren Arm und gab ihr einen kleinen Schubs. »Würden Sie Mr. Sutton holen?« Eigentlich brauchte er Sutton nicht, zumindest nicht im Augenblick, aber er wußte aus Erfahrung, daß es besser war, irgend etwas zu tun als gar nichts.

»Nicht schon wieder«, sagte sie. »O Gott, nicht schon wieder. Das *ertrage* ich nicht.« Sie lief den Weg zum Pfarrhaus hinauf. Sie stolperte, und ihre Bewegungen waren so unkoordiniert, als wäre sie gerade aus dem Tiefschlaf erwacht.

Thornhill drehte sich um. Er schob einen Zweig beiseite und sah hinab auf Mrs. Abberley.

Sie lag auf dem Rücken und starrte mit blutunterlaufenen Augen in den strahlend blauen Himmel. Um sie herum waren Erbsenschoten verstreut, einige lagen auch auf ihrem schwarzen Kleid, fröhliche grüne Tupfer. Eine der Schoten war aufgebrochen, und Erbsen waren in die Falten des dunklen Stoffes gerollt. Ihre Brille war heruntergefallen und lag unzerbrochen auf dem Weg. Auch eine Handtasche lag auf dem harten Boden, nur ein paar Zentimeter von ihren ausgestreckten Fingern entfernt.

»Teufel noch mal«, sagte Kirby hinter ihm. »Schauen Sie sich ihr Gesicht an.«

Mrs. Abberleys Lippen und ihre Ohren waren tief rötlich-blau verfärbt. Die Nasenlöcher und ihre Mundwinkel waren mit Blut und Schaum verkrustet. Ihre Zunge hing heraus und hatte das Gebiß vorgeschoben.

Das schlimmste waren die Fliegen. Sie krochen über Mrs. Abberleys Gesicht und saugten sich mit Blut, Speichel und Schaum voll. Ihr Kopf braucht den Fliegenschutz dringender als ihr Mittagessen, dachte Thornhill.

Achter Teil

I

»Sie hat gefressen. Und zwar pünktlich.«

Aufgeschreckt sah Jill hoch. Über ihre linke Schulter beugte sich Mrs. Milkwall. Sie starrte herausfordernd zunächst Jill an und dann jeden, dessen Blick sich zufällig mit ihrem kreuzte. Das Wartezimmer lag links von der Rezeption, eine Art Vorhölle voller ängstlich blickender Menschen, die hier festsaßen, gestrandet zwischen ihrer Alltagsexistenz und einem Fegefeuer namens Krankenhaus.

»Alice?« fragte Jill.

»Ich konnte es ihr aber nicht im Schuppen geben. Da wimmelt es von Polizei, wissen Sie? Deswegen habe ich den Chef, den Inspector gefragt, und er meinte, ich sollte das Schälchen draußen am Hintereingang hinstellen. Und ich hab gesagt, daß diese trampeligen Polizisten hoffentlich aufpassen, wo sie hintreten.«

»Sind Sie sicher, daß es Alice war?«

»Hab sie mit eigenen Augen gesehen. Die Polizisten waren zum Essen weg. Sie ist auf der Mauer rumgeschlichen und gekommen, als die Luft rein war.«

Mrs. Milkwalls Stimme war von Natur aus laut, und wenn sie sich aufregte, wurde sie noch lauter. Jill spürte die Aufmerksamkeit der Menschen im Raum wie die Hitze eines elektrischen Heizofens. Sie taten so, als seien sie in die Lektüre von Zeitschriften vertieft oder in ihr Strickzeug oder die Aussicht vor dem Fenster; aber die halbherzigen Unterhaltungen waren jetzt verebbt, weil sie sich von Redenden in Lauschende verwandelt hatten.

Jill warf einen Blick auf die Uhr an der Wand. Sie war sich bewußt, daß sie ungeschminkt war und ihr Kleid nicht mehr so frisch wie gestern.

»Es ist nett, daß Sie gekommen sind, um mir das zu erzählen.«

Das hätte sie nicht sagen sollen, denn Mrs. Milkwall fuhr zurück und preßte ihre Lippen mißbilligend zusammen. »Ich bin nicht extra deswegen da. Bin nur zufällig vorbeigekommen, und da hab ich Sie gesehen.« Sie klopfte auf ihre Umhängetasche, in der lauter altes Zeitungspapier voller Erde zu sein schien. »Ich hab meiner Freundin Doreen ein paar Salatköpfe versprochen. Sie arbeitet hier in der Küche. Und dann gehe ich in die Stadt – also lag das Krankenhaus genau am Weg zur Bushaltestelle.«

»Noch einmal vielen Dank für die Rosen.« Jill hielt sie im Schoß, sowohl die Blumen von Charlotte als auch die von Mrs. Milkwall. Die Masse gelber Blüten erstickte fast die schüchternen rosa Knospen.

Die schlauen kleinen Augen musterten sie prüfend. Sie sehen immer noch ganz blaß aus. Ich finde, sie sollten Sie heute nicht entlassen. Wissen Sie, man kann leicht einen Rückfall bekommen. Wenn man so lange wie ich in einem Krankenhaus gearbeitet hat, erkennt man die Anzeichen.«

Jill zupfte an den Rosen. Ein gelbes Blütenblatt flatterte zu Boden. Ihr Kopf schmerzte dumpf. »Ich bin sicher, daß sie mich nicht entlassen würden, wenn sie es nicht für richtig hielten.«

»Glauben Sie bloß das nicht.« Mrs. Milkwall schüttelte in düsterem Behagen den Kopf. »Geschichten könnte ich Ihnen erzählen.«

»Bitte nicht. Oder jedenfalls nicht, bevor ich mich besser fühle.«

»Haben Sie jemand, der sich um Sie kümmert?« fragte Mrs. Milkwall in einem Tonfall, der nahelegte, daß es allein ihre Schuld war, wenn sie die Frage verneinen mußte.

»Aber ja. Ich wohne zur Zeit bei Freunden.«

»Sorgen Sie dafür, daß die Sie ordentlich pflegen. Nehmen Sie sich Zeit, das rate ich Ihnen. Sagen Sie ihren Freunden, daß sie Ihnen Kamillentee geben sollen. Meine Mam hat darauf geschworen, ist gut für die Nerven. Und machen Sie sich keine Sorgen um die Katze. Wahrscheinlich wird sie gar nicht mehr auftauchen, aber wenn doch, passe ich auf, daß sie keinen Hunger hat.«

»Danke. Ich –«

»Nicht mehr und nicht weniger. Ich hab' keine Zeit für Katzen.

Unser Hund würde sie sowieso fressen, sobald er sie zu Gesicht bekommt. Katzen hängen nicht so am Menschen wie Hunde, finden Sie nicht?«

Mrs. Milkwall verschwand, ohne sich zu verabschieden. Auf dem Weg zur Tür redete sie immer noch. Offenbar erzählte sie Jill oder einem unsichtbaren Begleiter eine Geschichte, die schlüssig bewies, daß Katzen Krankheitserreger ins Haus trugen, wenn man dumm genug war, sie hereinzulassen. In der Tür stieß sie beinahe mit Philip Wemyss-Brown zusammen. Philip riß seinen Hut vom Kopf und beteuerte, welch ein Vergnügen es für ihn sei, sie wiederzusehen. Mrs. Milkwalls Nacken erglühte in einem tiefen Rot; sie sagte, daß sie keine Zeit habe, herumzustehen und über Gott und die Welt zu reden, und flüchtete auf den Gang.

Philips Besorgnis hüllte Jill wie eine Daunendecke ein. Er nahm ihre Tasche, bot ihr seinen Arm und führte sie langsam hinaus zum Rover, der direkt vor dem Eingang auf einem für Krankenwagen reservierten Stellplatz geparkt war.

Der vertraute Geruch des Wagens, den sie sonst achtlos zur Kenntnis nahm, fiel ihr plötzlich auf, und sie genoß ihn; man mußte nicht lange im Krankenhaus gewesen sein, um sich im eigenen Leben wie ein Fremdling zu fühlen. Philip wieselte besorgt um sie herum und fragte, ob er ihr vielleicht eine Decke über die Beine legen sollte.

»Mach bitte nicht soviel Aufhebens um mich, ich bin kein Invalide.« Sie sah sein Gesicht und fügte schnell hinzu: »Es tut mir leid, wenn ich undankbar klinge. Wahrscheinlich sind es nur meine Nerven.«

Woraufhin er noch besorgter aussah. Jill lenkte ihn ab, indem sie von Mrs. Milkwall und der Katze berichtete.

»Charlotte mag Katzen nicht besonders.« Philip ließ den Motor an, und der Wagen rollte langsam die Ausfahrt hinunter auf das Wachhäuschen am Tor zu. »Sie sagt, sie ruinieren alle Möbel.«

»Da hat sie sicher recht.«

»Außerdem muß sie bei Katzenhaaren niesen oder so.«

»Ich wollte euch nicht bitten, sie in Troy House aufzunehmen«, sagte Jill mit schwacher Stimme, als sie in die Chepstow Road einbogen. »Aber wenn ich vielleicht eine eigene Wohnung finde –« Sie verstummte und dachte darüber nach, warum sie so dumm gewesen war, ihre Wohnung in London aufzugeben, bevor sie etwas Eigenes in Lydmouth gefunden hatte. Die Antwort war, daß sie es eilig gehabt hatte. Sie hatte gehofft, hier ein neues Leben beginnen zu können; und man konnte kein neues Leben beginnen, wenn man das alte noch nicht ganz aufgegeben hatte. Sie sagte: »Laß uns jetzt nicht darüber nachdenken.« Ihre Augen füllten sich mit Tränen, und sie fischte in ihrer Handtasche nach einem Taschentuch. »Du kannst dir nicht vorstellen, wie erleichtert ich bin. Ich fühle mich, als wäre ich dem Gefängnis entronnen.« Sie wandte ihr Gesicht ab, um sich die Nase zu putzen und verstohlen ihre Augen abzutupfen.

»Da ist der Bentley vom alten Ruispidge.« Ob das ein diplomatischer Versuch war, sie abzulenken, oder ob er ihr wirklich etwas zeigen wollte, was er für interessant hielt, war schwer zu sagen; bei Philip konnte man nie wissen, was unter der Oberfläche vorging und wie es sich, wenn überhaupt, von dem unterschied, was er zeigte. »Das Mädchen chauffiert ihn – diese Nichte.«

»Jemima?«

Der Bentley kam ihnen entgegen. Der große Wagen bog in die High Street ein und nötigte den entgegenkommenden Verkehr in souveräner Vernachlässigung der üblichen Verkehrsregeln zum Halten. Jemima Orepool wirkte sehr klein hinter dem Lenkrad. Sir Anthony saß neben ihr auf dem Beifahrersitz.

»Erstaunlich, daß er sie nach den gestrigen Ereignissen fahren läßt. Er könnte genausogut einem Kleinkind einen geladenen Revolver zum Spielen geben.«

»Es war ein Unfall«, sagte Jill. »Das hätte jedem passieren können.«

»Du solltest sie nicht auch noch in Schutz nehmen.«

»Warum nicht? Sie ist sehr jung. Und auf ihre Art auch ganz süß – sie hätte nach dem Unfall gar nicht netter sein können.«

»Sie hatte vermutlich eine Höllenangst, daß du dich bei Onkelchen beschwerst.« Einen Moment lang wandte Philip die Augen von der Straße und warf Jill einen Blick zu. »Obwohl ich annehme, er ist Beschwerden gewohnt. Nach allem, was ich höre, bringt das Mädchen ständig Leute gegen sich auf. Dummerweise hat sie genügend Sex-Appeal, um die Prince-Albert-Hall zweimal zu füllen.«

Jill fragte sich, ob auch Philip dafür empfänglich war. Bei dem Gedanken, daß er Jemima attraktiv finden könnte, war ihr merkwürdig unbehaglich zumute. Das war doch wohl keine Eifersucht? Sie sagte: »Das kannst du ihr nicht zum Vorwurf machen. Damit wird man geboren.«

»Es geht nicht darum, womit du geboren wirst. Es kommt darauf an, was du damit machst.«

Sie fuhren weiter. Sie kannten sich schon so lange, daß sie an das Schweigen des anderen gewöhnt waren. Jill starrte aus dem Fenster und dachte darüber nach, wie man Philip wohl sexuell anziehend finden konnte. Als sie versuchte sich vorzustellen, wie es wohl wäre, mit ihm ins Bett zu gehen, ertappte sie sich bei der Erinnerung an einen riesengroßen Teddybär, den sie kurz vor dem Krieg bei Hamley's im Schaufenster gesehen hatte.

»Nichts Neues bei den Mordermittlungen«, sagte Philip plötzlich mit unerwartet rauher Stimme. »Wenn sie nicht bald etwas herausfinden, wird Hendry den Yard hinzuziehen müssen.«

Jill fiel auf, wie merkwürdig es war, daß keiner von ihnen bis jetzt den Mord an Miss Kymin erwähnt hatte. Als wollten sie ihn in den hintersten Winkel ihres Bewußtseins verdrängen. »Das Ganze ist ohnehin nur noch ein einziges Durcheinander.«

Sie hörte den klagenden Tonfall ihrer Stimme und dachte, daß sie sich vermutlich wie Charlotte anhörte, wenn sie an der Qualität des Kabeljaus herummäkelte, den der Fischhändler ihr geschickt hatte. »Es ist wie mit einem verknoteten Wollknäuel. Du glaubst, wenn du erst einmal ein Ende gefunden hast und daran ziehst, wird es sich entwirren. Aber genau das Gegenteil passiert – es gerät nur noch mehr durcheinander.«

»Mist.« Philip bremste sanft, und der Rover rollte gemächlich vor Troy House aus. »Wir haben Besuch. Das ist der Wagen der Newtons.«

Am Straßenrand stand ein Alvis. Jill fragte sich, ob man bei ihrem invaliden Zustand wohl erwartete, daß sie sich in ihr Zimmer zurückzog. Eigentlich hatte die Vorstellung, Gesellschaft zu haben, etwas Angenehmes: Sie hatte nach dem Tag im Krankenhaus genug von der Einsamkeit.

Als Jill aus dem Auto stieg, wunderte sie sich, wie normal sie sich fühlte. Philip bot ihr wieder seinen Arm. Sie nahm ihn, mehr um ihm eine Freude zu machen als aus echter Hilfsbedürftigkeit. Die Haustür ging auf, noch bevor sie sie erreicht hatten, und da stand Charlotte im Türrahmen. Einen Moment lang glaubte Jill, einen Anflug von Ärger auf Charlottes Gesicht zu erkennen, aber noch bevor sie sich ihres Eindrucks sicher war, war der Ärger wie weggewischt und durch einen Ausdruck der Besorgtheit ersetzt.

»Wie fühlst du dich? Komm rein und setz dich. Philip, was hast du dir bloß dabei gedacht? Du hättest doch mit dem Wagen weiter vor fahren können!«

In der dämmerigen Diele hinter Charlotte trat Chrissie Newton von einem Fuß auf den anderen. »Soll ich später noch mal wiederkommen?« murmelte sie, als Jill das Haus betrat. »Die Erdbeeren sind nicht so wichtig, wirklich nicht. Es eilt nicht. Ich bin nur zufällig vorbeigekommen. Wenn ich gewußt hätte, daß –«

»Komm rein und setz dich, Jill.« Charlotte stieß die Tür zum Wohnzimmer auf. »Vielleicht bringst du Jills Tasche gleich nach oben?« schlug sie Philip vor. Sie schob Jill unnötigerweise ihre Hand unter den Ellenbogen und wandte sich Chrissie zu: »Es macht überhaupt keine Umstände. Außerdem ist es äußerst unklug, Erdbeeren zu lange liegen zu lassen. Sie werden furchtbar schnell matschig.«

Sobald sie im Wohnzimmer waren, machte sich Jill von Charlotte frei. »Mir geht's gut. Sonst hätten sie mich nicht rausgelassen.«

Charlotte schüttelte energisch den Kopf. »Bei Kopfverletzungen kann man nie sicher sein. Du setzt dich jetzt hin, und ich kümmere mich um den Tee.« Auf ihrem Weg zur Tür kam sie an Chrissie vorbei, die zögernd am Eingang stehengeblieben war. »Du bleibst auch auf eine Tasse, ja?«

Charlottes schwere Schritte dröhnten durch die Diele in Richtung Küche. Chrissie setzte sich und lächelte. Ihr langer Schädel war leicht zur Seite geneigt wie bei einem scheuen Pferd, das einen Fremden in der Hoffnung auf ein Zuckerstück taxiert. Seit Jill in

Lydmouth lebte, hatte sie Chrissie mehrmals getroffen, denn die Wemyss-Browns und die Newtons waren gute Bekannte. Jill mochte sie, nach allem, was sie von ihr wußte, aber die Gespräche zwischen ihnen waren insgesamt eher mühsam; Chrissies Hauptinteressen im Leben waren ihr Garten und ihre Kinder, und da Jill weder das eine noch das andere hatte, fand sie es nicht immer leicht, angemessen zu reagieren.

»Ich hoffe, es geht Ihnen besser.« Chrissies lange Finger zupften an ihrem verblichenen Baumwollkleid herum. Die Nägel waren dreckig, und die Haut war trocken und voller Risse, in die sich Schmutz eingegraben hatte. »Was für eine schreckliche Sache für eine Frau, so angegriffen zu werden – und das mitten in der Stadt. Und auch noch direkt nach dem Mord – ich verstehe einfach nicht, was in Lydmouth vorgeht. Seit dem Krieg ist alles anders.«

»Ich glaube, das ist überall so.«

»Giles macht die Amerikaner dafür verantwortlich. Er sagt, diese ganzen GIs mit ihren Nylonstrümpfen und der Schokolade hatten einen sehr verderblichen Einfluß. Die meisten sind jetzt wohl wieder zu Hause, aber ihre Filme sind fast genauso schlimm.« Chrissie beugte sich etwas vor und senkte die Stimme; ihr Atem roch nach Pfefferminz, das einen schlechten Mundgeruch überspielte. »Wußten Sie, daß es in Templefields mehrere Kinder mit schwarzer Haut gibt?«

Jill gab sich Mühe, entsprechend schockiert auszusehen.

»Ich bin eigentlich nur wegen ein paar Erdbeeren vorbeigekommen«, fuhr Chrissie hastig fort und verließ damit auch das potentielle Minenfeld einer Diskussion über Rassenmischung. Derlei besprach man allenfalls mit guten Freunden. »Charlotte hat mehr, als sie verarbeiten kann.« Ein Schatten glitt über Chrissies Gesicht. »Ich weiß nicht, woran es liegt, aber für Erdbeeren scheint sie ein Händchen zu haben. Sie hat immer mehr als ich, und meistens schmecken sie auch besser. Sie behauptet, es liegt nur am Dünger, aber ich glaube, es steckt mehr dahinter. Hat vielleicht was mit dem Boden zu tun, oder mit der Lage der Beete.«

Jill erinnerte sich daran, daß Charlotte unaufhörlich über den Anbau von Erdbeeren redete. »Verwenden Sie vielleicht unterschiedliche Sorten? Könnte es daran liegen?«

»Das glaube ich nicht. Charlotte schwört auf Royal Sovereign. Ich habe es versucht, aber ich erziele bessere Ergebnisse mit Bredford Champion. Wir pflanzen beide Givons' Late Prolific an – das ist eine Sorte, die sehr spät Früchte trägt.« Chrissie hob den Kopf und starrte Jill mit verwirrten blauen Augen an. »Erdbeeren tragen nur zu kurze Zeit Frucht, nicht wahr? Das ist so traurig.«

»Ja«, sagte Jill. »Das ist es wohl.«

»Aus den meisten von Charlotte werde ich Marmelade machen. Es sind viel zu viele, um sie alle zu essen. Außerdem mag Giles Erdbeermarmelade besonders gern. Und die Jungens auch.«

Vor der Tür waren Stimmen zu hören. Charlotte rollte den Teewagen herein. Hinter ihr schlenderte Philip ins Zimmer.

»Wie fühlst du dich jetzt?« fragte er Jill.

Jill bemerkte den Blick, den Charlotte ihrem Mann zuwarf. »Danke, gut. Sind das deine selbstgebackenen Ingwerplätzchen, Charlotte? Du verwöhnst mich.«

Blind vor Besorgtheit tappte Philip ins nächste Fettnäpfchen. »Vielleicht solltest du Zucker in den Tee tun? Das ist gut gegen den Schock, oder?«

»Ich habe keinen Schock«, sagte Jill scharf. »Und ich mag keinen Zucker im Tee.«

Charlotte sagte versöhnlich: »Meine Großmutter pflegte den Tee mit Sahne zu trinken. Könnt ihr euch das vorstellen?«

Das Unbehagen versank in der Tiefe, aber es verschwand nicht. Das Wohnzimmer war wie ein Teich, unter dessen glatter Oberfläche gefährliche Strudel wirbelten. Jill beobachtete, wie Charlotte den Tee eingoß, und dachte an sich schlängelnde Algen und Schlamm, der im schwarzen Wasser waberte. Dann fragte sie sich, ob ihr Kopf wirklich wieder ganz in Ordnung war.

Philip reichte die Tassen und Teller herum. Alle versuchten krampfhaft, entspannt zu wirken, und keinem gelang es richtig. Das Gespräch flackerte auf und ab wie eine Kerze mit ungeschnittenem Docht.

»Und wie geht es dem guten Giles?« fragte Philip.

»Gut.« Chrissie zögerte. »Er hat natürlich sehr viel zu tun. Am Quartalsende fällt immer eine Menge an.«

»Dann sind die Mieten fällig«, erklärte Philip Jill unnötigerweise.

»Giles sagt, bei einigen Mietern ist es so schwierig, als müßte man Blut aus einem Stein quetschen«, fuhr Chrissie fort. »Und was es noch schlimmer für ihn macht, ist die Tatsache, daß alle wissen, daß Tony Ruispidge sie nicht rausschmeißt, wenn es hart auf hart kommt. Jedenfalls nicht, wenn sie eine halbwegs glaubwürdige Entschuldigung parat haben.«

Charlotte ließ zierlich einen Kekskrümel in den Aschenbecher fallen. »Das muß Giles Job ziemlich schwierig machen.«

»Mit den Bauern ist es nicht so schlimm. Am übelsten sind die Mieter in den Stadtwohnungen. Einige davon sind völlige Blindgänger. Die Männer bekommen ihre Lohntüte freitags und verschwinden damit erst im Wettbüro und dann im Pub. Montag ist schon nichts mehr übrig.«

Charlotte nickte. »Templefields«, sagte sie düster. Templefields, ein Stadtteil von Lydmouth in der Nähe des Bahnhofs, hatte den Ruf, eine Brutstätte von Armut und Verbrechen zu sein.

»Ich glaube, Giles ist heute dort. Er ist irgendwo in der Stadt. Chrissie stellte ihre Tasse ab. Sie hatte keinen Schluck Tee getrunken. »Ich muß jetzt wirklich gehen. Je eher ich mit der Marmelade anfange, desto besser.«

In der Diele begann das Telefon zu läuten. Philip murmelte eine Entschuldigung und verließ das Zimmer, um den Hörer abzunehmen. Charlotte stürzte sich in eine Erörterung über die Dummheit von Leuten, die Marmelade aus angestoßenen Früchten kochten. Jill hörte Philip hinter der Tür sprechen, aber sie konnte die Worte nicht verstehen. Sie nahm an, daß die beiden anderen Frauen auch versuchten zu horchen. Einen Moment später kam er wieder ins Wohnzimmer. Charlotte sah sein Gesicht und unterbrach sich mitten im Satz.

»Das war Amy Gwyn-Thomas.« Für Chrissie fügte er hinzu: »Meine Sekretärin.« Während er sprach, durchquerte er mit schnellen Schritten den Raum und sammelte seine Zigaretten und sein Feuerzeug ein. »Ich fürchte, ich muß ins Büro. Es ist noch ein Mord geschehen.«

Keiner sagte ein Wort. Jill hatte das Gefühl, daß sie alle gleichzeitig erstarrt waren. Passenderweise war ihr zugleich eiskalt.

»Es ist Mrs. Abberley«, sagte Philip beiläufig, als gebe er den Gewinner des Wettspiels beim Sommerfest von St. John bekannt; aber sein Gesicht hatte die Farbe verloren. »Sie ist erwürgt worden.«

»Wo?« fragte Jill. Aus irgendeinem Grund war die Antwort von verzweifelter Wichtigkeit für sie. Es war verzweifelt wichtig, daß es nicht im Hinterhof des *Bull Hotels* geschehen war.

»Im Garten des Pfarrhauses. Mehr wußte sie nicht.« An der Tür drehte er sich zu Charlotte um. »Ich weiß noch nicht, wann ich nach Hause komme. Ich ruf dich an.«

Jill wollte aufstehen. »Ich komme mit. Vielleicht kann ich irgend etwas tun.«

Charlottes Stuhl knarrte laut.

»Nein, du bleibst hier.« Philip sah wieder Charlotte an. »Auf Wiedersehen, Liebling.«

2

»FRAUENMÖRDER NOCH IMMER AUF FREIEM FUSS«, sagte Williamson mit leiser, drohender Stimme zu Thornhill. Er warf sich in den Besuchersessel vor Thornhills Schreibtisch. »Diese Schlagzeilen! Sie versetzen den Chief Constable in Panik. Zwei Morde und ein tätlicher Angriff, und alle Opfer sind Frauen.« Er klopfte auf eines der Telefone auf dem Tisch. »Und da ist noch etwas. Mr. Hendry ist von einem Bekannten beim *Daily Telegraph* angerufen worden. Der Kerl wollte wissen, ob es stimmt, daß Miss Kymin anonyme Briefe an Gott und die Welt verschickt hat? Und alle mit Bezug auf den Pfarrer? Ziehen wir die Möglichkeit in Betracht, daß der Pfarrer und sie die Sakristei für Schäferstündchen benutzten?«

»Was?« platzte Thornhill heraus, aufgeschreckt aus seinem defensiven Schweigen. »Wo hat er das her?«

»Irgend jemand hat den Mund nicht gehalten. Offensichtlich

hat der Mann vom *Telegraph* die Story exklusiv von einem hiesigen Lokalreporter gekauft, der auf eigene Faust Geschäfte macht. Der Chief Constable hat ihn solange gelöchert, bis er ihm gesagt hat, wer es war: der verdammte Ivor Fuggle. Keine besondere Überraschung. Aber Mr. Hendry möchte wissen, woher er das hat. Und ich auch.« Williamson zog eine Pfeife hervor und blies sie aus. Es gab ein sattes, blubberndes Geräusch. »Es gibt zwei Möglichkeiten. Entweder war es ein Beamter aus unserem Haus. Oder diese Jill Francis. Und ich –«

»Wieso sollte sie es sein?« unterbrach ihn Thornhill. »Sie wußte nicht, daß die Zeitung, die sie mir gegeben hat, aus Miss Kymins Schuppen stammt.«

»Sie konnte es sich denken. Sie ist nicht dumm, die nicht.«

»Aber sie ist im Krankenhaus, Sir«, beharrte Thornhill. »Wie hätte sie mit Fuggle sprechen können? Und außerdem hätte sie Wemyss-Brown eingeschaltet, wenn sie die Story hätte verkaufen wollen.«

»Er ist ihr Chef.« Williamson säuberte den Pfeifenkopf mit seinem Taschenmesser. »Sie hätte es ihm kaum gesagt, wenn sie sich nebenher etwas dazu verdienen wollte. Aber wer auch immer es war, ich möchte seinen oder ihren Kopf auf dem Silbertablett. Ist das klar? Sie werden morgen und übermorgen etwas mehr Zeit zur Verfügung haben. Mr. Hendry hat den Yard angefordert.«

Thornhill hatte damit gerechnet. Der Chief Constable konnte Williamson nicht ewig den Fall überlassen. Auf Hendry wurde selber Druck ausgeübt – einerseits von der Presse, andererseits vom Aufsichtsgremium. Womit Thornhill nicht gerechnet hatte, war das Gefühl von Enttäuschung, das er empfand. Der Mißerfolg schmeckte schal.

Endlich zündete Williamson seine Pfeife an und paffte Rauchwölkchen über Thornhills Schreibtisch. »Was wissen wir über die zweite Leiche?«

»Wahrscheinlich ist sie mit bloßen Händen erwürgt worden, Sir. Ich habe in Cardiff angerufen, und der Pathologe kommt noch einmal. Möglicherweise hat der Angreifer selber Verletzungen davongetragen. Unter den Nägeln von Mrs. Abberley haben sie etwas entdeckt. Könnte Blut sein und Hautfetzen. Das Labor wird uns natürlich die Blutgruppe mitteilen können.«

»Das ist doch vielleicht schon etwas. Bringen Sie es für die Superhirne vom Yard in Schriftform, ja? Mr. Hendry wünscht, ich zitiere, daß ›diese Jungs aus London alles in perfekter Ordnung vorfinden.‹ Also, worauf warten Sie noch? Gehen Sie los und sorgen Sie für perfekte Ordnung.«

Williamson stolzierte in sein eigenes Büro. Kurz darauf marschierte Thornhill über den Flur zum Büro des CID. Schon durch die geschlossene Tür konnte er das geschäftige Summen drinnen hören. Das Geräusch war eine Mischung aus klappernden Schreibmaschinen und klingelnden Telefonen, Gesprächen und Schritten. Es war ein beeindruckendes, beinahe unheimliches Geräusch, das ihn an eine Fabrikhalle erinnerte – in diesem Fall würde das Fließband reibungslos weiterlaufen, unabhängig davon, ob die Männer, die am Schalthebel saßen, aus Lydmouth oder aus London kamen.

Das Geräusch veränderte sich, als Thornhill den Raum betrat: Es wurde weniger hektisch, dafür aber disziplinierter. Kirby, dessen Schreibtisch in der Nähe der Tür stand, hob den Kopf. Sieh an, dachte Thornhill, wir befinden uns mitten in einer Mordermittlung, und er ist so glücklich wie ein kleiner Junge im Sandkasten. Kirby trat zu ihm.

»Mr. Masterman hat angerufen.«

»Wer?«

»Sie wissen doch, Sir. Der alte Juwelier in der Lyd Street.«

»Etwas von Bedeutung?«

»Für den Fall? Eigentlich nicht.«

»Hat es dann nicht Zeit?« fragte Thornhill, schon auf dem Weg durch den langen Raum.

»Vielleicht.« Kirby senkte die Stimme. »Aber es ist eine Beschwerde über einen Polizeibeamten.«

Thornhill fuhr herum. Er deutete mit dem Kopf zur Tür. Beide schwiegen, bis sie draußen waren.

»Um wen geht es?« fragte Thornhill.

»Um den jungen Wilson. Offenbar hat er soeben den Eingang von Mastermans Laden vollgekotzt.« Er versuchte vergeblich,

Mastermans bösartigen Jammerton nachzuahmen: »›Sturzbesoffen, und dann auch noch unverschämt‹.«

Thornhill zögerte. Ausnahmsweise fielen hier Pflicht und Neigung zusammen. »Um wieviel Uhr war das?«

»Ungefähr um viertel nach zwei.«

»Das ist ein sehr ernstzunehmender Vorwurf, Sergeant. Wo ist Wilson?«

»Er ist seit einer halben Stunde auf der Toilette. Zu Sergeant Fowles hat er gesagt, daß er sich den Magen verdorben hat.«

Thornhill führte sich die örtlichen Gegebenheiten vor Augen. Es gab nur einen Pub am Ende der Lyd Street. Wilson wäre nicht noch weiter gegangen, denn er hatte nur eine halbe Stunde Mittagspause – obwohl es so aussah, als ob er in diesem konkreten Fall wohl um einiges länger gebraucht hatte. »Rufen Sie im *Bathurst Arms* an. Finden Sie heraus, ob Wilson zur Mittagszeit da war und ob sie sich erinnern können, was er zu sich genommen hat.«

»Ja, Sir.« Kirbys Gesicht war ausdruckslos und respektvoll, aber Thornhill spürte die Begeisterung hinter der Maske. »Soll ich das sofort erledigen?«

»Warum nicht? Solange sie ihn noch frisch im Gedächtnis haben. Übrigens, der Chief Constable hat den Yard angefordert.«

Er hörte, wie sich die Tür zu Williamsons Büro hinter ihm öffnete.

»Ich möchte mit Ihnen reden, Inspector. Kommen Sie bitte in mein Büro.«

»Machen Sie ein bißchen Druck dahinter, Sergeant«, sagte Thornhill über seine Schulter. »Wenn das Ergebnis positiv ist, geben Sie mir sofort Bescheid.«

Williamsons Zimmer war viel größer als das von Thornhill, aber durch eine ungeschickte Aufteilung wirkte es zu schmal für seine Höhe. Es roch nach kaltem Rauch, vergilbtem Papier und ranzigem Schweiß. Thornhill schloß die Tür. Williamson stand am Fenster und starrte auf die High Street hinunter.

»Setzen Sie sich«, sagte er, ohne sich umzudrehen.

Thornhill nahm Platz. Daß ihm ein Stuhl angeboten wurde, mußte etwas bedeuten. Williamson legte großen Wert auf den

Respekt, den die Polizeibeamten ihrem Vorgesetzten schuldeten, und zog es vor, seine Untergebenen stehen zu lassen.

»Mr. Hendry hat mir soeben mitgeteilt, daß der Yard nicht vor dem frühen Abend hier sein kann«, sagte er. »Wahrscheinlich sogar noch später. Also haben wir noch eine Gnadenfrist. Wie Sie wissen, möchte er, daß wir soviel wie möglich vorher klären.« Er sah Thornhill finster an, doch der kannte ihn gut genug, um den Blick nicht persönlich zu nehmen. »Perfekte Ordnung. Wäre es nicht nett, wenn wir den ganzen Fall aufgeklärt hätten, bevor die Herren aus der Hauptstadt hier aufkreuzen? Wir könnten es noch schaffen. Wir lassen ein Team hier, das sich um den Papierkram und die perfekte Ordnung kümmert. Wir sehen zu, daß wir in den Garten der Pfarrei kommen. Machen Sie ihnen Feuer unterm Hintern. Wenn wir überhaupt weiterkommen wollen, dann nur dort.«

»Und was ist mit dem *Bull*?«

»Was soll damit sein?«

»Ich glaube, es könnte sich lohnen herauszufinden, wer alles am Sonntag abend dort war. Und was sie gemacht haben.« Jill Francis' Gesicht, so, wie er es zuletzt gesehen hatte, blaß auf dem Krankenhauskissen, tauchte ungewollt vor seinem inneren Auge auf. »Und auch am Montagabend. Es könnte da eine Verbindung geben.«

Williamson ging zum Schreibtisch und schlug seine Pfeife wie einen Hammer gegen den Aschenbecher. »Worauf wollen Sie hinaus?«

Thornhill war sich nicht sicher. Er sagte: »Vielleicht gibt es dort noch den einen oder anderen Zeugen, mit dem wir noch nicht geredet haben. Zum Beispiel Newton. Sonntag abend hat er bei Youlgreave, dem anderen Kirchenvorstand, einen Happen gegessen. Und dann ist er gegen acht ins *Bull* gegangen. Ich weiß, daß Miss Kymin mindestens eine Stunde später getötet worden ist, aber vielleicht hat er jemanden gesehen, der bei der Kirche herumlungerte. Er könnte in dieser Nacht auch jemanden im *Bull* beobachtet haben.«

»Da müßte man sich wohl eher an Quale halten. Der hat auch noch Augen im Hinterkopf.«

Thornhill nickte. »Und dann war da dieser Vorfall am Montagabend – der Überfall auf Miss Francis.«

»Es gibt keinerlei Beweise für einen Zusammenhang.«

»Ich weiß, Sir. Aber mal angenommen, es wäre so.« Thornhill stand auf und trat vor den Stadtplan von Lydmouth, der neben Williamsons Schreibtisch an der Wand hing. »Als der Mörder Sonntag abend die Kirche verlassen hatte, wo könnte er da hingegangen sein? Es ist dämmerig, und es sind kaum noch Leute auf der Straße. Aber trotzdem will er nicht das Risiko eingehen, in der Nähe der Kirche gesehen zu werden. Er hat die Waffe bei sich und den Abendmahlskelch. Wir wissen, daß der Kelch zu groß ist, um ihn einfach in die Tasche zu stecken. Wahrscheinlich gilt dasselbe für die Waffe.«

Williamson trat näher an den Stadtplan heran und tippte mit dem Stiel seiner Pfeife darauf. »Aber wenn er nach links geht, kommt er an Youlgreaves Haus vorbei und dann in die Nutholt Lane. Und wenn er nach rechts geht, muß er an diesen Häusern am westlichen Ende der Church Street vorbeigehen und landet mitten auf der High Street. Nicht besonders clever, wenn Sie mich fragen.«

Thornhills Finger zog eine Linie vom Südportal der Kirche rund um den Westturm und hinunter bis zum Tor an der Nordseite des Friedhofs. »Mal angenommen, er geht hier entlang. Weiter oben, in der Nähe der Kirche, schirmen ihn die Eiben nach Südwesten ab. Abgesehen davon hat er nur noch ein Problem mit den Fenstern von Mrs. Abberleys Cottage und der Pfarrei.«

»Trotzdem muß er links oder rechts abbiegen.«

Thornhill fuhr mit der Fingerspitze vom Pfarrhaus zum Church Cottage. »Warum soll er nicht hier durchgegangen sein?«

»Sie glauben, daß der zweite Briefschreiber die Wahrheit geschrieben hat?« Williamsons Stimme klang aufrichtig interessiert an dieser Möglichkeit. »Daß Sutton sie umgebracht hat?«

»Das bezweifle ich. Es ist viel wahrscheinlicher, daß es jemand anders war. Jemand, der sich in der Pfarrei und im Garten auskennt.« Thornhill sprach schneller. Das Thema brachte ihn in Fahrt. »Soweit ich es beurteilen kann, haben sich die Suttons nicht die Mühe gemacht, die Tore zur Pfarrei zu verschließen. Jedenfalls nicht bis zu diesem Vorfall. Sie leben überwiegend im vorderen Teil des Hauses. Vom Küchenfenster aus kann man das Tor nicht sehen. Wenn der Mörder dies alles wußte, dann wußte er auch, daß er nur durch das Gatter zu schlüpfen und über den Hof in den Küchengarten zu gehen brauchte. So gelangte er dann durch die Tür in der Mauer direkt auf die Straße.« Thornhills Finger fuhr die mögliche Route entlang. »Nicht perfekt, aber unauffälliger als jeder andere Weg. Und auch wenn er durch den Garten der Suttons gegangen ist, ist er hier herausgekommen. Das würde erklären, warum die Haus-zu-Haus-Befragung nichts ergeben hat.«

»Und der Kelch und die Waffe? Das Labor hat auf Kirbys Wagenheber übrigens keine Fingerabdrücke gefunden. Jedenfalls wollen sie sich nicht festlegen.«

»Vielleicht hat er beides irgendwo im Garten versteckt – obwohl es mich in diesem Fall wundern würde, daß wir noch nichts gefunden haben.«

»Er könnte sie später geholt haben.«

Thornhill nickte zustimmend. »Andererseits könnte er sie auch woanders versteckt haben. Auf neutralem Gebiet – irgendwo, wo er leichter an sie drankommt.« Sein Finger fuhr die Straße entlang und in die Seitenstraße, die auf die High Street zulief. Am Eingang zum Hof des *Bull Hotels* hielt er inne. »Er könnte die Sachen in dieser Scheune versteckt und dann durch die Hintertür das Hotel betreten haben – um etwas zu trinken vielleicht, oder einfach nur, um zur High Street durchzugehen. Das wäre keinem Menschen aufgefallen.«

»Die Leute benutzen das *Bull* als öffentlichen Fußweg.« Williamson kratzte sich am Kopf. »Okay, das wäre eine Möglichkeit – aber auch nicht mehr.«

»Vielleicht hat Miss Francis gestern abend, als sie ihr Fahrrad im Schuppen abgestellt hat, den Mörder überrascht. Nehmen wir mal an, er ist zurückgekommen, um die Waffe und den Kelch zu holen. Vielleicht hat er sie gerade in der Hand, als er Schritte im Hof hört. Er versucht, sich zu verstecken, dann gerät er in Panik, schlägt sie nieder und rennt weg. Und er wirft den Wagenheber in den Mülleimer, wo Quale ihn heute morgen gefunden hat.«

»Das ist alles ein bißchen weit hergeholt. Nichts als Hypothesen.«

»Aber sie passen zu dem, was wir bereits wissen.«

Williamson schlug wieder mit der Pfeife gegen den Aschenbecher und faßte einen Entschluß. »Wir haben so wenig Zeit, daß wir es darauf ankommen lassen müssen. Ich möchte, daß Sie –« Es klopfte an der Tür. Williamson runzelte die Stirn und bellte: »Herein!«

Kirby betrat das Zimmer. »Entschuldigen Sie, Sir.«

»Was gibt es?«

»Eine Nachricht für Mr. Thornhill, Sir.« Kirby reichte Thornhill ein Stück Papier. Darauf stand in seiner Schrift: *Fuggle hat Wilson beim Mittagessen vier doppelte Whisky ausgegeben.*

Thornhill sah über den Schreibtisch hinweg Williamson an. »Ich muß Ihnen noch etwas sagen, Sir.« Er warf Kirby einen Blick zu und sagte förmlich: »Danke, Sergeant. Das ist alles.« Er wartete, bis sich die Tür hinter Kirby geschlossen hatte. »Ich glaube, wir haben die undichte Stelle.«

3

Lydmouth döste in der Hitze des langen Sommernachmittags. Anscheinend hatten nicht einmal zwei Morde die Stadt aus ihrer Lethargie aufschrecken können. Hier und da regte sich eine nervöse Unruhe, aber die Stadt im Ganzen verharrte in ihrer gewohnten Gemächlichkeit.

Jemima Orepool schlenderte langsam durch die High Street. Hinter dunklen Sonnengläsern und der breiten Krempe ihres Hutes verborgen besah sie sich mißmutig die Gegend. Soweit das Auge reichte, eine Wüste von Langeweile, in jeder Hinsicht. Wie konnten Menschen es aushalten, hier zu leben, jahrein, jahraus? Wieso verdorrten sie nicht, siechten dahin vor lauter Langeweile?

Sie war mit ihrem Onkel in die Stadt gefahren, weil es in Clearland Court noch öder war, mit Tante Soph und ein paar Kühen und Schafen als einziger Gesellschaft. Sie war auch mitgefahren, weil sich unter der Langeweile ein Gefühl der Furcht regte, das ihr nur halb bewußt war. Wenn es irgendwelche Neuigkeiten gab, würde sie hier davon erfahren. Vor dem Schaufenster von Madame Ghislaine blieb sie zögernd stehen. DIE BOUTIQUE MIT DER PERSÖNLICHEN BERATUNG, hatte die Werbeanzeige in der *Gazette* verheißen, MODE DIREKT AUS PARIS. Jemima stand unter der gestreiften Markise vor dem Laden und betrachtete gähnend die altmodischen Provinzklamotten, die im Fenster ausgestellt waren. Wie konnte man nur so gräßliche Sachen anziehen?

Sie hörte Schritte, und jemand sog scharf die Luft ein. Im Glas des Schaufensters spiegelte sich die Silhouette eines Mannes, der neben sie trat. Sie wandte ihm das Gesicht zu und sagte ohne Begeisterung: »Giles.«

»Liebling, ich wußte, daß du kommen würdest. Ich muß mit dir reden.«

»Es könnte uns jemand sehen.«

»Na und? Wir treffen uns zufällig in Lydmouth – es ist ganz selbstverständlich, daß wir stehenbleiben und ein paar Worte wechseln.«

Er baute sich vor ihr auf und gab ihr das Gefühl, in der Falle zu sitzen. Jemima ging auf dem Bürgersteig in Richtung *Bull Hotel*. Giles trottete an ihrer Seite wie ein riesiger Hund. Eigentlich mochte sie ältere Männer ganz gerne – sie waren normalerweise interessanter, überlegter und konnten ihre mangelnde Jugendlichkeit in mancherlei Weise wettmachen. Sie hatte Giles nie sexy gefunden, aber er war zumindest eine Herausforderung gewesen – in Ermangelung ernsthafter Konkurrenz. Sie kannte ihn, seit sie ein Kind war. Es war nicht der Mann, der sie gereizt hatte, sondern das, was er repräsentierte.

»Es ist schiefgegangen. Ich hatte keine andere Wahl. Aber solange wir einen klaren Kopf behalten, kann nichts passieren.«

»Das hoffe ich – für dich.«

Er hob den Arm, als wolle er sie berühren.

Sie drehte sich von ihm weg. »Was ist mit deiner Hand passiert? Woher kommen die Kratzer?«

Seine Hand zuckte zurück, und er steckte sie in die Hosentasche. »Das war eine Katze. Ich habe mit einem unserer Mieter in

Templefields gesprochen. Wollte eine Katze von einem Sessel hochheben. Das blöde Vieh ist auf mich losgegangen. Liebling, was sollen wir mit dem Abendmahlskelch machen? Soll ich ihn dir geben, wie geplant?«

Sie starrte ihn an. »Bist du verrückt?«

Er sah die Wut in ihrem Gesicht und zuckte zurück. »Wenn du mir die Adresse von diesem Burschen gibst, kann ich ihn vielleicht mit der Post schicken. Natürlich nicht von hier. Ich fahre besser nach Bristol oder Cardiff.«

»Ich will nichts damit zu tun haben. Jetzt nicht mehr. Es ist alles anders – kapierst du das nicht?«

»Ich dachte, du brauchst Geld?«

»Brauche ich auch. Aber wichtiger ist mir, nicht in einen Mord hineingezogen zu werden.«

Zum ersten Mal sprach einer von ihnen das Wort aus. Einen Moment lang schwiegen beide.

So leise, daß sie ihn kaum verstehen konnte, murmelte Giles: »Ich brauche auch Geld.«

»Das ist deine Sache.«

Sie waren am Portikus vor dem *Bull* angekommen, standen auf dem sonnenüberfluteten Gehsteig herum, unwillig, die dämmrige Halle zu betreten, wo Quale wartete, beobachtete und lauschte.

»Warum gehen wir nicht einfach weg?« brach es in einem verzweifelten Flüstern aus Giles heraus. »Wie wir es vorgehabt haben. Ich kenne jemanden, der eine Villa bei Menton hat, und ich bin sicher, er würde sie uns vermieten.«

Jemima starrte ihn an und bemerkte, daß er heute morgen beim Rasieren ein dreieckiges Stück Bart an einem Mundwinkel übersehen hatte. Seine Augen waren rotgerändert, und seine Gesichtsmuskeln arbeiteten, als führten sie ein Eigenleben außerhalb seiner Kontrolle.

»Früher oder später«, sagte er gerade, »würde Chrissie in eine Scheidung einwilligen – da bin ich mir sicher. Dann könnten wir heiraten.«

»Du machst Witze.« Ihre Überraschung war echt.

»Aber Liebling, du hast es mir versprochen.«

Sie machte Anstalten, von ihm abzurücken. »Das war damals,

Giles.« Und nicht einmal damals war es ihr ernst gewesen. Das Gerede über eine Heirat war nur ein Mittel gewesen, sich emotional aufzuputschen, damit das, was sie taten, ein bißchen mehr Spaß machte. Sie war erstaunt, daß Giles das Gespräch ernstgenommen hatte. Es war doch nur ein Spiel gewesen.

Seine Hand umklammerte ihren Unterarm. Sie schnappte nach Luft und versuchte, sich loszureißen. Sie starrte, halb fasziniert, halb in Panik, die Kratzer auf seiner behaarten, kräftigen Hand an.

»Hast du einen anderen?«

»Laß mich los. Wir fallen auf.«

Er ließ sie los und trat einen Schritt zurück. Sein Gesicht war rot vor Verlegenheit. »Es tut mir leid. Ich –«

»Mir tut es auch leid. Kapierst du nicht, daß es vorbei ist? Viel ist es sowieso von Anfang an nicht gewesen. Und offen gestanden wünschte ich, wir hätten nie etwas miteinander angefangen.«

Sie ging in die kühle Halle des *Bull*. In gewisser Weise war sie stolz auf sich. In Anbetracht der Tatsachen hatte sie eine saubere kleine Rede hingelegt. Quale saß an der Rezeption und strahlte sie an. Sie fragte sich, ob er etwas mitbekommen hatte.

»Guten Tag, Miss Jemima.« Er beugte sich zu ihr. »Haben Sie schon das Neueste gehört? Es ist schon wieder ein Mord geschehen.«

4

»Es war mir ein Vergnügen, Sir Anthony.« Der Händedruck des Bankdirektors war schlaff und müde, als hätte er in seinem Berufsleben zu viele Hände geschüttelt. »Stets zu Ihren Diensten, was immer es sei.«

Die schwere Tür fiel zwischen ihnen ins Schloß. Ruispidge klemmte seinen Stock unter den Arm und wanderte langsam durch die Schalterhalle. Das hohe Deckengewölbe warf das Echo seiner Schritte verschwommen und verzerrt zurück. Es war nur noch ein weiterer Kunde da. Er bemerkte, daß die zwei Kassierer ihn verstohlen durch die Gitter ihrer Schalter beobachteten, aber er nahm es kaum wahr. Es wäre ihm merkwürdig vorgekommen, wenn sie ihn nicht bemerkt hätten – in Lydmouth war er seit seiner Kindheit daran gewöhnt, im Zentrum der Aufmerksamkeit zu stehen; es wäre ihm seltsam vorgekommen, ignoriert zu werden. Plötzlich tauchte Giles Newton im Eingang auf. Er hatte eine Aktentasche unter dem Arm.

»Hallo, Tony.« Newtons Stimme klang wie immer – vielleicht ein bißchen unsicherer als sonst. »Ganz schön heiß, was?«

»Das Wetter soll sich ändern.« Ruispidge trat näher. »Vom Atlantik kommt ein Tiefdruckgebiet. Hattest du Erfolg bei den Mietern, die im Rückstand sind?«

Newton drückte seine Aktentasche an sich. »Ich habe es geschafft, ein paar von ihnen wenigstens zu einer Anzahlung zu überreden. Du kannst dir nicht vorstellen, was sie mir alles erzählt haben.« Er drückte sich an ihm vorbei. »Die Bank macht gleich zu. Ich will das Geld noch einzahlen.«

Ruispidge sagte schroff: »Warte noch einen Moment, ja? Ich muß mit dir reden.«

Einen Herzschlag lang zögerte Newton. »Wo? Wir können ins *Bull* gehen, wenn du magst.«

»Ich bleibe lieber im Freien. Brauche etwas frische Luft. Laß uns zum Fluß gehen. Wenn überhaupt irgendwo ein Lüftchen weht, dann da.«

Schweigend gingen sie die Stufen vor der Bank hinunter, über die High Street und in die Lyd Street. Die Hügel schwangen sich sanft bis an das breite, braune, mit silbernen Streifen durchzogene Band des Flusses. Ruispidge hatte Giles Newton fast sein ganzes Leben lang gekannt; normalerweise hatte das Schweigen zwischen ihnen etwas Behagliches, Frucht einer langen Freundschaft. Aber heute war alles anders.

Ruispidge sah Newton von der Seite an und dachte: Mein Gott, wie hat er sich verändert. Mit achtzehn hatte Giles Newton den glorreichen Höhepunkt seines Lebens erreicht – er war Hausältester, Kapitän der Cricketmannschaft und der anerkannte Anführer seines Jahrgangs. Das war der Giles, den Ruispidge normalerweise vor Augen hatte. Dieser große, dahintrottende ältere

Mann an seiner Seite war ein Fremder, der in der äußeren Schale von jemandem hauste, den er einst gekannt hatte.

Es hatte sich schließlich erwiesen, daß die Schule in Harrow kein Mikrokosmos der realen Welt gewesen war: Was dort galt, hatte nichts mit dem zu tun, was später geschah. Die Freundschaft mit Giles Newton war das einzige aus seiner Schulzeit, was Tony Ruispidge in Ehren hielt. Jetzt mußte er sich widerstrebend eingestehen, daß Harrow und Lydmouth, so wie Jugend und Erwachsenenalter, auf unterschiedlichen Planeten lagen und nach verschiedenen Spielregeln funktionierten.

Unterhalb des *Bathurst Arms* führte ein schmaler Pfad zu einer kleinen Uferpromenade; dahinter verrotteten friedlich zwei Lagerhäuser, zwischen denen ein kleiner Hof lag. Früher einmal, bevor es Eisenbahnen gegeben hatte, war hier ein blühender kleiner Hafen gewesen, von dem aus Kohle und Holz flußabwärts zum Bristol Channel verschifft wurden. Die Lagerhäuser gehörten wie die Uferstraße zum Ruispidge-Anwesen, hatten aber seit den zwanziger Jahren keinen nennenswerten Gewinn mehr abgeworfen.

Mitten auf der Promenade stand ein einsamer Kirschbaum. Ruispidge hatte der Stadt die Anpflanzung des Baumes gestattet, in dem vergeblichen Bemühen, die Gegend für Spaziergänger etwas anziehender zu gestalten. Unter dem Baum stand eine Holzbank, die überwiegend von Jugendlichen belagert wurde, die nichts zu tun hatten, oder von Betrunkenen, die aus dem *Bathurst Arms* rausgeflogen waren.

Mit einem Seufzer setzte Ruispidge sich und faltete seine Hände über dem silbernen Knauf seines Spazierstocks. Giles Newton folgte seinem Beispiel, die Hände immer noch in den Hosentaschen und die Aktenmappe unter den Arm geklemmt. Er sieht krank aus, dachte Ruispidge, vielleicht ist er es auch. Giles saß mit zurückgeworfenem Kopf da und starrte offenbar den Möwen hinterher, die über ihren Köpfen ihre Kreise zogen.

»Sieh mal«, begann Ruispidge. Im letzten Moment geriet seine Entschlossenheit ins Wanken. »Hast du schon gehört, daß es noch einen Mord gegeben hat?«

Newton nickte. »Quale hat es mir erzählt.«

»Der weiß immer alles als erster. Aber ich nehme an, mittlerweile hat die Nachricht überall die Runde gemacht. Es ist die alte Abberley aus dem Church Cottage, wenn ich es richtig verstanden habe.« Er streckte seine Beine aus und suchte Trost im Anblick seiner perfekt geputzten, glänzenden braunen Maßschuhe. »Eine traurige Geschichte.«

Newton schwieg. Allein dieses Schweigen war schon nervtötend. Er rauchte nicht einmal. Ruispidge wünschte, er würde wenigstens die Hände aus den Hosentaschen nehmen: Giles sah schlampig und abgekämpft aus, wie ein betrunkener Landarbeiter am Markttag.

»Giles – du hast es im Moment nicht leicht, oder?«

Newton wandte seinen schweren Kopf und starrte ihn ausdruckslos an. Ruispidge spürte, wie ein Gefühl schrecklichen Mitleids in ihm hochkroch. Newton hatte mit diesem Gespräch gerechnet: Das war ihm anzusehen.

»Wir wissen alle, daß seit Kriegsende alles schwieriger geworden ist. Schon während des Krieges. Es ist wie mit Skylla und – wie heißt es gleich? – Charybdis. Wenn dich die Steuer nicht kleinkriegt, schaffen es die verfluchten Bürokraten. Und ich muß leider sagen, daß ich selber mit diesen Dingen auch ein bißchen lax umgegangen bin.«

Newton rutschte auf dem harten Sitz hin und her und nahm Haltung an, so gut er konnte.

»Es hat keinen Zweck, um den heißen Brei herumzureden«, bohrte Ruispide hartnäckig weiter. »Ich weiß, daß die Umsätze des Betriebes in allen Bereichen geschrumpft sind, aber ich bin zu dem Schluß gekommen, daß auch nicht alle Einnahmen eingezahlt werden. Die Quittungen für Bareinzahlungen stimmen nicht mit dem Kontostand überein. Das Problem besteht schon seit drei oder vier Jahren.«

Er kratzte die kahle Stelle an seinem Kopf und wartete darauf, daß Giles etwas sagte – daß er sich verteidigte oder alles erklärte oder sich zumindest entschuldigte.

»Zuerst dachte ich an Lancaster. Die Buchhaltung im *Bull* ist katastrophal, niemand weiß über die Einnahmen und die Ausgaben Bescheid. Er ist ein netter Kerl, er meint es gut und so weiter, aber von der geschäftlichen Seite hat er keine Ahnung. Im Gegensatz zu seinem älteren Bruder, der beste Oberleutnant, den ich je hatte; alles, was er anfaßte, lief wie geschmiert. Deshalb habe ich dem jungen Lancaster den Job gegeben.«

Er mußte nach Luft schnappen und hielt inne. Die Versuchung war groß, das Problem weiter zu beschönigen, anstatt es endlich zu benennen. Giles war keine große Hilfe dabei.

Ruispidge zwang sich weiterzusprechen. »Aber es ist nicht nur das *Bull.* Es geht praktisch um *alle* Bargeschäfte. Bei den Mietern zum Beispiel, den Überstunden auf der Home Farm, den verkauften Tieren und so weiter.«

Endlich wandte Giles seinem Arbeitgeber das Gesicht zu. »Ich fürchte, die Buchführung ist im Moment nicht ganz auf der Höhe.« Er sagte es leichthin und mit ruhiger Stimme. »Ich hatte zuviel anderes im Kopf.«

»Natürlich, ich verstehe.«

»Kannst du mir ein bis zwei Monate Zeit geben? Ich bringe es in Ordnung. Alles nur eine Frage des Kapitalumlaufs. In ein bis zwei Monaten sieht alles schon ganz anders aus.«

»Davon bin ich überzeugt.« Ruispidge sah weg, denn in Newtons Gesicht arbeitete es, und er hatte Angst, daß sein Freund anfangen könnte zu weinen. Vergeblich versuchte er, mit der Spitze seines Spazierstocks das Papier eines Schokoriegels aufzuspießen. Nach einiger Zeit sagte er: »Ich habe mir schon gedacht, daß es so etwas ist. Aber man muß darüber offen sprechen, findest du nicht? Weißt du was, ich lasse dir Zeit bis zum Ende des Quartals. Schaffst du es bis dahin?«

Giles nickte langsam.

»Ich frage mich, ob es dir wohl hilft, wenn Shipston dir dabei zur Hand geht?« Shipston war der Anwalt des Ruispidge-Anwesens. »Du weißt ja, geteilte Arbeit ist halbe Arbeit.« Er beobachtete Newton aufmerksam und versuchte abzuschätzen, wie er darauf reagierte, daß er, Ruispidge, ganz offensichtlich seiner Kompetenz und Redlichkeit mißtraute. »Und dann geht es um die Zukunft.« Er zögerte. »Wir werden uns überlegen müssen, wie es weitergehen soll.«

Über ihren Köpfen kreischten die Möwen. Kinder mit selbstgemachten Angelruten waren den Schleichweg vom *Bathurst Arms* hinuntergekommen und versuchten, Fische zu fangen. Giles hatte sich wieder in sich selbst zurückgezogen.

Ruispidge sagte schnell: »Ich wollte nicht nach Mill Place kommen. Ich dachte, es ist besser, wenn wir uns unter vier Augen unterhalten. Ich wollte Chrissie nicht beunruhigen. Obwohl – ich weiß nicht, ob es dir aufgefallen ist –, sie scheint sich ebenfalls Sorgen zu machen.«

Giles wandte den Kopf und lächelte. »Ich spreche mit ihr, keine Sorge.« Er klang fast wieder wie der vertraute alte Giles.

»Merkwürdig, was Frauen alles mitkriegen. Die berühmte weibliche Intuition, was?«

Newton schien ihn nicht gehört zu haben. »Es tut mir leid, daß ich dir Schwierigkeiten mache, Tony. Ich bringe es in Ordnung, Ehrenwort.« Er stand auf. »Danke für deine Geduld. Wenn es dir nichts ausmacht, gehe ich jetzt nach Hause. Fange schon mal mit dem Papierkram an.«

»Gute Idee.«

»Ein paar Unterlagen sind in meinem Arbeitszimmer zu Hause, weißt du. Und der Rest ist oben im Büro. Als erstes muß ich alles zusammentragen, meinst du nicht auch? Weißt du noch, was der alte Markby immer gesagt hat?« Markby hatte ihnen in der Mittelstufe Trigonometrie beigebracht. »Organisation, Jungs, das ist das A und O.«

»Der alte Markby – mein Gott, ja. Er hatte immer noch die Fahrradklammern an den Hosenbeinen, wenn er in die Klasse kam.« Ruispidge erhob sich langsam und streckte seine Glieder, die schon steif geworden waren. Er war froh, daß er einen Stock hatte. »Ich wüßte gerne, was aus ihm geworden ist.«

Sie machten sich auf den Weg zur Lyd Street. Es war Ruispidge nie zuvor aufgefallen, daß man von hier unten die Kirche von St. John sehen konnte. Aus dieser Perspektive schien der Kirchturm viel höher als in Wirklichkeit, beinahe wie ein Schiffsmast.

»Markby?« sagte Giles. »Ich glaube, irgend jemand hat mir erzählt, daß er im Krieg gefallen ist. Wenn er überhaupt so lange gelebt hat.«

»Komischer alter Knabe – ich hatte ihn fast vergessen. ›Organisation ist das A und O.‹ Er selbst war eher zerstreut, nicht wahr?«

Giles versetzte sich in die Vergangenheit zurück. »Wahrscheinlich hast du recht. Das war er wohl.«

Die beiden Männer waren am oberen Ende der Lyd Street angekommen. Sie wurden langsamer und blieben schließlich stehen. Sie wandten sich einander zu wie in einer stillen Übereinkunft, daß dies die Stelle sei, Abschied voneinander zu nehmen.

»Ich werde zu Fuß nach Hause gehen«, sagte Ruispidge. »Muß mich ein bißchen bewegen.« Was er eigentlich brauchte, war Zeit für sich selbst, Zeit, sich mit dem Undenkbaren abzufinden. »Aber der Bentley steht beim *Bull.* Ich bin sicher, Jemima fährt dich nach Mill Place zurück, wenn du möchtest.«

»Ich will dir keine Umstände machen. Der kleine Spaziergang wird mir guttun. Aber erst einmal muß ich zur Bank und das hier einzahlen.«

Ruispidge warf einen Blick auf die abgeschabte Aktentasche. »Ach ja, die Mieten.«

Giles hob eine Hand zum Abschiedsgruß und ging langsam auf die Bank zu. Ruispidge ertrug es nicht, ihn so gehen zu lassen.

»Giles, du und Chrissie, ihr müßt mal wieder zum Abendessen kommen. Wir sind dran, okay?«

Newton drehte sich um, und ein Lächeln breitete sich auf seinem Gesicht aus. »Das wäre schön.«

»Wunderbar. Ich sage Soph, daß sie Chrissie anruft, ja?«

Newton hob die Hand ein Stück, als wolle er salutieren. Ruispidge hob seinen Stock als Antwort. Die beiden Männer entfernten sich schnell voneinander. Ruispidge kämpfte gegen die Versuchung an, über seine Schulter zurückzuschauen. Er verspürte Erleichterung, als er die Zuflucht der düsteren Halle des *Bulls* erreicht hatte.

Quale nahm hinter der Rezeption Haltung an. »Miss Jemima ist in der Lounge, Sir Anthony.«

Ruispidge ließ seinen Stock in den Schirmständer unter der Hutablage fallen. Als er Jemima fand, blätterte sie in einer *Vogue* und rauchte eine Zigarette. Niemand sonst war in dem großen Raum. Neben ihr stand ein Teetablett. Darauf kann man sich bei

Jemima verlassen, dachte er, das Mädchen hat eine geniale Begabung, es sich gemütlich zu machen. Ihre Füße lagen auf einem niedrigen Tisch, und man konnte mehr von ihren Beinen sehen, als es Ruispidge lieb war.

»Hallo, Onkelchen. Möchtest du Tee? Da steht noch eine Tasse. Oder willst du gleich nach Hause?«

Ihre Rücksichtnahme war ungewöhnlich. Ruispidge sagte: »Ich habe nur hereingeschaut, um dir zu sagen, daß ich zu Fuß gehe. Ich habe Lust auf einen kleinen Spaziergang am Fluß entlang.«

Sie ließ die Zeitschrift auf einen leeren Stuhl neben sich fallen und schwang ihre Füße vom Tisch. »Dann gehe ich jetzt auch.«

Der Zigarettenrauch stieg ihm in die Nase und erinnerte ihn daran, daß er seit dem Mittagessen nicht mehr geraucht hatte; und nach diesem schwierigen Gespräch mit Giles hatte er das Gefühl, er verdiene eine Zigarette. Er tastete in seiner Jackentasche nach dem Zigarettenetui. Es stieß mit etwas Hartem zusammen.

»Verdammt«, sagte er, nahm sein Etui heraus und öffnete es. »Ich habe vergessen, Giles das Feuerzeug von Chrissie wiederzugeben.« Der Gedanke an eine erneute Begegnung mit Chrissie war nicht besonders erheiternd. Er haßte Frauen, die Szenen machten. »Könntest du es für mich auf dem Heimweg abgeben?«

Jemima schob die Unterlippe vor. »Muß das sein?« Sie starrte Ruispidge einen Moment lang ins Gesicht und fügte dann hinzu: »Na gut.«

Plötzlich weiteten sich ihre Augen, und ihr Gesichtsausdruck veränderte sich. Es kam ihm vor wie das Einstellen eines Radiosenders: Eine winzige Drehung genügte, und der verzerrte Empfang wurde plötzlich klar. Ruispidge drehte sich um. In der Tür stand Inspector Thornhill. Ruispidges erster Gedanke war, daß der Mann sie belauscht hatte. Nur mühsam konnte er den Ärger in seiner Stimme zügeln.

»Ja, was gibt es?«

»Ich suche Mr. Lancaster, Sir. Quale sagte, er wäre hier gewesen.«

»Was wollen Sie von ihm?« Ruispidge sah ihn finster an. »Nein, sagen Sie nichts. Ich weiß, was Sie sagen wollen: Das alles ginge mich nichts an.«

Ein zweiter Mann erschien im Türrahmen, jünger als Thornhill und modisch gekleidet; Ruispidge hatte ihn oft genug vor Gericht gesehen, konnte sich aber nicht an seinen Namen erinnern, nur an seinen Cockney-Singsang unter jener dünnen Schicht dessen, was man heutzutage wohl »Bildung« nannte. Jemima gähnte und sank in den Lehnstuhl zurück. Ruispidge nahm eine Zigarette und versuchte, sie mit Chrissie Newtons Feuerzeug anzuzünden.

»Probieren Sie es doch in der Küche – und gehen Sie durch die Personaltür im Speisesaal.«

»Danke, Sir«, sagte Thornhill würdevoll. »Guten Tag.«

Die beiden Polizisten verschwanden. Jemima reckte sich.

»Wenn ich es mir genau überlege, trinke ich vielleicht doch erst noch meinen Tee aus, bevor ich nach Hause gehe.« Sie nahm die Zeitschrift wieder in die Hand. »Das macht dir doch nichts aus, oder? Es eilt nicht mit Mrs. Newtons Feuerzeug, nicht wahr?«

»Mach, was du willst«, sagte Ruispidge und legte das Feuerzeug auf Jemimas Handschuhe. Und als er den Raum verließ, die unangezündete Zigarette in der Hand, fügte er im stillen hinzu: Wie sonst auch.

5

In einem todschicken Leinenanzug mit einer leuchtend gestreiften Krawatte schneite Victor Youlgreave nach dem Mittagessen im Pfarrhaus herein. Sie hatten sich verabredet, um über die provisorische Vereinigung der Gemeinde von St. John mit St. Thomas zu diskutieren. Unter dem Arm trug er eine Aktenmappe aus Schlangenleder, die, wie sich herausstellte, seine detaillierten Vorschläge enthielt, zahllose Seiten sorgfältig gefalteten Papiers, die mit seiner peniblen kleinen Schrift in türkisfarbener Tinte bedeckt waren.

Den Suttons hatte vor diesem Besuch gegraut. Sie hatten mit höflicher Ablehnung und endlosen Verhandlungen gerechnet.

Nachdem Mrs. Abberleys Leiche gefunden worden war, hatten sie die Verabredung allerdings schlicht vergessen. Als Youlgreave ankam, erwartete ihn ein uniformierter Polizist vor der Tür.

Freundlich und geduldig brachte er den Polizisten dazu, ihn durchzulassen. Weder Williamson noch Thornhill waren in der Pfarrei, und der Sergeant, der die Durchsuchung des Pfarrhauses leitete, war entschlossen, sich strikt an die Vorschriften zu halten. Youlgreave überzeugte ihn davon, daß es im Sinn des Superintendent und des Chief Constable sei, wenn der Pfarrer mit seinem Kirchenvorstand sprechen könne. Er wandte dabei eine Methode an, die, in dem Sergeant die Überzeugung hinterließ, er selbst sei erst auf diese Idee gekommen. Mary Sutton bekam alles davon mit, und das sogar unbemerkt, weil die Wohnzimmertür, hinter der sie stand, nur angelehnt war.

Als Youlgreave ins Zimmer stürzte, saß sie neben ihrem Mann in dem Durcheinander von Stühlen vor dem kalten Kamin. Die Anwesenheit der Polizei gab ihnen das Gefühl, Fremde in ihrem eigenen Haus zu sein. Alec rauchte ununterbrochen und warf eine Kippe nach der anderen auf den leeren Kaminrost. Von Zeit zu Zeit klagte er über Magenschmerzen. Mary hoffte, daß sie nur eine Folge der Anspannung waren.

Youlgreave ergriff Marys Hände. »Meine liebe Mrs. Sutton. Das ist eine schreckliche Geschichte. Es muß furchtbar bedrükkend für Sie sein.«

Mary lachte unsicher. »Langsam frage ich mich, ob wir das Unheil in die Gemeinde gebracht haben.«

»Unsinn.« Youlgreave drückte ihre Hände sanft. »So etwas Dummes dürfen Sie nicht einmal denken.« Er ließ ihre Hände los und wandte sich an Alec. »Hat der Erzdiakon schon von dem zweiten Mord erfahren?«

Alec schüttelte den Kopf. »Ich habe versucht, ihn telefonisch zu erreichen, aber er war nicht da. Ich habe auch schon beim Bischof angerufen, aber der Bischof ist noch in London. Ich habe seinem Kaplan eine Nachricht für ihn hinterlassen.«

»Dann müssen wir vorläufig allein zurechtkommen. Hat die Polizei irgendeine Idee, wer es gewesen ist? Gehen sie davon aus, daß es in beiden Fällen derselbe Täter war?«

Alec Sutton zuckte die Schultern. »Ich weiß es nicht. Sie sagen uns ja nichts.«

Mary erinnerte sich an ihre gute Erziehung. »Setzen Sie sich doch bitte.«

Als sie Platz nahmen, klingelte es. Aus der Diele hörten sie Stimmen.

»Wer hat Mrs. Abberley zuletzt lebend gesehen?« fragte Youlgreave.

»Ich.« Mary Sutton schlang die Arme um den Oberkörper, um ein Frösteln zu unterdrücken. »Wahrscheinlich glauben sie, ich habe sie umgebracht.«

»Das glauben sie natürlich nicht«, sagte Alec.

»Warum nicht? Es ist kein Geheimnis, daß wir uns nicht verstanden haben.« Sie sah Youlgreave an. »Obwohl wir tatsächlich ausgerechnet heute, als ich sie kurz vor dem Mittagessen getroffen habe, eine Art Nichtangriffspakt geschlossen haben. Wie Hitler und Stalin vor dem Krieg.«

»Nein«, sagte ihr Mann mit sanfter Stimme. »Nicht so.«

»Was meinst du damit?«

»Hitler hat die Vereinbarung gebrochen und Stalin angegriffen.« Er hielt inne, als es noch einmal klingelte; und diesmal wurde auch der Türklopfer betätigt. »Hier geht es zu wie auf dem Piccadilly Circus«, sagte er zu Youlgreave. »Ein absolutes Irrenhaus.« Nach einer kurzen Pause fuhr er fort: »Ich würde gerne bei nächster Gelegenheit mit Ihnen und Newton reden. Ich denke ernsthaft darüber nach, von der Pfarrstelle zurückzutreten.«

»Sie sollten nichts dergleichen tun«, antwortete Youlgreave. »Es würde die Leute nur auf dumme Gedanken bringen. Außerdem würde die Gemeinde Sie ungern verlieren.«

In der Stille, die folgte, betrachtete Mary ihren Mann. Er studierte gedankenverloren ein Loch in der Lehne seines Sessels.

»Sehen Sie«, sagte er. »Es geht um diese Sache mit dem Abendmahlskelch. Ich habe mich da ziemlich starrköpfig verhalten.«

»Ich denke, wir haben uns bei der Gemeinderatssitzung am Freitag alle ziemlich hinreißen lassen.« Youlgreave zögerte einen Moment und fügte dann hinzu: »Mich selber eingeschlossen. Ist wohl das Wetter.«

»Falls wir den Kelch jemals zurückbekommen, sollten wir noch einmal darüber reden. Langsam beginne ich, einige Ihrer Argumente zu verstehen. Schließlich ist die Kirche von allen Besitztümern der Gemeinde das bei weitem wichtigste. Und es ist unsere Pflicht, sie so gut zu erhalten, wie wir nur können.«

»Im Moment ist das eine etwas theoretische Frage.«

»Sie haben angeregt, die Meinung aller Beteiligten einzuholen, von den Gemeindemitgliedern bis zum Bischof. Vielleicht ist das ein Weg.«

»Alec, Schatz«, unterbrach Mary ihn. »Der Kelch ist noch nicht wieder aufgetaucht. Ist es nicht ein bißchen voreilig, jetzt darüber zu reden, wie es weitergehen soll?«

»Eigentlich nicht.« Sutton lächelte beide an. »Schließlich ist es nicht nur der Kelch, um den es hier geht, oder? Der Punkt ist, wofür er steht. Er sollte ein Symbol der Einigkeit sein, kein Grund für einen Krieg.«

Youlgreave lächelte. »Hört sich an wie der Entwurf für eine Predigt.«

»Das ist es wahrscheinlich auch.« Wieder klingelte es an der Tür, und Suttons Gesicht verlor seinen entspannten Ausdruck. »Es ist im Moment so schwierig, auch nur einen einzigen klaren Gedanken zu fassen.«

»Das muß sehr unangenehm für Sie sein. Dieser ständige Strom von Besuchern. Sie müssen sich wie Gefangene in Ihrem eigenen Haus vorkommen.«

»Ein Vorteil, die Polizei im Haus zu haben, ist immerhin, daß sie uns die Journalisten vom Leib hält, wenigstens ein bißchen«, sagte Mary. »Der Superintendent meint, auch die Presse hätte mittlerweile davon erfahren, daß es zwischen uns und Mrs. Abberley böses Blut gab.«

Youlgreave schob sein Hinterteil auf dem Sessel nach vorne, bis er auf der Kante balancierte. Er klatschte in die Hände und sah Mary ernst an. »So geht es wirklich nicht, nicht wahr? Sie können hier nicht bleiben.« Wie um seine Worte zu unterstreichen, ertönte wieder ein wildes Klopfen an der Tür. »Hätten Sie Lust, den Nachmittag in meinem Haus zu verbringen? Da hätten Sie wenigstens ein bißchen Ruhe und Frieden. Sie können zum Abendessen bleiben, wenn Sie wollen – es gibt nichts Besonderes; vielleicht könnte ich ein Soufflé zaubern.«

»Vielen Dank, aber ich muß hierbleiben«, sagte Alec. »Vielleicht werde ich gebraucht.«

»Außerdem«, fügte Mary hinzu, »werden die Journalisten uns einfach folgen, wenn wir die Straße entlang zu Ihrem Haus gehen, dann findet die Belagerung zwar nicht mehr bei uns statt, dafür aber bei Ihnen.«

»Die Polizei würde jedem, der Sie wirklich sprechen will, sagen, wo Sie sind.« Youlgreave schürzte die Lippen. »Und was den anderen Punkt betrifft, Sie müssen ja nicht zu mir kommen. Vielleicht sollten wir Charlotte Wemyss-Brown anrufen?«

»Wir kennen sie nicht sehr gut.«

»Sie wird entzückt sein, das zu ändern. Und ein Tapetenwechsel für den Rest des Nachmittags würde Ihnen beiden gut tun.«

Alec räusperte sich. »Es ist nur so – ich möchte nicht undankbar oder mißtrauisch erscheinen ...«

»Sie denken daran, daß Wemyss-Brown die *Gazette* herausgibt und daß sie seiner Frau gehört? Ich verspreche Ihnen, daß Sie sich deswegen keine Sorgen machen müssen. Betrachten Sie die beiden nur als Gemeindemitglieder, die Ihnen gerne helfen würden.«

Mary sagte schnell: »Ich glaube, wir sollten es tun. Ich halte es hier nicht mehr aus.«

Sofort nickte Alec zustimmend; Mary wußte, daß er das ihretwegen tat. Ihm war nicht klar, daß der Hauptgrund, weshalb sie nicht länger in der Pfarrei bleiben wollte, die Wirkung war, die das Ganze auf ihn hatte.

Youlgreave stand auf. »Warum rufen wir sie nicht gleich an?«

Später dachte Mary, daß ihr mangelnder Widerstand gegen seinen Vorschlag zeigte, wie tief die Ereignisse der beiden letzten Tage sie und Alec erschüttert hatten. Youlgreave eilte zum Telefon. Er klärte das Vorhaben auch mit der Polizei ab, die tatsächlich geradezu unanständig begeistert war, die Suttons loszuwerden; Mary hatte den Verdacht, daß ihre Anwesenheit die Durchsuchung des Hauses behinderte.

Zu einem anderen Zeitpunkt hätten die Umstände ihres Aufbruchs Mary Spaß gemacht: Es hatte etwas von einem romantischen Abenteuer, wie aus einem Roman von John Buchan oder Dornford Yates. Als Youlgreaves Auto, ein Vorkriegs-Mercedes, vor dem Pfarrhaus vorfuhr, öffnete ein Polizist die Haustür, und zwei seiner Kollegen geleiteten die Suttons über den Bürgersteig zum Wagen. Einer der Polizisten knallte die Tür zu, und Youlgreave löste die Handbremse, noch bevor die Suttons richtig Platz genommen hatten.

Die Vorhänge vor den Seiten- und dem Rückfenster des Wagens waren zugezogen, aber Mary konnte der Versuchung nicht widerstehen, den Vorhang vor dem Rückfenster zur Seite zu ziehen und die Journalisten zu beobachten, die vor der Pfarrei wie ein Schwarm aufgeregter Insekten herumschwirrten. Drei Fotoapparate waren auf sie gerichtet. Ein junger Reporter rannte sogar hinter dem Auto her. Es war äußerst aufregend, und Mary fragte sich, ob sie die Szene wohl in ihrem nächsten *Inspector Coleford* unterbringen konnte, immer vorausgesetzt, daß sie noch einen schreiben würde. Es wäre eine Schande, diesen Stoff einfach zu verschenken.

Youlgreave bog in die High Street ein und dann in die Chepstow Road, wo er noch einmal ordentlich Gas gab.

»Wo fahren wir hin?« fragte Mary plötzlich. »Das ist doch nicht der Weg zum Troy House.«

Youlgreave sah sie im Rückspiegel an. »Ich will nur sichergehen, daß uns niemand folgt.«

Sie wußte nicht genau, ob sie ihn ernstnehmen sollte. War er auch ein Liebhaber der Werke von John Buchan und Dornford Yates? Oder handelte er aus Erfahrung? Das gehörte zu den unerwarteten Kriegsfolgen: Man hatte oft keine Ahnung, was die Leute in diesen sechs Jahren gemacht hatten und wozu sie heute noch imstande waren.

Keiner sprach während der weiteren Fahrt. Alec starrte aus dem Fenster. Sie fragte sich, woran er wohl dachte. Ihre Hand kroch über den Rücksitz und berührte seine. Er schloß seine Finger um ihre, aber er sah sie nicht an.

Der Daimler fuhr vor Troy House vor. Charlotte Wemyss-Brown stand am Erkerfenster des Wohnzimmers. Sie winkte und kam heraus, um sie zu begrüßen.

»Sie brauchen erst einmal einen Tee«, verkündete sie.

»Das ist sehr freundlich«, wollte Mary sagen, »aber –«

»Mr. Youlgreave, Sie bleiben auch, nicht wahr?«

»Mit dem größten Vergnügen.«

Charlotte wandte sich wieder den Suttons zu. »Sie müssen beide mit den Nerven am Ende sein. Vielleicht möchten Sie sich ein bißchen hinlegen? Die Betten im Gästezimmer sind gemacht. Ich kann Ihnen den Tee hochbringen, wenn Sie möchten.«

Unter diesem Ansturm von gutem Willen sah Alec ganz benommen aus. Er blickte über seine Schulter, als fürchte er, eine ganze Armee von Journalisten sei ihm auf seinen Fersen.

»Oder vielleicht hätten Sie gern etwas Stärkeres, Mr. Sutton?«

Als Frau eines Gemeindepfarrers wußte Mary, wie man Leuten das Gefühl gab, nützlich zu sein. »Ich bin zu aufgedreht, um zu schlafen, glaube ich. Aber eine Tasse Tee wäre wunderbar, nicht wahr, Liebling. Wir konnten nach dem Mittagessen noch keinen trinken, weil die Polizei die Küche belagert hat.«

»Es muß furchtbar sein, sie im Haus zu haben. Ich weiß, sie tun nur ihre Pflicht. Aber trotzdem, es ist eine Zumutung.« Während sie sprach, führte Charlotte ihre Gäste ins Wohnzimmer. »Sie kennen unsere Freundin Jill Francis, nicht wahr?«

Jill lehnte am Kamin. Sie sah ziemlich blaß aus, wirkte sonst aber unverändert, zumindest äußerlich. Sie lächelte die Suttons an. Mary fragte sich, wie um alles in der Welt die Frau es schaffte, nach einem Schlag auf den Kopf und einer Nacht im Krankenhaus so anmutig auszusehen.

»Ich wußte nicht, daß man Sie schon entlassen hat«, sagte Alec, plötzlich wieder ganz Pfarrer. »Sie brauchen jetzt einfach nur Ruhe. Ich frage mich, ob wir nicht –«

»Ich bin froh, daß Sie hier sind«, sagte Jill mit fester Stimme. »Es geht mir nicht wirklich schlecht. Ich freue mich, daß ich Gesellschaft habe. Charlotte kann Ihnen erzählen, wie schwer es mir fällt, herumzusitzen und nichts zu tun.«

»Dann müssen wir uns etwas zu Ihrer Unterhaltung einfallen lassen«, sagte Mary. Sobald sie die Worte ausgesprochen hatte, wünschte sie sich, sie könnte sie zurücknehmen. Sie war derart aufgekratzt vor Nervosität, daß sie sich selber fremd vorkam.

Doch ihre Verlegenheit ging in einer quirligen Aktivität unter. Charlotte lehnte jede Hilfe ab und ging, um Tee zu machen oder zumindest ihrer Haushälterin Anweisungen zu geben. Alec und Victor Youlgreave schlenderten zum Fenster und waren schnell in eine hochtechnische Diskussion über die jeweiligen architektonischen Vorzüge von St. John und St. Thomas verwickelt; sie schienen das Gespräch äußerst befriedigend zu finden. Mary blieb mit Jill Francis zurück. Sie saßen nebeneinander auf zwei Sesseln, zwischen denen nur ein kleiner Tisch mit einer großen Aspidistra in einem glasierten Tontopf stand.

»Wohnen Sie dauernd hier?« fragte Mary und schlug automatisch einen Konversationston an. »Im Troy House, meine ich?«

Jill blickte an der Aspidistra vorbei. »Charlotte und Philip haben mir angeboten, hier zu bleiben, solange ich Lust habe, aber ich hätte gerne eine eigene Wohnung. Ich habe mich zu sehr an meine Unabhängigkeit gewöhnt.«

Wie angenehm mußte es sein, nur für sich selber planen zu müssen: aufzustehen, wann man wollte, zu essen, wann man Lust hatte, zu arbeiten, wann es einem paßte. »Wonach suchen Sie? Ein möbliertes Zimmer oder eine Wohnung?«

»Ich hatte ein kleines Apartment in der Castle Street, aber das war insgesamt nicht so toll. Bad und Küche mußte ich mir teilen. Ich hätte wirklich gerne eine richtige Wohnung, alle meine Möbel sind im Moment eingelagert, und das kostet mich ein Vermögen. Aber Sie wissen ja, wie es ist. Es gibt einfach nicht genug Wohnungen. Ich kenne das aus London, aber ich hatte keine Ahnung, daß es in Lydmouth genauso schlimm ist.«

Jill sprach freundlich und langsam. Sie steuerte die Konversation durch sicheres, neutrales Fahrwasser. Sie ließ Pausen, damit Mary einhaken konnte, schien aber auch mit den einsilbigen Antworten, die sie erhielt, ganz zufrieden zu sein. Jill gehörte nicht zu diesen Leuten, dachte Mary, die ein krankhaftes Bedürfnis haben, hauptsächlich über sich selbst zu reden; ihr Redefluß hatte den Zweck, Mary die Zeit zu geben, die sie brauchte, um in die Normalität zurückzukehren, oder in so etwas Ähnliches wie Normalität. Auf eine skurrile Art amüsierte die Situation Mary, denn normalerweise war sie diejenige, die taktvoll die Gesprächsführung übernahm. Es war auch seltsam entspannend: So ähnlich fühlte sie sich als Beifahrerin, wenn ein guter Fahrer hinter dem Steuer saß.

Das Gespräch kreiste jetzt um Jills ehemalige Wohnung in London, ein Apartment in Maida Vale. Mit halbem Ohr lauschte Mary dem Bericht, wie schwierig es war, eine Putzfrau zu finden, die ebenso vertrauenswürdig wie tüchtig war. Ihre Gedanken hüpften von Putzfrauen über ehemalige Hausangestellte im allgemeinen bis hin zur Bewohnerin des Church Cottage im besonderen.

»Es ist merkwürdig«, unterbrach sie Jill. »Da wir gerade von Putzfrauen und Haushälterinnen reden – ich habe mich mit Mrs. Abberley nicht gut verstanden, aber ich glaube, ich werde sie vermissen.«

Nach einer winzigen Pause stieg Jill sanft in das neue Thema ein. »Sie hinterläßt doch eine Lücke, nicht wahr? Nicht viel anders als der Verlust eines Freundes, könnte ich mir vorstellen.«

Mary nickte, dankbar für das Verständnis. Der Verlust eines Feindes ließ einen ähnlich leer zurück wie der Tod eines Freundes. Und Mrs. Abberley war trotz ihres zeitweiligen Waffenstillstands eine Feindin gewesen.

»Ich wollte, ich könnte wenigstens so etwas wie Trauer empfinden. Statt dieser fürchterlichen Leere.«

»Das ist eine ganz normale Reaktion auf den Tod, glauben Sie nicht?«

»Diese Leere nicht.« Mary zögerte, dann sagte sie schroff: »Es ist noch schlimmer als Leere. Ich kann mich des Gefühls nicht erwehren, daß niemand einen solchen Tod mehr verdiente als sie.«

Jill schwieg. Mary sah zum Fenster und hörte mit Erleichterung, daß die Männer in das Für und Wider von einer Fußbodenheizung vertieft waren. Sie berührte eines der messerscharfen Blätter der Aspidistra.

»Ich weiß, das hört sich schrecklich an. Ganz unchristlich. Aber sie war unglaublich bösartig. Wußten Sie, daß sie Miss Kymin verraten hat, wo sie den Schlüssel zur Kirche findet? So ist Miss Kymin Sonntag nachts in die Sakristei gekommen.«

»Was wollte sie dort?«

Mary schlang die Arme um sich. »Ich hätte Ihnen das nicht sagen dürfen. Würden Sie es bitte wieder vergessen? Im Moment weiß ich nicht genau, was ich rede.«

»Als wir uns das letzte Mal gesehen haben, war ich beruflich unterwegs«, sagte Jill langsam. »Jetzt nicht.«

»Ich kenne Sie kaum.«

»Vielleicht ist das gut so. Sprechen Sie, wenn Sie wollen. Oder auch nicht. Aber wenn Sie reden, werde ich es für mich behalten – es sei denn, Sie wollen, daß ich es weitergebe.«

Mary starrte auf die Uhr auf dem Kaminsims. Das Ticken schien ihr unnatürlich laut. Die Zeit lief immer weiter, jeder Schlag wurde gezählt; und für jeden Menschen blieb sie irgendwann plötzlich stehen; die Zeit bedeutete nichts mehr im gnadenlosen Angesicht der Ewigkeit. Es war kein Wunder, daß die Menschen sich so um ihre Zeit sorgten. Ohne Zeit zu sein, bedeutete, tot zu sein. Im Geiste sah sie Miss Kymin und Mrs. Abberley wie zwei Luftgeister zwischen den Sternen im unendlichen Raum schweben.

»Miss Kymin hat diese anonymen Briefe geschrieben.« Jill schwieg abwartend; und Mary fühlte einen Schrecken, der wie ein Schatten auf ihr Bewußtsein fiel. Eine Sekunde später fuhr Jill fort: »Die Polizei hat die Zeitungen gefunden, die sie benutzt hat. Ich nehme an, ihr Besuch in der Sakristei hatte auch etwas mit ihrem Bedürfnis zu tun, Unheil zu stiften.«

Mary sah sie an. »Früher oder später werden es alle erfahren; wenn sie es jetzt nicht schon wissen. Ich glaube, daß Miss Kymin den Kelch stehlen oder irgendwie zerstören wollte. Sie muß den Wunsch gehabt haben, meinem Mann das Leben schwerzumachen.«

»Deshalb auch die Briefe?«

»Ja.« Mary schluckte. »Möglicherweise gab es da ein echtes Mißverständnis, aber sie verstand immer alles falsch. Mit Absicht. Es ergibt jetzt alles einen Sinn. Sie muß Alec in Soho gesehen haben. Mr. Thornhill hat mir erzählt, daß in einem der Briefe behauptet wurde, er ginge in London zu Prostituierten.« Sie fröstelte. »Und daß er den Abendmahlskelch stehlen wollte, um seine ... Ausschweifungen zu finanzieren.«

Unvermittelt stockte das Gespräch. Mary hörte die murmelnden Stimmen der Männer im Erker. »Ihre Grabsteine sind mit unseren auch gar nicht zu vergleichen«, sagte Youlgreave gerade. Sie fragte sich, ob Jill wohl wissen wollte, warum Alec in Soho gewesen war, und dachte, wie schwierig es doch war, ihr selbstauferlegtes Schweigegelübde zu brechen.

Mary sagte: »Ich denke, sie war in Alec verliebt. Es ist gar nicht so selten, daß sich einsame Frauen in ihren Gemeindepfarrer verlieben. Normalerweise gehen sie nur nicht so weit.« Miss Kymins Aufdringlichkeit machte sie immer noch wütend. Der Umstand, daß sie tot war, konnte daran nichts ändern. Sie zwang sich hinzuzufügen: »Sie muß sehr unglücklich gewesen sein.«

»Das erklärt die Briefe. Und den Versuch, den Kelch zu stehlen.«

Aus der Diele waren Schritte zu hören, und ein harter Gegenstand stieß gegen die Wohnzimmertür. Die Tür schwang auf, und Charlotte schob einen schwer beladenen Teewagen hinein. Die Männer eilten herbei, um ihr zu helfen.

»Ich habe mir gedacht, wir können alle einen Tee vertragen«, verkündete Charlotte. »Außer dir, Liebes«, fügte sie an Jills Adresse hinzu. »Dir habe ich etwas Fleischbrühe gemacht. Du brauchst etwas Stärkendes, nichts Stimulierendes.«

Mary sah zu Jill hinüber. Sie erkannte ein sekundenschnelles Aufflackern von Rebellion in Jills Gesicht, das sofort unterdrückt wurde. Die Männer halfen Charlotte beim Ausschenken des Tees, Youlgreave mit umsichtiger Eleganz und Alec mit einem abwesenden Gesichtsausdruck, der in Mary die Sorge auslöste, er könne etwas fallenlassen. Sie spürte die Spannung zwischen Jill und Charlotte und dachte über den Grund dafür nach. Die Männer zogen sich ans Fenster zurück, und Charlotte verließ das Zimmer, um den Kessel zu holen.

»Was hat Miss Kymin in London gemacht?« fragte Jill. Mary hatte den Verdacht, daß sie sich von der Aussicht auf den Genuß von Fleischbrühe ablenken wollte. »Als sie Mr. Sutton gesehen hat, meine ich.«

»Wahrscheinlich hatte ihr Besuch etwas mit dem Nachlaß ihrer Mutter zu tun. Ihr Anwalt sitzt in London, und sie war ein paarmal bei ihm. Ein- oder zweimal hat sie auch Alec um Rat gefragt.« Mary hielt inne und dachte an den Ratschlag des Erzdiakons, sich vor weiterer Geheimniskrämerei zu hüten. »Alec war in London, um mein neues Buch beim Verlag abzugeben. Das Büro liegt in der Brewer Street.«

»Ich habe gar nicht gewußt, daß Sie schreiben.«

»Das wissen nur wenige Leute. Ich habe nie darüber gesprochen. Aber ich glaube, das war ein Fehler.«

Jill nickte, und Mary dachte, wie angenehm es war, wieder einmal mit einer intelligenten Frau zu reden. Man mußte nicht lange erklären, daß Geheimnisse einen angreifbar machten, besonders gegenüber einer Frau wie Miss Kymin.

»Was schreiben Sie? Romane?«

»Das hängt davon ab, wie großzügig Sie die Gattung Roman definieren. Ich schreibe Krimis.«

»Unter Pseudonym?«

Mit einem Gefühl von Stolz, das sie selbst überraschte, gestand Mary: »Ich bin Denton Carbury.«

»Inspector Coleford?« Jills Gesicht leuchtete auf. Vermutlich war sie erleichtert, daß sie tatsächlich schon von Marys Krimis gehört hatte. »Er ist ein ziemlicher Charmeur, nicht wahr?«

»Finden Sie? Manche Leute meinen, er hat zuviel Humor.«

»Aber nein. Außerdem, warum sollen Polizisten keinen Humor haben?« Jill runzelte die Stirn. »Ich bin allerdings nicht sicher, ob die Polizei in Lydmouth darüber verfügt. Sagen Sie mir, was würden Sie von ein bißchen Publicity halten?«

»Entsetzlich.«

»Wenn Sie Lust haben, können wir einen Bericht über Sie als Schriftstellerin in der *Gazette* bringen. Aber vielleicht ist Ihnen das unangenehm?«

»Damit wäre es vielleicht ein für allemal erledigt. Wenn es erst einmal in der *Gazette* steht, weiß es jeder.« Der Gedanke ließ Mary innerlich erschauern. »Ich muß sehen, was Alec davon hält. Aber im Prinzip ist es vielleicht eine gute Idee.« Etwas anderes fiel ihr ein. »Würde es die Leute überhaupt interessieren?«

»Oh, und wie es sie interessieren würde. Kommt demnächst ein neuer Roman von Ihnen heraus?«

»Nicht vor Anfang nächsten Jahres. Der vorläufige Titel ist: *Inspector Coleford macht sich aus dem Staub*. Das ist genau das, was ich auch am liebsten täte.«

Charlotte kam mit dem Wasserkessel zurück; sie brachte auch noch einen Teller voller Eclairs mit, zusätzlich zu den Sandwiches, dem Teekuchen und den Löffelbiskuits.

Während Youlgreave mit den Teetassen, den Tellern und dem Besteck hantierte, sah Mary immer wieder verstohlen nach Jill. So kurz nach Mrs. Abberleys Tod schon wieder an praktische Erfordernisse zu denken, erschien ihr beinahe sündhaft. Aber das änderte nichts an der Tatsache, daß Alec schnell einen neuen Mieter für Church Cottage finden mußte. Und wie erfreulich wäre es, wenn der neue Mieter ein Mensch wäre, mit dem man tatsächlich reden konnte. Es war natürlich noch viel zu früh, auch nur daran zu denken, oder das Thema Jill gegenüber zu erwähnen. Aber Mary nahm sich vor, mit Alec darüber zu sprechen. Vielleicht gab es doch ein bißchen Glück im Unglück, dachte sie und erschrak gleichzeitig über ihre Leichtfertigkeit angesichts zweier barbarischer Morde. Nicht zum ersten Mal hatte sie den Eindruck, daß ihr Bewußtsein ein wildes, undiszipliniertes Ding war, das sie mit aller Kraft unter Kontrolle halten mußte. Vielleicht brauchte sie dafür das Schreiben: Es verschaffte ihr die Illusion, daß man Erfahrungen beherrschen konnte, während man sie in der Wirklichkeit so wenig in den Griff bekam wie die Unordnung im Zimmer ihrer Söhne.

»Macht sich aus dem Staub«, murmelte Jill vor sich hin und betrachtete stirnrunzelnd die braune Flüssigkeit in ihrer Tasse. »Sich aus dem Staub machen.«

»Inspector Coleford macht sich aus dem Staub«, sagte Mary. »Nein – das ist kein besonders guter Titel, oder? Vielleicht sollte ich das Buch lieber *Inspector Coleford sieht Gespenster* nennen. Nur daß das meinen Verleger beunruhigen würde, weil die Buchprospekte schon erschienen sind.«

»Das ist es nicht.« Jill stellte ihre Tasse auf dem Tisch neben ihrem Stuhl ab. »Der Titel erinnert mich an irgend etwas. Ich wußte nicht mehr, was genau in den letzten zehn Minuten, bevor ich gestern abend niedergeschlagen wurde, passiert ist. Ich weiß es immer noch nicht, nicht ganz, aber etwas ist mir eingefallen: Jemand ist weggerannt, hat sich aus dem Staub gemacht.«

»Wann?«

»Ein paar Sekunden nach dem Schlag, glaube ich. Ich war nicht lange bewußtlos. Nur einen Moment lang. Und dann lag ich mit dem Gesicht nach unten in dieser Scheune und fühlte überhaupt nichts. Sie kennen das doch sicher, wenn man nicht ganz schläft und auch nicht ganz wach ist. Das war dasselbe Gefühl, nur schmerzhafter, weil mein Kopf so weh tat. Der Punkt ist: Ich habe noch gehört, daß jemand wegrannte und wie dann eine Tür aufgemacht wurde – es war so ein schrammendes Geräusch.«

In Mary regte sich die professionelle Neugier. »Ich frage mich, warum Sie niedergeschlagen worden sind? Doch wohl nicht, um Sie zu töten, sonst hätte sich der Täter mehr Mühe gegeben.« Sie merkte, daß sie rot wurde und fuhr hastig fort: »Ich habe es nicht so herzlos gemeint.«

»Schon gut. Ich habe mir dieselbe Frage gestellt. Ich nehme an, er wollte nicht, daß ich sein Gesicht sehe.«

»Und vielleicht den Kelch.«

»Was wollen Sie damit sagen?« fragte Jill.

»Angenommen, der Mörder hatte den Kelch am Vorabend in der Scheune versteckt. Angenommen, er kam am Montag zurück und hat Sie in der Scheune vorgefunden. Oder er war schon vor Ihnen da und hatte den Kelch in der Hand. Vielleicht hatte er sich in einer dunklen Ecke versteckt.«

Jill lief ein Schauder über den Rücken.

»Eine Tür schrammte«, fuhr Mary träumerisch fort. »Was für eine Tür? Eine Wagentür?«

»Nicht so ein Geräusch. Eher wie die Tür zu einem Haus oder einem Schuppen.«

»Also, das bedeutet, daß der Täter nicht zur Straße gelaufen ist. Es ist viel wahrscheinlicher, daß er ins *Bull* gegangen ist.«

»Ist alles in Ordnung?« fragte Charlotte. »Jill, du hast deine Fleischbrühe nicht angerührt. Komm, trink sie aus. Das wird dir guttun.«

Einen Moment lang glaubte Mary, Jill sei drauf und dran, sich gegen diese Bevormundung zur Wehr zu setzen. Dann wogte

Charlotte aus dem Zimmer, um Milch zu holen. Die Männer standen immer noch am Erkerfenster und unterhielten sich mit gedämpften Stimmen.

Jill sagte leise: »Ich gehe aus.«

»Wohin?« fragte Mary.

»Ich möchte im *Bull* mit Quale sprechen. Die Person, die mich angegriffen hat, war wahrscheinlich dort. Und diese Person ist höchstwahrscheinlich der Mörder.«

»Geht es Ihnen gut genug, um allein zu gehen?«

Jill nickte. »Aber je eher ich gehe, desto besser. Sonst muß ich mich noch mit Charlotte auseinandersetzen, und das kann Stunden dauern.«

Die zwei Frauen lächelten sich verschwörerisch zu. Jill schlüpfte aus dem Zimmer. Als die Tür ins Schloß fiel, hob Mary Jills Tasse hoch und goß die Fleischbrühe kurzerhand in den Topf mit der Aspidistra.

Neunter Teil

I

Im Hinterhof des *Bull Hotels* war es sehr warm. Brian Kirby schwitzte, sowohl wegen der Hitze als auch vor Begierde.

»Wieviel Zeit haben wir, Liebling?« flüsterte Jemima.

»Weiß der Himmel. Nicht viel. Wenn Thornhill mit Lancaster fertig ist, brechen wir zum Pfarrhaus auf.«

Er stand neben dem offenen Fenster des Bentley. Die Karosse schirmte ihn gegen beobachtende Blicke aus dem Hotel ab. Jemima hatte einen Arm auf das Lenkrad gelegt, der andere ruhte im offenen Fenster. Er starrte in ihr Gesicht und dachte allen Ernstes, daß er das gerne für den Rest seines Lebens tun würde. Aber nicht nur das: Früher oder später müßte sie ihm wieder gestatten, mit ihr zu schlafen.

»Wenn wir bloß genau wüßten, wie lange es dauert.« Sie fuhr mit der Zunge über ihre Lippen. »Wir könnten es auf dem Rücksitz machen.«

Er berührte ihren Arm im Fenster. Ein weicher, blonder Flaum bedeckte die Haut. Er zeichnete ein Kreuz auf ihr sonnenwarmes Fleisch, gewissermaßen als Ersatz für einen Kuß. Ihre zweite Hand wanderte vom Lenkrad zu seiner Hand und drückte sie. Ihm war übel vor Begehren.

»Aber warum bist du hier?« fuhr sie fort. »Ich dachte, ihr schnüffelt alle im Pfarrhaus herum.«

»Wir versuchen herauszufinden, was sich hier Sonntag abend abgespielt hat«, sagte er geistesabwesend. In Gedanken war er bei der Frage, ob es wohl möglich wäre, das Symbol für einen Kuß Realität werden zu lassen. »Es könnte ja sein, daß der Mörder von Miss Kymin auf dem Rückweg hier vorbeigekommen ist.«

»Also war der Mörder jemand, der Sonntag abend hiergewesen ist?«

»Nicht unbedingt.« Hin- und hergerissen zwischen Begierde

und schlechtem Gewissen fühlte er sich entschieden unbehaglich. Er trat von einem Fuß auf den anderen und versuchte, all seine moralische Entschlossenheit zusammenzunehmen, um einen Schritt zurückzutreten.

»Wer war denn hier, Brian? Jemand, den ich kenne?«

Kirby rekapitulierte das Dutzend Namen, das er im Kopf hatte. »Wahrscheinlich kennst du nur Mr. Newton.« Es konnte sicher nichts schaden, ihr das zu sagen. Nach den Aussagen von Quale hatte Newton an diesem Abend eine Menge getrunken, was untypisch für ihn war. Ersäufte er so seine Sorgen? Aber man konnte sich kaum vorstellen, daß ein Typ wie Newton Sorgen hatte. Außerdem konnten ihm sicher ein halbes Dutzend Leute ein Alibi geben. Lancaster hatte ihn sogar ein Stück auf seinem Heimweg begleitet.

»Seid ihr der Lösung des Falls schon etwas nähergekommen?«

»Eigentlich kaum.« Er wandte seinen Blick von ihren Augen ab. »Ich sollte nicht mit dir darüber reden.«

Sie legte ihre warme, weiche Hand auf seine Wange. »Mach dir keine Sorgen. Ich erzähle es nicht weiter.«

»Jemima, ich –«

Von der anderen Seite des Autos waren Schritte zu hören, beunruhigend nah. Jemima zog schnell ihre Hand zurück. Aus der Seitenstraße war jemand in den Hof gekommen. Kirby trat ein paar Schritte zurück und stieß gegen die Mauer.

»Nein, Sergeant«, sagte Jemima mit hoher, tragender Stimme. »Ich fürchte, mein Onkel ist zu Fuß nach Hause gegangen. An Ihrer Stelle würde ich in Clearland Court anrufen und ihm eine Nachricht hinterlassen.«

Jill Francis tauchte auf. Jemima lehnte sich aus dem Fenster und rief: »Hallo, wie geht es Ihnen?«

Sie trat ans Auto. In panischer Hast versuchte Kirby, die Situation einzuschätzen. Es war Pech, daß es jemand war, der sie beide kannte, und dazu noch eine Journalistin. Da sie den Hof von der Seite betreten hatte, konnte sie durchaus Jemimas Hand an seiner Wange bemerkt haben.

»In Ordnung, Miss«, sagte er zu Jemima. Er fragte sich, ob man ihm die Gefühle, die er für Jemima empfand, wohl ansehen konnte. »Entschuldigen Sie, daß ich Sie belästigt habe.«

»Keine Ursache, Sergeant.«

»Ist Inspector Thornhill hier?« fragte Jill.

»Jawohl, Miss.«

»Das ist gut. Ich habe ihn im Pfarrhaus vermutet. Glauben Sie, ich könnte ihn kurz sprechen?«

»Im Moment hat er zu tun, Miss, aber vielleicht können Sie mit ihm reden, wenn er fertig ist.« Kirby war sich jetzt sicher, daß sie die Berührung gesehen hatte. Und warum wollte sie mit Thornhill sprechen? Um ihm mitzuteilen, was sie gesehen hatte? »Natürlich nur, wenn es Ihnen nichts ausmacht zu warten.«

»Wie geht es Ihrem Kopf, Jill? Ich darf Sie doch Jill nennen, oder? Ich heiße Jemima.«

»Natürlich dürfen Sie. Es geht mir gut, bis auf die leichten Kopfschmerzen.«

»Wann sind Sie aus dem Krankenhaus entlassen worden?«

»Nach dem Mittagessen.«

»Sie sind tapfer. Hier ist es passiert, nicht wahr?«

»Ja.« Jill machte ein paar Schritte auf die Hintertür zu. »Vielleicht warte ich besser in der Halle. Ich würde auch gerne mit Mr. Quale sprechen.« Kirby wußte nicht, ob er für ihr Taktgefühl dankbar sein sollte oder beunruhigt. Soviel Höflichkeit konnte auch etwas ganz anderes bedeuten.

Jemima sagte: »Warum treffen wir uns nicht auf einen Drink? Haben Sie heute abend etwas vor?«

Er verspürte Eifersucht auf Jill – denn wenn sie sich mit Jemima traf, konnte er schlecht dabeisein. Sie öffnete gerade ihren Mund, um zu antworten, als sie das bekannte Schrammen von Holz auf Stein hörte. Die Hintertür öffnete sich. Automatisch sahen alle drei in die Richtung, aus der das Geräusch kam.

Jill sagte leise: »Das ist es. Das ist das Geräusch, das ich gehört habe.«

Inspector Thornhill betrat den Hof. Einen Moment lang blinzelte er in die Sonne. Dann sah er sie.

Und in diesem Moment des Wiedererkennens erkannte auch Kirby etwas. Wenn er nicht gerade ein konkretes Problem zu lösen hatte, ging Kirby beinahe mit träumenden Augen durch das Leben, aber seit er Jemima kannte, schienen alle seine Sinne unerträglich geschärft zu sein. Er sah, wie Thornhill den Kopf wie unter Schock hochriß, wie seine Augen größer wurden, wie sein Gesicht plötzlich diesen hellwachen Ausdruck annahm. In diesem Moment hatte Kirby eine Erleuchtung.

Mein Gott, dachte er, Wilson hat recht: Der Boß ist scharf auf sie.

2

Laborare est orare, pflegten die Nonnen in der Schule zu sagen, arbeiten heißt beten. Unsinn, dachte Chrissie Newton, arbeiten heißt vergessen. Das beste an der Arbeit war, daß man dabei nicht denken mußte.

Normalerweise langweilte Hausarbeit sie. Marmelade einkochen allerdings empfand sie fast als so ehrenvoll wie Gartenarbeit. Es war eine klebrige, aber produktive Tätigkeit mit einem Anfang und einem Ende. Und man mußte es nur einmal im Jahr machen.

Es war auch eine ermüdende Arbeit. Zuerst hatte sie den großen Kessel gereinigt; seit dem letzten Jahr hatte er in der hintersten Ecke des hohen Holzregals gestanden und entsprechend viel Staub angesetzt. Der Kessel hatte ihrer Mutter gehört, und immer, wenn Chrissie ihn benutzte, erinnerte sie sich an die großartigen Einmachorgien ihrer Kindheit, wenn nämlich ihre Mutter und die Tanten die Küche ihres Elternhauses bei Leatherhead halb in eine Konservenfabrik verwandelten – und halb in ein Schlachtfeld.

Sie arbeitete schnell. Im Laufe des Vormittags hatte sie die Marmeladengläser ausgewaschen und zum Sterilisieren bereitgestellt und sich vergewissert, daß sie genug Zucker im Haus hatte. Charlotte hatte ihr etwas mehr als sechs Pfund Erdbeeren mitgegeben. Auf der Rückfahrt von Troy House hatte sie diese Ernte auf den Rücksitz gelegt. In Mill Place angekommen, ließ sie den Alvis in der Einfahrt stehen. Als sie ins Haus ging, fiel ihr auf, daß das linke Rücklicht kaputt war und daß in der hinteren Stoßstange eine Beule war. Nur ungern erinnerte sie sich daran, wie sie den Wagen am Morgen aus der Garage manövriert hatte, um nach Clearland Court zu fahren. Der Schaden erschien ihr unwichtig. Wichtig war es, mit der Marmelade weiterzumachen.

Sie saß am Küchentisch und putzte das Obst. Zum größten Teil war es noch ein bißchen unreif, also genau richtig. Sie nahm jede einzelne Beere, eine nach der anderen, in die Hand und sortierte die überreifen und die beschädigten aus. Die Stengel der weniger reifen Früchte brachen ab, als sie daran zog, und ihr unterster Teil blieb in der Frucht stecken. Sie fand das außerordentlich ärgerlich, obwohl sie wußte, daß es unvermeidlich war. Der Erdbeersaft färbte ihre Hände rot. Ihr fiel der Abdruck von rotem Lippenstift an der Zigarettenkippe ein, die sie im Alvis gefunden hatte. Ich habe Hände wie eine Hausangestellte, dachte sie: Kein Wunder, daß Giles sich nichts mehr aus mir macht.

Sambo spürte ihre Stimmung. Er lag unter dem Küchentisch und atmete schwer und irgendwie vorwurfsvoll. Plötzlich war Chrissie versucht, dem Tier auf die Pfoten zu treten. Sie widerstand der Versuchung, aber der Impuls war so wild und unerklärlich gewesen, daß er sie beträchtlich aus der Fassung brachte.

Als sie den Zucker abwog, verschüttete sie etwas auf den Boden. Sambo sah sie fragend an. »Du dummer Hund«, sagte sie und ließ den Zucker liegen. Er knirschte während der Arbeit unter ihren Sohlen.

Sie fettete den Boden des Kessels ein und begann, die Erdbeeren und den Zucker hineinzugeben. Sie zündete das Gas an und stellte den Kessel auf den Herd.

»Zitrone«, ertönte die Stimme einer ihrer Tanten in ihrem Kopf. »Zitrone ist für Erdbeermarmelade unerläßlich.«

Daran hatte Chrissie überhaupt nicht mehr gedacht. Glücklicherweise fand sich eine große Zitrone in der Obstschale auf der Anrichte. Das Messer, das sie zum Putzen der Früchte benutzt hatte, war verschwunden. Sie öffnete die Schublade im Küchentisch, wo sie ihre Küchenmesser aufbewahrte. Dort mußten zwei oder drei Messer sein, aber sie konnte sie nicht finden.

Zu ihrer eigenen Überraschung fluchte sie laut, mit Ausdrükken, die sie von Giles und ihren Brüdern gehört, aber niemals selbst in den Mund genommen hatte. Es war, als säße ein Fremder in ihrem Körper, der mit ihrem Mund sprach. Dieser Fremde mußte es auch sein, der die Schublade jetzt ganz herausriß und sie auf den Boden warf. Es gab einen lauten, befriedigenden Knall. Sambos Krallen kratzten auf den Fliesen, als er sich sicherheitshalber bis vor die Diele zurückzog. Die Rückwand der Schublade brach ab.

In dem ganzen Chaos sah sie zwei Messer liegen, die sich zum Schneiden der Zitrone eigneten; drei sogar, wenn man das Brotmesser mitzählte. Sie bückte sich und hob eins auf. Wild säbelte sie an der Zitrone herum. Plötzlich fiel ein Schatten in die Küche.

»Was zum Teufel machst du da?« fragte Giles. Er stand in der Tür zum Hof. Sambo watschelte auf ihn zu.

»Wonach sieht es aus? Ich koche Marmelade ein. Wo bist du gewesen?«

Er überhörte die Frage. »Was ist mit dem Auto passiert? Das Rücklicht ist kaputt, und in der Stoßstange ist eine verdammt große Beule.«

»Ich weiß.«

»Wie ist das passiert?«

»Der Torpfosten stand mir im Weg.«

Er ging einen Schritt auf sie zu und hob den Arm. Eine Sekunde lang war sie überzeugt, daß er sie schlagen wollte. Sie schnellte herum, um ihm ins Gesicht zu sehen. Immer noch hatte sie das Messer in der einen und die Zitrone in der anderen Hand.

»Was ist mit deiner Hand los? Woher kommen die ganzen Kratzer?«

Er senkte seinen Arm. »Die Katze von einem der Mieter.« Seine Stimme klang jetzt viel ruhiger. »Warum liegt die Schublade auf dem Boden?«

»Weil ich sie dorthin gelegt habe.«

Sambo rieb seine Nase am Bein seines Herrchens. Giles ignorierte ihn.

»Du hast mit Tony gesprochen«, sagte er langsam. »Was genau hast du ihm gesagt?«

Sie drehte sich um und schnitt die Zitrone in zwei Hälften. »Du hast ihn also getroffen?«

»Natürlich habe ich das. Aber ich kann auf deine Einmischung gut verzichten. Wie stehe ich jetzt vor Tony da?«

Sie drückte den Saft und die Kerne aus der Zitrone in eine Tonschüssel. Sie wandte so viel Kraft an, daß die Schale der Zitrone platzte. »Ich habe mich nicht eingemischt. Das ist auch meine Sache.«

»Mach dich nicht lächerlich.«

Sie versuchte, mit den Fingern die Kerne aus der Schüssel zu fischen. Der Zitronensaft brannte in den Rissen ihrer rauhen Haut. »Natürlich ist es das.« Ihre Verwegenheit überraschte sie selbst. »Du hast mein ganzes Vermögen durchgebracht. Wie soll es weitergehen?«

»Das kannst du getrost mir überlassen.«

»Nein, das kann ich nicht. Ich mache mir nicht nur Sorgen um meine Zukunft, es geht um die Kinder. Du hast mein Leben ruiniert, aber du hast kein Recht, auch ihr Leben zu zerstören.«

»Sei nicht so melodramatisch.«

Sie drehte sich um und sah ihn an. »Warum nicht?«

»Weil du dich wie ein hysterisches Zimmermädchen anhörst.«

»Schau, ich kann eine ganze Menge aushalten. Ich ertrage deine Launen.«

»Wenn du wüßtest, wie häßlich du bist, wenn du dich aufregst. Du solltest dich wirklich mehr um dein Aussehen kümmern.« Er ging auf die Küchentür zu, und Sambo trottete unglücklich hinter ihm her. »Aber dafür ist es jetzt zu spät.«

Seine Worte machten sie krank. »Was macht es schon aus, wie ich aussehe?« Sie knallte das Messer auf den Tisch. »Schließlich hast du doch deine Freundin zum Trost. Ist *sie* wenigstens hübsch?«

Er drehte sich um. Sein Gesicht war weiß. »Wer hat dir das erzählt?«

»Du selber. Wenn du geglaubt hast, du könntest es vor mir verbergen, bist du ein noch größerer Idiot, als ich angenommen hatte. Mein Gott, hältst du mich für blöd? Du hast dir diese kleinen Seitensprünge seit Jahren genehmigt, seit ich mit Michael schwanger war.«

»Du weißt nicht, was du sagst.«

»Nein? Von deiner neuesten Affäre weiß ich schon seit Wochen. Sie hinterläßt ihre Zigarettenkippen im Auto. Manchmal hängt auch ihr Geruch an dir. Und wenn ich deine Kleidung für die Wäsche sortiere – naja, was spielt das für eine Rolle? Immerhin hält dich das davon ab, mich anzutatschen. Solange du es diskret betreibst, schadet es mir und den Kindern nicht.« Sie machte eine Pause, und ihre Stimme wurde ruhiger und kälter. »Aber diese Geschichte mit dem Geld ist etwas anderes. Wo willst du einen neuen Job finden, wenn Tony dich rausschmeißt? Wer würde dich denn einstellen?«

Er sah seine Hände an und sagte ruhig: »Und warum sollte ich nach einem neuen Job suchen?«

»Weil es diesmal nicht nur Unfähigkeit ist; es geht um Unterschlagung, nicht wahr?«

»Hat Tony das gesagt?«

»Das hat mir keiner gesagt. Darauf bin ich selber gekommen. Ich habe gestern morgen deinen Schreibtisch durchsucht. Ich habe Daddy die Bücher geführt, erinnerst du dich? Ich weiß, wie man Zahlen addiert und Soll und Haben gegenüberstellt. Nur daß bei uns Soll und Haben nicht im Gleichgewicht sind, oder? Die einzige Erklärung dafür ist, daß du dich bei Tony bedient hast.«

»Du bist verrückt«, sagte er nicht sehr überzeugend. »Völlig übergeschnappt –«

»Was ist passiert? Hat deine kleine Freundin einen teuren Geschmack? Sollte mich nicht wundern, bei dem Parfum, das sie benutzt. Ziemlich klasse, im Vergleich zu deinen üblichen Flittchen. Normalerweise bist du doch eher fürs Billige und Vulgäre.«

»Halt die Klappe«, schrie er mit weit aufgerissenem Mund, so daß sie seine rosige Mundhöhle bis zum Rachen sehen konnte. »Halt den Mund! Sei still!«

Sambo knurrte.

»Wer ist es denn?« erkundigte sie sich. »Kenne ich sie? Ein Mann mit Anstand würde sich jemand Fremdes suchen, aber wir wissen ja beide, wie weit es mit dem Anstand bei dir her ist.«

Er kickte mit dem Fuß die Schublade über den Boden. Sambo jaulte auf, als sie gegen seine Pfote knallte, und verzog sich unter die Anrichte. Chrissie schob den Tisch zwischen sich und ihren

Mann. Er machte einen Schritt auf sie zu. Sie griff nach dem Messer, dessen Klinge immer noch klebrig von Zitronensaft war.

Giles bückte sich und kraulte mit seiner zerkratzten Hand Sambo hinter den Ohren.

Dann sah er Chrissie an. »Schlampe«, sagte er leise. »Schlampe, Schlampe, Schlampe.«

3

Victor Youlgreave fand Jill in der Lounge des *Bull Hotels*, wo sie mit Jemima Orepool zusammensaß und sich über die Londoner Nachtclubs unterhielt. Genauer gesagt war es so, daß Jill mit zu allem entschlossener Konzentration eine von Jemimas Zigaretten rauchte, während Jemima mit leuchtenden Augen erinnerungsselig aus ihren Londoner Tagen erzählte. Sie waren allein.

»Miss Francis – ich hatte gehofft, Sie hier zu treffen.« Seinen Panamahut unter den Arm geklemmt, bahnte sich Youlgreave an Tischen und Stühlen vorbei den Weg zu ihnen. »Hallo – Sie sind Miss Orepool, nicht wahr? Ich hoffe, ich störe Ihr vertrauliches Beisammensein nicht.«

Jemima taxierte ihn schnell und mit einer so unverhohlenen Neugier, daß es fast schon wieder harmlos wirkte.

»Kennen Sie Mr. Youlgreave?« fragte Jill. »Er ist im Pfarrgemeinderat von St. John.«

Jemima nickte. »Guten Tag.« Sie machte sich nicht die Mühe, ein Lächeln oder einen Händedruck an ihn zu verschwenden.

Youlgreave wandte sich wieder an Jill. »Ich habe gerade die Suttons ins Pfarrhaus zurückgefahren. Ich habe Mrs. Wemyss-Brown versprochen, auf dem Rückweg hier vorbeizuschauen und nach Ihnen zu suchen.«

»Wie nett von ihr«, sagte Jill und dachte genau das Gegenteil.

»Kann ich Sie vielleicht nach Troy House zurückfahren?«

»Leider hat mich Inspector Thornhill gebeten, hier auf ihn zu warten. Offenbar kann ich der Polizei bei ihrer Untersuchung behilflich sein. Ich weiß nicht genau, wie lange es dauert.«

Es gelang ihr nicht, den bitteren Ton in ihrer Stimme zu unterdrücken. Thornhills Manieren waren unerträglich – aufgeblasen, arrogant, von Dankbarkeit keine Spur. Sie hatte ihm eine wichtige Information geliefert, und seine einzige Reaktion war ein kurzes Nicken gewesen, das wohl andeuten sollte, daß sie ihm nichts Neues gesagt hatte. Und der Befehl, kaum getarnt als Bitte, seine Herrlichkeit in der Lounge zu erwarten. Besonders beleidigend fand sie seine Art, weil sie ihm zur Zeit ungewöhnlich viel Sympathie entgegenbrachte. Als er sie im Krankenhaus besucht hatte, war er sehr freundlich gewesen, und sie hatte festgestellt, daß sie ihn beinahe gern hatte. Aber jetzt war klar, daß sie sich durch einen Krankenbesuch hatte einwickeln lassen. Sie war auf sich selbst genauso zornig wie auf ihn.

»Ich dachte, die Suttons würden länger bleiben.« Jill fragte sich, ob sie vielleicht genug von Charlotte hatten.

Youlgreave wippte auf den Fußballen, als versuche er, größer zu erscheinen. »Der Erzdiakon hat angerufen. Er hat soeben die Neuigkeiten erfahren und ist auf dem Weg nach Lydmouth.« Youlgreave zögerte. »Alec meinte, es sei klüger, ihn im Pfarrhaus zu empfangen.«

Jill bemerkte, daß Youlgreave Suttons Vornamen benutzte. »Und Mrs. Sutton ist mitgefahren?«

»Ja. Wie zu erwarten war.« Ihre Blicke trafen sich, und sie erriet, daß sie beide dasselbe dachten: Daß nämlich die Suttons eine gute Ehe führten, und in einer guten Ehe blieb man in guten und schlechten Tagen zusammen. »Interessant, daß sie Schriftstellerin ist, nicht wahr?«

Jemima gähnte. Mit einer graziösen Schlangenbewegung stand sie auf, murmelte etwas wie ›Nase pudern‹ und glitt aus dem Raum.

»Ich habe sie hoffentlich nicht vertrieben«, murmelte Youlgreave.

»Ich glaube nicht, daß sie der Typ ist, der sich vertreiben läßt.« Jill drückte ihre Zigarette aus. »Setzen Sie sich doch, Mr. Youlgreave.«

Mit einem erleichterten Seufzer sank er in einen Sessel. Vorgebeugt saß er auf dem Sitz und drehte seinen Hut in der Hand. »Nachdem Sie gegangen sind, hat sie sich mit Mrs. Wemyss-

Brown über ihre Romane unterhalten. Hochinteressant. Mrs. Wemyss-Brown ist ganz scharf darauf, in der *Gazette* ein Porträt von ihr zu bringen. Ist das das richtige Wort? Den Suttons schien die Idee zu gefallen. Außerdem sollte man sein Licht nicht unter den Scheffel stellen, nicht wahr?«

Aus dem Augenwinkel nahm Jill eine Bewegung wahr. Sie blickte auf. Inspector Thornhill hatte die Lounge betreten und kam auf sie zu. Youlgreave und er nickten sich zu. Dann wandte er sich an Jill.

»Es tut mir leid, daß Sie warten mußten, Miss Francis.«

»Ich fürchte, ich erinnere mich an keine weiteren Einzelheiten.«

»In diesem Fall brauchen Sie nicht länger hierzubleiben.«

»Herzlichen Dank, daß Sie mir das jetzt mitteilen.«

Jill sah auf ihre Uhr. Thornhill preßte die Lippen zusammen. Sie griff nach ihrer Handtasche und ihren Handschuhen.

»Sie müssen mir erlauben, Sie nach Hause zu bringen«, sagte Youlgreave. »Mein Wagen steht vor dem Hotel.«

Thornhill räusperte sich. »Zögern Sie nicht, mich anzurufen, wenn Ihnen noch etwas einfällt.« Es hörte sich an, als habe sie persönlich die Schuld an ihren Erinnerungslücken. »Alles, was den Überfall betrifft. Auch wenn es Ihnen trivial erscheint.«

Sie nickte, vermutete Herablassung in seinen Worten und fand ihn überhaupt unausstehlich.

Er senkte die Stimme. »Sie sind sich absolut sicher, daß Sie gehört haben, wie die Hintertür geöffnet wurde?«

»Wenn ich nicht absolut sicher wäre, hätte ich es Ihnen nicht gesagt.« Sie stand auf, und ihre Kopfschmerzen wurden wieder schlimmer. Sie zwang sich, Youlgreave anzulächeln. »Ich mache Ihnen hoffentlich nicht zuviel Umstände?«

»Ganz und gar nicht. Es paßt mir sogar ganz ausgezeichnet. Wenn ich Sie in Troy House abgeliefert habe, bin ich gerade pünktlich für Nanki-Poos Spaziergang. Dazu würde ich mich nicht gerne verspäten. Wissen Sie, er ist ein Gewohnheitstier. Er reagiert äußerst gereizt, wenn seine Gewohnheiten über den Haufen geworfen werden.« Youlgreave blickte von Jill zu Thornhill. »Wie jeder von uns wahrscheinlich.«

Thornhill trat zur Seite, damit Jill und Youlgreave ihm zur Tür vorausgehen konnten.

Youlgreave blieb stehen. »Ich hoffe, sie schnappen diesen Kerl bald, Inspector. Er hat dieser Stadt fürchterlich zugesetzt. Solche Typen sollte man einen Kopf kürzer machen.«

»Mit dem Fallbeil, Sir?«

»Oh – ein Liberaler. Scharfrichter mögen heute etwas aus der Mode gekommen sein, aber ich persönlich habe nichts dagegen, wenn mit den zeitgemäßeren Mitteln derselbe Effekt erzielt wird.«

Jill beobachtete, wie Youlgreave zu Thornhill hochlächelte. Schlagartig wurde ihr klar, daß das rosige, freundliche Gesicht des Kirchenvorstehers nur eine Maske war. Und sie war nicht sicher, ob ihr der Mann hinter der Maske gefiel.

»Ja«, sagte Youlgreave und rieb sich die kleinen Hände. »Ich bin absolut für die Todesstrafe. Was sonst soll man mit einem Mörder machen?«

4

Als Jean endlich die Schule verließ, waren alle anderen längst zu Hause. Die unvollständigen Hausaufgaben vom Wochenende hatten ihr Nachsitzen eingebracht, nicht nur diesen Nachmittag, sondern die ganze Woche.

»Du kommst nach der Schule sofort nach Hause«, hatte ihre Mutter beim Frühstück gesagt. »Bummel nicht herum wie sonst. Hier läuft ein Mörder durch die Straßen. Du möchtest doch nicht mit durchgeschnittener Kehle unter einer Hecke enden, oder?«

Nachdem sie mit ihren Aufgaben fertig war, verbrachte sie den Rest der Zeit, die sie nachsitzen mußte, damit, von Pfeilen durchbohrte Herzen zu malen, in die sie BRIAN und JEAN schrieb. Jedesmal, wenn ein Herz fertig war, übermalte sie es mit ihrem Füller. Die Feder grub sich tief in das Papier, und die Tinte hinterließ Spuren auf der nächsten Seite ihres Heftes.

Während sie zeichnete, wog sie das Für und Wider der Umstände in ihrem Kopf ab und kam langsam und mühsam zu einer Entscheidung. Wenn sie einen klaren Kopf behielt, mußte es möglich sein, ihnen mitzuteilen, was sie am Sonntag abend beobachtet hatte, ohne zu verraten, daß sie nach Brian Ausschau gehalten hatte. Mehr noch, wenn sie es geschickt anstellte, konnte sie sich Brians Dankbarkeit und seinen Respekt verdienen. (›Du bist wundervoll, Jean. Ohne dich hätten wir den Fall nicht lösen können.‹)

»Die alte Kuh kann mich mal«, murmelte sie vor sich hin und dachte an ihre Mutter. »Es ist ja wohl mein Leben, oder?«

Das Nachsitzen gab ihr eine Entschuldigung für ihr Zuspätkommen. Nachdem sie die Schule verlassen hatte, ging sie nicht auf dem schnellsten Weg nach Hause, sondern machte wie immer einen beträchtlichen Umweg. Unter normalen Umständen lungerte sie gerne in der High Street herum, nicht, wie sie vorgab, um die Schaufensterauslagen zu betrachten, sondern um das Polizeirevier zu beobachten, in der stillen Hoffnung, Brian Kirby zu sehen.

An diesem Nachmittag marschierte sie kühn die Treppe zum Revier hinauf und ging hinein. Hinter dem Empfang stand Sergeant Fowles. Das war ein gutes Omen: Er hatte ihren Vater gut gekannt.

»Hallo, Jean. Wie geht es dir und deiner Mutter?«

»Danke, gut. Ist Mr. Kirby da?«

»Ja.« Fowles sah sie ernst an. »Aber er hat zu tun. Im Moment haben wir alle ziemlich viel zu tun.«

Am liebsten hätte sie ihn angeschrien: ›Behandeln Sie mich nicht wie ein Kind. Ich bin kein Baby.‹

»Wenn du eine Nachricht von deiner Mutter hast, sorge ich dafür, daß er sie erhält.«

»Darum geht es nicht. Kann ich bitte zu ihm?« Ihr fiel ein Satz ein, den sie in einem Film gehört hatte: »Ich habe eine wichtige Information für ihn.«

»Um was geht es denn?«

»Das kann ich nur Mr. Kirby sagen.«

Fowles starrte sie an. Schließlich griff er zum Telefon. Er deutete auf die Bank, die an der Wand stand. Sie versuchte zu hören, was er ins Telefon sagte, aber sie konnte die Worte nicht verstehen. Sie wiederholte im Geiste, was sie sagen wollte, und zog den Riemen ihrer Schultasche durch die Finger. Wenn ihre Mutter ihr nur erlauben würde, sich zu schminken. Männer mochten Make-up bei Frauen.

Von der Treppe hörte sie Schritte. Sie sah hoch. Brian kam zu ihr herüber. Er sah so toll aus in seinem neuen blauen Anzug mit der wundervollen amerikanischen Krawatte. Wenn er sie nur anlächeln würde!

»Worum geht's, Jean? Mach es bitte kurz.«

»Ich habe Sonntag abend einen kleinen Spaziergang gemacht«, sagte sie hastig. »So gegen neun. Ich weiß, daß ich zu Mr. Thornhill gesagt habe, ich wäre nicht draußen gewesen, aber das war nur, weil ich dachte, er meinte den Sonntag davor.« Sie schielte zu Brian hoch und versuchte herauszufinden, ob er ihr die Lüge abnahm. »Ich war ein bißchen auf dem Friedhof. Ich habe einen Mann aus der Kirche kommen sehen.«

Er griff nach ihrem Arm und drückte ihn so fest, daß sie aufschrie. »Wer ist es gewesen?«

»Mr. Newton.«

»Du dummes Mädchen. Warum hast du uns das um Himmels willen nicht eher gesagt?« Er schob sein erhitztes, verärgertes Gesicht nahe an ihres heran. »Bist du sicher? Das ist nicht nur irgendeine dumme Geschichte?«

»Natürlich nicht. Ich habe ihn *gesehen*.«

Brian ließ sie los und rannte die Treppe hoch, ohne ihr auch nur ein weiteres Wort zu schenken. Ihre Augen brannten. Tränen liefen ihr die Wangen hinab. Sie ›machte sich in der Öffentlichkeit lächerlich‹, wie ihre Mutter es nannte. Und mitten in ihrer Verzweiflung hörte sie Sergeant Fowles sprechen. Seine Stimme schien von weither zu kommen.

»Hast du nichts davon gehört? Heute ist noch ein Mord geschehen, Jean.«

5

Sambo lag unter dem Schreibtisch und roch streng, wie alte Hunde es an sich haben; sein Atem ging langsam und rasselnd und klang wie Sandpapier, das hin und her gerieben wurde. Sein Kopf ruhte schwer auf Giles Newtons linkem Fuß.

Newton schrieb Briefe. Die Tür war abgeschlossen. Durch das Fenster konnte er den grünen Rasen sehen, der sich bis zum Fluß am Ende des Gartens hinabzog. Die Welt war wunderschön, voller leuchtender Farben, die in den Augen weh taten.

Der erste Brief war an den Leichenbeschauer gerichtet.

Ich habe mich entschlossen, Selbstmord zu begehen. Ich bitte um Entschuldigung für die Unannehmlichkeiten, die dies nach sich ziehen wird. Niemand außer mir ist in irgendeiner Weise für meine Entscheidung verantwortlich zu machen. Ich habe eine Reihe von finanziellen Problemen, und dies scheint mir nach reiflicher Überlegung die beste Lösung zu sein.

Der Brief an den Leichenbeschauer war der einfachste gewesen. Als nächstes hatte er einen kurzen Brief an Chrissie geschrieben, nicht weil er es wollte, sondern weil es merkwürdig gewesen wäre, wenn er es nicht getan hätte. Alles mußte seine Richtigkeit haben, sogar wenn man sich umbringen wollte.

Der Brief erwies sich als unerwartet schwierig. Am Ende schaffte er es, weil er sich vormachte, daß sie zwei völlig verschiedene Menschen waren.

... und Du hast überhaupt keine Schuld. Manchmal ist die beste Art, mit Schwierigkeiten umzugehen, sie einfach hinter sich zu lassen. Ich schlage vor, daß Du Tony um Rat bittest. Ich glaube, daß alles viel leichter sein wird, wenn ich nicht mehr da bin. Liebling, es tut mir leid, daß ich Dir soviel Kummer gemacht habe. Ich liebe Dich und die Kinder ...

Der Brief an Tony Ruispidge war noch schwerer. Tony durfte nie erfahren, daß er ihn doppelt betrogen hatte. Das war ein Vorteil des von ihm gewählten Ausweges. Ein anderer Vorteil war, daß es schlimmere Skandale als Selbstmord gab. Er wünschte, er müßte nicht an Tony schreiben. Aber Tony verdiente einen Brief, auch wenn ein Brief nicht alles erklärte. Hier mußte er kein Theater spielen, oder jedenfalls nicht übermäßig. Was er schrieb, entsprach beinahe der Wahrheit, wenn es auch nicht die ganze Wahrheit war.

Tut mir leid, alter Knabe. Ich weiß, daß dies ein armseliger Dank für all das ist, was Du für mich getan hast. Die Tatsache, daß ich den Betrieb nicht immer optimal geführt habe, bedrückt mich sehr. Ich hoffe, Du weißt, daß dies nicht mit Absicht geschehen ist, sondern weil ich es einfach nicht besser konnte.

Giles wußte, daß er sich darauf verlassen konnte, daß Tony den Skandal nicht noch anheizen würde. Das Wort Unterschlagung würde nicht fallen, zumindest nicht in der Öffentlichkeit. Wenigstens das ist nicht schiefgegangen in meinem Leben, dachte Giles, die Freundschaft mit Tony.

Wie Du weißt, habe ich Dich zu meinem Testamentsvollstrecker bestimmt. Ich hoffe, Du kannst das unter diesen Umständen akzeptieren. Ich weiß, daß die ganze Angelegenheit bei Dir in guten Händen ist. Ich habe versucht, soweit alles in Ordnung zu bringen, damit alles so glatt wie möglich abläuft. Wie der alte Markby zu sagen pflegte, Organisation ist das A und O.

Mangel an Organisation – das war das Problem in den letzten achtundvierzig Stunden gewesen. Er war gezwungen, die ganze Zeit zu improvisieren. Und darin war er nie gut gewesen. An allem war nur diese verdammte Kymin schuld. Er hatte den Diebstahl des Abendmahlskelches sorgfältig geplant. Das Risiko, gesehen zu werden, war minimal, wenn er durch den Garten des Pfarrhauses ging. Das Südportal war nicht abgeschlossen – zu dem Zeitpunkt hatte er angenommen, daß Alec Sutton es vergessen hatte.

Er hatte sich natürlich vergewissert, daß niemand in der Kirche war. Er hatte sogar an der Sakristeitür gerüttelt, um sicherzugehen, daß sie abgeschlossen war. Sutton würde sich ja nicht in der Sakristei einschließen.

Er war seinem Plan gefolgt und hatte seinen Schlüssel zur Sakristei nicht benutzt, sondern die Tür mit dem Wagenheber aufgebrochen. Er erinnerte sich an das Krachen, als das Holz splitterte, wie laut und gewalttätig es in der Stille der Kirche geklungen hatte. Er hatte die Tür aufgestoßen, und genau von diesem Augenblick an war alles schiefgegangen. Er hatte immer Pech gehabt im Leben, doch dies war die Krönung.

»Nein«, hatte Miss Kymin geschrien. »Tun Sie mir nichts.«

Sie hatte unter dem Grabmal von Ruispidge gekauert, mit erhobenen Armen, um einen Angriff abzuwehren, der noch gar nicht stattgefunden hatte; er hatte das Weiße in ihren Augen gesehen. Die Angst ließ sie noch häßlicher als sonst aussehen. Sie widerte ihn an.

»Faß mich nicht an, du Monster. Oh, bitte, bitte, bitte.«

Ihre Panik hatte seine eigene nur vergrößert. Sie hatte gesehen, wie er eingebrochen war. Er dachte nicht darüber nach, wie sie selbst hineingekommen war, oder was sie in der Sakristei wollte. Diese miese kleine Frau würde alles ruinieren, wenn sie nicht aufhörte zu schreien.

Er hatte mit dem Wagenheber ausgeholt, zugeschlagen und sein ganzes Gewicht in den Schlag gelegt. Es war nicht einmal eine bewußte Entscheidung gewesen. Es war einfach passiert. Der Schlag hatte in gewisser Weise gar nichts mit ihm zu tun. Man konnte nicht einmal sagen, er hätte improvisiert: Sein Körper hatte improvisiert, nicht sein Verstand.

Das verdammte Weib hatte geschrien und war zusammengebrochen. Er war beinahe erleichtert gewesen; jetzt brauchte er nicht mehr zu improvisieren, von da an lief wieder alles nach Plan. Er hatte nur aus einem einzigen Grund die Tür zur Sakristei aufgebrochen. Es sollte den Anschein erwecken, daß jemand, der keinen Schlüssel hatte, den Abendmahlskelch gestohlen hatte. Vielleicht ein Landstreicher. Ein Landstreicher hatte Miss Kymin in der Kirche vorgefunden und sie in einem Anfall von Panik umgebracht. Das war eine Version, die jeder glauben würde.

Seine Hände hatten so sehr gezittert, daß ihm der Schlüssel auf die Erde gefallen war, als er versuchte, den Tresor zu öffnen. Es dauerte fast eine Minute, bis er die Tür geöffnet hatte. Folge dem Plan, hatte er gedacht, folge dem Plan. Er nahm den Kelch aus dem Kasten und rannte damit durch die dämmrige Kirche. Er wußte, daß er nicht mit dem Kelch unter dem einen und dem Wagenheber unter dem anderen Arm zurück ins *Bull* gehen konnte. Der Kelch paßte nicht in eine Tasche. Er steckte den Wagenheber und den Abendmahlskelch unter sein Jackett und hielt sie mit den Armen fest. Hart und kalt spürte er sie durch seine Weste und sein Hemd.

Es war weder Tag noch Nacht. Die Fenster des Church Cottage lagen im Dunkeln. Nichts deutete darauf hin, daß die alte Hexe Abberley am Schlafzimmerfenster stand, hinaussah und darauf wartete, daß Miss Kymin zurückkam. Im Pfarrhaus brannte nur noch im ersten Stock Licht, vermutlich im Schlafzimmer der Suttons, und dort waren die Vorhänge zugezogen. Draußen war es immer noch so hell, daß er den Weg erkennen konnte.

Newton hastete über den Friedhof und überquerte die Straße; er wagte nicht zu rennen, denn das wäre verdächtig gewesen. Er hatte das Tor der Suttons angelehnt gelassen. Er schlüpfte hindurch, klinkte das Tor hinter sich zu und lief durch den langen, schmalen Hof neben dem Pfarrhaus. An dieser Seite waren alle Fenster dunkel. Gott sei Dank: Aus dem Küchenfenster konnte man einen Teil des Hofes überblicken, und er hatte Angst gehabt, daß dort noch jemand sein könnte.

Der Garten des Pfarrhauses war ihm beinahe ebenso vertraut wie sein eigener. Er lief, so schnell er konnte, und vermied unnötigen Lärm. Doch er hatte das Gefühl, wie durch eine zähe Masse zu waten. Das Zwielicht spielte seinen Augen Streiche: Schatten wurden lebendig, und Konturen wurden unversehens alptraumhafte Wesen. Er hatte dasselbe Gefühl wie jetzt; es konnte nicht wahr sein; das war alles ein schreckliches Mißverständnis. Der Schrecken darüber, was er getan hatte, wurde von der Tatsache, daß er es nicht glauben konnte, noch verstärkt. Es konnte nur ein Alptraum sein, und Alpträume geschahen nicht wirklich.

Als er das alte Tor des Küchengartens erreichte, versuchte er zu rennen, gejagt von dem Gedanken, daß ihm jemand auf den Fersen war. Zwischendurch war er immer noch in der Lage, einen klaren Gedanken zu fassen. Er hatte zum Beispiel mit der Idee gespielt, den Abendmahlskelch und den Wagenheber im Garten zu verstecken, doch schließlich beschloß er, sich an seinen ursprünglichen Plan zu halten; es war immer sicherer, nicht zu improvisieren.

Zwei Minuten später war er auf dem Hof des *Bull*. Er wickelte den Kelch und den Wagenheber in ein Stück Sackleinen, das er in der Scheune gelassen hatte. Der Hof war leer. Er konnte durch das offene Küchenfenster hören, wie jemand den Abwasch machte. Er streifte seine Handschuhe ab und ging in die Herrentoilette am anderen Ende der Scheune. Dort ließ er Wasser in eins der Waschbecken laufen und wusch sich gründlich die Hände. Er war froh, daß er Miss Kymin nicht hatte anfassen müssen.

Er ging zurück ins Hotel, nickte Quale hinter der Rezeption zu und kehrte in die Bar zurück. Nichts hatte sich verändert, jedenfalls nichts Wesentliches. Als Newton sich davongeschlichen hatte, war Lancaster gerade dabeigewesen, eine neue Runde zu bestellen. An Newtons Platz stand ein frisches Bier, aber Lancaster hatte seinen dreifachen Whisky nicht einmal zur Hälfte geleert. Er und die anderen der Truppe, alle drei Stammgäste des *Bull*, kritisierten immer noch die Zusammensetzung der Cricketmannschaft der Grafschaft, gespickt mit Fachausdrücken und kleinen Geschichten. Ihre Stimmen klangen laut und verwaschen.

Newton glitt auf seinen Stuhl zurück und griff nach seinem Glas. Seine Hand war absolut ruhig, was ihm seltsam vorkam und ihm beinahe selber imponierte. Um ihn herum nahm die Unterhaltung ihren Lauf. Von seiner Rückkehr wurde ebensowenig Notiz genommen wie von seinem Verschwinden. Ein Blick auf die Uhr an der Wand zeigte ihm, daß er elf Minuten weg gewesen war. Er mischte sich mit einem schlüpfrigen Scherz wieder in die Unterhaltung und wurde mit dröhnendem Gelächter belohnt.

Gewöhnlich trank er nicht viel, aber an jenem Abend hatte er, ohne es zu merken, zuviel getrunken. Er hatte geplant, nach der Sperrstunde nach Hause zu gehen und auf dem Weg den Abendmahlskelch und den Wagenheber mitzunehmen. Bomber Lancaster hatte diese Absicht zunichte gemacht. Es ist so ein wunderbarer Abend, hatte Lancaster gesagt, genau das richtige für einen Spaziergang und eine Pfeife. Er war einen Teil des Weges mit Newton gegangen.

Lancaster war ebenfalls ziemlich mitgenommen. Er hatte über die Buchhaltungsprobleme im *Bull* sprechen wollen, redete aber nur um den heißen Brei herum.

»Ich weiß selber nicht, woran es liegt, alter Knabe«, sagte Lancaster immer wieder. »Die Rechnung geht einfach nicht auf. So kann sich kein Betrieb rechnen. Verstehen Sie? Das sollte ein Witz sein.«

Das war am Sonntagabend gewesen. So hatte der Alptraum begonnen. Gestern, am Montag, war Giles in den frühen Morgenstunden mit einem Kater aufgewacht und hatte ein Gefühl, als drücke ihn ein schreckliches Gewicht auf die Matratze. Er schleppte sich aus dem Bett und suchte erfolglos nach einem Aspirin.

Im Laufe des Tages wurde es immer schlimmer. Er hatte schreckliches Pech. Alles kam zusammen. Zuerst der Schock über die Entdeckung, daß Mrs. Abberley, diese häßliche alte Krähe, ihn gesehen hatte, als er am Vorabend aus der Kirche gekommen war, und ihn jetzt erpreßte. Sie hatte von ihm verlangt, daß er einen anonymen Brief schrieb, worin Sutton des Mordes bezichtigt wurde. Genau wie Jemima wollte sie, daß ein Mann die Drecksarbeit für sie erledigte.

Als nächstes war am Abend, als er ins *Bull* zurückgekehrt war, um den Abendmahlskelch zu holen, Jill Francis in die Scheune hereingeplatzt. Er war seinem Impuls gefolgt. Was hätte er auch tun sollen, außer zu improvisieren? Sein erster Gedanke war gewesen, daß sie irgendwie ahnte, daß der Kelch dort war. Sie wußte zuviel, und deshalb mußte er sie zum Schweigen bringen. Außerdem wußte er, daß sie ihn sehen würde, sobald sie sich umdrehte, wie er da im Eingang stand, den Rücken gegen die Wand gepreßt. Angst hatte ihre eigene Logik, und dieser Logik war er fast bis zum bitteren Ende gefolgt. Wenigstens war sie nicht tot.

Er hatte auch Mrs. Abberley heute morgen nicht umbringen wollen, obwohl sie angefangen hatte, Geld, das er nicht hatte, von ihm zu erpressen. Er hatte mit ihr reden wollen, er hatte sie sogar angefleht. Er war ihr die Bull Lane hinunter bis in den Küchengarten gefolgt. Ihre Reaktion war schuld an dem, was geschehen war. Er hatte die Angst in ihrem Gesicht gesehen, wie sie den Mund aufriß, um zu schreien. Wenn sie nicht so geschrien und sich nicht gewehrt hätte, hätte er sie nicht umgebracht. Sie hatte gekratzt wie eine Katze und ihm ins Gesicht gespuckt. Er hatte sie nicht umbringen wollen, sie sollte nur still sein. Es war nicht seine Schuld, daß sie nicht aufhörte, sich zu wehren und so laut zu kreischen. Sie war eine törichte und bösartige Frau gewesen.

Und jetzt hatte er alles verloren, selbst wenn er der Anklage des Doppelmordes entkam. Wie man es auch drehte und wendete, er hatte kein Zuhause und keine Arbeit mehr. Tony Ruispidge würde von ihm erwarten, daß er kündigte. Es bestand die Gefahr, daß er gerichtlich belangt wurde, wenn Tony die genauen Gründe für den wirtschaftlichen Niedergang des Ruispidge-Anwesens herausfand.

Und schließlich, und das war das Schlimmste, hatte Jemima ihn zurückgewiesen. Ungewollt sagte er laut: »Sie hat mir ein Stück Himmel gezeigt und mich dann in die Hölle gestoßen.« Unter dem Schreibtisch jaulte Sambo auf. Die Worte klangen trivial und unerträglich vulgär, als stammten sie aus einem Kitschroman, der für Küchenmädchen und Verkäuferinnen gedacht war.

Der Gedanke an Jemima erfüllte ihn mit Sehnsucht. Das Herz wollte ihm in der Brust zerspringen. Es war vorbei, er hatte alles zerstört. Er fühlte sich wie Samson, angekettet an die Säulen des Tempels und von Feinden umzingelt: Samson hatte den Tempel niedergerissen und sich und seine Feinde in einer einzigen Katastrophe zugrunde gerichtet. Giles starrte aus dem Fenster auf den grünen Rasen, den blauen Himmel und den silbrig dahinfließenden Strom. Er fühlte sich ruhig und außerordentlich edel. Sie würden wegen der Morde Vermutungen anstellen, aber ganz sicher konnten sie niemals sein; und er würde Jemimas Namen heraushalten. Das war er ihr und Tony schuldig. Ein wenig verspätet kam ihm in den Sinn, daß er es vielleicht auch Chrissie und den Kindern schuldig war.

Er versiegelte die Briefe und schrieb die Namen der Empfänger auf die Umschläge. Er stapelte sie säuberlich in der Mitte seiner Schreibtischunterlage. Er schob seinen Stuhl zurück und stand auf. Sambo rappelte sich auf, doch als sein Herr keine Anstalten machte, das Zimmer zu verlassen, sank er langsam wieder zurück auf den Fußboden.

Newton holte seinen Schlüsselring heraus und schloß den Schrank rechts neben dem Kamin auf, in dem er seine Gewehre verwahrte. Er wählte eine Boss-Flinte, Kaliber zwölf und mit runder Basküle, die ihm sein Vater zum einundzwanzigsten Geburtstag geschenkt hatte. Beim Anblick des Gewehrs bewegte sich Sambo unruhig.

Aus reiner Gewohnheit nahm Newton zwei Patronen aus der Schachtel. Vorsichtig legte er sie neben die Briefumschläge auf die Schreibtischunterlage. Er setzte sich auf den Stuhl neben dem Schreibtisch und dachte darüber nach, wie er vorgehen könnte. Wenn er sich vorbeugte und die Mündung in den Mund steckte, was, soweit er wußte, das sicherste war, konnte er den Abzug nicht erreichen: Sein Arm war einfach nicht lang genug. Er machte einige Experimente, um seine Reichweite zu vergrößern, erst mit einem Lineal, und dann, erfolgreicher, mit einem indischen Brieföffner aus Messing, dessen Griff einen sitzenden Buddha darstellte und dessen Klinge wie ein Krummsäbel geformt war; die beiden Spitzen bildeten einen flachen Haken, der genau auf den Abzug paßte. Aus Gewohnheit lud er beide Gewehrläufe.

Er zwang sich, eine letzte Zigarette zu rauchen. Er mußte husten, und sie schmeckte ihm nicht, aber es gehörte dazu. Er überlegte, ob er sich einen Kognak aus dem Eßzimmer holen sollte, doch er wollte das Risiko nicht eingehen, Chrissie in die Arme zu laufen.

Er drückte die Zigarette aus. Er hielt den Gewehrlauf mit der linken Hand und steckte die Mündung in den Mund. Er beugte sich im Stuhl vor und griff mit der rechten Hand nach dem

Brieföffner. Er streckte sich und hakte die Spitze der Klinge in den Abzug ein.

Alles war bereit. Er fragte sich, ob er ein Gebet sprechen sollte. ›Allmächtiger und gütiger Herr, wir haben gesündigt und sind vom rechten Weg abgekommen wie verlorene Schafe.‹ Dann überfiel ihn die Erinnerung an Jemima, und beinahe hätte er vor Schmerz laut aufgeheult. Er sah an dem langen, vertrauten Gewehrlauf hinunter zum Abzug. Alles würde voller Blut sein, dachte er, voller Hirnmasse, Knochen und Haare. Er versuchte, die voraussichtliche Flugbahn des Schusses abzuschätzen. Der größte Teil der Sauerei würde an der Wand und an der Decke hinter dem Schreibtisch landen. Ein bißchen würde den Stich von Clearland Court treffen, den Tony und Soph ihm vorletzte Weihnachten geschenkt hatten.

Sambo hob den Kopf und jaulte wieder. Das arme, verdammte Tier merkte, daß etwas nicht stimmte, wußte aber nicht, was es war. Newton überlegte, ob er zuerst den Hund erschießen sollte, bevor er sich umbrachte; es wäre besser für Sambo. Aber er konnte den Gedanken an die Schweinerei auf dem Boden des Arbeitszimmers nicht ertragen. Außerdem könnte es ihn von seiner Absicht abbringen, und der Schuß würde Chrissie aufschrecken.

Das Metall in seinem Mund war kalt und ölig; die Mündung schmeckte schwach nach Cordit und schabte gegen seine Zähne. Es hieß, daß es ein schneller Tod war, daß man nichts spürte; bevor man noch Zeit hatte, etwas zu spüren, war alles vorbei. In seinen Augen brannten ungeweinte Tränen. Er beobachtete, wie seine Hand sich um den Griff des Brieföffners spannte.

O Jemima, dachte er, geliebte Jemima.

Der Hund stupste leicht an seinen Fuß. Newton freute sich fast über diese Ablenkung. Er richtete sich auf und lehnte das Gewehr gegen den Schreibtisch. Er beugte sich hinunter und streichelte Sambo, der in überschwenglicher Freude die Zunge heraushängen ließ, ein Hinterbein anhob und auf den Teppich pinkelte.

Es hat keine Eile, dachte Giles Newton, schließlich wartete eine ganze Ewigkeit auf ihn. Vielleicht sollte er noch eine Zigarette rauchen.

6

Das Ritual des Marmeladekochens beruhigte sie; es machte die Dinge ein bißchen erträglicher; und dazu waren Rituale da.

Sie war fast fertig. Chrissie griff nach der angestoßenen Tasse, die sie als Kelle benutzte, und schöpfte eine Probe von der roten, blubbernden Marmelade ab. Die Hälfte davon schüttete sie auf einen Teller. Mit vor Konzentration gerunzelter Stirn blies sie den Dampf weg. Die Küchenuhr tickte laut. Vor ihren Augen bildete sich langsam eine Haut auf der Marmelade. Ihr Werk war vollendet. Sie wandte sich wieder dem Kessel zu. Die Marmeladengläser warteten in zwei Reihen neben dem Herd. Sie tauchte die Tasse in die Marmelade.

»Hallo«, sagte eine Stimme an der Tür.

Chrissie warf einen Blick über die Schulter. Im Sonnenlicht, das vom Hof hereinfiel, stand eine Frauengestalt. Sie erkannte sie beinahe sofort, und Abneigung stieg in ihr auf.

»Jemima – was kann ich für dich tun?«

Das Mädchen kam in die Küche, mit der Jacke über dem Arm. »Onkel Tony hat mich gebeten, das Feuerzeug vorbeizubringen. Sie haben es heute morgen in Clearland Court vergessen.«

»Wie nett von dir.« Chrissie rührte langsam mit der Tasse durch die Marmelade; sie wünschte, Jemima wäre ein bißchen früher oder ein bißchen später gekommen, wenn sie überhaupt schon kommen mußte. »Ich würde dir gerne einen Tee anbieten, aber wie du siehst –«

»Ich habe gerade im *Bull* Tee getrunken, danke.« Das Mädchen kam in die Küche und legte das Feuerzeug auf den Tisch. »Ich lege es hier hin, okay?«

Sie war so jung und so hübsch, und Chrissie haßte sie.

»Oh – Sie kochen selber Marmelade ein?« Jemima ließ es so klingen, als wäre es ein fremdartiges Ritual, das sonst nur noch von einer Handvoll primitiver Stämme im Innern von Borneo praktiziert wurde. »Wie faszinierend.«

Sie kam ein bißchen näher an den Herd. Ihr tailliertes Kleid betonte ihre Figur. Ihr Teint war perfekt – glatt, faltenlos und weich. Sie beugte sich vor, um an der köchelnden Marmelade zu riechen. Und während Jemima die Marmelade roch, roch Chrissie Jemima.

In freundlichem Konversationston hörte Chrissie sich sagen: »Du warst es also. Ich hätte es mir denken können.«

Jemima wich stirnrunzelnd zurück. »Was meinen Sie?«

»Du hast etwas mit meinem blöden Mann, nicht wahr?« Jemima starrte sie an. »Er ist alt genug, um mein Vater zu sein.« Die Finger ihrer linken Hand zupften an ihrem Kleid. Ohne Vorwarnung nahm ihr Gesicht einen häßlichen, fremden Ausdruck an. »Okay, wenn Sie es wissen wollen, wir hatten etwas miteinander. Nur, damit er aufhörte, mich mit seinem Dackelblick zu verfolgen.«

»Warum hast du das getan?« fragte Chrissie ruhig, den Blick wieder auf die Marmelade geheftet.

»Warum? Warum tut man das? Weil es eine gute Idee zu sein schien. Aber in diesem Fall wurde mir sehr bald klar, daß es keine sehr gute Idee war. Was macht das schon? Es hatte keine Bedeutung.«

»Natürlich hatte es das.« Chrissie dachte an sich selbst, an die Kinder, Giles' Arbeit, das Haus; und dahinter lauerten andere Möglichkeiten, so dunkel, daß sie nicht einmal wagte, daran zu denken. Sie sah zu, wie Marmelade in die Tasse schwappte. Als sie voll war, goß sie den Inhalt automatisch in das Marmeladenglas, das am nächsten stand. Dampf stieg auf.

»Keine Sorge«, sagte Jemima gedehnt. »Es ist vorbei. Und um die Wahrheit zu sagen, ist er auch nicht gerade ein Weltmeister im Bett. Aber das wissen Sie ja bestimmt. Ich nehme wenigstens an, daß Sie es wissen.«

»Es ist besser, du gehst jetzt.«

»Ich hatte eigentlich auch nicht vor zu bleiben.« Jemima zögerte. »Er ist ein Mann. Männer machen immer solche Dummheiten.« Sie wandte sich zum Gehen. »Man muß da darüberstehen. Wenn Sie mich fragen, ist es das beste für eine Frau, auf diesem Auge blind zu sein.«

»Jemima?«

Sie sah sich um. So ein hübsches Gesicht, dachte Chrissie. Mit einer Drehung ihres Handgelenks ließ sie den Inhalt der Tasse durch die Luft fliegen. Einen Sekundenbruchteil lang hing die Erdbeermarmelade rot und blubbernd, als wäre der Zorn sichtbar geworden, zwischen ihnen.

Marmelade spritzte auf Jemimas linke Gesichtshälfte und ihren Hals. Ein paar Tropfen landeten auf ihrer Schulter. Die Marmelade sah aus wie Blut – kein echtes Blut, sondern die Sorte, die Chrissie aus dem Theater kannte, so beruhigend künstlich wie die kleine Welt auf der Bühne.

Einen kurzen Augenblick lang war es still: Das erinnerte Chrissie an die beängstigende Stille, wenn ihre Kinder sich weh getan hatten, als sie noch klein waren; und je länger die Stille dauerte, desto schlimmer war die Verletzung.

Jemima griff sich ins Gesicht, als ob sie ihre Augen und ihre Wange herauskratzen wollte. Dann fing sie an zu schreien. Die kochende Marmelade grub sich tief in ihre makellose Haut.

Mit der Tasse immer noch in der Hand taumelte Chrissie auf Jemima zu. »Oh, mein Gott. Es tut mir leid.«

Das Mädchen gab ein ersticktes Geräusch tief aus der Kehle von sich. Sie drehte sich um und stolperte durch die Tür.

»Jemima, komm zurück. Komm zum Spülbecken.«

Jemima schien sie nicht zu hören. Sie rannte in den Hof. Von hinten sah sie unverletzt aus. Chrissie ließ die Tasse fallen, und ihr wurde klar, daß Jemima davongerannt war, weil sie einen weiteren Angriff mit der kochenden Marmelade befürchtete. Die Tasse zerbrach auf den Fliesen.

Sie hörte Schritte im Haus, viel schwerere als Jemimas. Die Küchentür flog so heftig auf, daß sie gegen den Schrank schlug. Giles stürmte in die Küche.

»Ruf einen Krankenwagen«, herrschte Chrissie ihn an.

Sie rannte hinter Jemima her. Das Mädchen war nicht zu sehen. Aber es würde nicht schwer sein, sie zu finden. Chrissie mußte nur den Schreien folgen.

Epilog

»Es liegt wohl am Wetter«, sagte Alec Sutton, »jedenfalls Victor Youlgreave zufolge.«

»Ich wollte Sie eigentlich um diese Zeit nicht mehr stören.« Thornhill klang müde. »Ich wollte nur –«

»Nein, nein – kommen Sie herein.«

Sutton führte Thornhill in das große Wohnzimmer, wo Mary und Jill in dem Durcheinander von Möbeln neben dem Kamin saßen. Sie sahen aus wie Überlebende eines Schiffsuntergangs, umgeben von ihren geretteten Habseligkeiten. »Trinken Sie einen Kaffee mit uns, Inspector? Ich hole noch eine Tasse.«

»Setzen Sie sich doch.« Mary stellte ihre Tasse ab. »Ich weiß, es wird Wochen dauern, bis wir den Schock überwunden haben, aber Gott sei Dank ist es vorbei.«

Sie hörten Alec auf dem Weg in die Küche eine muntere Version von ›All Things Bright and Beautiful‹ pfeifen. Jill beobachtete Thornhill, als er von der Tür her auf sie zukam. Er war sehr blaß, aber er sah viel entspannter aus als am Morgen. Als er sich dem Kamin näherte, zögerte er, und Jill vermutete, daß er überlegte, wo er sich hinsetzen sollte. Es gab auf jeder Seite des Kamins einen Sessel; in einem saß Mary, und an dem vollen Aschenbecher auf der Lehne des anderen konnte man sehen, wo Alec gesessen hatte. Also blieb nur das Sofa direkt gegenüber vom Kamin übrig. Jill selbst war dort auf einen Haufen Kissen gebettet, unmittelbar neben Marys Sessel.

Vorsichtig setzte Thornhill sich ans freie Ende. »Entschuldigen Sie, daß ich so spät noch hereinplatze«, sagte er zu Mary. »Ich habe nicht geahnt, daß Sie Besuch haben. Aber ich dachte, Sie wüßten gerne, was jetzt geschieht.«

»Soll ich gehen?« fragte Jill und machte einen halbherzigen Versuch aufzustehen.

»Das ist nicht nötig.« Er sah sie an, sein langes, schmales Gesicht war ernst. »Sie haben genug durchgemacht.«

Jill starrte ihn an und fragte sich, ob die Worte außer der offensichtlichen noch eine andere Bedeutung haben könnten. Sie entschied, daß sie sich das nur einbildete.

Sutton kam mit einer Tasse in der Hand zurück ins Wohnzimmer. Er und Mary machten sich am Kaffeetablett zu schaffen, schenkten Kaffee in Thornhills Tasse und füllten die anderen nach, boten Zucker und Sahne an und klapperten mit den Löffeln. Jill bemerkte, daß sie ohne viel Worte, aber in völliger Harmonie arbeiten; einerseits beneidete sie die beiden um ihre wortlose Übereinstimmung, andererseits fragte sie sich, ob sie selbst in einer solchen Beziehung nicht ersticken würde.

»Ja, das Wetter. Und der Wahnsinn einer Sommernacht.« Sutton bot Zigaretten an, doch nur er selbst bediente sich. »Es waren nur zwei Tage, aber ich dachte, es hört nie wieder auf.«

»Mir kamen sie vor wie Jahre.« Mary hob die Augenbrauen und sah Thornhill an. »Und ich vermute, daß es noch nicht ganz vorbei ist?«

Er lächelte sie an, einen Augenblick lang wirkte er ganz offen. »Wenigstens wird es nicht mehr so schlimm wie gestern und heute sein. Aber es kann gut sein, daß man Sie bei der Gerichtsverhandlung braucht. Und ich fürchte, Sie dürfen Ihren Küchengarten und Church Cottage eine Weile nicht betreten.«

»Ich wäre ziemlich glücklich, wenn ich den Küchengarten überhaupt nicht mehr betreten müßte. Soll die Natur dort machen, was sie will.«

»Ich werde einen Beamten über Nacht hierlassen. Im Garten, meine ich. Er wird ein Auge auf alles haben. Vielleicht hören Sie ihn.«

»Das war alles sehr lehrreich, Mr. Thornhill. Ich fürchte, Inspector Coleford wird nie wieder derselbe sein. Ich werde einiges ändern müssen.«

»Machen Sie ihn nicht zu realistisch, Mrs. Sutton.«

Sanft sagte sie: »Niemand von uns kann zuviel Wirklichkeit ertragen.«

Thornhill stellte seine Kaffeetasse ab. »Das behauptet auf jeden Fall Mr. T.S. Eliot.«

Jill hatte genug. Ihre Kopfschmerzen meldeten sich wieder. Sie hatte das Abendessen mit den Suttons genossen, aber mit Thornhills Ankunft war jede Erleichterung verflogen. Er hatte ihre Unterhaltung unterbrochen. Es irritierte sie, ihn als Besucher und nicht als Polizisten zu sehen. Es irritierte sie, daß er offenbar mit Eliots Gedichtzyklus *Vier Quartette* vertraut war. Am meisten irritierte sie, daß Mary Sutton beinahe mit ihm flirtete. Jill mußte zugeben, daß es übertrieben war, das, was zwischen den beiden geschah, als Flirten zu bezeichnen, und außerdem ging es sie nichts an. Alec Sutton lächelte den beiden wohlwollend zu und zog an seiner Zigarette. Die Wahrheit ist, sagte sich Jill, daß ich noch zu durcheinander bin. Sie litt immer noch unter den Folgen des Schlags.

Sie sah auf ihre Uhr. »Ich muß jetzt wirklich gehen.«

Alec Sutton warf seinen Zigarettenstummel in den Kamin. »Ich fahre Sie nach Hause.«

»Nein, ich werde zu Fuß gehen.« Jill stand auf. »Es ist so ein schöner Abend.«

Thornhill sah auf. »Ich sollte auch gehen. Darf ich Sie mitnehmen?«

»Das ist sehr freundlich, aber –«

»Ich glaube wirklich, das sollten Sie annehmen«, unterbrach Mary sie und zerstörte mit einem Schlag die dunklen Verdächtigungen, denen Jill nachgehangen hatte. »Sie sollten in den nächsten ein oder zwei Tagen nichts übertreiben.«

Das stimmte, im Stehen fühlte sich Jill sehr schwach. Sie zwang sich zu einem Lächeln und sagte zu Thornhill: »Danke. Aber nur, wenn es bestimmt kein Umweg für Sie ist.«

Die Suttons begleiteten ihre Besucher hinaus in die Diele. Der Pfarrer half Jill in den Mantel.

»Und Alice?« sagte Mary zu Jill. »Wäre es nicht das beste, wenn ich sie hole?«

»Ich glaube, wir sollten uns zuerst mit Mrs. Milkwall in Verbindung setzen.«

Sutton schloß die Haustür auf. »Wer ist denn Alice nun wieder?«

Mary tätschelte seinen Arm. »Alice war Miss Kymins Katze,

Liebling. Miss Francis wird sie nehmen, wenn niemand anders sie will. Ich habe versprochen, auf sie aufzupassen, bis Miss Francis eine eigene Wohnung hat. Du hast doch nichts dagegen, oder? Unter diesen Umständen scheint das das Vernünftigste zu sein.«

»Dies ist ein großes Haus. Ich wage zu behaupten, daß Alice und ich uns nicht sehr oft über den Weg laufen werden. Außer, wir wollen es.« Sutton öffnete die Tür. Er lächelte Mary an und zeigte nach draußen. »Schau dir das an.«

Mary sah stirnrunzelnd auf den leeren Bürgersteig. »Was?«

»Genau das. Da ist tatsächlich nicht ein einziger Reporter weit und breit.«

»Nur Miss Francis.«

»Nein«, sagte Jill fest. »Ich bin rein privat hier.«

Die vier wünschten sich gegenseitig eine gute Nacht. Einen Augenblick später stand sie allein mit Thornhill auf dem Bürgersteig.

»Haben Sie etwas dagegen, wenn wir am Cottage vorbeigehen? Ich sollte mich nur kurz bei Kirby abmelden.«

Sie gingen ein paar Meter die Straße entlang bis an jene Tür, die bis zu diesem Morgen Mrs. Abberleys Haustür gewesen war. Sergeant Kirby öffnete auf Thornhills Klopfen. Seine Augen wanderten zwischen Thornhill und Jill hin und her. Er sah müde aus, und sein Mund war zu einer schmalen Linie zusammengepreßt. Jill hatte den Verdacht, daß er ihre Anwesenheit falsch interpretieren könnte: Vielleicht glaubte er ja, daß sie Thornhill erzählt hatte, wie sie ihn und Jemima Orepool im Hof des *Bull* gesehen hatte.

»Ich mache jetzt Feierabend«, sagte Thornhill unbeschwert. »Sie erreichen mich zu Hause, wenn Sie mich brauchen.«

Kirby starrte Jill mit harten, undurchdringlichen Augen an. Als Thornhill ihm eine gute Nacht wünschte, knurrte er eine mißmutige Antwort und schloß die Tür eine Sekunde früher. Thornhill sah verwirrt aus, dachte Jill, aber er gab keinen Kommentar ab.

Sie überquerten die Straße. Die Schaulustigen waren ebenso verschwunden wie die Journalisten. Es war noch nicht ganz dunkel. Es kam Jill in den Sinn, daß es beinahe genau achtundvierzig Stunden her sein mußte, seit Miss Kymin ermordet worden war.

»Mein Auto steht da drüben.« Thornhill deutete auf die Kirche. »Sollen wir über den Friedhof gehen?«

»Wenn Ihnen das nichts ausmacht.«

Sie ging durch das Friedhofstor voraus. »Ich glaube nicht an Gespenster. Weder an Miss Kymins noch an irgendwelche anderen. Und Sie?«

»Ich weiß es nicht.« Er schloß das Tor hinter sich.

»Mrs. Sutton schon. Wir haben uns beim Essen darüber unterhalten. Ihr nächstes Buch könnte vielleicht *Inspector Coleford sieht Gespenster* heißen.«

»Werden Sie für die *Gazette* einen Artikel über sie schreiben?«

»Ja. Sie haben mich zum Abendessen eingeladen, damit wir ein Vorgespräch führen können. Und außerdem können sie ein bißchen Ablenkung gut gebrauchen, glaube ich.«

»Die brauchen wir alle von Zeit zu Zeit.«

Wieder hatte sie das Gefühl, daß er damit mehr sagen wollte. Langsam gingen sie den Pfad hinauf. Hier war es dunkler wegen der Eiben, die zu beiden Seiten wuchsen. Grabsteine schimmerten in der Dämmerung. Jill dachte an Sergeant Kirby und fragte sich, was zwischen ihm und Jemima Orepool vorgefallen war. Sie hatte ihm über die Wange gestreichelt. Aber das ging Jill nichts an. Es mußte nichts mit dem Fall zu tun haben, und sie hatte nicht vor, es Thornhill gegenüber zu erwähnen. Jemima Orepool hatte viele Menschen unglücklich gemacht. Es gab schon genügend Leid.

Vor ihnen ragte der Turm auf. Ihre Schritte wurden immer langsamer. Jill wußte nicht recht, woran es lag. Sie war sich Thornhills Nähe in der Dunkelheit sehr bewußt. Wenn sie ihre Hand nur ein paar Zentimeter nach rechts bewegte, würde sie den Ärmel seines Jacketts berühren. Sie wünschte, er würde sie nicht immer so aus der Fassung bringen. Wenigstens stritten sie heute abend nicht. Vielleicht hatte das Zwielicht dieses langen Sommerabends, die blaue Stunde zwischen Abend und Nacht, sie in eine andere Welt versetzt, wo die normalen Regeln vorübergehend außer Kraft gesetzt waren.

Er wandte ihr das Gesicht zu. »Mr. Hendry und Mr. Williamson haben beschlossen, morgen früh eine Pressekonferenz abzuhalten. Werden Sie hingehen?«

»Ich glaube nicht. Ich bin krankgeschrieben, also werde ich Mr. Wemyss-Brown das Feld überlassen.« Ihre Müdigkeit und die beruhigende Dämmerung erlaubten ihr hinzuzufügen: »Außerdem ist ein Mordfall für ihn wie ein Lebenselixier. Das ist der wahre Journalismus.«

Thornhill schnaubte, und erst einen Moment später merkte sie, daß er amüsiert war.

In dem Gefühl, daß Reden sicherer als Schweigen war, sprach sie weiter: »Ich kann mir vorstellen, daß Sie – überhaupt die Polizei – mit sich ziemlich zufrieden sein müssen. Sie mußten Scotland Yard nicht hinzuziehen. Und Sie haben den Fall sehr schnell gelöst.«

Thornhill blieb stehen. Sie hatten eine Weggabelung erreicht. Die linke Abzweigung führte zum selten benutzten Nordportal. Der Weg zur Rechten verlief um den Turm herum zur Westseite der Kirche. Sein Schweigen ging ihr auf die Nerven.

»Es tut mir leid. Vielleicht möchten Sie lieber nicht darüber sprechen.« Plötzlich ärgerte sie sich über ihn. »Verdammt noch mal, ich habe nicht als Journalistin gesprochen.«

»Das weiß ich. Und ich habe nichts dagegen, darüber zu reden. Das Dumme ist nur, wir haben den Fall nicht gelöst: er hat sich von selbst gelöst.«

»So wie ein Splitter.«

»Was?«

Sie wußte, daß ihr das Blut ins Gesicht schoß, und hoffte, daß es so dunkel war, daß er es nicht merkte. »Es ist, als ob die Folgen eines Mordes sich aus eigenem Antrieb ihren Weg ans Licht suchen. Wie ein Splitter, der von allein herauseitert.«

»Ja, so ist es. Egal wie, ich glaube nicht, daß wir uns gratulieren können. Wir haben nicht verhindern können, daß zwei Menschen getötet wurden. Und es ist noch nicht vorbei, oder? Sie kennen die Nachwehen eines Mordes. In gewisser Weise steht die ganze Stadt vor Gericht.«

Wie auf ein Zeichen gingen sie weiter. Es war jetzt heller, denn dort, wo sie gingen, gab es keine Eiben mehr. Aber es war eben nicht hell genug, um die kaputte Steinplatte zu sehen. Eine Ecke ragte über den Pfad hinaus. Jill fiel beinahe darüber. Sie stolperte nach vorne. Sie war nicht einen Moment lang in der Gefahr zu stürzen und fand beinahe sofort ihr Gleichgewicht wieder. Einen Augenblick lang glaubte sie, Thornhill würde ihren Arm nehmen, aber er tat es nicht. Sie war gleichzeitig erleichtert und wütend.

Abrupt sagte er: »Alles in Ordnung?«

»Ja, danke.«

»Das klingt aber nicht so.«

»Ich bin wirklich noch ein bißchen wacklig auf den Beinen.«

»Sollen wir uns einen Moment hinsetzen? Da drüben.«

Er führte sie zu der Bank an der Südseite des Turms. Jill setzte sich schneller, als sie beabsichtigt hatte. Sie war sehr müde. Auch Thornhill setzte sich, jedoch so weit wie möglich von ihr entfernt. Gedankensplitter schossen ihr durch den Kopf wie die Bilder einer Laterna magica: Sie befanden sich wieder bei den Suttons, er saß auf der einen Seite des Sofas und sie auf der anderen, und sie konnten nicht zueinanderkommen; direkt hinter ihnen, auf der anderen Seite der Mauer, war das Grabmal von Sir Thomas Ruispidge, unter dem Miss Kymin gefunden worden war. Warum sagte Thornhill nichts?

Hastig fing sie wieder an zu sprechen: »Haben Sie den Abendmahlskelch gefunden?«

»Er war in einem Sack in dem alten Mühlteich in Newtons Garten. Er hatte sogar die Kollekte mitgenommen. Sie war auch dort, ebenso wie die überzähligen Schlüssel von Carter, dieselben, die Miss Kymin benutzt hat. Er hat uns gesagt, wo wir die Sachen finden.«

»Warum hat er ihn gestohlen? Wie verkauft man so etwas?« Sie zögerte. »Entschuldigung, vergessen Sie's. Sie wollen bestimmt nicht über den Fall reden.«

»Das meiste kommt ohnehin morgen auf der Pressekonferenz zur Sprache.«

»Ich wage zu behaupten, daß ich ein Geheimnis bis dahin für mich behalten kann.«

»Das glaube ich Ihnen.« Seine Stimme klang belustigt. »Mr. Newton hat ein volles Geständnis abgelegt. Seiner Aussage nach hat Miss Orepool in London einen Freund, der Antiquitätenhändler ist. Nach allem, was man hört, ein ziemlich skrupelloser Bursche. Viele seiner Kunden sind Amerikaner mit Privatsammlungen. Wir haben ihn aufgespürt, und er hat tatsächlich darüber Buch geführt, wann er Diebesgut erhalten hat. Und er gibt zu, Jemima Orepool zu kennen.«

Jill fiel Brian Kirbys trauriger, enttäuschter Gesichtsausdruck ein. »Also hat sie Newton angestiftet?«

»Das sagt er jetzt auch. Zuerst hat er behauptet, sie habe nichts damit zu tun. Aber seine Ritterlichkeit hat nicht lange vorgehalten. Jetzt sucht er verzweifelt nach jemandem, mit dem er die Schande seines Verbrechens teilen kann.«

»Und was sagt Miss Orepool dazu?«

»Nicht sehr viel – im Augenblick. Jedenfalls nichts, was einen Sinn ergibt. Sie mußten sie mit Morphium vollpumpen. Sie hat Glück, daß sie im Krankenhaus der Royal Air Force gelandet ist. Einer der Ärzte dort hat sehr viel Erfahrung mit plastischer Chirurgie.«

»Ist es so schlimm?«

»Sie wird wahrscheinlich auf dem linken Auge nicht mehr sehen können. Und es ist durchaus möglich, daß sie auf dieser Seite ihres Gesichtes und am Hals Narben behält.« Er rutschte unruhig hin und her, und die Bank knarrte und bewegte sich leicht. »Ich fürchte, man wird Mr. Newton hängen. Zwei Morde. Und ein anonymer Brief, in dem er versuchte, Mr. Sutton den Mord an Miss Kymin anzuhängen. So etwas wiegt schwer. Seine einzige Hoffnung ist, daß man ihm verminderte Zurechnungsfähigkeit zubilligt.«

Thornhill hatte ihr weit mehr erzählt, als am folgenden Tag auf der Pressekonferenz mitgeteilt wurde. Er hatte sie nicht einmal darum gebeten, diese Information vertraulich zu behandeln: Er hatte einfach vorausgesetzt, daß sie es tat.

»Mr. Sutton hat Mr. Newton besucht. Ich habe gehört, Newton hat versucht, sich umzubringen.«

»Ja.«

»Aber nicht einmal das hat er geschafft. Er hatte alles vorbereitet, und dann brachte er es nicht fertig abzudrücken.«

»Nein.«

Jill fragte sich, ob Thornhill bedauerte, daß er so offen gewesen war. Sie fuhr fort: »Der Mann war ein Versager. Wahrscheinlich kann man sagen, daß das für viele Mörder gilt.«

»Er war nicht der einzige Versager. Wir alle sind es auf die eine oder andere Weise.«

Schweigen breitete sich zwischen ihnen aus. Der Himmel wurde schnell dunkler. Sie spürte, daß Thornhill ihr sein Gesicht zuwandte.

Beinahe flüsternd sagte er: »Bevor dies alles geschehen ist, mochte ich ihn wirklich gern.«

»Ich auch. Was wird mit ihr geschehen?«

»Miss Orepool?«

»Nein. Chrissie Newton.«

»Das kommt darauf an – einmal auf Sir Anthony, aber vor allem wohl darauf, inwieweit man Miss Orepools Gesicht wiederherstellen kann. Es ist klar, daß Mrs. Newton im Affekt gehandelt hat und sofort alles versucht hat, um dem Mädchen zu helfen. Außerdem ist sie wohl ganz schön provoziert worden.«

»Ich an ihrer Stelle hätte ich womöglich genau dasselbe getan.« Jill fragte sich, wie Edith Thornhill reagieren würde, wenn ihr Mann sie betrügen und seine Geliebte sich auch noch über sie lustig machen würde. Sie schauderte.

»Sie frieren. Ich bringe Sie nach Hause.«

»Ja.«

Keiner rührte sich. Troy House war kein Zuhause, dachte Jill. Mary Sutton hatte angedeutet, daß sie nach einem angemessenen Zeitraum vielleicht Church Cottage mieten könnte, wenn sie wollte. Jill war sich nicht sicher. Sie wollte ein Zuhause, aber nur wenn es dort keine Gespenster gab. Sie glaubte natürlich nicht an Gespenster, aber man konnte nie wissen.

Richard Thornhills Hand lag zwischen ihnen auf der Bank. Wenn sie ihre Hand ausstreckte, konnte sie seine berühren. Vielleicht hoffte er sogar, daß sie es tat. Ihr wurde kalt. Seine Hand würde sie wärmen.

Thornhill stand so plötzlich auf, daß die Bank wackelte. »Ich darf Sie nicht länger aufhalten, Miss Francis.«

Wie eine Marionette stand sie auf. Mit erhobenem Kopf und geradem Rücken ging sie neben ihm her, fünfzig Zentimeter Leere zwischen ihnen. Diesmal bogen sie nicht nach links zum Südportal der Kirche ab, sondern nahmen den Weg, der sich zum Tor am anderen Ende hinabschlängelte.

»Was für ein wundervoller Abend«, sagte Thornhill vorsichtig. »Wie lange das gute Wetter wohl halten wird?«

»Nicht mehr lange.« Sie fragte sich, ob sie wirklich über das Wetter redeten. »Das ist immer so.«

Er erreichte das Tor vor ihr. Er hielt es auf und trat ein gutes Stück zurück, so daß keine Gefahr bestand, daß sie sich zufällig berührten. Sie sah zu ihm auf und bedankte sich murmelnd. Sein Gesicht war eine höfliche, blasse Maske.

Der kleine Austin war am Straßenrand geparkt. Sie war so müde, daß sie kaum noch gerade gehen konnte. Die Uhr läuft, dachte sie, und ich kann sie nicht anhalten, nicht einmal ein bißchen. Tränen stiegen ihr in die Augen, und hinter ihrem verschleierten Blick verschwamm die Welt, die sie kannte. Sie gab sich einen Ruck. Es gab eine einfache physiologische Erklärung für ihren Zustand: Der Schlag auf den Kopf hatte sie schwach und verletzlich gemacht; alles, was sie brauchte, waren acht Stunden Schlaf.

Ich werde nicht weinen, befahl sie sich. Schon einmal hatte sie in Thornhills Auto geweint, und er hatte ihr ein Taschentuch geliehen. Nie wieder. Einmal war genug. Er hielt ihr die Beifahrertür auf und wartete, bis sie eingestiegen war. Sie wartete einen Moment und hielt sich mit einer Hand am Wagendach fest, um Kraft zu sammeln.

»Jill?«

Überrascht sah sie ihn an. Er hatte sie beim Vornamen genannt. Sie traute ihren Ohren kaum. Der Schock war verwirrend und berauschend zugleich – wie eine Fahrt auf der Achterbahn. Irgend etwas glitzerte in seinen dunklen Augen. Er sah verärgert aus, aber vielleicht lag das am Licht.

»Es tut mir leid«, sagte er eilig und trat einen Schritt zurück. »Ich bitte um Entschuldigung. Ich wollte nicht . . .« Seine Stimme erstarb.

»Was wollten Sie sagen?« fragte sie.

»Oh – nichts.«

Einen Augenblick später stieg sie vorsichtig ein, und er schloß die Tür.